BIG LEAGUE BURGER

#TWEET WARS

BIG LEAGUE BURGER

GIRL CHEESING

GIRL CHEESING

BIG LEAGUE BURGER

BIG LEA

BURGER

BIG LEAGUE BURG

#TWEET WARS

L CHEESING

BIG LEAGUE BURGER

BIG LEAGUE BURGER

BIG LEAGUE BURGER

#TWEET WARS

BIG LEAGUE BURGER

GIRL CHEESING

GIRL CHEESING

GIRL CHEESING

BIG LEAGUE BURGER

BIG LEAGUE BURGER

GIRL CHEESING

BIG LEAGUE BURGE

Tweet Wars

小学館集英社プロダクション

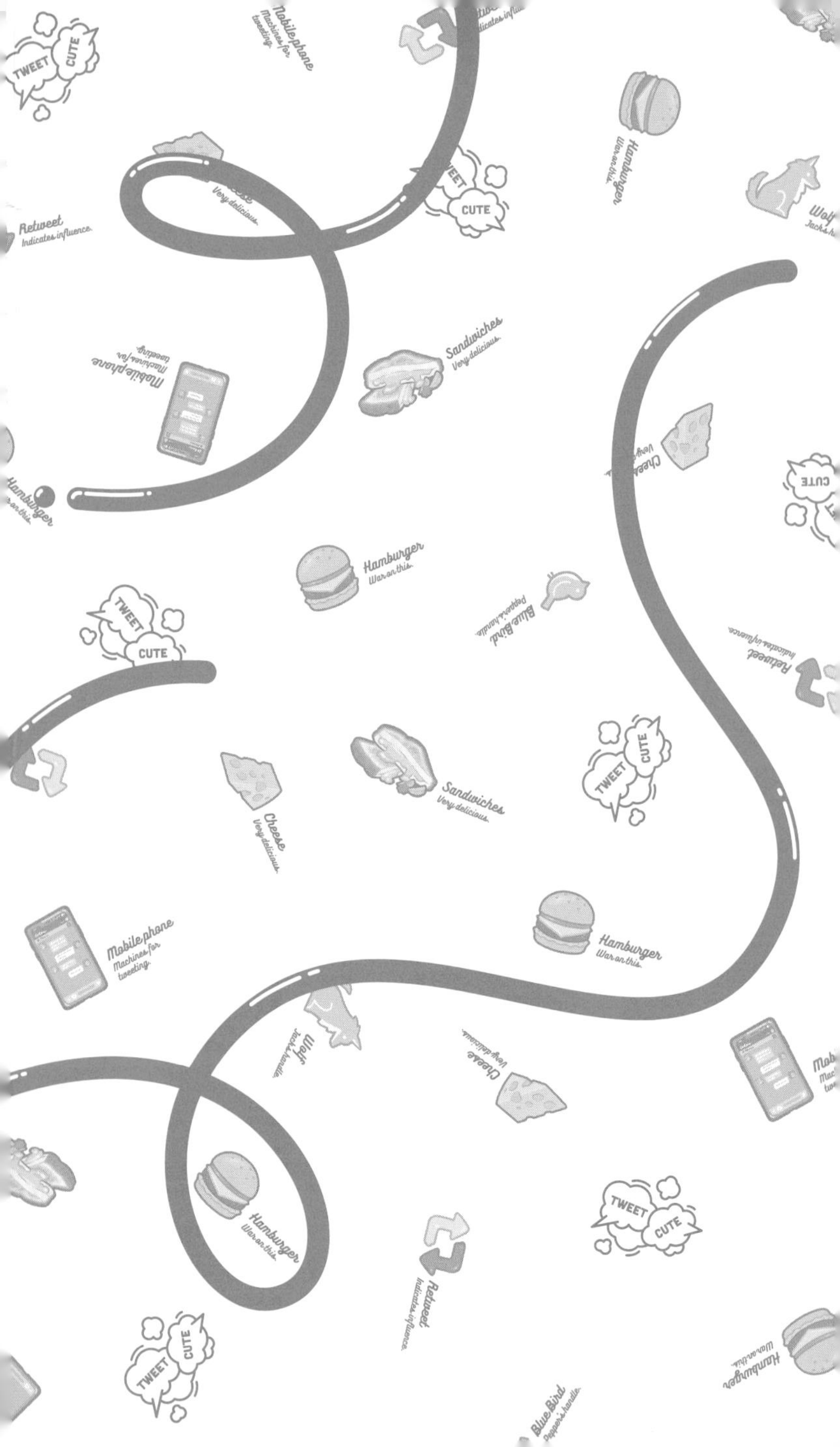
TWEET
CUTE
Mobile phone
Machines for tweeting.
Hamburger
War on this.
Retweet
Indicates influence.
Cheese
Very delicious.
Sandwiches
Very delicious.
Blue Bird
Pepper's handle.
Wolf
Jack's handle.

ツイート・ウォーズ

Tweet Wars

～キュートでチーズな二人の関係～

小学館集英社プロダクション

TWEET CUTE

Big League

TWEET
CUTE

Tweet Wars

登場人物

CHARACTERS

ペッパー・エヴァンス

@Pepper_Evans

優等生で水泳部のキャプテン。

ジャック・キャンベル

@Jack_Campbell

クラスのお調子者。ダイビング部。

ペイジ・エヴァンス

@Paige_Evans

ペッパーの姉。大学生。

イーサン・キャンベル

@Ethan_Campbell

ジャックの双子の兄。

プージャ・シン

@Pooja_Singh

ペッパーとジャックの同級生。水泳部。

ランドン

@Landon

ペッパーとジャックの同級生。水泳部。

ポール

@Paul

ペッパーとジャックの同級生。ダイビング部。

第一部

始まりはグリルド・チーズ

PART ONE

ペッパー

断じて言い訳ではない。アラームは確かに鳴ったけれど、オーブンからは煙なんて大して出てはいなかった。

「あーら、おたくのマンション、火事じゃなくて？」

ノートパソコンを半開きのところまで閉じた。ちょうどペンシルベニア大学にいる姉とスカイプで話している最中で、画面の半分に姉の顔、残りの半分には『大いなる遺産』についての小論文が立ち上がっていた。書いては書き直し、をもう何回繰り返したことか。さすがのチャールズ・ディケンズもいい加減しびれを切らし、お墓の中で足をばたつかせているんじゃないだろうか。

「違うよ」と答えながらキッチンに直行、オーブンのスイッチを切る。「ギリいけるかな？」

オーブンを開けたとたん、煙がボワッと噴き出し、その先には真っ黒こげのモンスター・ケーキが鎮座していた。

「ダメだわこれ」

パントリーから脚立を出してきて火災報知器のアラームを止め、ありとあらゆる窓を全開にした。

ここはマンションの二十六階。眼下にはアッパー・イーストサイドの風景が広がっている――無数の超高層ビルの明かりは、まともな人間ならとっくに寝ているはずの時間になってもまだ、煌々と灯っている。しばし目を奪われた。息をのむほどのこの眺めに、どうしてもまだ慣れない。ここに来てもう四年近くになるのに。

「ペッパー？」

あっ、そうだ。ペイジだ。パソコンをまた開ける。

「鎮火いたしました」親指を立てて見せた。

ほんとかよ、と言わんばかりにペイジは片眉を上げたが、すぐに前髪を手で梳《と》かしにかかる。わたしもつられて自分の前髪に触れたくなり、結果、モンスター・ケーキのバターをべったり前髪にくっつけてしまった。ペイジがあーあ、と渋い顔をする。

「ねえ、本気で消防車を呼ぼうってときには、もっと高いカウンターに乗っけてね。超絶セクシーな消防士の突入シーンなんて、絶対見逃したくないじゃない」と、ここでペイジの目が画面の中の、わたしじゃないところに向いた。決まってる。二人でやっているベーキング・ブログ《手作りケーキ》への投稿が、まだ途中のままなのだ。「てことは、今夜投稿する分の写真は撮れないってことね」

「先に焼いといたのが三つあるから、粉砂糖だけかけちゃえば撮れるよ。あとで送っとく」

「やば！　モンスター・ケーキばっか、どんだけ作ったのよ？　マムは？　まだ出張中？」

ペイジと目を合わせないように、コンロの上を見る。焼き上がったケーキがずらりと並んでいた。

ペイジがマムのことを訊くなんて、この頃めったにないことだけに、答えにはいつも以上に気を遣わなきゃいけない気がする――いやでも、今は危うくキッチンを丸焼けにしかけるほど、小論文で追い込まれているのだ。なのにそれよりもっと気を遣わないといけないってなんなの。

「明後日ぐらいには帰って来るでしょ」と言ってから、どうしても我慢できなくてこうつけ足した。

「こっちに来たいんなら、来れば？　この週末は出かける予定もないし」

ペイジは鼻にぎゅっとしわをよせる。「パス」

わたしはほっぺたの裏側を噛む。ペイジときたら頑固にもほどがある。こんなだから、わたしがペイジとマムの間にできた溝を埋めようとどんなに手を尽くしても、結局事態は悪化するばかりなのだ。

「むしろそっちがペンシルベニアまで来ればいいいじゃない」あっけらかんと言ってくる。

すごく行きたかった。でもこの『大いなる遺産』の小論文だけではない、やらなきゃならないことが山積みなのだ。ＡＰ（アドバンスト・プレイスメント）統計学の試験とか、ＡＰ生物学プロジェクトとか、ディベートクラブの下準備とか。おまけに明日は、わたしが女子水泳部のキャプテンになって初めて迎える部活の日。挙げだしたらキリがない――わたしにのしかかる、とんでもなく大量のストレスが氷山だとしたら、これでもまだほんの一角にすぎないのだ。

自分がどんな顔をしていたか知らないが、すっかり全部代弁してくれていたみたいだ。ペイジが参りましたとばかりに両手を上げていたから。

「ごめん」思わず謝った。

「だからさ、なんでそうやってすぐ謝っちゃうかな」とペイジ。目下フェミニズム論の講義にどっぷりはまっていて、なにかというとすぐ、それを盾に突っかかってくる。「でもって結局、何がどうなってるわけ？」

まだ残る煙を、窓に向かってパタパタ扇ぎながら答えた。「どうって、わたしが？」

「だってなんか……変だもん……華麗なる卒業生総代とか、目指しちゃってる？」画面の向こうから指さしてくる。

「成績が気になるだけ」

ペイジの鼻息が荒くなる。「うちにいた頃は、気になんかしてなかったよね」

ペイジが言う「うち」は、ナッシュビル。わたしたち姉妹が育った場所。

「こっちは大変なの」知ってるくせに、という口調にはならないようにした。現にペイジは、わたしと違ってストーン・ホール・アカデミーには行かなくて済んだわけだし。超一流でやたら競争が激しい私立の進学校なのだ。あの『ゴシップガール』のブレア・ウォルドーフなら、この学校に足を踏み入れて二分後にはもう、メラメラと闘志をたぎらせていたに違いない。マムがわたしたちを連れてこっちに移り住んだ時点で、ペイジはもう四年生になっていて、イーストサイド地区の公立高校に行くと言って譲らなかった。そもそも、もう前の学校から、大学出願に有利な成績をもらってしまっていたのだ。「評価の基準が厳しいの。大学進学となるとなおさら競争が激しくなるんだもん」

「だとしてもあなたはあなたでしょ」

あーもう、だからそれは、ペイジがフィラデルフィアに行ってしまったあのときまでの話なんだってば。今や、クラスメイトからは殺戮ロボット《ターミネーター》と言われている。あとは「ぶりっこ優等生」とか、「ペッパーお嬢さま」とか。じゃなければジャック・キャンベルが、週の始めにわたしの名前の上にくっつけると決めたあだ名が、その一週間の通り名になったりもする。クラスいちのお調子者と誰もが認め、わたしのいちばん嫌なところを何かにつけチクチク刺してくる同級生だ。

「それにほら、コロンビア大学に早期意思決定の願書も出したんでしょ？　もしかしてBプラスなんかもらったらおしまいだとか思ってる？」

そうは思わないけど、実はそうだったりしなくもない。ホームルームで女子たちが話していた。すぐ近くのあの高校でさ、卒業目前でやる気を失くしちゃった生徒がいたんだって。そしたらね、コロンビア大に合格を取り消されたんだって。と、なんの確証もないこんな噂ごときでも疑心暗鬼になってしまう、そんな心境をわかってもらいたかった。ところがそのとき不意に玄関のドアが開き、カツカツカツカツ、と、マムのヒールがフローリングを叩く音が聞こえてきたのだ。

「じゃね」とペイジ。

わたしが画面のほうを振り返ったときにはもう、スカイプは切れていた。

ため息まじりにパソコンを閉じたのと同時に、マムがキッチンに入ってきた。飛行機に乗るときのいつもの格好だ。黒のタイトジーンズにカシミアのセーター、そして大ぶりの黒のサングラス。ただこんな遅い時間にかけているのはさすがにおかしいと言わざるを得ない。マムはサングラスを外すと、完璧にセットしたブロンドの髪にちょいと乗っけてわたしを、そしてピカピカにしておいたはずのキッチンに吹き荒れたハリケーンの爪痕をも、じっと見ている。

「早かったね」

「てっきりもう寝てると思ったわ」

一歩踏み出してわたしを引き寄せハグ。なのでわたしもほんの少しきつめに、ケーキのバターまみれの人間にしてはたぶんやり過ぎなほどには、ハグを返した。ほんの数日だったけど、マムがいなくて寂しかった。しんと静まり返った中に一人でいるのにはまだ慣れない。ペイジもダドもここにはいてくれない。

マムはハグしたまま、わかりやすくクンクンと匂いを嗅いだ。焼き菓子が焦げた匂いを思いきり嗅いだに違いないのだが、体を離すと、さっきのペイジそっくりに片眉を上げただけで、何も言わない。

「小論文の課題があるの」

マムはずらっと並んだケーキを眺めている。「前からずーっと読んでるんじゃないの」しかめっ面で訊いてきた。「あの『大いなる遺産』のやつ？」

「まさにそれ」

「先週書き終わったんじゃなかった？」

ごもっともだ。いよいよ追い込まれたなら、前に書いたのを引っぱり出してきて提出すればいいとは思う。ただ問題は、ストーン・ホール・アカデミーで追い込まれるというのは、痛めつけられ、二度と立ち上がれないほど打ちのめされるのとほぼ同義だということ。わたしはアイビー・リーグの入学選抜を争っている。初代イエール・ブルドッグ《ハンサム・ダン》の直系の子孫だというだけで入学が優先される、そういう生徒たちがライバルだ。良では足りないし、優なら大丈夫、でもない——ライバルはぶっつぶすのみ。さもなければぶっつぶされる。

いや、あくまでも比喩的に言えば、だけれど。そうそう、比喩で思い出した。比喩表現まみれのこの本、なぜだろう、二回も通読したし、どれだけつけたかわからないくらい注釈もつけまくったのに、それでもやっぱり、ＡＰ文学の先生の眠気を吹っ飛ばすような解釈が、これっぽっちもできないのだ。わかってもらえる文章を書こうとすればするほど、明日の水泳部の練習のことが頭に浮かんできてしまう。キャプテンとして迎える練習初日。しかもプージャは夏休み中、強化合宿に参加していたというし、ということは、今はもうわたしより速くなっているかもしれないわけだし、つまりわたしの地位をいつ揺るがしにかかるか、いつみんなの前で大恥をかかせにくるかわからないわけで――。

「明日は学校に行かないで家にいる?」

目をぱちくりさせてマムを見た。マムの肩からもう一つ頭が生えてでもきたみたいに。そんなことは絶対できない。一時間でも無駄にしたら、周りのみんなに置いていかれる。

「ううん、大丈夫、行くから」カウンターに腰かけた。「会議ばっかり無限に続くって言ってたけど、終わったの?」

マムは、何がなんでもビッグ・リーグ・バーガーを海外展開させてみせると心に決めていて、ここ最近は本当にその話しかしない――パリやロンドン、ローマにまで出向いて投資家たちに会い、ヨーロッパのどの街に第一号店を出せばいいか見極めようとしている。

「まだなのよ。また行くことになると思う。ただ、明日からの新メニューの件で社内がもうてんやわんやなものだから、そのさなかにわたしが出張してるって、さすがにまずい気がするのよね」とにっこり笑う。「それにほら、ちっちゃなわたしにも会いたかったし」

フフッと鼻で笑ってあげたけれど、マムは全身デザイナーズブランドの完全武装、わたしはしわくちゃのパジャマ。現時点ではちっちゃなマムどころか、まったくの別ものだ。

「新メニューで思い出した」とマム。「タフィがね、あなたから全然返信が来ないって」

かなりイラっとしたけど、顔には出さないようにした。「ああ、それね。お店に行列ができるようなツイートのアイデアはないかって訊かれていくつか送ったの。確か、何週間か前ね。そのあと宿題が山ほど出ちゃって」

「忙しいのはわかるけど。あなたには才能があるんだから」と、わたしの鼻にちょんと触れる。小さい頃からこのしぐさだけは変わらない。わたしが寄り目になるのを見て、マムとダドがよく大笑いしてたっけ。「それにほら、言ったわよね、家族にとってもすごく大事なことだって」

家族にとっても。わかってる。そういう意味で言ったわけじゃないのは。でも神経を逆なでされたのは確かだ。わたしたち家族がどこから始まって、今どこにいるか、考えてもみてほしい。

「うん、わかってる。ダドはきっと、わたしたちのツイートを待ち望んで夜も眠れないのよね」

マムは、ダドのことは言わないでとばかりに目を見開いた。ダドのことに限っては、こんな風に愛おしそうに、それでいて苛立たしそうにしてみせるのだ。両親が数年前に離婚し、それからいろいろなことが変わってしまったけれど、二人は今も愛し合っている。マムが言うとおり、恋愛の「真っ最中」ではないにせよ。

確かに二人の間には愛があった。が、苦労のほうが断然多かった。マムとダドがナッシュビルでビッグ・リーグ・バーガーを始めたのが十年前、最初はただのパパママショップで、ミルクシェイクとバーガーしかやっていなくて、毎月の店の家賃を払うのもやっとだった。まさかビッグ・リーグ・バーガーがここまでフランチャイズ展開に成功し、アメリカで第四位のファストフード・チェーンになるなんて、誰一人思っていなかった。

わたしだって思ってもいなかった。まさか両親が、友好的どころか心底朗らかに離婚してしまうなんて。ペイジがマムを、離婚を切りだした張本人だからと徹底的に拒絶するようになるなんて。マムにしたって、裸足で駆けまわるカウガールから、ファストフード界の大御所に百八十度転身し、娘たちをマンハッタンのアッパー・イーストサイドまで連れてきてしまうなんて。

今、ペイジはペンシルベニア大学に、ダドはまだナッシュビルのアパートに暮らしていて、マムの指には、手術で縫合したのかと思うほどいつもスマホがくっついていて。だから家族という言葉でもって、十代の娘に罪悪感を抱かせて何かやらせようなんて、さすがに無理というものなのだ。

「どんなアイデアだったかもう一回聞かせてくれる?」マムが訊く。

ため息をこらえて話しだす。「とにかくグリルド・チーズを売り出すからには、ツイッターでみんなを毒舌でじりじりやりこめ《グリルし》なきゃでしょ。毒舌の返信でぺしゃんこにされ《グリルされ》たい人は自撮り写真をうち宛てのツイートに載せる。で、うちからは、その写真についてなんらか気の利いた、ちょっと毒のある返信ツイートがくる、っていうわけ」

もっと詳しく説明してもよかった——ツイートへのありそうな返信としてこしらえた例を挙げ、

#GrilledByBLBのハッシュタグを推奨するんだったわよね、新発売する三種のグリルド・チーズに欠かせない原材料から、ひねり出した決まり文句があったわよね、などと念押ししてもよかった――のだが、もううんざりだった。

マムは小さく口笛を吹く。「いいわよねそれ。けど、タフィのことだから絶対、あなたに手伝ってもらわないと無理って言うわ」

やれやれ。「そうね」

タフィも気の毒だ。気の小さい、いつもカーディガンを着ている二十代女子で、ビッグ・リーグ・バーガーのツイッターとフェイスブックとインスタグラムを担当している。マムは初のフランチャイズ展開に乗り出すタイミングで、新卒のタフィを雇った。ところがアメリカ全土に展開する段になり、マーケティングチームはこう決定した。ビッグ・リーグ・バーガーのツイッターアカウントは、ケンタッキー・フライド・チキンやウェンディーズといった他の企業のアカウントと同様の――辛辣で無礼で生意気な――存在となるべきだと。どれもこれも、かわいそうにいつも過労気味で、パワフルガールの逆を行くタフィには、まったく未経験の境地だったのだ。

で、わたしの出番。大学入学のためには絶対いらない才能に限って、大量に抱えているっぽいわたしなのだが、中でも、ツイッターに辛辣な投稿をする、というのが、得意中の得意ときている。この頃は「辛辣な投稿が得意」とはつまり、『スポンジ・ボブ』に出てくるおいしいレストラン

Krusty Krab《カニカーニ》にビッグ・リーグ・バーガーの画像を貼り、まずいレストランChum Bucket《エサバケツ亭》にはバーガー・キングの画像を貼ること、という説が、わりかしまかり通っているみたいなのだ――たまたまだけど、これはわたしが初めて画像加工し、投稿したものだった。去年、タフィがボーイフレンドとディズニーワールドに旅行するというので、マムがその間のピンチヒッターにわたしを指名したのだ。終わってみればいまだかつてないリツイート数を叩き出していた。それからというもの、マムはやたらわたしに、タフィを手伝ってあげてとせっつくようになった。

タフィはもうとっくに昇給してなきゃおかしいし、今年じゅうにはちゃんと部下をつけてあげて、睡眠時間を確保してあげなきゃダメよ、と釘を刺そうと思ったところが、マムはもう完全に背中を向け、目を細めてケーキを見ていた。

「モンスター・ケーキ？」

「ほかの何ものでもないでしょ」

「うーっ」と、さっき切り分けておいたほうに手を伸ばす。「こんなの、ちゃんと隠しておいてくれなきゃ。わたしに我慢しろなんて無理なんだから」

マムのこんな台詞を聞くと、やっぱりまだ変な感じがする。マムがこんなにわかりやすい食いしん坊じゃなかったなら、そもそもダドと二人でビッグ・リーグ・バーガーを始めたりしなかったはず。ナッシュビルのあのアパート。ベランダにわたしとペイジが立っていて、ダドは計算したり業者にメールを送ったりし、マムはミルクシェイクのハチャメチャな配合をこれでもかとリストアップしては、えんえん読み上げてわたしたちにお披露目してくれている。あれはそんなに昔のことではないんじゃないかと、ときどき思ってしまうのだ。

ここ五年あまり、わたしが見る限り、マムはミルクシェイクを飲むにしてもほんの一口か二口だけ——最近ますます、なんでも商売道具にしか見えなくなっているみたいなのだ。わたしもツイートで手伝ったり、ニューヨークとうまくやっていこうと頑張ったりして、どちらかというと前のめりになっているのだが、この変わりようがまたペイジの、マムへの怒りをさらに募らせる原因になっている。ベーキング・ブログにしても、ペイジがこんなにも熱心なのは、これに固執せざるを得ない何かがあるからじゃないか、とわたしはしょっちゅう思っている。

ただまあ、ほかのことはどうあれ、マムの弱点はモンスター・ケーキ——これだけは確かだ。子どもの頃にあみ出した、危険極まりない発明品である。ある日ペイジとマムとわたしは、うちのポンコツオーブンの限界を探ろうということになり、ファンフェッティのケーキミクスにブラウニー・バター、クッキー生地、それにオレオ、リーシーズのカップチョコ、ロロのキャラメルチョコをぶち込んで焼いてみたのだ。結果、それはそれはおぞましくもおいしいものが焼き上がり、感動のあまりマムは砂糖衣でまん丸の目玉をくっつけた。こうして生まれたのが、モンスター・ケーキ。もうかぶりついて唸っている。「はい、ごちそうさま、あっちに持ってってって」

ポケットの中のスマホが震えた。出してみると、ウィーツェル・アプリからの通知が来ている。

ウルフ
おーい。これを読んでるなら、もう寝なよ

「ペイジから？」

笑みを懸命にこらえた。「ううん、えっと――友だちから」まあ、嘘ではない。実は本名も知らないのだ。とはいえマムの知ったことではない。

マムは頷きながら、型の底にくっついたケーキのくずを親指の爪でこそげ取る。さあ気を引き締めなくちゃ――今からいつも通り、ペイジがどうしてるか訊かれるはずだから、わたしがしっかり仲立ちして――ところがどっこい、こう訊いてきた。「あなた知ってる？ ランドンっていう男の子。同じ学校に通ってるそうなんだけど」

もしもわたしが、ベッドの脇に日記を広げっぱなしで置いておくようなおバカな女子だったら、たちまち正真正銘のパニックに陥っていただろう。でも生憎《あいにく》わたしはそこまでおバカな女子ではないから、仮にマムがコソコソ嗅ぎまわるような親だったとしても、全然大丈夫なのだ。

「知ってる。確か水泳部で一緒だったと思うけど」と言いながら、本当はこう言いたかった――知・

ってるよ。一年生のとき、訳がわからないくらいめちゃくちゃに好きだった男子だよ。そもそもあの年、マムに放りこまれたのよね。お金持ちの子ばかりで、それこそ生まれたときからみんな知り合いの、ライオンの巣穴に。

　初日の居心地の悪さといったら、わたし史上最高レベルだった。制服なんか着たことがなかったから、あちこちチクチクするしどこもかしこも身に合っていない気がしてたまらなかった。髪はまだ中学生の頃と同じ、どうにもまとまらないチリチリ状態。どの生徒ももう既に、自分たちの小集団の中にすっぽりはまって守られていて、そしてどの集団をとってみても、カウボーイ・ブーツばかり六足も持っていたり、ケイシー・マスグレイヴス《ナッシュビルを拠点に活躍するカントリー・ミュージック・アーティスト》のポスターをクローゼットに貼っていたりする生徒が入り込む余地などなさそうだった。

　泣きそうになったあの事件も、まだ覚えている。英語のクラスに入るなり、恐ろしい事実に気づいたのだ。夏休みの読書課題が出ていたこと――しかも、初日に抜き打ちテストをするという。怖すぎて、先生に言えばいいのにそれもできなかった。するとランドンが机から身を乗り出してきたのだ。真っ黒に日焼けした顔に、まぶしいくらい満面の笑みを浮かべてこう言ってくれた。「ヘイ、気にしなくていいよ。兄さんが言ってたんだ、この先生は抜き打ちテストでぼくらをビビらせたいだけだって――実は大して重要じゃないんだって」

　やっとのことで頷いて返した。あっという間にランドンは自分の机に覆いかぶさり、テスト用紙を睨みだしたが、そのコンマ数秒でわたしの、十四歳のおバカな頭脳は、これは恋だ、と決論づけていた。

そんな恋心も結局は数カ月しか続かなかったし、わたしから彼に話しかけたのもせいぜい六回かそこら。ただ、その日から今まで、恋だとか愛だとか言っていられないほど忙しかったので、わたしの中にはあのときの印象だけが残っていた。

「そう、よかった。うんと親しくなれるわよ。そのうち家に招待するから」

開いた口が塞がらない。マムが高校生だったのは確か一九九〇年代。にしても、十代の男女の交友関係の築き方を、これほど根本的に間違えていいわけはない。

「は？　どういうこと？」

「その子のお父さんがね、ＢＬＢの海外進出への、巨額の投資を検討してくれてるの」とマム。

「なるべく上機嫌でいてもらえるように、できることはなんでもやらなくちゃ……」

身もだえしそうになるのをこらえた。数年前ランドンに出会ったときに、テイラー・スウィフトのベタな詩で呼び起こされがちな、甘酸っぱくどこか切ない感情を抱きはしたものの、彼のことをそんなに知っているわけでは全然ないのだ。とりわけこの頃の彼は、学校外でアプリ開発のインターンシップに参加しているとかで猛烈に忙しそうで、廊下ですれ違うことさえめったにない。ランドンはランドンであることに大忙し——とんでもなくハンサムで、誰からも好かれていて、たぶんわたしみたいな種類の人間とは住む世界が違うのだと思う。

「かもしれないけど。わたしたちほんとに友だちでもなんでもないし、だから……」

「あなたは人付き合いの天才だもの。いつだってうまくやってきたじゃない」マムの手が伸びてきて、わたしのほっぺをつねった。

天才だったかもしれない。前の学校までは。ナッシュビルにいた頃は友だちがいっぱいいて、ビッグ・リーグ・バーガー一号店の売り上げのほぼ半分を担ってくれていた。放課後のたまり場になっていたのだ。けれどあの頃、友だちを作るために何かやらなくちゃいけないなんてことは一切なかった。みんなただそこにいてくれただけ。うちにたまたまペイジがいたのと同じ。みんなで一緒に大きくなったし、お互いのことはなんでもお見通しだった。つまり、その頃の友だち作りとは、意識して選びとるようなものではなく、わたしたちみんなが生まれながらに持っている素質にすぎなかったのだと思う。

当然だけれど、それは引っ越してきて、こっちの子たちのまるで違う生態系に飛び込んでみるまではわからなかったことだ。登校初日、全員がわたしを異星人でも見るような目で見てきたし、マンハッタンで暮らし、スターバックスとユーチューブのメイク動画チャンネルに入り浸って育ってきた子たちに比べたら、確かにわたしは異星人だった。あの日は帰ってきてマムの顔を一目見るなり、わっと泣きだしてしまった。

とたんにマムは光の速さで動きだした。もしわたしが文字通り火だるまになって帰ってきたとしても、あんなに速くは動かなかったかも――一週間も経たないうちに、わたしのバスルームの棚には載りきらないほどの化粧品が溢れ、スタイリストによるブロー&ドライやメイクアップの個別レッスンをこれでもかと受けさせられ、おかげでなんとかエリートたちのカリキュラムに追いつくことができた。わたしたち姉妹をこんな異質な新世界に放りこんだ張本人のマムだから、二人を何がなんでも馴染《なじ》ませてみせると心に決めていたのだ。

あの惨めな日々を思い出すと、懐かしいような愛おしいような気持ちになるから不思議だ。この頃はマムもわたしも、当時よりずっと忙しくなってしまった――真夜中過ぎになぜかキッチンで偶然顔を合わせる。しかも二人とも、いつでも退却できる体勢のままでいる。

わたしが先手を打つ番だ。「もう寝ようかな」

マムは頷いた。「明日、スマホの電源は切らないでね、タフィが連絡してくるから」

「わかった」

もっと怒っていいんだろうとは思う。マムは、わたしが現実に取り組んでいる学業よりもツイッターのほうを優先すべきだと考えているのだから。しかも、国内でも指折りの進学校に入れたのもマムだからなおさらだ。でもまあいい、とも思う。何かしらでわたしが必要なら、それもいい。

部屋に戻ると、ベッドの上の枕の山に倒れこんだ。ノートパソコンと、中でまだまだわたしを待ち構えている課題の山とをわざと避け、ウィーツェル・アプリを開いて返信を書き込む。

ブルーバード
誰かと思った。眠れないの？

ウルフからの返信なんてないだろうなとしばらくは思っていた。が、やっぱりだ、ふきだしがまた現れた。ある意味スリリングで、ある意味さらに怖くもある――ウィーツェル・アプリでの会話には危険が伴うのだ。何から何まで全部が匿名だけれど、たぶんここにはうちの高校の生徒しかいない。最初のログイン時に、ユーザーネームが割り当てられる。何かしらの動物の名前と決まっていて、メインの、誰でも入れるホールウェイ《廊下》・チャットにいる限りはそのまま匿名でいられる。ただしアプリ内で誰かと一対一で話しだすと、ある時点で――いつなのかは謎――アプリがお互いの個人情報を開示する。ドカン！　で、もはや秘密ではなくなってしまう。

だから簡単に言うと、わたしがウルフと話せば話すほど、アプリが互いの個人情報を開示するタイミングもどんどん近づいてくるというわけ。現にみんな不規則に、一週間だったりすごいときはその日のうちだったり、互いの情報を開示されているから、わたしたちがこんなふうに、匿名のまま二カ月も続いているというのはわりと奇跡に近いのかもしれない。

ウルフ
まあね。きみが名作をぶち壊すんじゃないかって、気になって寝るどころじゃないよ

たぶんそのへんも気にしながら、ここのところわたしたちは少しずつ、普通よりは親密になってきている。話の中身は、すぐバレるほどではないものの、どうでもいいほど些細なことでもない。

ブルーバード
わりと有利なほうだと思うのよね。わたしって、名作でも立身出世の物語となら、けっこう近しいところにいるから

ウルフ
そっか。どうやらぼくときみだけは、体のどこにも銀のスプーンを持たずに生まれてきた同士みたいだね

思わず息をのんだ。その瞬間、アプリが二人の情報を開示してしまいそうな気がしたのだ。開示

してほしいけどしてほしくない。ちょっと情けないけど、みんながみんなに対して完全に心を閉ざし、競争心をむき出しにする環境に放りこまれて以来、友だちにいちばん近い存在になってくれたのがウルフなのだ。この関係を、ほんの少しでも変えたくはなかった。ウルフの正体を知ってがっかりするのが怖いんじゃない。わたしの正体がわかって、ウルフにがっかりされるのが怖いのだ。

ウルフ
とにかくさ、金持ちじゃないならないでそれを逆手にとって、めいっぱい利用すればいいんだよ。だってほら、あの金持ちのアホどもはきっと、もっと頭のいい奴に金を払って、代わりに小論文を書いてもらってるんだぜ

ブルーバード
やだなそれ。たぶんそうなんだろうけど

ウルフ
まあいいじゃん。あと八カ月で卒業なんだ

ベッドにひっくり返って目をつぶる。その八カ月が、言うほどあっという間に過ぎてくれると思ったら大間違い、なんとなくそんな気がしてならない。

ジャック

月曜日の午前九時より前にメールを送ってはいけないことにしよう。それがぼくの一日をぶち壊してくれるようなメールなら、なおさら禁止だ。

ストーン・ホール・アカデミーの勉強熱心な生徒諸君、ならびに保護者各位、ときたもんだ。差出人はもうおわかり。ラッカー、すなわち常勤の教頭であり、非常勤の『興ざめ仕掛人』でもある人物だ。

わが校の生徒の多くが、『ウィーゼル《イタチ》』なるアプリ上の匿名のチャットに参加しているとの情報が、目下教職員の悩みの種となっている。学校の認可を得ていないことをはじめ、懸念材料として見過ごせないものとなりつつある。ネットいじめの温床となる危険性、ならびに試験解答のばら撒きが発生する可能性、またこのアプリの出所がまったく不明であることなどから、全生徒に対し禁止令を出し、即時発効するものとする。

保護者のみなさんにはぜひ、このアプリがはらむ危険性について、生徒たちと忌憚なく話し合っていただきたい。本日以降、校内において『ウィーゼル《イタチ》』にアクセスしていることが発覚した生徒については、例外なく懲戒委員会にかけられることとなります。このアプリについてなんらかの情報をお持ちであれば、ぜひ名乗り出てご提供いただきたく。

実り豊かな一日を。

教頭　ラッカー

シャットダウンしてベッドにひっくり返り、目をつぶる。

Weasel《ウィーゼル》だと？　ぼくもどちらかというと変なこだわりが多いほうだが、名前に限っては正直どうだっていいと思っていた。ところがどうだ、間違われてムカムカしている。『Weazel《ウィーツェル》』なのだ。Zとわざと誤表記したり母音を飛ばしたりして表記していた往年のアプリに対する、ちょっと生意気なオマージュのつもりだった（二番煎じをやるのに、『Weazl』とまで表記するのは、いくらぼくでも図々しすぎるかな、と思ったのだ）。

でももっと重要なのはここだ、誰一人としてこのアプリを、カンニングやネットいじめなんかに使っていないということ。ほかにも、大人の目を盗んで交流できる場をやっと見つけた若者なら絶対やらかすだろうと、あのラッカー教頭が勝手に決めつけていることはいっぱいあるんだろう。でも、一切やっていない。第一、ストーン・ホールの生徒の中に手抜き勉強で切り抜けてやろうって奴がいたとしても、ならばいっそ莫大な額の小切手を切ったほうが、マークシートの解答をだらだら並べて流してもらうよりよっぽどうまくいくはずだ。第二に、ぼくが常に抜かりなく、ホールウェイ・チャットを監視していて、ネットいじめやカンニングにつながりそうなメッセージがあればすかさず削除してきたから、この頃はもうみんな賢くなって、そんなことをやろうともしなくなっているのだ。

ドアが開く。

「これ見た？」

イーサンはぼくがすっかり目を覚まし、嫌な顔をするより前に、もう入ってきてしまっている。当然のことみたいに、もう制服を着ているし、髪もジェルで整っているし、バックパックを肩に背負ってもいる。必ず早めに登校し、正面入り口の階段でボーイフレンドといちゃつくことにしているのだ。ほかにも、とんでもなく人気者になってしまったからにはそれなりに、自分のためにしておくべきことがいろいろあるんだろう。生徒会長だし、ダイビング部のキャプテンだし、先生たちからもめちゃくちゃ愛されるスター的存在だし。現にぼくは、教職員室で先生二人が揉めている声を耳にしたのだ。イーサンに第二学年の部門賞を、英語で取らせるか数学で取らせるか、で言い合っていた。両方取らせるわけにはいかないからだった。

どれもこれも、イーサンとぼくが兄弟だというだけなら鬱陶しいだけで済む。が、そっくりな一卵性双生児ときているから十倍は厄介だ。自分とまさに瓜二つの奴の影に隠れて生きてるなんて、居心地悪いことこの上ない。

だからって別に負けてはいない。ぼくにだって友だちはたくさんいる。ただ、ぼくはとどのつまりイーサンよりは、高校生あるあるで言うクラスのお調子者タイプに限りなく近い。一方のイーサンは要するに、『ハイスクール・ミュージカル』のスーパーヒーロー、トロイ・ボルトンなのだ。ジャズは歌えないけど。

（うんわかった、もしかしたらちょっとだけ負けてるかもね）

「ああ、メールだろ、見たよ」小さな声しか出ないのは、みぞおちあたりがムズムズするから。

何が問題かって、ウィーツェルを作ったのがぼくだとは、誰も知らないということ。まさかあれがこんな――えっと、もっといい言い方があればいいのに――こんなもんになるとは思ってもいなかった。とある年のクリスマス、イーサンは親に、友だちが始めたナントカクラブに入りたいからと、アプリ開発のハウツー本をねだった。でも年が明ける頃には投げ出してしまったので、ぼくがその本を拾い上げたところ、実はぼくのほうが、そっちの才能に長けていたというわけ。ペラッペラのチャット用プラットフォームとか、位置情報アプリとかはいくつか作ったものの、両親のデリの手伝いが忙しくて、それ以上のものはなかなか作れずにいた。そうこうするうち、ウィーツェルのアイデアがふっと浮かんで、以来頭から離れなくなった。

だから作った。磨き上げた。そして八月某日、イーサンと一緒に何かのパーティーに参加してビールを飲んでいたときのこと、とあるクラスメイトが寄ってきてたっぷり三十分ほどまとわりついた挙句、いきなりぷいと離れていったのだ。ぼくがイーサンじゃないと気づいたらしい。今夜はもういい、クラスメイトとリアルで話すのはもうたくさんだ、とぼくは思った。こんなことが起きるたび、決まって自分が惨めに思えるけど、そんな気持ちのままあと数時間過ごすなんてもうやめよう、と。そしてこのときついに、捨てアカウントを作って学校のブログページに入り、アプリダウソロード用のリンクを貼った。

翌朝には五十人の生徒が入ってきていた。大急ぎで安全対策を講じ、ストーン・ホールの生徒用メールアドレスでしかアカウントが作れないようにした。今現在三百人が利用中、ということは、全校生徒のうちアカウントを持っていないのはたった二十六人、ということになる——もう増えなくていいや。なにせ無作為に動物の名前のＩＤを割り当てていこうにも、ぶっちゃけネタ切れになってきていて、つい最近入ってきたユーザーにつけた名前に至っては『ブロブフィッシュ《ニュウドウカジカ》』だった。

「なんだメールって？」とイーサン。「ツイートの話なんだけどな」

「へ？」

イーサンはマットレスの上にあったぼくのスマホをむんずと掴み、双子ならではの、死ぬほど頭にくるいつものあの方法でロックを外す。フェイスＩＤに自分の顔を使うのだ。何か検索していると思ったら、いきなりぼくの鼻先に突きつけてきた。

「え、ちょっと、なんだよこれ？」

目を細め、ビッグ・リーグ・バーガー社の公式アカウントのものらしきツイートを見た。新メニューの紹介のようだ。三種の「手作りグリルド・チーズ」があり、そのうちの一つ——ツイートではそれを、『グランマズ・スペシャル』と呼んでいる。原材料まで読み進むと、ぼくの混乱はたちまち怒りに変わった。イーサンにもその怒りが、部屋じゅうの空気の物理的な波動のように伝わったのだろう、すかさず「だよな」と言った。

イーサンの顔を眺め、また画面に目を落とす。「どうなってんだ畜生」

確かに、うちが『グランマズ・スペシャル』という言葉の商標使用権を持っているわけでもないし、グリルド・チーズの原材料の配合について特許を取っているわけでもない。にしても、偶然なわけはないのだ。『グランマズ・スペシャル』は、うちが家族で経営しているデリの、ずっと昔からの主力商品なのだから。それこそグランマ・ベリーが、自分のおばあちゃんに作ってもらっていたサンドウィッチをもとに考案し、メニューに入れたものなのだ。それが今、キャンベル家が数十年かけて改良してきたグリルド・チーズが、アメリカでも屈指の巨大バーガーチェーンにそっくりそのまま盗まれてしまった。その名前から、かなり特色ある五つの原材料に至るまで。

うちなんて巨大企業でもなんでもないと言えばそれまでだ。それでもわがガール・チージングはイースト・ヴィレッジで何十年もやってきた。いっぱしのニューヨーカーなら誰だって、うちの伝説のサンドウィッチを知っているはず――中でも『グランマズ・スペシャル』は絶対だ。うちでいちばん売れているグリルド・チーズサンドだし、秘伝の原材料がたっぷりなのも見逃せない。店の壁一面が、文字通り写真で埋め尽くされている。どれもこれも、客がグランマズ・スペシャルを手に、グランマ・ベリーと一緒に写っている写真だ。中には八〇年代に一世を風靡《ふうび》したポップスターなんかもいて、母にとってはほぼ間違いない、生まれたばかりのぼくとイーサンの写真などよりずっとずっと大切なものなのだろう。

「父さんは無視しとけってさ」とイーサン。もう鼻の穴が膨らんでいる。ぼくの鼻も今、同じ状態になっているはずだ。イーサンの頭の中で、ギアが入ったのがわかる。開いていた手が拳に変わった。ぼくもあとに続く。怒りに揺りおこされて、あっという間に目が覚めた。ラッカー先生からのアホらしいメールなんかではこうはいかない。

わざと仕向けたりしなくても、世界に喧嘩をふっかけられることはある。ただ、グランマ・ベリーには指一本触れさせない。

「そうか、無視しとけか。けどぼくには言ってないよな」

イーサンの唇がくっとねじれて上がる。「そう来ると思ってた」

ぼくらはけっこう違っているけど、とりあえずこういうことにかけては必ず見解が一致する。イーサンは確かにここ数年、デリのシフトにはほとんど入っていない――高校に上がる前の夏休みに、クラスの人気者たちと一緒に住宅建設のボランティア旅行に参加し、結果、要はそのグループの王さまになって帰ってきた――が、イーサンがどんなにデリから離れ、貢献しなくなっていようとも、デリを大切に思う気持ちに変わりはないのだ。二人ともその気持ちが骨身に染みているからこそ、ほかの何よりも共有できる。もしかしたらそっくりな見た目よりもっと、共通しているのがこの気持ちかもしれない。

ガール・チージングのツイッターアカウントを立ち上げる。ログインするのはぼくら二人。両親は忙しすぎて、とてもじゃないがデリのページの更新などについてはいけない。父親がやりたいようにだけやっていたら、うちのデリはソーシャルメディア上に存在すらできないままだろう。

「うちはな、口コミのおかげで成り立ってるんだ」と父さんはしょっちゅう言う。お決まりの意固地なプライドというやつだ。それはそれでいいが、ただ『口コミ』のおかげで昨今のうちの商売が成り立っているかというと、そうとも言えない。父さんも母さんもその話はあまりしないが、ぼくは実際にほぼ毎日、放課後にデリの店頭に立っている――しかも、かの私立高校の常軌を逸したこだわりの教育のおかげか、バカではない。常連客の多くが高齢化するか、ニューヨークを離れるかしている。行列ができても、前よりは短くなってきた。売り上げは右肩下がり。店に来てくれる人をとにかくもっと増やさないと。

ぼくだって父さんを二十一世紀に引っぱり上げようとしてこなかったわけじゃない。もっとバズらせるために開拓できそうなソーシャルメディア活動とか、アプリとか、おすすめをいくつか投げかけるところまでやった。でも、こういうのはさ、ぼくに任せてもらえばやるよ、と切りだせないうちに、父さんは言いきった。とにかく店に全力を注いでいればいいんだ、「周りの雑音」に無駄な労力を使ってどうする。

「アプリだのウェブサイトだの――そんなもんはいらん」と、そのとき父さんは言った。「店にとって大事なのはおまえたちだ。家族一人ひとりの問題だ。みんなが、今までよりほんの少しずつ頑張って働けばいい、それだけのことさ」

心の傷はいまだ癒えない。何もかも、有無を言わさずはねつけられてしまった――が、たった今ビッグ・リーグ・バーガーにやられた仕打ちに比べたら、大したことはない。

まだ半分寝ぼけた状態で作ったツイート。正直、会心の出来とは程遠い。ビッグ・リーグ・バーガーのツイートをスクショして貼った下に、うちの店のメニューボードの写真を貼っただけ。ビッグ・リーグ・バーガーのツイートは、「グランマ・リーグほど、うまくチーズをグリルできる人などいませんよ」とあり、その下に貼ったうちのメニューボードはというと、「二〇一五年、ついに『グランマズ・スペシャル』百万個売り上げ達成！」と、誇らしげに宣言しているのだ。

心底頭にきていたので、怒りをそのままツイートしそうになった――いったい何様のつもりだよ……このクソ野郎？　というのが、ぱっと最初に頭に浮かんだ文句だ――が、会社のソーシャルメディアに口汚い文言を書き込んだりしたら、たぶん親に殺される。ということで、最も安全な選択肢を選ぶことにした。うちの親が激怒しているのがなんとなく伝わるが、さほど大っぴらには響かないようにする。つまり、スクショの上に**はーいはい、そうなのね**というテキストと、横目で見ている絵文字を載せたのだ。これでいいよな、と、持ち上げて見せると、イーサンは頷き、ぼくそっくりにニヤリと笑い、そして「ツイート」ボタンを押した。

こんなツイートで何が変わるわけもない。マンモス企業のあっちのフォロワーは四百万、こっちはほんの僅か。ただ、なんにもない穴の中をじっと見つめているよりは、せめて大声で叫んだほうが、まだ気が晴れるというものだ。

六番線ホームに着く頃には、なんとかハルク化せずに済むくらいまで、怒りを鎮められていた。イーサンよりたっぷり二十分は遅いけど別にかまわない。この底抜けにくだらない騒動の中で、唯一いいことがあるとしたら、少なくともグランマ・ベリーの目にだけは、たぶん触れなくて済むだろうな、ということ――ツイッターなどいまだかつて開いたことがないんだろうとは思う。御年八十五歳。インターネットをこよなく愛しているなんてことはまずありえない。

とはいえよくよく考えたら、いつまでもこのままでいられるとは限らないのだ。グランマもこの頃は衰えが目立つ。毎日の散歩の距離が短くなり、医者にかかることも増えてきた。ただこれもまた、カウンターの下に掃き入れて見ないようにしておく類《たぐい》のことなのだろう。デリの財政事情とか、いよいよ両親がリタイアしたいとなったらどうなるのか、とかと同じだ。グランマ・ベリーの健康が危うい状態だと誰かにはっきり言われない限り、そんなことは起きない体《てい》でいくしかないのだ。
手の中のスマホが震えて、思索の迷宮から現実に引き戻される。ウィーツェル・アプリを開くと、自分宛てのメッセージが！　駅のホームでニヤニヤしているなんて気持ち悪いから、なんとかこらえようと頑張った。

ブルーバード
あfくgじゃlffkじゃhlfか;jgd

ウルフ
ゾンビ語はわかんないなあ。小論文が書けたって意味？

ブルーバード
『Essay《小論文》』って、『試み』の意味もあるわよね。そっちのほうがぴったりかな。シェーン・アンダーソンのマムに雇われたゴーストライターの作品とかと、互角に戦えるかどうかはおいといて六番線に電車が入ってきたので、スマホをポケットにしまう。ブルーバードも一緒にポケットの中へ。最近、ブルーバードはこれをよく仕掛けてくる——消去法っていうのかな。クラスメイトで、脳細胞が指の数より少なそうなのを選り分けてきた、というだけではない。大胆にも彼女が誰かになりすますつもりだとしても、実はアンダーソンでしたってことはまずありえない、というのを、ぼくにわからせてくれているのだ。頭の回転がめちゃくちゃに速いのがこれでわかる（ところで、アンダーソンのママがゴーストライターを雇ってるって……）。

たぶんヒントなどもらわなくても、彼女が誰なのかわかって当然なのかもしれない。そもそもぼくがホールウェイ・チャットで発言することはめったにない。ホールウェイ・チャットでは、どのユーザーも匿名のまま投稿できるし、そのままいつまでもそこにいてかまわないのだが、ぼくがそこで、誰かとチャットを始めたりすることもない。ただ、あるときよかれと思ってSAT（大学進学適性試験）用の無料オンライン参考書へのリンクを投稿した。そしたらなんと、みんなからきっぱりはっきり無視された。後ろに時給二百ドルの家庭教師が控えているセレブばっかりだから無理もない——ところが、一時間ほどして覗いたら、ブルーバードからのプライベート・チャットが届いていたのだ。それはムキムキのザ・ロック（ドウェイン・ジョンソン）がジムでトレーニングしている写真と、**あの甘くておいしいプロテイン・パンチをごくごく飲んだあとのワ・タ・シという**

テキスト——数学の最初の例題が、製品を液体と粉末の両方の形で出荷している架空のプロテイン会社についての問題で、それを受けてのコメントだった。

ブルーバードのプロフィールはというと、女子で、四年生で、と、それだけ。それとあとは、無料の参考書コンテンツを使うなんてはしたない！　などと思うほど、ストーン・ホールの教義をまるまる鵜呑みにはしていない、ということ。とはいえ、さんざんいろんな話——例題に関するあのたわいない冗談から始まって、先生のこととか、ときには学校からはかけ離れた話題とか——をしてきたわりには、全然絞り込めていない。うちの高校の、果たしてどの生徒なのか、ただの一人も思い当たらないときている。

冷静に考えたら、至難の業というほどではないのかもしれない。ぼくもたまには、ダイビング部やスマホ以外のことにも気を配るようにすれば、自然にわかってくるものかもしれない。

本当の意味でおかしいのはここからだ。ぼくなら、全部ぶちまけてしまおうと思えば今すぐにでもできてしまう。それぞれのユーザーネームに紐づくメールアドレスに、そもそもぼくだけはアクセスできる。だが一切見にはいかない。ブルーバードのアドレスを調べるなんて、なんとなくズルをするような気がしてならないのだ。二人の関係をある意味、少しばかりは壊してしまうんじゃないかと思う。嘘つきになってしまう気がする。彼女を騙してしまう、みたいな。できれば対等な関係のままでいたい。

とはいえ、もう既に騙してしまっている気もする。アプリ本来の仕様では、数週間前にはもうアプリが二人の身元を明らかにしていてしかるべきなのだ。アプリの名前の由来がここにある――ウィーツェルは、『Pop! Goes the Weasel《イタチがぴょんとはねて出る》』にちなんでいる（もっと気の利いた引用の仕方もあっただろうが、特許を取ったのが午前三時だったのだから許してほしい）。でもプログラムに細工して、ぼくら二人の間では開示が起きないようにしてしまった。なぜそうしたのか、自分でもまだよくわからない。うちの高校にはそぐわないような話もわかってくれる、そんな話し相手がいるのはいいもんだ。それに尽きるのかもしれない。少なくとも、自分と瓜二つのバカ面をぶら下げた奴じゃないだけありがたいというものだ。

結局は、正直に話せる誰かがいる、それだけでもう十分なのだろう。イーサンは、自分たちが学校の連中と同じくらい裕福だと見せかけたくてやっきになっているけれど、ぼくにはイーサンみたいに、学校でのジャックと家でのジャックを使い分けるなんてことはできない――いや、とりあえずあんなにやすやすとは、できない。やろうと思ったら脳みその大部分を使って自分をそこに合わせていかないといけない気がする。でもブルーバードと話すときは、スイッチの切り替えがいらない。ぼくはぼくのままでいられる。

だからといって、こんな高校生活ありがたくもなんともないや、とまでは思っていない。イーサンとぼくはストーン・ホールに入るのに必死になって勉強した。でも両親は学費を払うために今もずっと必死になって働いている。母さんは子どもの頃にストーン・ホールに通っていて、周りにも問題なく溶け込めていた。なのに「山の手のプリンセス」から「デリのオーナー夫人」まで、一気に落ちぶれた。まさに目もくらむような大恋愛の末に、イーサンとぼくがいるというわけだ。母さんは、ぼくらの教育に関して確固たる信念を持ち続けていて、父さんは父さんで、そんな母さんを支えてゆくという、確固たる信念を持ち続けているのだ。

だからこそ、ぼくは毎朝、気づけばディズニーの『ノートルダムの鐘』から抜け出してきたような立派な学校の階段を上っていて、ほんの出来心でそのへんのスターバックスを買いとってしまえるほど、お金があり余って唸っている奴らと、会釈を交わしていたりするわけだ。

そしてまた、毎日繰り返される、ぼくのいちばん苦手な日課が始まる——みんなぼくの顔を見かけると、嬉しそうにぱっと目を輝かせるのだが、みるみるその目は曇ってしまう。ぼくが実は、みんなの大切なイーサンではなく、いつものただのぼくでしかないと気づくから。イーサンより髪をほんの少し長くしたり、ほんの少しくしゃくしゃにしたり、バックパックや靴を変えてみたり、はたまた歩きまわるときは常にスマホで顔を隠すようにしたりもしているが、大して効果はないようだ。

ぼくが本気で欲しがっているのは、新しい顔。でも、実は今の顔が気に入っていたりもするので、イーサンがマンハッタンに嫌気がさし、どこか遠くの、めちゃくちゃカッコいい大学に行ってしまうときまで、我慢して待とうとも思っている。

「やっほー」

ロッカーから目を上げると、ポールだ。身長は一七〇センチ足らず、子ども向けアニメに出てくるウサギと妖精が結ばれて、すごい赤毛のヤンチャな子が生まれたとしたら、きっとこんなだろうなという感じだ。

「見たか？　メルとジーナがさ、廊下でアッツアツなんだぜ」嬉しそうに目を輝かせ、教えてくれる。

ぼくは歴史の教科書を取り出すと、ロッカーを閉めた。「一九五四年の話かよ？　だって今どきそういうのは確か、イチャイチャとかラブラブとか言うんだぜ」

ポールはバチンバチンぼくの腕を叩く。「こんなことしてたんだよう」そんなに必死にならなくても。見習社員が仕事場に向かう途中、上司に何か言いつけている図ってこんな感じか。「あの二人、ウィーツェル・アプリでしゃべってたんだって。でさ、なんかいい感じになってきてて、そしたらアプリがお互いの名前をばらしてくれて、で、こうやってデートする仲になったんだって」

ポールは嬉しくてたまらないみたいにニヤニヤしていて、そのせいか珍しくぼくまでが、嬉しそうに笑い返してしまった。ぶっちゃけこういうのが、ウィーツェルの素敵なところなのだ——そこでつながった人同士が、現実でもつながる。ホールウェイ・チャットには面白半分のクソみたいな書き込みもあるが、真面目な書き込みもたまにある。大学入試が怖くてたまらないとか、親のプレッシャーが半端なくてとか。みんなが笑えないほど難しくてシュンとしてしまったテストのことも、誰かしらがジョークで笑い飛ばしてくれたりする。ぼくらはみんな鎧を着こんでいて、それにはごくごく細かなヒビが入っているのだが、実生活で直に顔を合わせ、それを見せ合うなどということは絶対にない。なにせここは教育機関に違いないけれど、そうではなくてむしろサバンナの水場のように思える場所だから。みんながみんな、肉食動物と、その餌食になる動物のどちらかになりきらなくてはならないから。

でもほら、こういうことがあれば、アプリをえんえん監視していたあの時間も、無駄ではなかったなと思えてくる。一対一のチャットで人と人とがつながる。おかげでデートするようになったとか、友だちになったとかいうのも、メルとジーナが初めてではない。実際、微積分学の中間試験について不満を口にする人が相当数いたせいで、徹底的に学ぼうというグループができ、既に今、図書室で週二回の勉強会が開かれているのだ。

角を曲がると、やっぱりだ、いた。メルとジーナだ。あまりのいちゃつきぶりに、どちらもまだ懲罰を受けていないなんて奇跡でしかない、と言いたくなる。だんだん心配になってきた。お馴染みのあのラッカー先生が、どうにかしにくるんじゃないだろうか。あの人の、生徒間の恋愛を嗅ぎつける探索力のすごさときたら、爆発物探知犬に勝るとも劣らない。

「アッ・ツ・ア・ツ、だろ？」

ぼくはポールの肩に手を置いたが、それごときでポールの地殻変動レベルの興奮が鎮まるわけはないとわかっていたし、ポールがあれを「アッツアツ」と呼ぶのは、そう呼ぶものだと思い込んでいるからだというのも、十分わかっていた。

「完全にプレイボーイの発行者だな」と言ったのは、前にもそんな話をしたからだった。「落ち着けよ」

「うん、わかってるんだけどさ」

学校の中に、このぼくよりも気の毒に思える人物が一人いるとしたら、それはポールだ——ものすごい大金持ちというストーン・ホールの伝統を、あますところなく体現していながら、アニメの世界から飛び出してきたかと思うほどの、要はド天然キャラなのだ。ダイビング部がもし、ここまで徹底して部員を守る体質でなかったとしたら、この学校でポールは生きたまま食われてしまっているかもしれない。

「ホームルームへ行こうぜ」

自意識が過剰になってわくわくし、まだハイな状態のままで席に着くと、スマホをチェックしたくてたまらなくなった。またブルーバードからメッセージが来ているかもしれない。誰かに言いたくて、もう居ても立ってもいられない——ぼ・く・の・お・か・げ・な・ん・だ。素・敵・な・事・象・の・一・翼・を・ぼ・く・が・担・っ・て・

いるんだ。そして不思議なのは、ぼくの周りにいる全人類の中で、いちばん話したい相手というのが、顔さえ見たことがないあの人物だということ。

　いや、別の意味でも不思議だ。彼女が誰だったとしても、その顔を、ぼくは一応知ってはいるのだ。同じ学年の全員の顔を知っているわけだから。カーターかもしれない。最前列で注釈にマーカーを引いている。じゃなければアビーか。風船ガムを、今びっくりするほど大きく膨らましている。いや、ヘイリーか、ミナエか。二人して頭を突き合わせ、熱く語り合っているのだが、どう聞いても、『リバーデイル』というドラマの二次創作の話にしか聞こえない。いろいろ思いはするがなんとなく、ブルーバードは誰でもないし、同時に誰でもある、そんな気がしてくる――誰かが顔を上げるたびに、ぼくはクラスじゅうを眺めていたのだと気づかされる。その時ぼくの視線の先にいるのが、ほかでもないブルーバードなのかもしれない。

　いやもっと悲惨なことも考えられる。彼女のほうが、ほかでもないぼくを見ているかもしれないのだ。

始業のベルが鳴って早々、ぼくは気づくことになる。どうしてラッカー先生が、恋愛にうつつをぬかす生徒たちを見えない箒《ほうき》でぶちのめそうと、うろつきまわっていなかったのか。

「おはよう。ストーン・ホール・アカデミーの勉強熱心な生徒諸君」校内放送で流れてきたのは、ぼくらが学校の夢を見るとして、少なくともその五十パーセント以上に出演してくれる、あの鼻にかかったおぞましい声。「諸君は既に、今朝の全校生徒向けメールを見てくれたことでしょう。『ウィーゼル』アプリについて注意を促すと同時に、その使用が発覚した生徒には例外なく懲戒処分が下される、という内容でしたね。生徒諸君には、当該アプリにて交流している他生徒を見かけ次第、遠慮なく教職員に知らせていただきたい」

うわわわわ。ラッカー先生といったら――地元のリサイクルショップ《グッドウィル》でさえ見るなり焼却処分してしまいそうな柄物ズボンばかりをコレクションし、これ見よがしに着て歩いているのも有名だけれど――生徒の中に、忠実なるミニスパイ集団をばら撒いているというもっぱらの評判なのだ。誰と誰がそうだとか、はっきりは知らないが、怪しいなと思う生徒はいる――例えばプージャ・シンとかペッパー・エヴァンスとか。二人とも同じ四年の同級生で、なんとなくいつ何時も、どちらが権力者に気に入られるか、ひそかに競い合っている気がする。あとはゴルフ部の連中。なんというかいろいろと見逃してもらっている気がするのは……なんでだろう、ゴルフ部だからか。そいつらはおまけの単位とか、大学の推薦状とか、何かそういうのをもらうことになっているのか、よくは知らない。とにかくラッカー先生は毎年、売人を最低三人は確保しているらしいのだ。そいつらなら何の躊躇《ちゅうちょ》もなく、ほかの生徒を売りわたしてくれるというわけ。イーサンに言わせれば、そいつらはラッカーの「小鳥たち」なんだそうだ。『ゲーム・オブ・スローンズ』に出てくるあのガキどもと同じだから。でもぼくとしては、「最低最悪のヘタレ野郎ども」ぐらいがぴったりだと思う。

ポールが身を乗り出してくる。「わかったぞ、『１９８４』《一九四九年イギリスで刊行されたディストピアＳＦ小説。ジョージ・オーウェル作。共産主義をうたう全体主義がまかりとおる恐怖の物語》の世界だよな、これって」

ポールをまじまじ見据えてやりたかったがなんとかこらえた。担任のミセス・フェアチャイルドといえば、静寂の大ファンなのだから。ほぼ毎日二日酔いだからじゃないかと、ぼくは秘かに疑っている。それだって尊敬に値するけど。ホルモンバランスの危ういティーンエイジャーが、アメックスのブラックカードを持ち歩いているのだ。そんなのを日々相手にしなきゃならないとなったら、ぼくだってユニオン・スクエアのトレーダー・ジョーズ《ディスカウントショップ》に、格安ワインを仕入れに通いたくもなる。

「やめとけ」

と、ここでドアが開き、入ってきたのが誰あろうペッパー・エヴァンス本人だった。ペッパーは絶対ロボットだ、とぼくは思うが、そう断言しきれない理由はただ一つ、水泳部のキャプテンだということだけ。目の前でペッパーがプールに飛び込んでも、回線がショートしたりはしなかったからだ。それ以外はどの証拠をとってみても、彼女はスカイネット《ターミネーターを生み出したＡＩコンピュータ》

の一部であるとしか考えられない。クラスの首席で、その成績平均点《GPA》を見たら普通の人間は泣くしかないし、それに絶対、遅刻などしない。

　ということは、ペッパーが始業ベルの五分後に入ってくるなら、理由はそう、一つしかない。

「で？」隣の席に滑りこむペッパーに、ぼくは訊いた。聞こえないのか聞こえないふりをしているのか。「なんにん？」

　ぼくのほうをほんの一瞬振り返った。そばかすのある顔が少し赤いなと思ったら、もう黒板に目を向けている。黒板にはミセス・フェアチャイルドが漫然と、今週中にこなすべきボランティア活動時間についての連絡事項などを書いていた。

「なんにん、ってなに？」低い声で訊きながら、伸びすぎた前髪を耳にかけた。でも一瞬でまたばさりと顔にかかる。ブロンドのカーテンみたいだ。ほかのことなら何でも思い通りにできる彼女だが、前髪だけはなかなか言うことをきかないらしい。

「何人密告したのさ、ラッカーに？」

　またあの、左右不対称なしかめ面をしてみせる。片方の眉にだけ、もう片方より深いしわが寄る。へんてこな理屈だが、何らかのリアクションを引き出せただけよしとしよう――ゲームセンターでコイン販売機が故障して、普通より多くコインが出てきてしまったみたいなものだ。ぼくは机に覆いかぶさる。ミセス・フェアチャイルドに怒られるかも、なんてことも、今ばかりは忘れていた。

「何してもらえるのさ？　中間試験がオールAになるとか？」

　ペッパーは唇を噛んだが、体は身動き一つしない。こんなふうに彫像みたいに座っていられるなんて、不気味だけど一種の才能だ。公園にいたら鳩がとまるだろうけど、ぼくは全然驚かない。

「あなたとは違うから」唇はほとんど動いていないのに、びっくりするほどはっきり聞こえた。「成績を水増ししてもらわなきゃならないなんて一切ないの」

　ぼくは心臓に手を当てる。ぐさっ。「ぼくがアホだってこと？」

「去年あなた、プールの水に粉末ジュース《クールエイド・ミクス》の素を混ぜて飲んでたでしょ。だからアホだって言ってるの」

「あれは賭けに負けたんだ」

　きれいに整った眉を片方だけ吊り上げたと思ったら、あとはノートに全身全霊を傾ける。ぼくはにやにやしながら首を振り、また前を向いた。本当のことを言えば、ペッパーのことはそんなに嫌じゃない。ぼくがぼくであってイーサンじゃないってことを、ときには教科書から目さえ上げなくてもわかってくれる。そんな奇特な人種の一人なのだ。

　でもよく考えれば、それこそロボットなら朝飯前か。

　それでも驚きではある。幼稚園の頃からぼくらを知っていたって、間違える人はいる。なのにペッパーはいきなりストーン・ホールに入ってきて、その瞬間にぼくを見極めたっぽいのだ。あれは一年生の頃、ぼくは気づいた。ペッパーは——ぼくだけではなくみんなをじっと見ていた。その頃のぼくらといったらみんな、不器用な思春期の真っ只中で、周りの人に気を配るなんてもってのほかだと思っていた。でもペッパーは積極的かつ恥じらうこともなく、一人ひとりをよく見ていた。ぼくらみんなを理解し、それを踏まえた上で馴染もうとしていたのだろうか。

何があんなに不気味だったのか、まだよくわからない——ペッパーだけが、あの鋭い青い目でぼくを見ていた。いや、ただ見られていた気がするだけなのか。ところが、過ぎてしまえばそんな不気味さも懐かしい。一カ月もしないうちに、彼女もクラスメイトと同じになった。目の前にある成績と大学進学適性試験《SAT》しか目に入らなくなり、ほかの生徒に目を向けるなんてこともできなくなったということだ。

だからぼくは、ペッパーにちょっかいを出してしまうんだろう。クラスに二人いるぶりっこ優等生のうちの一人にはまだなっていない、あの頃のペッパーに会いたくて——あだ名をつけたり、からかったり、たまに椅子の後ろを足でトントンやってみたり。あの得体の知れない、思い詰めた眼差しが懐かしいのだ。今のペッパーとは確かに違っていた。かつてはペッパーも、場違いな存在だったのだ。今ぼくが毎日感じているのと、まったく同じように感じていたはずなのだ。

ホームルームは三十分しかないが、ミセス・フェアチャイルドはいつも通り、生徒たちをもうたくさんだ、もう勘弁してというところまで退屈させてくれる。周りのみんなが、それぞれ程度の差こそあれ巧妙に、スマホを出してきて何か打っている——ぼくの席から見える限り、少なくとも三人はウィーツェルを開いている。教室をさらに見渡して、もっといないか探してみる。すると、ペッパーが気持ち前かがみになっていて、いつもは正しい姿勢が、少しだけ崩れていたのだ。

「メールちゅう？」ひそひそ声で訊いた。

すると飛び上がった。本当に座ったまま飛んだのだ。ほんの少しだが確かに浮いた。

「別にいいでしょ」

「それってウィーツェル？」

キッと睨まれた。「ラッカー先生のメール見たでしょ。あんなアプリになんか死んでも入らないんだから」

うわっ、キツいな。

指をスマホの画面に戻すと、黒板から一切目をそらさずにタイピングを続ける。悔しいけどなかなかすごい。

「ここは学びの場なんだぜ、ペパローニ」

ペッパーはやれやれと言わんばかりに天を仰ぐと、バックパックにスマホを突っこんだ。教室でメールを打ってたからって、ぼくが本気で言いつけると思ったんだろうか。だとしたらものすごく屈辱的じゃないか。あの「粉末ジュース《クールエイド》の素飲んでたでしょ」のくだりなんか比べものにならない

（あれは間違いなく、ぼくが仲間の圧力に負けてやらかした中でも最悪の出来事だった）。

何か言って和《なご》ませなきゃ、と思ったそのとき、目の端にポールの、口をあんぐり開けた顔が見えたのだ。別に周りを見まわしていたわけじゃない――クラスの半数がスマホをいじっているのはわかっていた――ただ、ポールの感情というのは大概とんでもなくあからさまだから、ブルックリンにいる人でさえ、人差し指を舐めて風にさらすだけで、いつ何時もポールがどんな気持ちでいるかわかってしまうんじゃないかと思う。ともあれポールが顔を上げ、ぼくと目が合った瞬間、ぼくは悟った。ポールが何に興奮しているにせよ、それはぼくにとっていい兆しではない、と。

ポールが何か言おうと息を吸ったところで非情にもベルが鳴り、何も言えなくなった。ならばと慌てて席を立ったものだから、膝の骨が当たってもうちょっとで机をひっくり返しそうになり、ぼくの制服の袖をひっ摑むことになる。

「見たかこれ？」

そっと右に目を向ける――ペッパーはもう教室を出ようとしていた。

「見たって何を？」

ポールは震える手でスマホを、ぼくの視線の先に持ってきた――それにしても、ほんとにもう尊敬するくらいバカ丸出しだ。ウィーツェルのことがあってもなくても、就学時間内にスマホを取り出すことは許されていない。ところが、ガール・チージングの見慣れたユーザー名が見えたとたん、罰として居残りか？　といったぼくの懸念は、あっという間に窓から外へ飛んでいった。

「嘘だろ」

「な？　すごいよな」

「すごい？」ポールのスマホをひったくって目の前に持ってくると、思わず目をしばたたく。そこにしっかり出ている三千というリツイート数と、まさに膨大ないいね！数が、瞬きで消せると思ったわけじゃないけど。どちらも今朝、ぼくがデリのアカウントから送ったツイートについたものだ。

「親に三枚おろしにされそうだ。くそったれのダボハゼが！　って」

「お下品ですこと」とミセス・フェアチャイルド。ぼくの手の中の禁制品など、どうやら気にも留めていない。

心臓が口から飛び出しかけるとはこういうことか、頭の中までドクンドクン脈打っている。ぼくらがツイッターをやってることからして父さんは気に入らないし、拡散してバズるなんてもってのほかなのだ。「なんでまたこんなことになった？」

ぼくらのフォロワーは六百四十五人。ぼくが正確な数を把握していること自体、その数字の変動がめったにないという、何よりの証拠なのだ。今までぼくらのデリのアカウントで最高にバズったツイートといったら、イーサンがなんの気なしに投稿した、ダイビングチームに受け継がれてきた古《いにしえ》のならわしを茶化したネタ画像だった。ｂｏｔアカウントにリツイートされたせいで、気づいたときにはちょっと大ごとになっていた。

「マリーゴールドがリツイートしたんだよ」とポール。

喉が、サンドペーパーなみにガリガサになった。マリーゴールドといったら八〇年代のポップスターで、母さんが心酔していて、今でもたまにデリに顔を見せる常連なのだ。

マリーゴールドは八〇年代のポップスターなだけでなく、わざとではないにしろ、ぼくを来年までデリから一歩も出られないようにしてくれる人物ともなったわけだ。そもそもこのツイートをした時点で、何かしら非難を浴びることになるかもな、と思ったし、マリーゴールドのことも頭の隅っこに浮かんではいた——こうなったらもう、デリで思いきりタダ働きして、クリスマスまでにはターキーの匂いを体に完全に染みつけてしまうしかない。

なにせマリーゴールドには、改めて見てびっくり、千二百五十万ものフォロワーがいる。ＡＰ微積分学をえんえん履修していなくてもわかる。つまりマリーゴールドが一回息を吸って吐くたびに、莫大な数のリツイートが発生しているわけだ。また、マリーゴールドはただリツイートしただけだろうに——開いた口が塞がらないままつっ立ってポールのスマホを覗き込んでいる今この間にも、さらに二百五十もリツイートされている。

プロフィールをタップしてみたらもう一つ、マリーゴールド自らが発信したツイートがあるではないか。リツイートのすぐあとだ。「恥を知りなさい、ビッグ・リーグ・バーガー！」とある。「ガール・チージングはね、そんなハナタレ小僧が生まれるずっと前にもう、グランマズ・スペシャルを完成させてたんだから」

「そんなハナタレ小僧」というのはたぶん、ビッグ・リーグ・バーガーのマスコットキャラのことを言っているんだと思う。ぽっちゃりした丸顔にそばかすの散った男の子のキャラで、野球帽をかぶり、手にはいつも溶けかけのアイスクリームコーンを持っている。コマーシャルではいつも、大げさなしぐさでカメラに近づいてきたかと思ったら、決まって何かしら迷惑でしかないイタズラをやらかし、こんなセリフを吐く。「ビッグ・リーグへようこそ!」で、コマーシャルは誰かに懲《こ》らしめてもらうこともなく終わる。なんでそれで済むのか、解明できるならしたい。今すぐに。だってぼくが家に帰る頃には、両親の機嫌が相当悪くなっているはずだから。

「よっ、有名人」ポールは得意になっている。

「もうおしまいだ」

ポールにスマホを返し、廊下に出てイーサンを探す。イーサンも見たのかな。どっちでもいいけど——父さんがストックしているあのお説教シリーズから、どうせまた長い長いバージョンのお説教を食らうに決まっているんだし、今さら何をしてもぼくはもう逃れられないのだから。今回はきっと、『忍耐は美徳である』版の中の『考えてから行動せよ』の章だろうな、と思う。まあ確かにぼくには、何を言うべきか言うべきではないか(あるいはそう、呟くべきかどうか)を頭でしっかり選び取らないうちから、しゃべりだしてしまう癖が、多少あったりはする。

ただぼくに悪いところがあるとすれば、母さんはある意味もっと悪い。以前本物のナイフを持ってデリに押し入ってきた強盗に、母さんは金切り声で叫びながらハムを投げつけ、追っ払ってしまった。ぼくのそこつさが突然変異だとは言えない気がする。

それでもやはり、父さんのアドバイスに従っておけばよかったと思うタイミングではある。この苦境から無傷で抜け出せるなんてことがあれば、奇跡でしかない——何もかもマリーゴールドのおかげ。ぼくは追い込まれている。これから先ずっと、『八〇年代のベストソング』と謳うプレイリストを聞くたびに、縮みあがるようになるんだろうな、というところまで。

ペッパー

ウルフ
丸一日音沙汰なしだから、きっときみは選ばれし精鋭の中に入ってしまって、ラッカーにスマホを取り上げられたんだと思うことにするよ。武運長久を祈る

更衣室のロッカーにおでこを押しつける。終業のベルが鳴ったのは十分前。それまでにタフィからは実に三十二本ものメールが届いていた。

これはどうしたら？　から直近のメッセージは始まっている。添付されているツイートのスクショを横目で見る。パンパンに詰まったマクドナルドの袋を手に、口いっぱいにフライドポテトを頬張っている男子の自撮り写真で、**こいつをグリルしてみやがれこのヤロー**と見出しがついている。これも、わたしたち宛てに来た数千のツイートの中の一つにすぎない。#GrilledByBLBというタグをつけ、会社のアカウント宛てにツイートしてもらうという企画で、そのうち少なくとも二百ツイートには、くすっと笑えるツッコミのリプライを返そうということになっている。

もっと言うと、「わたしたち」の本当の意味は、「わたし」なのだ。タフィの全身のどこを探して

も、毒舌の骨は見当たらないのだから仕方がない。

ツイートの下書きを素早くタフィに送る。なんとか足どりを緩めずに済んだ。**ゴミを燃やすのは違法ですから。**

タフィは一分もしないうちにアップするはず。ということは、次の挑戦者を見つけるまであと五分、それからタフィなりのリプライを考えようとして諦めて、わたしにメールしてくるまでさらに十分かかるということ。でもそのときにはもう、わたしはプールに入ってしまっている――珍しく本気で楽しみにしていた。ここ最近で唯一、完全に音信不通になれる時間だからだ。

じゃあ本当は泳ぎたくないのか、っていうとそうではない。ペイジもわたしも子どもの頃からサマー・リーグで泳いでいたし、わたしなんかは六歳の頃からもう、ほかの子を避《よ》けながらプールを何往復もしていた。あの頃は楽しかったな――どちらかというと競争するより、合間に芝生でウノをやったり、水泳教室のあと、少し歩いたところにあったフードトラックの山盛りのベイクドポテトを、両親にねだって買ってもらったりするのが楽しかった。でも引っ越してからは、楽しく泳ぐなんてことはもうなくなった。みんな、毎シーズン参加賞としてもらえるロゴワッペンを集めるためだけに、ここに集まっている。大学出願に使えるから押さえておきたいだけ。何百時間もかけて何百回も汗をかき、髪を塩素で脱色させ、ときどきは泣いたりして……その全部が、たった数個の文字を印刷しただけのものに落とし込まれてしまうのだ。

「ヘイ、ペップ？　ウォームアップはわたしがやっとこうか、じゃなきゃ今すぐ出てこられる？」
・・・ペップ。大嫌いなあだ名。もしかしたらペパローニより嫌かもしれない。そういえばペパローニもあのジャック・キャンベルの発案だった。
いや、問題なのはペップと呼ばれることよりも、実は今そう呼んでいる人物のほうかもしれない。

「すぐ出るから」とプージャに言い、バックパックをロッカーに突っ込んだ。なんだかタフィも一緒に押し込んでいる気分だ。ついでにウルフも。

プージャは束ねた髪をスイムキャップに入れると、オーケーとばかり親指を立ててみせる。「ならいいわ！」

プージャが角を曲がるのを見届けてから、わたしは天を仰いだ。今のやりとり、表面上は確かになんの当たり障りもない。でも、わたしはプージャという子を知っている──わたしがストーン・ホールに来て以来ずっと、プージャとは何かにつけて大接戦を演じてきたのだ。試験ではしょっちゅう一ポイント差だし、競泳のタイムも千分の一秒差と、同じ教師の授業をとっている限りずっとそんな関係なのだ。人生において、プージャと張り合うのがここまで常態化してしまったとなると、たぶん間違いない。死の床についたわたしに、プージャが電話をかけてきて、いけしゃあしゃあとこう自慢するに決まっている。わたしのほうが絶対先に死ぬからね、と。

誰だっていつかは死ぬけど、それは置いておくとして、よりにもよってシーズンの初日に、プージャにウォームアップの指揮を任せるなんて死んでも嫌だ。ようやく勝ち取った女子水泳部キャプテンの地位なのだから。一度だけプージャに圧勝したことがあって、おかげで票が集まった。多数派を勝ち取ったのだ。マーティンコーチはショックを和らげるためなのか、何か画策したらしく、プージャを副キャプテンに任命した。なんにせよだから余計に、わたしは固く決意した。シーズン初日が始まったばかりのタイミングで、わたしの立場を揺るがしにかかるなんて絶対に許さない。

プールデッキに出ると、塩素臭が鼻をつく。あんまり好きになってはいけない臭いだろうとは思う——し、たぶん好きではない。嗅いでいると胸が痛くなるし、肺の中に大量に吸ってしまうと、タイムリープしてしまう。行き先は去年の夏だったり、五年前だったり、じゃなければ、まだ子どもも用プールで腕に浮き輪をはめていた頃だったりする。

正体不明の懐かしさにいつまでも浸っていたところが、ふとプールに目を落とすと、けっこうな人数がもう入っていて、手やら足やらで水を切って泳いでいるではないか。

一瞬凍りついた。プージャがタッチの差でここに来て、勝手に練習を指示したのだろうか。あんなばかみたいなツイートをもう一つ作るのに、一分も余計にかけてしまった。そのせいで部員全員の前で醜態を晒さないといけなくなるなんて。ところがそこへ、プージャがつかつかやってきたのだ。ものすごく怒っている。

「大変なことになったんだけど」

睨みつけている先はプールの側壁。そこにしがみついて、ゴーグルに溜まった水をぶんぶん振り落としている人物に、まったく見覚えがないのだ。向こうのほうまで目をやると、実は十五人程度の一団が入っているだけだとわかった――ここのプールでわが校が使っていいことになっている三レーンを、ほぼぴったり埋められるくらいの人数だが、うちの部員にしては少なすぎる。

誰かがこちらに泳いできて、力いっぱいフリップターンしたものだから、わたしもプージャもずぶ濡れになってしまった。そいつの顔は水の中でよく見えなかったが、誰かわからないにせよニヤニヤ笑っているみたいだ。体じゅうからニヤニヤ笑いが染みだしているような感じ。すると、はっと気づいた。あれはジャック・キャンベルにほかならないし、あの集団はうちのダイビング部のはみ出し者連中だ。

プージャはまだ頭にきていて、わあわあ一人でまくしたてている。そこでプールに向かって一歩踏み出し、こう言った。「わたしがなんとかする」

勢い込んでプールの縁まで駆けてゆき、思いきり息を吸って踏み切った。結果、飛び込んだのはジャックの後ろ一メートル足らずのところだった。数秒で追いついて足をトントン叩いてやる。が、感じないのかバタ足を止めない。スピードアップして足首を摑み、思いっきりグイッと引っ張る。

驚いて一瞬もがいてから、ジャックは水から顔を出した。黒髪をブンブン振っている。スイムキャップがとれたその顔を見たとたん、バカだこいつ、と思った。モフモフの犬が、飼い主の手漕ぎボートの上ではしゃぎすぎて飛び出してしまったような感じ。すると手櫛で髪を、ものすごい早業でオールバックにしたものだから、危うくのけぞりそうになった。見開いた茶色の瞳とわたしの目がばっちり合った。あまりに近すぎて、もう既に塩素で赤みを帯びてきているのさえわかる。

「なんだよ、ペパローニじゃないか」と、コースロープのフロートをつかむ。「『シャークネード』《二〇一三年アメリカのSFディザスター映画。竜巻でサメが降ってくる》ごっこなんか仕掛けてこないでくれるかな」

「何考えてるの？」

「えっと、今？　きみがぼくを溺れさせようとしてるから、監視員が止めにきてくれないかな、って考えてる」

「あなたはここにいちゃいけないのよ。プールを押さえてるのはわたしたちなんだから。だいたいあなたたち、飛び板はどうしたの？」

ジャックはいつものあの半笑いを浮かべた。自分で何か、いかにもキレものっぽいと思っているセリフを、これから言うぞというときのあの笑いだ。普段なら難なく無視する——が、わたしが言われていなくても、四年も近くにいたらさすがに気づくようになった。それは教室や図書室の平和な静けさだとか、水泳大会での試合の合間、プールデッキでみんながうとうとしかけた瞬間だとかを一気に台無しにしてくれるひとことだと。ジャックというのは、沈黙を埋めたがる人なのだ。何がなんでも注目を浴びようとはしないけれど、いつもなんとなく、気づいたら注目させられてしまっている、そういう人なのだ。

予約してあったプールの数レーンを盗み、部活のキャプテン初日にばかみたいな思いをさせ大恥をかかせる、そういう人でもある。が、ジャックが何年もの間、いつかわたしをギャフンと言わせてやると心に決めていたにしても、今回ばかりは、ある意味わたしの沽券《こけん》に関わりすぎていて譲れない。

「その飛び板が死ぬほど怖いくせに、大きな口を叩くじゃないか」

思わず目を細めてしまう。「何言ってるんだか」

ジャックの目が、ゴーグルの奥でギラリと光った。何を言ってるかぐらいすっかりくっきりわかっているし、こいつだってわかってるでしょうよ。

水泳部とダイビング部は金曜日の部活終了後、ときどき居残って、使い古しのサッカーボールで非公式の水球試合をやっている。そして決まって、どっちが負けるかで、ろくでもない賭けをやっていたりもするのだ。だからジャックと仲間たちは負けたからってふざけてプールの水にクールエイドを混ぜていたわけで、それにわたしの中ではちょっと嫌な思い出も残っている。一年めにたまたまこっちチームが負けたとき、高飛び込み台から無理やり飛び込まされたあの一件が、やはり忘れられないというわけ。

ただ、正確に言うとわたしは飛び込んではいない。結局わたしの脳に生まれつき備わっている、死んではいけない、という進化のための衝動は、ほかの部員たちのそれよりうんと大きかったのだ。飛び板と水面との間の、限りなく無限に近い距離を見定めたとたん、一目散に駆け下りた。あまりの速さに、やめておこう！　とはっきり決めたかどうかさえ覚えていない。

ジャックのくせに。まさかあの事件を、そんなにしっかり覚えているなんて。けど今は、賭けの話などしている場合ではない。「あなたたちのシーズンって、公式にもまだ始まってないんでしょ。わたしたちのプールなんだから上がってよ」

ジャックはふうーっと息を吐く。ニヤニヤ笑いのワット数も幾分下がってきたようだ。「今年はイーサンがキャプテンでさ」わたしというよりはプールに向かって言っている。「イーサンに言ってくれるかな」

「おーい、大丈夫かー？」誰かの声。「どうした？」

ランドンに恋い焦がれているわけでもないのに、頬が勝手に赤くなる——ランドンの声で、わたしの顔の血管に何かパブロフの犬的な条件反射が起きているのかもしれない。振り返ると、ランドンがプールデッキの端に立っていた。もう十月も半ばだというのに、なんだか夏からさらに日焼けしたみたいだ。去年の今頃に比べたら筋肉量が少し増えたかも。観覧席に集まってきている二年生女子たちの目の直径が明らかに大きくなっているから、気づいたのはわたしだけではないみたい。

「全然大丈夫」と返した。「ダイビング部はもう上がるから」

ジャックが鼻先で笑った。

「探しものでもあるのか、イーサン？」とランドン。

わざわざ顔なんか見なくても、ジャックが天を仰いだのは感じとれた。かまわず水の中をぐいぐい進み、プールの壁に近づいていく。耳にマムの声が響くけれど、なんの役にも立たない。なるべく上機嫌でいてもらえるように、できることはなんでもやらなくちゃ。

困るのは、ランドンともなると、どこにいようといつもだいたい上機嫌だ、ということだ。やってあげることなど何もない。

なんとか気の利いたセリフをひねり出そうと頑張ってみる。なんでもいいから、強く印象に残りそうな言葉はないものか。しかし何も思いつかないまま、壁にぶつかるところまで来てしまった。ウルフとしか呼びようのない男子には、それこそアホみたいなメールを推敲《すいこう》もしないでパパッと送ってしまえるのに、実生活において知っている人間をこうして目の前にしたとたんに、脳みそがさっさと逃げ出してしまうのは、いったいどういうことだろう？

助かった。イーサンが水から顔を出したのだ。これでもう、しどろもどろになってバカみたいなことを口走ったりしなくて済む。

「やあ、ごめん――今からきみたちがプールを使うことになってるの？」イーサンが訊いた。

「いや、好きに使ってくれていいんだ」とランドン。「インターンシップでもうヘロヘロでさ。きみたちさえよければ、ぼくはどっかでひと眠りしてたいよ」

たぶんここで笑えばいいのだ——さすが二年生女子は抜かりなく笑った——でも、動揺しすぎていて、プールから上がることしかできなかった。その瞬間、わたしのキャプテンとしての権威が損なわれたのも、またちょっと水着が食い込み気味だったのも、わかりすぎるくらいわかっていた。半裸になってまで、何をやっているんだろう。水泳とはまったく、セクシーなんてものからこの世でいちばんかけ離れたスポーツなのだ。

「コーチがさ、今年はもっと距離を泳いで、シーズン前から体力を強化しておかなきゃダメだって言うんだ」とイーサン。半分ランドンに、半分はわたしに言う。申し訳なさそうな顔をするぐらいの良識は、とりあえずあるわけだ。「交差訓練法《クロス・トレーニング》ってやつ」

「コーチは?」わたしは訊いた。

「それがね、今週はお母さんに会いに行くんだって言ってて。でも今さっき、カンクン《メキシコにあるカリブ海に面したリゾート地》にいるよってインスタにストーリーを上げてたんだよ」イーサンは言いながら肩をすくめる。

そうこうするうちに、マーティンコーチが体育館から姿を現した。ロビーで新入部員の親たちに、週末の試合のスケジュールについて話していたのだ。プールデッキで、濡れ方も様々で立っているわたしたち全員を一瞥《いちべつ》すると、あからさまにため息をついただけで、ダイビング部のコーチはどこ？　とも訊かない。トンプキンズコーチの姿を見ること自体がかなり稀で、もはや彼自体が神話みたいになっている。毎年、シーズンが始まってすぐの数週間、ダイビング部はいつもてんやわんやだ。それを思えば、コーチ不在でもちゃんとやろうと集まった部員たちを、わたしが責めていいんだろうか。

　コーチはわたしとイーサンを呼び寄せた。「トンプキンズがいつ戻ってくるかもわからないし、当面のスケジュールを組むしかないわね。あなたたち、練習後に残って考えといてくれる？　どっちがいつ、レーンを使うか」

「レーンを分け合ったことなんて一度もないですけど」わたしは歯向かった。

　マーティンコーチは、もう一つのお決まりの顔、『ごめんね、何を言ってあげればいいのかしらね』の顔をして見せる。「一応学校としてはね、プールを時間借りするための予算は、両方の部活のためってことになってるの。だからダイビング部にダメとは言えないのよ。だから考えて」

　イーサンは頷いた。そこで、練習が終わったら向かいにあるコーヒーショップで打ち合わせしようということになった。既にわたしは頭の中で、その分を埋め合わせるため自分のスケジュールを、地殻変動並みに大幅に組みかえようとしていた――イーサンとの打ち合わせに二十分かかったとなると、ＡＰ数学の宿題にさける時間は二十分減ることになる。すると、わたしは絶対にタフィのメールに返信しないといけないけれど、その時間が食いつぶされる。ということは、今夜じゅうに入学願書に手をつけるのはおそらく無理だということ。となれば結局、今世紀じゅうにウルフに返信するなんてのも、きっとできないのだ。

最後のやつだけはブンブン頭から振り落として、また水に飛び込んだ。今現在、わたしを沈めにかかっているものに優先順位をつけるとしたら、よく知りもしない男子との無駄話なんて、どう考えても最下位に決まっている。


二時間後、わたしは全身を鞭でしばかれたみたいに弱っていた。オフシーズンもそれなりの頻度で練習し、シーズンに入ってからのペースについていけないなんてことはないようにしていた。が、自主練習で鍛えた分ではとてもじゃないが、マーティンコーチのハードな練習の半分にもついていけなかった。最後の力を振り絞ってコーヒーショップまで体を引きずっていったが、プールを分け合うための交渉なんてそもそもやらなくていいはずだし、ばからしくてやれる気がしない。

それでなくても、都会にいるというだけで緊張するのだ。この街の中でわたしは、きっちり半径七ブロックの小さな世界を作り上げている。マンションと学校、道を隔てて向かいにあるプール、ベーグルを買うスペイン雑貨店、ドラッグストア、おいしいピザの店、わりとおいしいタコスの店、あとはマムがいつもブローしてもらう美容室。自分の領域から出たくはない。理性のレベルで言えば、この街のこのあたりは碁盤目状になっているし、スマホ全盛のこの時代、道に迷うほうが不可能だ。けれど、ここでは何もかもがキツキツなのだ。密度が高すぎて――一回角を曲がったらもう、全然知らない世界が目の前に広がっていて、ほんの数歩歩く前とはまるで違う気分で進んでいかないといけない。それが嫌なのだ。馴染もうと思ったら別の人間になるしかない、そういうところも嫌。街なかを、カメレオンのように変身しながらうまく渡り歩ける人もいるけど、四年も住んでいてなお、わたしの気持ちはあのときの子どものまま。引っ越し業者のトラックに乗り、カウボーイブーツを履いてこの街にやってきたあのときのわたし――負けん気ばかりやたら強かったりするのも、全然変わっていないのだ。

　ナッシュビルには、きちんとした秩序があった。なかったとしてもあるような気にはなれた。ダウンタウンがあって、そこにはレストランやホンキー・トンク《カントリー・ミュージックを演奏している南部特有のバー》が立ち並び、夏には盛大なカントリー・ミュージック・フェスティバルが開かれ大混雑する。イースト・ナッシュビルのほうはもっと素朴で、今後の発展が楽しみな街だ。ベルビューという街の郊外にあるアパートにわたしたち家族は住んでいた。すぐ近くのベル・ミードには、ばかみたいに豪華絢爛な大邸宅ばかりが並んでいる。それから街のど真ん中には、巨大なパルテノン神殿のレプリカを擁するセンテニアル・パークがある。わたしにはそこがすべての中心、まさに心臓部のように思えた。どの道も、こんがらがった高速道路も、最終的にはそこにつながっていて、人々はみんな毎日ここから仕事に送り出され、また仕事から汲み戻されてくる、みたいに。

恋しくてたまらない。ダウンタウンにいるときも、これがわたしと言えるし、家にいるときも、これがわたしと言える、どこに行こうとちゃんと言えたあの頃が恋しい。レストランに出かけても、これがわたしだった。レストランといえばビッグ・リーグ・バーガーの一号店、あそこならミュージック・ロウにずらりと立ち並ぶレコーディング・スタジオも出版社も、全部がご近所さんだった。あそこでなら何事にも心の準備ができたし、自分がどこにふさわしいのかもわかっていた。いや、本当はわかっていなかったかもしれない。だってどこかしらで育つにあたって、自分がそこにふさわしい人間になろうなんて考える必要はないから。ただそこにいればいいだけだから。

ペイジがペンシルベニア大学から休暇でこっちに来ると、まとまって数日は、嫌々ながらわたしたちと一緒にいてくれるのだが、そのときは無理やりわたしを領域から連れ出そうとする。イースト・ヴィレッジにラーメンを食べに行き、ソーホーでウィンドウショッピングをし、様々な公園からスタートして歴史をめぐるダサめのツアーに参加したりするのだ。ただ、ペイジとマムは本気で口をきこうとしない。で、ペイジがいなくなるとほぼ丸一年、わたしはただのわたし、七ブロック分の檻に入ったネズミでしかなくなって、ろくでもないことを願って暮らすようになる。行き慣れないコーヒーショップに足を踏み入れても、恐怖にかられたりしませんように、とか。

いよいよついにコーヒーショップの中に入ると、誰かが窓際のテーブルでコーヒーカップを覗き込んでいる。イーサンのベースボールハットをかぶり、イーサンのバックパックを抱え、椅子の背にはイーサンの上着を掛けている。つかつかと歩いて行って両手を腰に当てた。

「ちょっと、本気でわたしを『ファミリー・ゲーム』《一九九八年のアメリカ映画。そっくりな双子が両親の復縁を画策する》ごっこで騙そうってつもり？」

ジャックは目を上げると、がっかりしたらしく眉間にしわを寄せた。自分がまだ小っちゃな子どもで、持っていた風船にわたしが針を刺して割ってしまったとでも言わんばかり。「なんでバレた？」

わたしはなんとなく、ジャックのひょろ長い体格全体を指して言った。「全体的に、ジャックっぽいから」

「ジャックっぽい？」

「そっ。それと、あとはちょっと間が抜けてるからかな」

にんまり笑って見せる――ちょっとした仲直りの印のつもり――すると向こうも笑い返し、それからまた改めて、あの半笑いをして見せた。全然悪びれてないじゃない、とわたしは一瞬のけぞりかけ、目をそらした。

「で、あなたの兄弟はどこ？　このイタズラに一枚嚙んでるわけ？　もしよかったら、とっとと終わらせちゃいたいんだけど」

ジャックは窓のほうに頭をちょっと傾けた。「イーサンは今、ステファン・チウといちゃつくのに忙しいんだって。メトロポリタンの階段にいるよ」

「それであなたをよこしたの？」

肩をすくめて言う。「あいつって大物なんだよね、知らないってことはないと思うけど」

知ってはいる。知らないでいるほうが無理というもの。イーサンはいわゆる、「万人受けする」タイプなのだ——いつだって気の利いたひとことが言えるから、誰かが困っていたら必ずイーサンにお鉢が回ってきて、期待通り何かしら現実的な解決策をひねり出してくれるというわけ。だからこそ、この打ち合わせもすぐに終わらせてくれるんじゃないかと、わたしは期待していたのだ。

でもここにいるのはジャック。時間を無駄にしたところで、これっぽっちも心が痛まないんだろうな、という相手だ。

バックパックの中のスマホがピン！　と鳴り、はっと気づいた。プールを出てからというもの一度もチェックしていなかった。バックパックをドサリと置き、紅茶を買ってくるから見てて、とジャックに言うと、スマホに目を落とす。

メールが九件。うわわわわ。

直近のはマムからだ。**どこにいるの？？**　あとは、**大丈夫なの？**　胃が重くなる――今日マムが家にいるなんて思っていなかったから、放課後部活があるなんてひとことも言っていない。だがそのあとスクロールしていてわかった。マムはわたしの安否をものすごく心配してはいるけど、それよりなにより「ツイッター上の緊急事態」のほうを、ずっと心配しているのだ。なぜってお世話が必要だから。

とりあえず、生きてるよ、とマムにメールし、それからタフィからのメールを開いた――なんとタフィは――その心根に祝福を――わたしは部活だと思い出してくれて、状況をスクショで小分けにして送ってくれていた。レジに着く頃にやっと追いついた。どうやら街なかのちっちゃなデリか何かが、ビッグ・リーグ・バーガーにグリルド・チーズのレシピをそっくりそのまま真似されたと主張していて、その言いがかりツイートのリツイートが、目下一万に達しているらしいのだ。零細企業の福利厚生に特化したとあるアカウントが、#GrilledByBLBのハッシュタグを横取りしたため、今は代わって#KilledByBLBがトレンドに上がっている。

ったくもう。ネットのスピードって厄介だわ。

あなたのお母さんが、ぎゃふんと言わせるようなツイートを撃ち返して、って、とタフィ。これはタフィなりの暗号で、つまり、ろくでもないアイデアなのはわかってるけど、わたしにとってあなたのお母さんはボスだから、怖くてそうは言えないのよ、ということだ。

　ならわたしが言うしかないってことよね。早速マムに、まあまあ落ち着いて、というメールを送る（どうかちゃんと伝わりますように）。とりあえずしばらくは放っておくか、だんまりを決めこむしかないでしょ、で、果たしてなんらかの謝罪をしてしかるべきかどうか、見極めるしかないわ、と。広報のプロでもなんでもないけど、これぐらいはわかる。ＢＬＢみたいな巨人《ゴリアテ》が、ツイッターのフォロワーもほとんどいない、ごくごくちっちゃなデリを本気で攻撃するなんて、みっともないとしか言いようがない。どう切り刻んだところで言い訳できない。

　バリスタがわたしの紅茶をカウンターに置く頃には、マムから電話がかかってきた。ハローも言わせず、マムはしゃべりだす。

「次の一手はどうすればいいと思う？」

　カウンターまで行くと、カップの蓋を開けてシュガーとミルクを入れ、目の端でジャックを見る。まだわたしの荷物をかっぱらってはいない。ただ窓の外を眺めながら、片方の耳にだけつけたイヤホンからのビートに合わせ、足をトントンやっている。

「そのデリ宛てのツイートはしないほうがいいと思う。みんな本気で怒ってるみたいだし」

「あっそ。怒らせとけばいいじゃない」こともなげに言い捨てる。「泣き寝入りなんてするもんですか」

「わかったけど——なるべくなら——なんていうかな、話してみたら？　ツイートするんじゃなくて」

「注目されたいだけのサンドウィッチ屋を相手に話すことなんかないわ。なんでもいいから撃ち返すタマをちょうだい。ぐずぐずしてられないのよ」

電話越しにお腹を殴られたみたいな気分になる。紅茶のカップをきつく握ると、手のひらがめちゃくちゃに熱くなったが、それがブレーキになって効いてくるまで我慢した。跳ね返したかった。が、そうしたらどうなるか目に見えていた——ペイジとマムの喧嘩が始まったときの状況と、半ばそっくりな気がするのだ。片方が突き飛ばそうとすれば、もう片方はセメントにかかとをめり込ませて動かない。そしてあれよあれよという間に、ペイジはどかどか出て行ってセントラル・パークに姿を消し、マムはダドに電話して、どうしたものか協議を始めるのだ。

どうしたものか協議されるのは嫌だ。うちの家族はもう既に、おかしなことになってしまっているのだから、今さらわたしがひっかき回すまでもない。

「じゃあ、んっと……あの『ハリー・ポッター』のGIF画像を送れば。ほら、『すみません、あなたは誰』ってやつ」

一瞬の間。「方向性は間違ってないけど、もっとキツいひとことがいいわ」

いったん目を閉じる。「わかった。ほかの案をメールするから」

タフィとマム宛てにアイデアをメールしながら、テーブルに向かう。そこにはジャックが、ジャックじゃないふりをしていたなんてお笑い種でしかないくらい、あからさまにジャックらしい風情のまま、佇《たたず》んでいる。

嘘がつけないから正直に言うと――悪戯《いたずら》を仕掛けられたことはまあ置いとくとして、ジャックとその兄弟を観察するのはなかなか面白い。二人の人間がこんなビックリするほど似られるだろうか、まったく同じ体格に、まったく同じ人懐こい顔。しゃべるときのリズムも同じ。なのに、世の中への見せ方が、全然違うのだ。イーサンはだいたいいつも、至って冷静。政治家とかに向いているかも。ところがジャックは、あけすけもいいところ――その目は無防備だし気取りもないし、ひょろ長い体をいつもだらしなく椅子に投げ出している。同い年のみんなよりも早く、自分自身を受け入れて落ち着いてしまったのだろうか。黒い眉毛も表情豊かで正直そのものだし、そもそもわたしを騙そうとするなんて大笑いもいいところだ。

なんとなく眺めていたら、ジャックはコーヒーをゆっくり時間をかけて飲んでから、こう言った。

「さてと、プールの話だよね」

わたしは身を乗り出した。ちゃんと話をしようと思った。ちぐはぐな二人だ――頑固で融通が利かないわたしと、そんなわたしの視線をちょっと面白そうに受け止めている、お気楽この上ないジャックと。

「そっちのコーチは、一体全体どうしたいわけ？」

「イーサンによるとさ、一日あたり三十分間は泳がないとダメなんだって」

プールを借りている時間はたったの二時間。去年までは毎年、ダイビング部は飛び板のあるエリアを使い、わたしたちはレーンのほうを使っていた。頭の半分で考える。トンプキンズコーチはいつもこんな風にして、マーティンコーチを怒らせてきたんだろうか――そりが合わないのはもうみんな知っているし、とりわけ水泳部とダイビング部の予算の配分となると、絶対に折り合わない――とはいえ、だからわたしたちでどうにかできるものではない、とも限らない。

「これはどう？　あなたたちは一日あたり二十分、プールを使う。学校が借りてる二時間のうちの、最後の二十分間」

「その間、水泳部はどこに行くのさ？」

「陸に上がってトレーニングする。腕立て伏せとか、ランジとか」

「それでみんなを納得させられる？」

「ランドンに頼むわ」

ジャックはふうっと息をついた。「じゃあ、解決ってことか」

わたしは目をぱちくりさせた。びっくりだ。ジャックのことをそんなに知っているわけじゃないけど、いつもこんなに……物わかりがよかったっけ。

ビッグ・リーグ・バーガー
@B1gLeagueBurger

@GCheesingへの返信
ノーバリー先生※の名ゼリフをどうぞ
だいたいあなた、ここの生徒？　帰りなさい

16:47·2020/10/20

※学園コメディ映画『ミーン・ガールズ』に出てくる教師

「イーサンのとこに行ってみる？」

えっっ、そうくるか。

テーブルのスマホがピン！　と鳴る――タフィからのメールだ。今会議中らしい。続けざまにマムからも来た。わたしのスマホで会社のアカウントを開き、代わりにツイートしてという。

一瞬ためらった。何この罪悪感。そもそもわたしには関係ないことだし、わたしのツイッターアカウントでもない。とどのつまりまったくもってわたしの知ったことではないのだ。わたしはただ単に、キーボードを叩く指先でしかない。

ツイートボタンを押したら、あとは腹をくくるしかない。なんだろう、なんとなく……薄汚い気がする。一連のことが。何かいけないことをした気分だ。

「あいつら、すぐそこだよ、えっと、三ブロック先かな」

スマホをテーブルの上に、画面を下にして置いた。「メトロポリタンの場所ぐらいわかるけど」言ってから、自分で聞いても過剰防衛だったと思った。

ところがジャックは気にも留めていないみたいだ。「じゃ、行く?」と訊く――誘ってる。

制服の縫い目がチクチクするみたいな、たまらない気分になってスマホを開く。会社のアカウントに戻ると、リアクションをチェックした。おかしいのはわかっている。なぜか会社の呪縛から逃れられない。会社ができた当初とはまるっきり変わってしまっているというのに。小さい頃は、レストランの全部がわたしのものだと感じていた。レストランがあるからこそ、ペイジもわたしも存在できていた――レストランで働いているみんなが、わたしたちの名前を知っていたし、とんでもない材料を混ぜこぜにしたミルクシェイクだって好きに作らせてくれたし、両親が遅くまでミーティングをしていたら、誰かしら余ったポテトフライをこっそり持ってきてくれたりもした。フランチャイズチェーンになるともう立派な会社だから、わたしの理解を超えてしまっているし、わたしの思いつきのデザートなども、もはや出る幕がない。なのに、会社がどこまで大きくなろうと、わたしはどこかで自分のものだと思っているし、その気持ちを抑え込むことができずにいる。

今夜は何事にも集中できる見込みがないし、ばかみたいに積み上がった書類の束なんてもってのほかだ。考えただけで息が詰まりそうになって、絶対帰りたくないと思ってしまった。

「全然いいわよ。行きましょ」

ジャックは目を丸くする。「ほんと?」

「行くに決まってるでしょ」

飲み物を持って店を出ることにしたが、舗道に出て十月の涼しい外気に触れたとたん、はたと気づいた。ジャックと何を話せばいいか、まったく思い浮かばないのだ。誰かと当たり障りない話をしないといけないなんてことは、普段はまったくもってありえない。学校まで一人で歩いて行くし、一人で帰るし。どこか別の場所に行くとなったら、だいたい集団の中に紛れてしまうことにしている。ところがジャック・キャンベルは、沈黙を埋めることにかけては天才だった。

「そういやさ、ここに来る前はどこに住んでたの？」

たじろいだ。嘘をついていたとかではないけれど、最初の頃訊かれて答えても、ほとんど誰にもピンときてもらえなくて、仕方なくあの、有名人の名前を挙げて南部の一都市を自慢する、という格好になってしまう。だからもう言うのはやめようと決めていた。「わたしそんなに悪目立ちしてる？」

「いや、全然。びっくりするくらい溶け込んでるよ」褒め言葉のつもりだろうか。ほんの少し皮肉めいた言い方だったし、ジャック本人もどっちの意味かわかっていないのかもしれない。咳払いしてからは、言い方が少し柔らかくなった。「ただ新入生のとき、全然知らない子が二人くらいいてさ、そのうちの一人がきみだったから、どっかから越してきたのかなと思ってたわけ」

恥ずかしいのか誇らしいのか、自分でもまったくわからない。今日はとにかく二つがごちゃ混ぜになる日だ。

「ナッシュビルだけど」

「へえ」何か考えているらしく、舌で片頬を押している。わたしを見る目がなんとなく変わりつつあるのが見え見えで、いたたまれなくなる――未知感というやつ。

今度はわたしが咳払いする。「カウガールのダジャレを言わなきゃって思ってるなら、いらないから」

「そうじゃなくて。テイラー・スウィフトでひねり出そうと思ってた」

「だったら聞いてあげてもいいわ。けどよく考えてね。テイラーがまだ街にいた頃、わたしばったり会ったことあるんだから」

「ほんと？」

またあの半笑い。ジャックって今まで、口全体で笑ったことがあるのかな。いつかおじいちゃんになったら、きっと片方にだけ皺《しわ》ができてるんだろうな。

「ほんと」言い切ってあげた。ほんの二日前、ペイジとわたしはダドとつないだ三方向スカイプで『シェイク・イット・オフ』を思いきり歌っていて、あんまり大声なものだからダドが、やめないと自分も一緒に歌うぞ、と脅してきたのだ。そのときたぶん、ダドの両隣の人は部屋にいたと思うから、やめるのが市民としての義務だったと思う。

角を曲がって五番街へ。週末よりはずっと人が少ない。今日は観光客と、仕事を終えて繰り出したジョガーばかりが目につく。

「あなたはどこに住んでたの？」

「生まれも育ちもここ」とジャックは、ダウンタウンのほうを指さした。「イースト・ヴィレッジに住んでるんだ。ひいじいちゃんひいばあちゃんの代から」

不意に胸がチクンと痛んだ。できれば今は思い出したくなかった懐かしさ。祖父母はまだナッシュビルにいる——母方も父方もどちらも。なんだかナッシュビルに、わたしたち家族のファミリー・ツリーの根っこがあるみたいで、離れる理由なんて絶対考えつかない気がする。正反対の世界で四年も暮らした今でさえ、わたしはまだ納得しきれていない。

前髪を耳に引っ掛けるが、湿った巻き毛はすぐにするっと落ちてくる。扱いにくいったらもう。部活のあとのわたしの髪ときたら、まとまらないことこの上ないのだ。学校を出て家に着くまで、どうすることもできないわけだし。

「てことは、ユニコーンみたいな感じじゃね」

ジャックの唇がきゅっとねじれた。「は？」

「ニューヨークで、家族全員が生粋のニューヨーカーって人に最後に会ったのはいつ？」

ジャックは笑いだした。「ここらへんで？　ここしばらく会ってないかな。けどうちのあたりなら……そう。ダウンタウンに行ってみなよ、ここよりずっとたくさんのニューヨーカーに会えるぜ」

イーサンとステファンがどれほど情熱的に慈しみ合っているか、その真の証といえるのが、わたしが階段の上の二人に、周りの何よりも先に気づいたということだ――ハニーローストピーナッツの屋台から漂うとろけるような甘い匂いとか、巨大な噴水とか、メトロポリタン名物の階段を、わーきゃー言いながら駆けまわっている子どもたちとか。そんな周りの喧騒も、二人は一切気にならないらしく、もしかして片方がこれから戦争に行くんじゃないかというくらい必死に、キスを交わしている。

とっさに胸に手を当ててやっと、自分が何をしているのか気づく。ペイジが来ると必ず見せられる、あのばかみたいなロマンチックコメディの類を見ているみたいだ。「うわっ、もうほっといてあげようよ」

「ええ？　そんなことしてどこが面白いのさ？」ジャックが高らかに言う。

「あの二人すごく幸せそうだし」

「あいつらにはどこか他所に行ってもらったほうがよさそうだと思わないか」とジャック。でも先に踵を返したのはジャックのほうだ。つまらなそうに笑いながら、やれやれと首を振る。「きみが一緒になってイタズラしてくれるなんて思ったぼくがバカだった」

「そもそもどんなイタズラを仕掛けるつもりだったの？」

「きみなら一生思いつかないようなやつ」と、わたしの肩を肘で小突いた。

横揺れした反動で、無意識に押し返していた。考えもしないうちに自然にやってしまったものだから、あとになって息をのんだ。間違いない、わたしはなんらかの、ある一線を越えてしまった。わたしはこの街のみんなと、何かヴェールのようなもの越しに関わり合っているような、そんな気がいつもしていた――ここにいてもかまわないけど、参加してはいけない、みたいな。見てもいいけど触るな、ということ。この街の社会秩序は、わたしが来るずっと前に決まってしまっていて、新参者のわたしがどう関わったところで、この街の本当の住人たちにはありがたくもなんともない、という感じがしていたのだ。

だけどジャックは、ふっと微かに笑っただけで、五番街をどんどん歩いて行く。

「じゃさ、今はぼくがダイビング部のキャプテンだから――」

「そうなの？」

「だって、きみも見ただろ？　イーサンは目下、また別のところにダイブしちゃってるし」

「だからあなたが肩代わりを買って出たってわけ？」

ジャックは肩をすくめる。さっきよりはトゲのある薄ら笑い。「たまに厄介ごとを相方におっかぶせるぐらい、いいじゃないか。じゃなきゃ瓜二つの双子でいる意味なんかないだろ」

まっすぐにジャックの目を見る。「それってフェアじゃないかも」

ジャックはいつになく黙り込み、何かを見つめている。視線の先にいるのは兄弟らしき子どもたち。似顔絵を描いてもらうため、身動き一つせずひたすらじっと立っている。その周りを、バックパックを背負った父親がちょこまかと駆け回っている。全容をビデオに収めようと必死なのだ。

「うん、かもしれないけど、これ以外の方法が思いつかなかったからさ」と、上唇を舐める。「それはそうと、今のうちから資金集めのアイデアを考えとかないとまずいんじゃないかと思うんだ。両方のコーチにせっつかれる前にさ」

「うん、そうね」

「ほかにやっとくことってあるかな？」

わたしはこの問題に、どれだけ真剣に向き合えばいいんだろう。ジャックは本気でイーサンの仕事をまるごと肩代わりしてあげて、手柄だけさし出すつもりなのか？　わたしだってペイジのことは世界じゅうの誰よりも愛している。にしても、大学入学をかけた審議にいかに好印象を残すか、これから問われようというギリギリのタイミングで、そこまで自分の時間をささげてあげるなんて、とても考えられない。

「うーん……まあ、資金集めよね。あとは、今年のユニフォームについて投票してもらわなきゃいけないから、あらかじめ選択肢を用意しておくこと。それから、イーサンとわたしは週一で打ち合わせして、試合に向けてのいろいろな準備をしようってことにしてたのね——ほかのプールで試合があるなら案内状を出さなきゃだし、あとは誰が軽食を用意するか、とか。それと、保護者向けのニュースレターも書かなくちゃいけない」いつジャックが話を遮ってきたっておかしくないし、こんな途方もないことやってられるか！　と啖呵《たんか》を切ってさっさと手を引くに違いない、と決めてかかっていた。ところが、じっと見返すだけで、わたしが話し終わるのを待っている。「わりと——大変なのよね」

ジャックは怯みもしない。「資金集めに、ユニフォーム、ニュースレター、軽食か。りょーかい」イーサンのほうを一瞬、もうとっくに見えなくなっているのに、振り返った。「部活終わりに、何か食べに行く？」

足が止まる。「デートしようってこと？」

邪気のない目で見てくるから、言い終わらないうちから後悔した。訊かなきゃよかった。けどそうはさせないんだから。世の男子がやりがちなことを、ジャックもやろうとしているに違いないのだ。ペイジにもさんざん注意されたっけ——『嘘みたいだけど、うぬぼれがきつい男子っているのよ、これが』とかなんとか、とにかくボロクソだった。ところが、背筋をうーんと伸ばしてこう言うのだ。「いや、そういうんじゃなくて。ただ、話し合わなきゃいけないことがたくさんあるし……」

わたしは腕組みする。

「デートではないです」ジャックは参りましたとばかり両手を上げたが、いかにもなニヤニヤ笑いは相変わらず顔に貼りついたまま。「このシーズンをなんとかやりきりたいってだけさ。週一でやろう、イーサンともそう決めてたんだろ」

しばらく顔を眺めながら、オチはないのか、何か下心らしきものが見えないか、まだ待っていた。が、見えてはこなかったので、手を出して握手を求めた。ジャックは眉を吊り上げて見せる。なのでわたしもすぐさま吊り上げてみた。

するとわたしの手に自分の手をパチンと合わせてから、しっかりと一回だけ、握手してきた。なんだか温かく、しっかりとしたものを感じた。この握手を境に、これまでのジャック・キャンベルから、これからのジャック・キャンベルに変わる、そんな気さえする。ここ数年、わたしの頭の中にできていた彼という概念そのものが間違っていたんじゃないかと思ってしまうほどに。

ジャックはバックパックをひょいと背負いなおし、七十八番通りの先に目をやった。「六番列車に乗って帰るから。また明日、かな？」

「うん、またね」

そのときやっと気づいた。数ブロック後ろのあたりに、わたしの七ブロック分の空想が置いてきぼりになって漂っている。舗道にしばし立ち尽くし、体じゅうを何かが駆けめぐるのを感じていた。これって動揺してる？　ばかみたい。視線の先には、コンパスみたいに足を広げて信号を待つジャックの後ろ姿。まだ声が聞こえないほど遠くはない。ポケットからスマホを取り出してスクロールしたかと思ったら、低い声で「くっっっっそー」と漏らした。

わたしも自分のスマホを探す。と、上着のポケットに潜っていた。この瞬間、二人ともが現実に引き戻されたのだった。

ジャック

ウルフ

なんかほんとに、ものすごくばかなことを、しでかすことってあるよね

ブルーバード
ないわよ、全然。わたしって完璧だから、生まれてこのかたばかなことなんて一回もしたことないの

ブルーバード
なんてね。本当はしょっちゅう、いっつもやってる。ところで大丈夫？

ウルフ
実はさ、今現在、両親に全然気に入られてないんだ。ていうか、父親に気に入られてない。たぶん母親も言わないけど気に入ってない。ただ、なんとか取り持とうとしてくれてはいる

ブルーバード
それで、何をやって捕まったの？

ウルフ
普通のことだよ。麻薬を売って。カルト教団に入って。地下に十代向けのファイトクラブを作って。ただしルールはひとつだけ、そのことは黙ってちゃいけない。
なんでうちの親はガタガタ言うのかな

ブルーバード
真面目な話、カルト教団に入るって偉業よね。もっと敬意を払うべきだわ

ブルーバード
けど、わかるかも。わたしも、そんなにすごくはないけど、親からの圧力を感じるから

ウルフ
大学のこと？

ブルーバード
あら、当たり

ウルフ
ファイトクラブに来てみる？

ブルーバード
そこまで言うなら……

ブルーバード
うーん、なんだろう。ときどきね、母とわたし、全然違うことを考えてるなって思うのよね。わたしが、自分の時間／つまり人生そのもの　を使って何をやっていくべきか

ウルフ
ああ、わかるよ

ウルフ
うちの親も似たり寄ったりだ

ブルーバード
あなたは何をやりたいの？
ブルーバード
アハハ、ばかみたいなこと訊いちゃった。「大きくなったら何になりたい？」と変わらないよね。でも、わたしたちってそういう時期に来ちゃってる気がしない？

「スマホをしまったほうがいいんじゃない？　父さんに見つからないうちに」

びくっとした。「わわ、母さんか。凄腕の忍者みたいだな」

「元バレリーナだけど、まあいいわ」苦笑しながら言う。ぼくの手からスマホを引っこ抜いた。

「今日一日で、これだけ損害を与えたんだからもう十分でしょう」

そんなことはないとも言いきれない。部活と、ペッパーとの行き当たりばったりな校外学習のおかげで、最大限帰宅時間を遅らせることができたわけだが、だからといって父さんによる最高レベルの最終レクチャーから逃れられるわけもない。デリの上階のアパートにぼくたち家族は住んでいるから、ぼくはそこに上がっていくわけだが、父さんがそれさえ待てないとなると、親指を立てて店の奥の小部屋のほうへ、ぐいと向けるのだ。そこはぼくらがまだ小さい頃、母さんが「反省部屋《タイムアウト》」と名付けたボックス席だ。この頃は休憩部屋みたいになっていて、シフトの最中にサンドウィッチにかぶりついたり、客が途絶えた隙に宿題をやったりするのに使っている。とはいえときどきは、両親のニーズ次第で本来の目的を取り戻すこともあるようだ。

そこがまた反省部屋に戻るとなったら、情けなくてたまらなくなる。だってぼくはもう長いこと、それに値する悪さをしてこなかったということだから。そしてついにやらかしたわけだが、またそれがまったくとんがってもイケてもないときている。階上のアパートの隣人ベニーのように、バイクの点火装置をショートさせてエンジンをかけたとか、常連客のアニーみたいにルーズベルト・パークでマリファナを所持していて捕まったとかでは全然ないのだ。ではなくてただの、アホらしいツイート一つのせいでしかない。

「わかってるだろ、うちはそういう店じゃないんだよ」父さんがぼくを叱ること自体がもう稀になっているので、なんだか滑稽でさえある。ボックス席のくたびれた背あてクッションに、背筋を伸ばしてぴったり貼りついているものだから、服が体からずれてしまっている。「うちの店がツイッターやフェイスブックをやってること自体、おれは気に食わない」

「ほかにどうやってうちの店のこと知ってもらうのさ？」また訊く。何百回めだよまったく。

「いつも通りの方法でいい、六十年前から変わってないだろ。地域社会のつながりってやつだ。なんだっけかその……ネット広告とかじゃない」

父さんの見た目はなんでこんなに若くてイケていて、全然父親っぽくないんだろう——顎鬚《あごひげ》はきれいに生え揃っているしスリムだし、それでベースボールキャップをかぶっているから、お客さんには、ぼくらには年の離れた兄さんがいるのかと勘違いされてしまう——そのくせソーシャルメディアについてはちんぷんかんぷんときている。正直言って、うちの料理はものすごくおいしいから、ちょっと怪しいまとめサイトとか、口コミで広がる食品動画とかにガンガン出てくるのもまあ当然だと思っている。うちのサンドウィッチを頬張ったとたん、リアルに涙する人の姿をぼくはさんざん見てきた。うちのグリルド・チーズが、ひと嚙みごとに剥がれていく食感といったら、本当にもう神をも恐れぬ美味と言って過言ではない。ほんの少しでいいから、ちゃんとした照明でインスタグラムにあげるか、うまくツイートするとかすればきっと……

今現在陥っている窮地からも、脱することができるかもしれない、いや絶対できるんだって。

なんてことを今言うわけにはいかない。今現在店があまりうまくいっていないことが、イーサンとぼくにはバレていないと両親は思っている。経理関係の話だけは、ぼくらがいなくなったのを見計らって、バックオフィスでやっているから——しかもきっとそれは、父さんのプライドに関わることだし、そっくりそのまま、ぼくらを守ることにもなっているのだと思う。ぼくの信念をゴリ押ししようとすれば、事態を悪化させるだけだろう。

「しかもだ」と父さん。「あのツイートは一線を越えてたな」

「まさかマリーゴールドがリツイートするなんて思ってなかったから」

「リツイートされなかったとしても、越えたことに変わりはないだろ。ほかの会社に喧嘩を売るなんてもってのほかだ。よりにもよって――」とここで口をつぐみ、かぶりを振った。「そしたらもう、『拡散』されてしまった」両手でリツイートマークをこしらえている。「こうなると削除するわけにもいかん。しかもあっちが返信してきてるんじゃ、お手上げだ」

「え、なんて？」

一目散にスマホを取りに。父さんはもう釘を刺しにくる。何か返信したくてたまらなくなってもするんじゃないぞ、だって。何言ってるんだ、返信しちゃいけないなんておかしいだろ？『ミーン・ガールズ』からのしょうもない引用で返信してくるなんて、うちの店の字面からして盗んでるようなもんじゃないか？

「ツイッター上とはいえ、グランマ・ベリーの顔に唾を吐かれてるんだよ。このまま泣き寝入りでいいの？」

父さんは手を顔に押しつける。「なんでもかんでもそんなドラマみたいに盛り上げなくていいさ」

正直に言おう、ぼくはちょっと引いた。ぼくは父さんより、もしかしたら頭に血が昇りやすいのかもしれない。にしても、グランマ・ベリーを守ろうとする情熱にかけては、父さんの右に出るものはいないはずなのに。思い出させてあげなきゃと口を開けたところで、先を越された。

「もうツイートはするな。アカウントは使用禁止だ」

「だって父さん――」

「だっても何もあるか」いきなり立ち上がると、ぼくの肩をポンと叩いた。「おまえは将来、この店を継ぐことになるんだ、ジャック。この店にとって何が最善か、常に考えられるってところを見せてくれ」

顔から火が出そうだ。父さんはくるりと背を向けたあとだったため、ちょうどぼくが飲みこみ損ねたしかめっ面を見ることはなかった――年々あからさまになってきていた。ここに残ってデリを継ぐのは、双子のうちのぼくのほうだと、父さんの心づもりには前からあったのだろうが、それが少しずつにせよ、より明確に、ほのめかすというよりは既成事実みたいに語られだしたのだ。

「とにかく、おまえは週末まで毎晩、レジ係だからな」

「まじ？」

実は思っていたよりずっとましだった。父さんって人は、おまえにここを継いでもらいたいんだと言ってくれるかと思いきや、次の瞬間にはそれを、ぼくを本気で懲らしめる罰のように持ってくる、そういう人なのだ。ぼくにしてみればさらにもう一つ、誰も口にしないことがはっきり語られた瞬間でもあった――イーサンは双子のうち、偉くなる運命にあるほうで、ぼくはというと居残り組で、イーサンがやり残したことをそのまま引き継ぐほうだということ。

「運がよかったと思えよ。次にまた八〇年代のポップスターにリツイートされたりしたら、一カ月ぶっ続けでレジ係だ」

「レシピを盗まれたんだよ」と言い返した。ぼくのためにもならないし害にもならないのはわかっていたが、そんなのももうどうだってよかった。罰を与えられはした。だけど、ぼくの怒りはまだここにある。

父さんはふうっ、とため息を漏らすと、肩に手を当ててぐるぐる回したり、ギュッと摑んだりしている。またあの『父親はつらいよ』の顔だ。ぼくらのうちのどっちかに何か訊かれて、どう答えていいかわからないときによくやる顔。復活祭にウサギがプレゼントを持ってくるってホント？とか、水曜日の午後四時以降にデリにやって来る大学生たちが、決まって変な臭いなのはなんで？（マリファナに決まっている。八百パーセント間違いない）とか。

「だよな。だがうちにはまだ、奴らにはないものがある」

「秘密の隠し味ってやつ？」ぼそりと訊いた。

「ああ。それに、われわれは家族だからな」

思わず鼻筋にしわを寄せた。

「すまん、子ども番組のオチみたいなことを言っちまった。早く目を覚ましてもらいたくてな、母さんを手伝いに行ってくれ」

　こうしてぼくはここに来た。レジスターにくくりつけられ、注文を取りまくっている。毎週月曜の夜に読書会を開いている老婦人たちに、リトル・リーグ・サッカーチームの半数ほどの子どもたち、あとは二十五セント硬貨ばっかりで支払いをしてキャッキャ笑っている中学生たち。ろくでもない人生だ。

　うん。わかったわかった——父さんの期待を一身に担ってる、なんて決まり文句は置いといて、実はそんなに苦でもない。性分からして店頭に立つのは楽しい。高校でのぼくの人気はというと、ダイビング部のそれと大して変わらないが、そんなに気にしてはいない——たぶんこの店のおかげで、街のみんながぼくを知ってくれているからだ。ニューヨークという街のそれぞれのブロックごとに有名人がいるとしたら、たぶんぼくがうちのブロック代表だろう。欠点を補うだけの長所がぼくにあるからじゃなくて、常連客のみんながぼくとイーサンの成長を見守ってきた上に、二人の中ではぼくのほうが断然おしゃべりだから。常連客の私生活についても、知りすぎるくらい知っている——ミセス・ハーヴェルの犬はトイレばかりしてるとか、ミスター・カーマイケルの結婚式が実はどれだけとっ散らかっていて、挙句の果てに離婚したが、それがまたさらにとっ散らかっていたんだとか。アニーが——初めて会ったときは十六歳だったが、今は三十歳だ——『子宮に、次はなんとか女の子の卵を出してもらいたいから』、どんなフルーツを食べているかも、ちゃんと知っている。

それに常連客のほうもぼくを知っているのだ。毎週火曜と金曜に来てはツナサンドウィッチのホットを頼むエンジニアは、ぼくが数学の問題で行きづまっていたら必ず助けてくれる。読書会の老婦人たちは、いつも手作りのピーナッツバタークッキーをこっそり手渡してくれる。ぼくがありとあらゆる種類の焼き菓子の山に囲まれているって、わかってくれているとは思うけど。アニーはというと、ぼくがまだ声変わりしないうちから、デートするときはね、とおせっかいなアドバイスをし続けてくれる。

だから、父さんにこれを「罰」として押し出されると、なおさら訳がわからなくなるのだ。ぼくやイーサンは小さい頃から、父さんに一日交代で下に引っぱってこられてレジ係をやらされたりもしなかったし。また人手が足りないからとか、そういうプレッシャーを感じたこともない――父にはただ、店は家族でやっていくものだという信念があって、手伝うのは任意、でさえなかった。六歳の頃にはもう、ぼくらは奥の厨房にいるコックたちにオーダーを大声で伝えていたし、テーブルを拭いてまわってもいた。そうすると常連客がすごく喜んでくれたのだ。ぼくらは毎年夏になると、店にかかりっきりになる。今や両親はぼくらに、レジスターから在庫管理、サンドウィッチの制作まで、全部を任せてくれている。

まあ、「ぼくら」といっても、ほとんどぼくのことなんだけども。必要に迫られて臨時のシフトに駆り出されるのは、決まってぼくのほう。で、ぼくは引き受ける――生徒会のどうでもよさそうな集まりとか、課外活動とか、あと、ぼくらの高校のプリンスとしてとにかく君臨していることで、イーサンは忙しいから。ただ、ムカついてはいる。ぼくにはディベートクラブの部活もなければ、メトロポリタンの階段でいちゃつく相手もいない。だからなんとなく、イーサンの毎日のほうがぼくの毎日よりも価値があるように思えてしまうからだ。

　両親のためを思うからこそ、副業でろくでもないアプリを開発したことは話していない。そして自分の身を守ろうと思うからこそ、これから話すなんてことも絶対にない。だってラッカー先生の魔女狩りがもう始まっているし、おまけに父さんは、これからも一九六〇年代を生きるんだと、決意を新たにしてしまったわけだし。

「何か悩んでる?」レジ待ちの列が消えたのを見計らって、母さんが訊いてきた。

　カウンターに寄りかかってふうっと息をつく。「果てのない虚しさに息苦しくなってるだけ。ポケットの中にスマホも入れずに、世界に漕ぎだそうっていうんだから」

　母さんは天を仰ぐと、テーブル拭きに使っていたタオルでぼくをひっぱたいた――うわ、気持ちわるっ。

「しょっちゅうメールしてるけど、相手は誰なの?」そうだ、母さんの目は猛禽類並みなのだ。見逃すはずはなかった。「あ、わかったかも。例のウーツェル《Woozel》・アプリでしょ」

「ウィーツェルだけど」

「ああ、そうそう、ウィーツェルか」

母さんの得意技ナンバーワンが、ラッカー先生から保護者宛てにきたメールを茶化すことだとしたら、ナンバーツーはクールでカッコいいふりをすることだ。ほかの親よりはずっと容易《たやす》くやってのける。なぜなら、うちの母さんは実にクールなのだ。なんだか知らないけど、パールとかでっかいサングラスとかでめかし込んできたアッパー・イーストサイド・ママたちがひしめくＰＴＡ総会に、ジーンズとガール・チージングのＴシャツだけというういでたちで乗り込み、目力だけで存在を知らしめてしまえるのだ。クールさが体じゅうから染みだしてきているとしか思えない。

ラッキーなのは、そのクールさは遺伝するものだということ。アンラッキーなのは、イーサンが子宮の中にあったそれを全部かっさらってしまい、ぼくにはからきし残らなかった、ということ。

「びっくり仰天しなきゃいけないとこ？　あなたたち、そのアプリを使って学校を乗っ取ろうとか、ラッカー先生をクビにして二〇〇〇年代のズボンが穿ける人と交代させようとか、企んでる？」

「そういうのもアリかもな」

母さんの唇がニンマリ細くなった。「いいわよ、やってみても」

ときとして母さんは、かなり反体制的になるものだから、そもそもなんでぼくらを私学に入れると言い張ったのか、訳がわからなくなる。けどたぶん、ぼくらのためというより祖父母のためだったんだろうな、と思う――母さんのほうね、グランマ・ベリーのほうではなくて。母方の祖父母は、母が父と結婚して一緒にデリをやっていくなんて、まったく賛成できなかったはずだ。だってぼくの知る限り、母さんをヘッジファンド経営者とかのトロフィーワイフにする気満々だったらしいから。ぼくとイーサンをストーン・ホールに入れることで、自分のルーツを完全に切り捨てたわけじゃないんだと、なんとかわかってもらいたかったのではないだろうか。父さんが常に、自分のルーツに束縛されているのと同じことだ。

そしてまた、ぼくも両親に束縛されようとしているのか。

「あなたたち生徒が危ない目に遭わないのなら……」

ぼくは鼻で笑う。「だからね、母さん、なんて言うか――スナップチャット《写真共有アプリ》のちょっと足りない版って感じだよ。バスルームの落書きみたいな写真を投稿したり、ラッカー先生をからかったり」

「やっぱりあなたもやってるんだ」

ぼくは天を仰いだ。「みんなやってるよ」

めったにしない目つきでぼくを見てくる。車のボンネットを開けるみたいに、ぼくのどこかしらを開けて、何か漏れていないか調べているのか。ぼくの中のおバカな部分が、今すぐ言いたいと騒ぎだした。『ぼくが作ったんだ』と言いたい。『誰の手も借りずに作ったし、それでみんなが喜んでくれてるんだ』と。今日は朝から、メルとジーナが廊下でくっついていたんだよ、とか。この間なんかはホールウェイ・チャットで、化学実験室が許せないって怒り狂ってる生徒がいてさ、そしたらほかの生徒が二十人以上、まあ落ち着きなよって、励ましのメッセージを寄せたんだよ、とかも言いたい。我流だしヘンテコなやり方だけど、世の中のためになるものを、一大事業っぽいものを、作り上げたんだ、と言いたかった。

母さんのその目つき。またそのなんとも言えない目つきで見てくる。するとなぜかぼくのほうは、言わなくていいことばかりをほじくり出して言いたくなってきてしまう。

「けどまあいいや、相手は同級生の女子だよ」

まてよ、と思い直す前に口から出てしまった。ブルーバードとの関係を壊してしまいそうで、なるべく考えないようにしてはいた。が、まさか彼女のことが、ぼくの脳みそのこれほどの部分を占領しているなんて、今の今まで思いもしなかった——廊下でスマホを手にしているクラスメイトをやたらじろじろ見つめていたり、ブルーバードがよこしたのと同じぐらいウィットに富んだ返信をひねり出そうと、とんでもない時間まで起きて考えていたり、今みたいに、うっかり彼女の存在を母さんに、包み隠さず話してしまいそうになったり。

「やっぱり！　イーサンが言ってたのよ、あなたが女の子と一緒にいるのを見たって」ぼくがむっとしたのを見とがめて、母さんは両手を上げた。「父さんが探してたけど捕まらなかったでしょ、だからイーサンに電話したの」

「あいつが息継ぎしてただけでも驚きなのに、まさか電話に出るとはね」ぼそりと言った。ぼくの噂話を、ぼくに断りもしないで母さんに言うなんて、イーサンらしいや。「けど、もとはと言えばあいつのせいなんだ、ぼくがその子と一緒にいる羽目になったのは。水泳部とダイビング部の調整事項を話し合ってただけさ」

「じゃあデートじゃなくて？」

「違う！」

母さんの眉が上がる。無理もないか。自分でもそんな怒ることとか、と思うから。

「だから、そうじゃないんだって。ペッパーは、その——デートの相手になるような女子じゃないんだよ。成績分布グラフのきれいな曲線を、一人でぶち壊しちゃうような子だから」

もっと皮肉ってやろうとしたところで初めて、ちょっと卑怯かなという気がした。今日はペッパーと一緒に歩いたけど、嫌じゃなかった。イーサンを冷やかしに行こうと誘ったのは、ほぼジョークのつもりだった。ペッパーを和ませたかった——水泳部対ダイビング部の覇権争いをなんとか決着まで持ち込んだのちに、外を歩きまわるなんて、本当は気が進まなかったはずなのだ。いやそれどころか、協力し合おうなんて考え自体、即座に却下されるものとぼくは思っていた。不意を突かれすぎたせいで、今シーズンいっぱいキャプテン職の代理を引き受けるはめになってしまった。

しまった、やらかした。

「いい？　あなたたちみたいな子どもが友だちを作るのに、最新流行のアプリなんていらないんだからね」

気づけば絶好の機会は過ぎ去っていた——母さんに秘密をぶちまけてしまいたいという、不気味な衝動も消えていた。ウィーツェルのこと、謎多きブルーバードのこと、真夜中過ぎ、ぼくの部屋のドアの下から明かりが漏れているとき、ぼくが本当は何をやっていたのか、一歩間違えば話してしまいそうだった。

本当のことを言えば、母さんをがっかりさせてしまいそうで躊躇したのだ。母さんだけではなく父さんも。二人ともぼくのことを、この店をつぶさないでやっていってくれる跡取りだと、居残ってくれる跡取りだと思っている。母さんがスマホを取り上げてくれて、半ばホッとしてもいた。おかげで、ブルーバードにどう返信すればいいか、無理やりひねり出さなくてもよくなったのだ——問題なのは、ぼくが何になりたいかということではなくて、ぼくがその過程において、周りの人を一人も傷つけないで、何かになれるのかどうか、なのだ。

ペッパー

めざましのアラームが鳴ったとき、なんだか冗談みたいだな、と思った。ツイッターで二日酔いなんて、わたしが人類史上初かもしれない。

思っていた通り、うちに帰ったとたんにマムが、目の前にノートパソコンを突き出し、お願い、と言ってきた。さらに溜まった#GrilledByBLBの自撮りツイートに返信してほしいというのだ。あのデリへのわが社の返信が相当な反発を招いていて、秒単位で増えてはいるようだったが、それには引っぱられないで、ということだった。じっと座って、会社のアカウント宛てにガンガン寄せられてくるツイートを、ガバガバ受け取っていると、教室の隅の劣等席に座らされた挙句、一晩じゅうぶっ続けに熟れ過ぎのトマトをぶつけられているみたいな気分になる。

ウルフにメールを返す余裕などあるはずもなく、AP微積分学の宿題は、酔っ払いがグラフ用紙に殴り書きしたみたいなものになった。願書まではとても手が回らない。マムへの大いなる罰ってことよね。わたしをこんなことに引っぱり込んだんだから——わたしがこの街に溶け込めるよう力を貸してくれたときと同じくらいムキになってるんだから。わたしが丸一日、GIFをツイートし続けないといけないようにマムが仕向けたんだから、上から数えて二十番目までの大学には入れないかもしれないけど仕方ないよね。

しばし枕に顔をうずめ、どうなるかなと考えた。ちゃんと話したことはない——わたしはいい成績をとっていい学校に入る、ずっとそう期待されてきた。マムとペイジがいよいよ深刻に揉めだした頃からだった気がする。ペイジは不真面目になり、口答えするようになり、この街で友だちを作るのは絶対嫌だと言いながら、しょっちゅう街をうろつくようになり、しかも何かにつけすぐ「わたしはもう十八歳」のカードをきるのが十八番になって、マムはものすごくイライラしていた。でも、わたしがいい成績を取って帰ってくれば、そのときだけはとりあえず、機嫌がよかった。先生たちから、わたしみたいな生徒がいてくれて嬉しいですと言われたときも、わたしが水泳部を公認の部活に昇格させたときも、機嫌はよかった。

そしてマムの機嫌がいいときは、さすがのペイジも喧嘩をふっかけづらいのだ——マムの機嫌のよさは伝染力が強い。忘れていることが多いけど、わたしたち三人にはこのマンションでのいい思い出だってあるのだ。わたしたち姉妹がベーキング・ブログを立ち上げようとしたとき、力を貸してくれたのはマムだった。『ゴシップ・ガール』の再放送を三人で観ては、ロケーション現場がわかるたびに大興奮した。そんなふうにときどきは、こうなれたかもしれない、という画が垣間見えたのだ。こうだった、ではなくて。

ただ一方、また何かが起きて、ペイジは我慢できなくなったようだ。ダドが乗ってこようとしていた飛行機が天候不良で欠航になったんだったか、転入した学校でひどい目に遭ったんだったか。そこでペイジはわざとマムの気に障ることをし、マムは拒絶し、とたんにこのマンションはハローキティの世界からこの世の地獄へと変わった。わたしにしてみたら資源ゴミを出しに行って戻ってきたら、変わっていた。

わたしにはいまだにわからない。そもそもなんでペイジはこっちに来たんだろう。ダドと一緒にナッシュビルに残って、友だちと揃って最終学年を終えたってよかったのだ。そしたらこんなめちゃくちゃなことには一切、ならずに済んだ。

めちゃくちゃだと言って全然かまわないとは思うけど。ペイジがマムに冷たくなってからもうずいぶん経つものだから、なんとなくそれが普通になってきてしまった。

スヌーズ機能でまたアラームが鳴りだして、一人かわいそうの会は終了。ぼんやりしながらスマホを出してきてみたが、昨夜のうちにウルフから返信は来ていなかった。なんとなくふと、そんなわけはないにせよ、ウルフにはわたしが何をやっているかバレている気がした。ソーシャルメディア上でせこい策を講じたらどうかとそそのかし、加担したわたしに、大宇宙による罰が下っているのかもしれない。じゃなければ、わたしと話すのが嫌になっただけなのかも。

それどころか――わたしが何か具体的なことまで言ってしまい、正体がわかってしまったのか。わかってしまったら、がっかりだったのか。

疑心暗鬼になっているだけだと、自分でもよくわかっている。ウルフはきっと忙しいのだ。何かやっているのだろう。AP微積分学の宿題とか。天井の扇風機から逆さまにぶら下がって書いたみたいじゃなくて、もっとちゃんとしたやつ。それか、とにかく何か、親のせいでツイッター戦争に巻き込まれたりしていない十代の若者がしそうなことを、きっとやっている。

とりあえず、あのばかみたいなハッシュタグについてはおしまい。いや、そうは言い切れないにしても、終わってくれないと困る。

歯磨きを終えた頃、いきなりマムがバスルームのドアを開け、わたしの目の前にスマホの画面を突き出してきた。

そこには、BLBの包み紙をまとったまま手付かずのグランマズ・スペシャル・グリルド・チーズが、舗道の水たまりに鎮座している写真が上がっている。キャプションには、**かわいい#GrilledByBLBだねって言ってね**とある。あのデリ――ガール・チージング――がほんの数分前に呟いたものだ。

「ちょっといい？」

マムはもうすっかりキマっている。艶やかな黒のワンピースに黒のタイツ、ネイビーの宝石をちりばめたステイトメント・ネックレスと、ネイビーのブーツで色を合わせている。髪もブロー済みだし、メイクもばっちり。横に並ばれて鏡に映りこまれたら、わたしのほうがまるで地下納骨堂からはい出してきたばかりのゾンビに見える。

「タフィになんとかしてもらえば？」

「タフィは九時からしかいないし、いたとしても、こういうツイートには向いてないのよね。あなたみたいなわけにいかないの」

マムにスマホを返すと、口に残っていた歯磨き粉をシンクに吐き出した。「マム、レシピがね、ものすごーくそっくりなの」

「だってグリルド・チーズだもの。おバカなこと言わないの」

いや、実はおバカなことではないのだ。レシピだけなら、ひょっとして偶然だったかもしれない——イースト菌ではなくサワー種で膨らませたパンに、ミュンスターチーズ、チェダーチーズ、アップルジャム、ハニーマスタード——が、ＢＬＢはあちらとまるっきり同じ名前を商標にした。商標権を扱う弁護士なら誰だって、驚いて二度見する案件だ。運悪くあっちのデリが本気を出し、なんらかの法律的見解を持って訴えてきたとしたらだけど。

「誰が最初に、このアイデアを出してきたの？　誰か知らないけど、その人と話をするべきじゃないかな」

マムはほっぺたの内側を噛む。

「そうよね。わかったそうする。けどまずは、このツイートへの返信を考えないと」

わたしはかぶりを振る。「ハッシュタグはもうおしまい。一日限定だったでしょ。今日になってまだやってたりしたら変じゃない」

「ほんの二分くらいなんだけど」

確かにツイートは二分で済む。が、そこから一時間は、どう受け止められたかチェックし続けないといられないだろうし、丸一日は、おかしな罪悪感を抱いていないといけない。またそのあとも、マムが「二分で済むツイート」をどんどん頼んでくるだろうから、そしたら全部、またいちからやり直し。これだけは、何がなんでもはっきりさせておこうと思った。先手を打たれないうちに。

「そうそう、今日ランドンに会ったらね、夕食にどうぞって言ってみてくれない？　彼のお父さんと、ここで晩餐会をしましょうってことになってるの。日本から戻られて数週間のうちにはね。ランドンにもぜひ来てもらいたいのよ」

開いた口が、本当に塞がらない。「ランドンがここになんか来るわけない」ここは無理。ベッドルームは有名な胃腸薬《次サリチル酸ビスマス》とそっくり同じ真っピンクだし、壁にはマムが発注した、ビッグ・リーグ・バーガーのメニューアイテムの水彩画がかかっているし。ここだけはダメ。ここでランドンを目の前にしたりしたら、きっと今まで以上にたっぷりの時間と空間を使って、間抜けな所業をやらかしてしまうに決まっている。

「あなたのためにもいいと思うの。商談の最前列にいられるわけだし」秘密だからねと言わんばかりに眉を上げた。「大学を出たあと就く職種によっては、必要な経験よ」

言い返す間もなく、マムはヒールをカツン、カツン、カツンと響かせ、廊下を去ってゆく。鍵がジャラジャラ鳴ったと思ったら、もう外に出てしまった。

すぐにツイートなどするものか。こんな些細な反抗に意味なんかあるはずもない。ただ、神経を逆なでされただけのことはしてやりたい。時間をかけて身支度してから送ることにしたのはいいが、時間をかけすぎて遅刻しそうになり、トーストを焼く時間がなくなった。仕方なく冷蔵庫からモンスター・ケーキの残りを探し出し、通学途中で食べることにする。

あれ、一《ひと》かけらなくなってる……と気づいて、思わず笑ってしまった。なにはともあれ絶対に変わらないものはあるのだ。

パーク・アヴェニューへ。ドアマンに会釈してマンションを出ると、自分のスマホで会社のアカウントを開く。こんな悪口に返信するなんて、正直ばからしいなとは思う。一つ前のツイートに返信した時点で、もう既にトラブっていた。それでも、今ツイートするか、さもなくばタフィからの、怖い怖いどうしようというメールをあとで山ほど受け取るか、どちらかだから仕方がない。

まだ目が覚めきらないまま、ホームルームに入っていった。が、ジャックとイーサンが隅っこで、興奮気味にヒソヒソやり合っているのに気づかないほど、寝ぼけてはいなかった。いつもの席に着くと、聞かないことにする。でも人がまばら過ぎて、どうしても聞こえてきてしまう。

「……ぼくが殺されるよ。あのふざけた写真を送ったのはぼくだと思われてるんだ」

BigLeague
B
ビッグ・リーグ・バーガー
@B1gLeagueBurger
返信先@GCheesing
オーマイガー！　ついにきた！　きみたちのグリルド・チーズにグランマが足した～秘密の原料～がとうとう公になったわけだ。さすがプロ、情報をありがとう。でも今回ばかりは遠慮するよ
7:30・2020/10/21

「だからなんだよ？　ぼくでしたって言いに行きゃいいんだろ。いいよ全然。そんな大騒ぎすることじゃないさ」

「もう七回もメールして来てるんだぜ。ほっとけって言われたのに――」

「クズどもがなんて言ってたか、おまえも見ときゃ――」

「見たよ。ちゃんと。見てからログオフしたんだ」

ウィーツェル・アプリを開く。もしかしてホールウエイ・チャットで何かあったのかと思ったのだ。でも

最近のメッセージで注目に値するものといったら、女子トイレの個室の壁に誰かが書いた落書きのことで、誰かがその文法の不正確さをこき下ろしている、ぐらいなものだった。キャンベル・ツインズが喧嘩しないといけなくなるような写真など上がっていない。この喧嘩自体がもう既に不可解な事件ではある——あの双子の喧嘩など、いまだかつて見たことがない。

「もういいよ」ジャックが言い捨てる。そして、わたしの隣の席にドサリと腰を下ろした。昨日もこんなじゃなかったっけ。

　声をかけたほうがいいんだろうか。聞こえていなかったふりはどう考えてもできない。今実際に教室にいるのはわたしたち三人だけなのだ。とはいえそれも、イーサンが去り際に何か小声で言い、出て行ってしまうまでのことだった。

　しばらくはシーンと静まり返っていたが、それでも、なにせジャックだから、長くは続かない。

「きょうだいとか、いる?」ジャックが訊いてきた。

いつになく落ち着きがない。前かがみになって、指の関節で机を、音がしないように叩いている。

「うん、姉が一人」

ジャックは頷く。また何か言おうと口を開けはしたけれど、思いとどまったみたいだ。

モンスター・ケーキを取り出した。アルミホイルに包んで入れておいたらちょっとだけつぶれていたけど、気にせず一かけちぎってジャックに差し出す。ジャックは眉を上げ、生魚でも差し出されたみたいな、戸惑った目でわたしを見た。

「毒は入ってないから」

とりあえず受け取ると、しげしげじろじろ眺めている。くずがポロポロ机に落ちた。「何これ？」

一瞬言いよどむ。この罰当たりなごちゃ混ぜデザートのこと、実はうちの両親とペイジ以外の誰にも、話したことがなかった気がする。もしかして、これは裏切り行為にあたる？　家族以外の人に分けてあげたりするのって。

「モンスター・ケーキよ」

・・・・・

「モンスター・ケーキ？」

ジャックは唇をひん曲げた。面白くなってきたらしい。するとわたしはまた考えてしまう——やっぱりやめておこうか、もう一回考え直すか。でも腹をくくった。今は気にしないことにする。

「誰でも知ってるジャンクフードの類を片っ端から生地にぶち込んで、混ぜこぜにして焼いたケーキのこと。だから、そういう名前にしたの」

ジャックは一口かじる。「うわ、くっそ」

顔がカアッと熱くなる。クラスメイトたちがぱらぱら入ってきだした。ジャックは座ったままあからさまにのけぞって、うんうん唸っている。

「ちょっと、ジャック」小声で言った。

「こんなうまいもの、初めて食べた」

からかわれているのかどうなのか、いずれにせよ相当目立っているのは間違いない。ケーキの残りをまた包みなおし、バックパックに突っこんだ。

「いやちょっと、これはけしからんよ。こんなの、どうやったら思いつくのさ？」

「それはただ――なんていうか、そんなじゃなくて、わたし……ううん、わたしたちが、まだすごく小さい頃に、たまたま作ってみただけ」

ジャックは一心不乱に指を舐めている。わたしは俯いて膝を睨みつけていたが、こらえきれず笑みがこぼれた。ここ最近、ブログを更新する時間が十分とれずにいた――ペイジがその分を埋め合わせようと、躍起になって投稿してくれていた――なので、すっかり忘れていたのだ。わたしが考えた変てこなデザートを誰かが作ってみてくれて、おいしく食べてくれたとき、どんな気持ちになるか。無論普通は、インターネットのコメント欄に作ってみたよと書き込まれているか、一緒に作っているときにペイジが、うーんいける、と唸ってくれるか、どちらかしかない。

でもこれは違う。すごく……個人的というのか。わたしが作ったものを、家族以外の人に、目の前で食べてもらうなんて。でもたぶん、嫌ではない。

「きみは高く飛ぶあまり、デザートの太陽に近づきすぎたんじゃないか。こんなおいしいのって生まれて初めてだしさ、でね、実はうちの親って……」

「ミスター・キャンベル、どうしても教室で食事を続けるおつもりなら、少なくとも床をナプキンがわりにしないくらいの礼儀は、わきまえてくださるわよね」

声を出して笑いそうになったが、咳きこむふりをして何とかごまかした。ミセス・フェアチャイルドが黒板のほうに目を向けたとたん、ジャックがわたしのほうを振り返り、ウィンクしてくる。目だけで天を仰ぐ。すると、ジャックの友だちのポールが入って来た。ウィーツェル・アプリが大変だとかなんとか言っている。ミセス・フェアチャイルドは耳が遠いのか、耳が遠いふりを必死にやってくれているのか、どちらにせよポールはラッキーだ。聞かれていたなら、そのアプリに関しては一切容赦しない学校方針からして、即刻窮地に追い込まれていたはずだから。そうでなくても、そこらじゅうにチクリ屋がいる――だからわたしは、学校でウィーツェル・アプリを開くようなおバカな真似だけは本当に、絶対にやらない。

はいはい嘘です、ごくたまにはやるかも。ただ、やらないようにはしている。なぜなら、ウルフが誰であれ、彼は就学時間中でもあっという間に返信してくるからだ。わたしのせいでウルフがトラブルに巻き込まれたりしたらどうしよう、と思うのも至極真っ当なことではないか。

それに、確かこの前ジャックが、わたしもラッカー先生のネズミじゃないかと疑っていたけど、当たらずとも遠からずのとんでもない悪夢が、わたしの頭の中にはあった。もしウルフがトラブルに巻き込まれてアプリから追い出されたりしたら、わたしはいったいどうすればいいのか。だって恐ろしいくらいなのだ。わたしの人生からもしウルフがいなくなったら、と思った瞬間から、彼こそがこれまでの人生の中でいちばんの親友なのかもしれない、と思い至るまでの速さときたら。あ、ペイジは別だけど。ウルフとは何事においても波長がぴったり合う。ストーン・ホールでの学校生活しかり。でもそれだけじゃない。もっと大きいくくりの何か。なんとなくみんなから浮いている、と感じるところも。

ありうるシナリオを考えてみる。ウルフは自習時間があるか、時間割に空き時間がある人物。イーサンとががそう。生徒会のスタッフとしてしょっちゅう出たり入ったりしている。じゃなければ、一日に二時間、学校を出てシニア・インターンシップに通っている人物。たとえば——

そう、ランドンとか。

ホームルームが終わる頃には、朝食抜きが祟ってお腹がぐうぐう鳴っていた。できるだけこっそりとモンスター・ケーキを出してくる。ロッカーを開けたタイミングで少しは口に放りこめるかと思ったのだが、ロッカーの鍵を開けてすぐ気づいた。迷い犬がくっついてきていた。ジャックが、器用にも廊下を、付かず離れずえんえんついてきていたのだ。すぐ後ろには友だちのポールまでいる。

「あと一口だけいい？」

ロッカーのドアに隠れて笑った。ジャックからは見えないように。「中毒みたいね」

「もう中毒かもしれないし、ほぼきみのせいなんだよね。だからきみには、供給を絶やさない責任がある。くれなきゃ禁断症状が出ちゃうよ」

「なんの話してるのさ?」とポール。爪先立ちしてわたしのロッカーを覗き込んでいるけど、確かわたしときっかり同じ身長だったはず。

もう一かけ、ジャックに。それから、モンスター・ケーキに慈愛を込めて、ポールにも渡した。できるだけ多くのダイビング部員と仲良くなっておくほうがいい。プールのレーンを共用せざるを得ないわけだし。

「うわっ、すげえ。これからはきみが大親友だ」

ジャックがポールを小突く。「乗り換えるのが早いんだよ」

ポールはわたしとジャックに敬礼した。「インターンシップに行ってくるね」

ケーキを頬張りかけたところでいったん停止した。そうだ、定期的に学校を出て行く生徒なら、ランドンのほかにもいるのだ。

想像してみる。ポールが夜遅くに、ぼんやり光るスマホの画面に向かっていて、わたし宛てに、『大いなる遺産』にまつわるしょうもないダジャレを送ったり、それはそれは熱心に、喫煙の危険性について偽善的な講義をしてくれる、あのチェーンスモーカーの体育教師を茶化したりしている。家族のことを話してくれたり、わたしの家族についての悩みを聴いてくれたりもしている。

「部活のあと、何か食べに行くってことでいい？」

なんだかしっくりこない。それがまた問題なのだ——ウルフを誰かにあてはめようとしても、どうしても想像しきれない。ウルフに顔をくっつけようとするたびに、思考停止してしまう。人ではなく、実体のない存在じゃないかと思うことさえある。

またときには——昨日みたいに、ウルフがあんなことで両親に腹を立てていたりしたら——すごくリアルに感じられて、彼とは、どこか街の片隅で身を寄せ合っているような、手を伸ばせば届くような、そんな気がしてくるのだ。

目をぱちくりさせながらジャックを見上げ、直近の数秒を心の中でリプレイする。確か何か言っていたような。「へ？　あ、うん。部活のあとならいいわよ」

「イーサンが言ってたんだけど、きみんとこのコーチが、きみに試合の予定表を送ってるって。もしよかったらぼくに転送してよ」

「うん、わかった」廊下に誰もいないのを確かめてから、スマホの添付ファイルを開け、ジャックに手渡す。「自分宛てにエアドロップして」

スマホ二台を同時に持とうとしたせいで、ジャックは一瞬まごついた。「きみのスマホが真っ黒になった」

わたしの両手は、残ったモンスター・ケーキを包みかけていて塞がっていた。「パスワードはただの1234だから」先月、家族全員でアップグレードしたとき、ダドがみんなのパスワードをセットアップしたのだ。ジャックに言えたのは、ただ単に、時間が空いたら変えてしまおうと心に決めていたから。

ジャックは小さく口笛を吹いた。「そういうのってさ、家の鍵を玄関マットの下に隠しとくようなもんだって、知ってるよね」

スマホを返してもらったところでチャイムが鳴ると、ジャックは敬礼し、モンスター・ケーキのせいなのかスキップしながら去ってゆく。するとわたしも、ついついちょっとだけ、スキップ気味に歩いてしまうのだった。

それから数時間は、がんがん届くマムとタフィからのメールをどうにか見ないようにしていたが、結局見てしまった。終業のベルが鳴るとすぐに、ロッカールームの前まで行き、数分かけてツイッターのタイムラインを追いかけた。するとガール・チージングのアカウント――今やフォロワーが一万一千人に達している。昨日の三桁とは雲泥の差だ――が今朝わりと早くに、わたしのツイートに返信していた。

そして、このツイートで終わっていたかもしれない――これに返信して、とは、就学時間中には誰も言ってこなかったから。もし仮にマムがタフィに、放っておいていいと言っていてくれれば、わたしたちみんながそれぞれの人生をしっかり生きていけただろうし、ツイッターではなく少額裁判所での扱いに落ち着いたかもしれない。それが大人の解決法だろうと、わたしはなんとなく思っていた。

Girl Cheesing
@GCheesing

返信先@B1gLeagueBurger
それでも、二番煎じよりは美味しいよねえ

7:17·2020/10/21

ここにジャスミン・ヤングがしゃしゃり出てくる。有名ユーチューバーであり、有名ビデオブログ『ツイッターなんかにダマされない』の主催者でもある。学校が終わる一時間ほど前に三分間の動画が投稿され、その中でジャスミンは、わたしたちの『抗争』を含むいくつかのツイートについて解説していた。つまり、わたしの人生における直近の二十四時間という悪夢を、きっちり語ってくれたわけだ。

「この二つのアカウントは、かなりいがみ合っていると言っていいわね。では、よりセコいのはどっちかな？」動画の最後で、偉そうに笑いながらフォロワーたちにこう呼びかけた。「ガール・チージング・チームか、ビッグ・リーグ・チームか？　みんな、コメントで教えてね。どっちに入れるか、わたしはもう決まってるけどね」

そしてスクリーンショットの静止画。ビッグ・リーグ・バーガーのツイートへの、ジャスミンからの返信だ。全部大文字の『模倣犯《COPYCAT》』という言葉と、あとは猫の絵文字が怒濤のごとく並んでいる。

するとなぜか、動画が投稿されてからわたしの就学時間が終わるまでの間に、ジャスミンのアイデアはものすごい勢いで拡散され、数百ものツイッター・ユーザーがまるっきり同じことをやり始めたのだ。ビッグ・リーグ・バーガーがここ数カ月の間に投稿したどのツイートにも、どのインスタグラム記事にも、どのフェイスブック告知にも、猫の絵文字ばかりのコメントが無数につきまくる騒ぎになった。

面白いよね、とは思う。もしわたしが、この星に住むわたし以外の誰かだったらの話。でもたまたまわたしは、どうにか解決策をあみ出さない限り、いつまでもスマホに鎖で縛りつけられてしまう運命にある人物なのだ。

部活終わりの時間まで、頭はまさにフル回転を続けていた。次の一手をどう打てばいいのか、そればかり思い詰めていて、ラッカー先生が立っているのにさえ気づかなかった。体育館の、よりにもよってわたしたちの練習場所でもあるロビーに、間違えようのない、鼻にかかったあの声が響いて初めて気づいたのだ。「失礼ですが、ミス・シン、あなたのスマートフォンの画面に見えているのは、いったいなんなのですか?」

プージャは咄嗟にラッカー先生に背を向けたが、わたしからはまともにその顔が見えてしまった――というか、もっとはっきり言えば、混じりけのない恐怖そのものが、プージャの顔を完全に乗っ取った瞬間を見てしまったのだ。どういうことになるかも、火を見るより明らか。

「あの――えっと、これは――」

「いやいや、戻しなさい。ぜひとも見せていただきたい」

「それって、トンプキンズコーチがプールデッキで拾ったスマホでしょ?」

プージャは息をつめたまま、信号みたいに真ん丸な目でわたしを見た。一瞬の間があってやっと意味がわかると、うんうん頷く。

「誰のか調べようとしてたんです」わたしが説明を買って出た。今度はプージャに向きなおる。

「うまくいった?」

プージャはスマホをわたしの手の中へ。顔はなんとか戻っていたが、手は震えていた。「ううん、まだ」

ラッカー先生はわたしの手の中のスマホを見ている。なるべく動かさないように持っていたのは、画面が開いたら、そこにはルース・ベイダー・ギンズバーグ《元アメリカ連邦最高裁判所判事。性差別撤廃を求めたりベラル派》の等身大パネルと一緒にポーズを決めるプージャ自身の写真が出てくるからだし、出てしまったらもうおしまいだからだ。

「見たところ、あのウィーゼル《イタチ》・アプリにログインしていたようですが」とラッカー先生。

「はい」間髪入れずに返した。「それで、ストーン・ホールの生徒のものだってことになって」

プージャはさらに頷く。「ですからわたしたち、その、誰のかわかり次第、必ず報告しますから」

先生の視線がわたしから、プージャへ。信じていいものかどうか決めかねているのか。でも先生の視線など、プージャの目力に比べたらカスみたいなものだった。もしかしてわたしに、スクールバスの車体の下に投げ込んでほしくて待っているのかと思うくらい、じっと見つめている。お互いがお互いに対し、とんでもなく卑怯な真似はしてきていない――少なくとも一年生からこっちは――が、正々堂々のフェアプレーだけをしてきた、とも言いきれない。

とはいえ、数年間は確かにプージャが目の上のタンコブだった。が、だからといってこんなことで優位に立とうとは絶対に思わない。とあるアプリでみんなとおしゃべりしていたなんて凡ミスのせいで不利になればいいなんて思わないし、だいたいそのアプリを使っているのがばれて捕まるのがわたしでも、全然おかしくないのだ。わたしのほうがプージャより五秒早くロビーに出ていたら、もうわからない。何かしらでプージャに勝つとしても、それが正々堂々の対決だと胸を張って言えるものでなければ嫌だ。

「二人ともありがとう。警戒を怠らずにいてくださって感謝しますよ。また何かあれば……」

あからさまに唾を飲みこみたくなったが、なんとかこらえた。「真っ先に報告します」大嘘つきになってみた。

ラッカー先生は頷き、おもむろに去ってゆく。ダイビング部の一年生たちが集まっているところに、あまりこっそりでもなく入って行こうとしているようだが、そうはいかない。みんなにはずっと遠くから先生の姿が見えている。プージャに向きなおると、顔からは血の気が完全に引いていた。

「ありがと」やっと息ができたみたいだ。

バックパックを背負い直す。「どういたしまして」

「ほんとよ……わたしのこと守ってくれた。それだけじゃなくて、ほかのたくさんの生徒のことも。歴史の中間試験に備えて勉強会を開こうと思ってて、時間を設定してる最中だったの」

「もう気にしないで――え、ちょっと待って。あなたって、バニー《ウサちゃん》?」

プージャは頷いたが、かなり警戒している。そのうちにわたしがいつも通りに会話を終わらせる気がないとわかったのか、少し肩の力を抜いてこう言った。「そうだけど、すごくやりたくてやってるわけじゃないのよ。って言っても、誰でもいいからメシアになってくれってせがまれて、無理やりロバに乗せられたってことでもないけど」

普段からプージャの前では、冷静な表情を決して崩さないよう心掛けているのだが、まさか嘘でしょ、という目で見つめずにはいられなかった。「ＡＰの勉強会がたくさん立ち上がってるけど、全部あなたがやってたんだ」

プージャは肩をすくめてみせる。「まあ、そうね。あのアプリだと超簡単だから。それに今年ってハードじゃない」

しばし二人とも黙り込んでしまった。わたしはただプージャを見つめるだけ。そしてプージャはというと、左右の脚に、かわりばんこに体重をかけて揺れている。わたしがいなくなるまで待とうか、自分が先に立ち去ろうか決めかねているみたいだ。

プージャとの間には、わだかまりがある――もしかして、あんなことさえなければ、友だちになれていたかもしれない。一年生の世界史の授業で、わたしたちは同じグループだった。教室内でクイズ大会をやることになり、先生がグループ分けをしたのだ。九月も末、つまりわたしは周りに溶け込めるかどうかの瀬戸際に立っていて、よく思われたいし適正な成績も取りたいと、それまで以上に必死になっていた――マムとペイジのいさかいはエスカレートするばかりで、わたしがストーン・ホールで成功することでしか、二人を止められない気がしていた。

その時点ではまだ、友だち作りに本腰を入れてはいなかったが、なれそうな人を探し始めてはいた。メルは、インスタをざっと見たところ、お菓子作りをかなりやっていそうだった。そしてプージャは、廊下とかで話しているのを聞いたところによると、百ヤードバタフライを得意競技にするつもりのようだった。同じグループになったからには、ぜひともシーズン前に、水泳部について話を聞いておきたいと思っていた。勇気を振り絞るしかなかった――もうできてしまった友だちの中にいるのではなく、いちから友だちを作らなければならないなんて、まだまだ不慣れだったから――が、たちまちホッとした。プージャはいい子だし、すごく愉快な子だったのだ。ノートの余白にずっとメモを書き続け、グループのほかのメンバーに見せてくれていた。ハンムラビ法典とスナップチャットアプリにはこんな共通点があるんだよ、とか。そうかと思うとメソポタミアの社会的階級を表す図の最下層のさらに下に、『ストーン・ホールの新入生』と書き込んでみたり。

プージャが繰り出すジョークに大笑いしていたら、ミスター・クリアバーンに呼ばれた。「ミス・エヴァンス、盛り上がるのも結構ですが、もしよかったら古代メソポタミアの大部分が位置していた場所は、現代でいうどの国にあたるか、言っていただけますか？」

答えがもしわかっていたとしても、その瞬間はあまりにも屈辱的で、自分のファースト・ネームさえ答えられなかっただろう。口をあんぐり開けたまま、ただただ佇んでいたら、プージャがこっそり教えてくれた。「シリア」

「シリア」反射的に言ってしまった。

「違います。では授業妨害としてあなたのチームの持ち点から減点します。ミス・シン？」

プージャはよどみなく答えた「イラク？」

「その通り」

大恥をかいただけでなく、同じチームのほかの三人にまで迷惑をかけてしまった、その痛みときたら焼けつくようで、ビッグ・リーグ・バーガーのフライヤーの中に突き落とされたみたいな気分だった。プージャのほうを盗み見たが、あっちはわたしを見ようともしない。痛い目に遭ったが、教訓は得た。ストーン・ホールの生徒はみんな、自分のことしか考えないのだ。

ライバル意識というものがそこから、有機栽培のごとく成長してきた。プージャがしたことをわたしは絶対に忘れなかったし、絶対に許さないと誓った。それ以来、教室でも水泳部でも、たまにある学校関係の行事でも、プージャと顔を合わせるたびにわたしはいたたまれなくなる。そのたびに心臓がバクバクし、ここはナッシュビルではない、と思い出さざるを得なくなる。ここにいるのはまったくの新人類であり、ここでの食物連鎖は危険なほどに高度で、足元には常に誰かがいて、隙あらば足を引っ張ろうと待ち構えている、ということも。

しかし今の――今の話だけは辻褄《つじつま》が合わない。プージャが実は、ウィーツェル・ユーザーのバニーで、超難関ぞろいのAP講義に備えるため図書館を予約したり、コーヒーショップでのミーティングを主催したりしているなんて。だってプージャがバニーだとしたら、自分と一緒にみんなを、食物連鎖の上層部に引っぱり上げているということになるのだから。

たまらず頭をぶんぶん振った。「わたしはてっきり……」

途中まで言いかけた言葉が、目の前に中途半端に浮かんでいる気がした。わたしが何を言おうとしたか、二人ともわかってしまっていたのだ。プージャはバックパックを背負い直し、足元に目を落としたかと思ったら、またわたしを見た。

「あなたも参加してよ、いいでしょ」ためらいがちなその言葉は、心から言ってはいるものの、わたしにどう捉えられるかわからないまま発せられていた。「違うのよ――あなたにも必要だからってわけじゃないの。そうじゃなくて、きっとほかのメンバーの助けになってくれると思うから」

思いがけない提案に唖然とするあまり、返事をしなければならないのにも気づかなかった。

「ああそうだ、兄が外で待ってるんだった。じゃあ……」ぎこちなく手を振る。「本当に、ありがとう」

「うん」

そして、行ってしまった――プージャ、そしてバニー、じゃなければ誰だろう、彼女の正体って――その後ろ姿を見送りながら、わたしはいまだかつてない戸惑いのさなかに取り残されていた。

プージャがロビーからいなくなったとたん、スマホがポケットでピン！　と鳴り、困惑しきっていたわたしは現実世界へ、ツイッターの渦中に引き戻された。スマホを出してくるときにはもう腹をくくっていたから、通知の数にも驚かなかった。一つひとつスワイプしていく――

そして気づく。ウルフからはなんの音沙汰もない。昨日も確か、今ぐらいの時間には何も来なかった。これまでさんざんやりとりしてきたが、三時から五時の間にどちらからも何も言わなかったのは初めてだ。普段ならピークの時間帯で、その日にもらった課題やら何やらについてぶつくさ文句を言い合っているはずなのだ。

わかってる。わたしはそこまでバカではないから、水泳部とダイビング部が部活をやっているその時間に、たまたまウィーツェルに書き込んでいないからというだけで、ランドンがウルフなんだ、と決めつけたりはしない。それを言いだしたら、それこそ水泳部にダイビング部、バスケ部、ゴルフ部、室内競技部にサッカー部、どこの部員でもウルフになりうるわけだし。なんのことはない、ウルフかもしれない候補者の数が、これでまたとんでもなく増えただけのことだ。

それでも、前々から不気味に思っていることはいくつかあり、その中でさらに一つだけ、もしかしてもしかしたら、やっぱり彼かも、と思いたくなるものがある。十四歳のペッパーの片思いは、ほぼ一目惚れだったが、なんの理由もないかというと、そうとも限らない。つまりその時おそらく何かがあったわけで、今、間違いなく同じようなことがウルフについても、起きているわけだ。

またピン！　今度はタフィからだ。もう部活は終わった？

ふうーっとため息をつく。無駄に考えるのをひとまずやめ、ベーカリーへ歩きだす。そこで打ち合わせしようとジャックが言ったのだ。店に向かいながらも、炎上するツイッターをどうにか鎮めようと画策していた。まずはタフィに電話する。歩いている間に、頭の中にあるアイデアが固まっていく。目の前には相変わらず、何千匹もの猫の絵文字がわんさか溢れている。

「今日ってデザイン部の人、誰か来てる？」

タフィの声は普段より高ぶっている。ざっと一オクターブくらい。「ええ。カーメンがいるわ」

「よかった。カーメンに探してもらって、保存してある猫の写真」

「猫ならなんでもいい？」

「かわいいのがいいかな。でも、うん。なんでもいい」

わたしの人生、刻一刻とおかしなものになっていく。

わたしが八十九丁目で信号待ちをしている間に、タフィはデスクに常備しているユニコーン型の付箋《ふせん》に書きとめる。わたしたちはもうすっかり同期してしまっていて、電話の向こうでタフィのペンがいつ紙から離れたか、その瞬間すらきっちり感じとれてしまうのだ。

「で、その写真をね、ほんとにめちゃくちゃ野暮ったくていいからフォトショップで加工して、うちのグリルド・チーズを持ってるようにするの。へたくそなほど笑えるから」

「うんうん、わかった……」

「でね、アニメーションで、サングラスがバーガーの上に落ちるようにする」

「それ、知ってる！」タフィははしゃいでいる。こういうインターネット・ミームを集めておくのも、彼女の仕事だったはずなんだけど。

「そう、あのサングラスね。でも文章はなし」指図していた。学校の先生になった気分だ。「ただサングラスが落ちるだけね」

向こう側でなにやらボソボソ話している。「三十分でできるみたい」ボソボソだった声が、嫌でもはっきり聞こえるようになり、ついにマムが割って入った以外ありえない声が聞こえてしまった。低くて偉そうなあの声を聞き違えるはずもない。「……五分以内にできるって」タフィが訂正した。

ベーカリーの前まで来てしまった。見るとジャックはもうテーブルについていて、まさにちょうど、バゲットにかぶりつこうとしているところだ。満足を絵にかいたらきっとこんなだろう。髪はプールから出たまんまでまだ濡れていて、毛先でくるんとカールしている。バゲットの端を歯で食いちぎるさまはいかにも、お腹がすいた以外何も考えていない十代男子そのものだった。しばし立ち止まり、ただジャックを見ていた。どこがどうというのではなく、妙に惹きつけられるのはなぜだろう。

店のドアを開けた瞬間にジャックはわたしを見つけ、ここだよと手を振る。待って、と指を立ててから、紅茶を買おうと列に並んだ。最後の最後にカウンターの下を覗き込んでしまい、巨大なリンゴのペストリーを注文してしまった。それまでこの店の前を数えきれないほど通っていて、そのたびに見ていたものの、立ち寄る時間がなくて買えなかったパンだ。

手の中のスマホからバイブ音がする。猫のＧＩＦ動画が送られてきていて、わたしが頼んだ通りの出来だった。わたしのドライブに保存してから会社のツイッターアカウントへ。自己嫌悪に陥りながらも、できるだけ早く終わらせられますようにと祈ってもいた。

「バゲット少しあげるから、何かわかんないけどそのパン少しと換えてくれない？」ジャックが言ってきた。

「いいよ」バックパックとスイムバッグをテーブルに置く。「ちょっと待って」

ふと見ると、ＢＬＢのツイッターに百を超える通知が来ていてたじろぐ。どうせ全部が猫関連か、もっとひどいかのどちらかだ。下書きの画面を引っぱり出してから、紅茶を一口。よくないことだと思う気持ちを、熱いお茶で飲み下そうとしたのかもしれない。

うわっ。砂糖を入れ忘れた。きょろきょろしてカウンターを見つけ、椅子から立ち上がる。と、左から来た誰かとぶつかった。シャツに紅茶がかかり、後ずさったわたしはテーブルに衝突。スマホがテーブルに落ちる。

「ごめんなさい、すみません――」

「ペッパー?」

目を上げると、ランドンのアイスブルーの瞳が見つめていた。ものすごく近くて、片方の目のすぐ上にあって印象的なあのそばかすまでが見てとれた。一年生のときの記憶のままだ。そういえば星座みたいな顔だなと思ったんだった。ランドンはにっこり笑い、同時にわたしはしかめっ面をひっこめた。

「ごめんね」また言って頭を下げる。ランドンの持つトレイには、マカロニチーズがいっぱい詰まったブレッドボウルが載っている。チーズがまだぐつぐつ焼けている。どっちの絵面も圧巻で、どっちを見ていいかわからない。チーズか、ランドンの顔か。

「やあ、イーサン――」

「ジャック」二人で同時に訂正した。ジャックの意識はまたバゲットに。でもその前に、ほんの一瞬微笑んだのをわたしは見逃さなかった。

またランドンのほうを見る。ランドンはまだ無防備なままだったが、すぐに瞬きすると、いつものあの穏やかな微笑が戻ってきた。

「いやそんな。ぼくが悪かったんだ。まさかここできみたちに出くわすとはね」

喉が渇く。不気味なほど均整のとれた顔を眺めながら考えていた。あれもこれも、マムのことも。

「ほんとね」声がかれそう。「ただちょっと――ううん。紅茶に砂糖を入れなきゃと思って、そしたら……」このままだと訳もなくあなたに、わたしの人生の些末な出来事を全部、事細かに話しだしてしまうけどいいかしら。

一目散にカウンターへ。ランドンが歩調を合わせ、ぴったり脇にくっついてくるのがヒリヒリするほどわかる。

今なんだ。そうだ——部活中のわたしが完璧に摑み損ねたチャンスを、大宇宙が今、与えてくれたのだ。マムのとんでもないリクエストが、ネオンサインになってピカピカ光っているような、それが本当に見えるような気がする。

体を固くする。向かってくるトラックに備えるみたいに。屈辱的なことではあった。ストーン・ホールに来て四年、わたしはひたすら、世界じゅうのランドンたちに匹敵する人間になろうと頑張ってきた——わたしが以前ナッシュビルにぴったり馴染んでいたみたいに、この街にぴったり馴染んでいる人たちと肩を並べたいと——なのに結局、今彼を見ようとしたら、初めて会ったときの間抜けで頼りない新入生の気分に逆戻りしてしまったのだ。

やっとのことで言葉を絞り出した。

「あの——よかったら……ていうか、母がね、あなたのお父さんをうちのディナーに招待したって言ってるんだけど？」

ランドンはわたしの一歩前に出ると、カウンターの上に並んだ容器から砂糖のパックを一つ取り、渡してくれた。でも違うやつだった。偽物の砂糖で、カロリーがゼロの代わりに飲んだら舌がムズムズするやつ。が、もう失敗するものかとそればかり考えていて、砂糖なんかなんでもよかった。

「ああ、そっか、うん。父がなんか言ってたな。きみんちだとは思ってなかったからさ」

わたしは頷く。この状況にしては勢いがよすぎたかもしれない。「ええ、まあ、そう。うちなの」社会生活において自ら命を絶ったも同然だが、それでもなぜかまだ、マムをがっかりさせてしまうよりはマシな気がした。「あなたも来てくれたらと思って」

ランドンはわたしが何を言っているのか一生懸命わかろうとしていたが、コンマ五秒はかかった。なのでわたしはここで、ベーカリーのまんまん中で、死んでしまいたくなった。タイルの床にばたりと倒れたら、あとは自然の力で土に帰ろう。

「そうなの？」

「そうなの」

ランドンは頷く。「うん、そうか、ぼくは――行ってみたいな。インターンシップのほうで締め切りがいくつかあるけど、忙しいのもきっとあとちょっとだと思うからさ」

もうこれは、ムスメ・オブ・ザ・イヤーみたいな賞をもらうに十分値すると思う。「じゃあまたそのときに」

ジャック

いろいろある中、本当におバカとしか言いようのないことがあるとすればそれは、あれ？　顔がまっかっかになるぞなんでだ、となって初めて、ぼくはペッパーのことがわりと好きなんだ、と決められたこと。いや、本当は決めたとかじゃない――知らないうちにそうなっていた、っていう感じ。バゲットにかぶりつく瞬間は、ただただホッとしていた。半径五キロ圏内のどこにも母がいないからだ（キャンベル家では、ほかの組織からパンの類を購入することは反逆行為であるとされる）。そして次の瞬間目を上げると、紅茶を買おうと列に並んでいるペッパーの、あのふくれっ面が目に飛び込んできた――断じて許せないが、なんとなく気にかけないわけにはいかない、そんな相手を見るときの顔だ。激怒とじんわりくる慈しみの狭間にいるのだ。『あいつ、いったい全体どうしちゃったんだよ』と『友だちだけどあの子、いったいどうしちゃったんだろう』の狭間ともいえる。

けどまあたぶん、それ以前から始まってはいたのだ。事の起こりは、イーサンが、ペッパーと会うのを代わってくれと頼んできたところ。が、そこから先はぼくがハイジャックしてしまった。ペッパーとぼくが水泳部とダイビング部の諸問題を検討するために打ち合わせしているなんて、イーサンは知りもしない――知らなかったからって気にしないとは思う。ダイビング部という組織自体が『もうどうしようもないくらいめちゃくちゃ』で片づけられるようになってしまっているし、イーサンはもはや形だけのキャプテンでしかない。それでもあいつのことだから履歴書にはさらっと書いて、はい一丁上がり、で済ますのだろう。

あいつにはそういうところがある――安請け合いして、手に余ったらぼくに押しつけてくる。学校の資金集めイベントのために、デリの残り物を持ってくるよと言っておいて、スケジュールがきつくなるとぼくにやっといてと言う。グランマ・ベリーの処方薬を受け取っておくと母に約束しておいて、あとになって慌ててぼくに電話してくる。そういえば生徒会のミーティングはそんなすぐに終わらないから、薬局が開いている時間には間に合わないんだった、と。わざとじゃないのはわかっているけど、あいつは噛めない量をかじりとってしまう傾向がある――で、思い出すわけ。ぼくのおかげで、自分にはもう一つ口があったんだ、って。

でも、おかしいだろう。イーサンは時間がなくて大変だと言いながら、今朝はガール・チージングのアカウントからツイートして、父から禁止されていたそのものズバリをやらかすだけの時間があったのだから。

　ただ今回だけは、イーサンの代役も悪くないなと本気で思ってしまう。ペッパーとなら一緒にいてもいい。お手製のモンスター・ケーキとか、思いがけないタイミングでぼそっと面白いことを言うところとか、いつも前髪を耳にかけようと頑張っているが、生憎まだ短すぎて無理なところとか。好きじゃなければ、パンをひと口ずつ交換しないかなどと遠慮なく訊けてしまうわけがない。こんな風に人を好きになるなんてことは、ここ数カ月なかった。昨夜のシフト明けに母がスマホを返してくれたけど、チラ見する気にもならない。ぼくの直近のメッセージにブルーバードが返信してくれているかどうか、確かめる程度ならあとでいいと思う。

　ペッパーのことがわりと好きだからか、彼女がランドンとぶつかったときにはなんだろう、今まで感じたことのない熱いものがお腹のあたりで渦巻くのを感じた。そのせいでランドンにムカッ腹が立ったのだが、生まれてこのかたランドンに嫌な目に遭わされたことなど一度もないのだ。

　ペッパーにも何かが起きていた。頬が真っ赤だったし、ぼくはカフェの奥にいて、ペッパーは真ん中あたりで背を向けているにもかかわらず、しどろもどろになっているのがわかるのだ。ペッパーにもらったペストリーの一かけを思わずギュッと握りつぶしてしまい、手の中はベタベタのぐちょぐちょ、リンゴのなれの果てっぽいものだけが残っていた。

　二人から目をそらす、と、その瞬間だ。情け容赦ない一撃で、何もかもがゴミになってしまった。

ペッパーのスマホがテーブルの上に。見るつもりなんかなかった。ぼくはニューヨーカーだ。他人事には絶対に干渉しないのが得意だし、誇りに思ってもいる。でも画面で何かが動いていた。見るからにおかしな猫のGIF動画だった。アライグマがきらきら光るものに目を奪われるみたいに、ぼくも画面から目をそらせなくなった。

そして、のけぞって遠ざかろうとしたそのとき、動画ではない部分に目が行った。まずは青いチェックマーク。GIF動画は下書きツイートの一部だった。束の間、面白がっていた――ペッパーは認証マークをもらってるのか？　秘かになんらかのスポーツリーグに所属しているとか、故郷ナッシュビルのカントリー・ウェスタン・バンドでヴォーカルを務めているとか？

ところが、そのアカウントはペッパーのものではなかった。ビッグ・リーグ・バーガーのアカウントだったのだ。

ぼくの脳みそは、その情報を体のほうにどう伝えればいいのか、あまりよくわかっていなかった。だから、とりあえずぼくは笑った。笑い声が大きすぎたのか、隣の席でスコーンを食べようとしていた女性がびっくりして顔を上げた。ノイズ除去機能付きヘッドフォンをつけているというのに。ところが笑ったとたんぼくの中で何かが起きたらしく、やがて胸のあたりから何か重たいものが溶け出し、お腹に溜まり、あっという間にカチカチに固まってしまった。

ペッパーが戻ってくる。顔は真っ赤だし、目はまん丸だし。そのままよろよろと席に、何のための席なのかも忘れてしまったみたいに、座った。ようやくぼくと目が合うと、瞬きし、すぐさま我に返った。あまりにも速かった。ぼくの顔にはそのとき感じていた恐怖が、そっくりそのまま表れていたせいなのだろう。

「どうしたの？」

ぼくは口を開け、閉めて、また開ける。

「きみのスマホには、ビッグ・リーグ・バーガーのアカウントからの下書きツイートが入ってるんだね」

怒った口調にはならないようにした。そもそもぼくは怒っているのか？　なんだか小さな子どもに戻ったような気分だ。あの頃は飛び板の上でよく技の練習をした。ジャックナイフを練習するのだが、最初のうち何回かは腹を打ってしまう。本当に痛みが来る数拍前に、痛いぞ、と心が叫んで意識が遠のく。一瞬のうちに水は滑らかに、誘うように鞭打ってくれるので、次また飛び込もうという気力まで萎えてしまいそうになる。

「あっ」ペッパーはスマホをかっさらった。頬がほんのり赤いどころではない。首からどんどん赤くなり、ついには頬までまっかっかになった。「ごめん。こんなとこに置いてたんだ」

たぶん黙っていたほうがよかった。それどころか絶対に黙っているべきだった。妥当かもしれない答えをありったけ集めてきて、全部をミキサーに突っこんだ気分だった。で、出来上がったものはというと、大間違い以外の何ものでもない。

ペッパーはソワソワしながら俯いて、また前髪に手をやる。「ばかみたいよね。マムが――うぅん、両親がビッグ・リーグ・バーガーの設立者なんだけど」猫背になったまま、目はぼくとテーブルを行ったり来たり。「両親がときどきわたしに、会社のアカウントからツイートしてって言うのよ」

「ガール・チージングへのツイートとかも？」

またいつもの、あの眉間のしわ。「知ってるの？」

バゲットがお腹の中で跳ねまわっている気がした。なんとかかんとか頷いた。

ペッパーが肩をすくめる。「ばかげてるよね」ぼそりと言うと、紅茶のカップの蓋をつつく。「もとはと言えば……」

「ばかげてなんかない」

こんな言い方をするつもりではなかった。自分で言ってびっくりしたくらいだ。ペッパーがすぐさま目を見開き、用心深くぼくを見返す。

ぼくは席を立ち、バックパックとコーヒーと、滑稽なほど大きいバゲットを手に抱えた。

「え、ちょっと――帰るの？」動揺を隠せない声だった。ペッパーみたいな人でも、こんな不安を感じることがあるなんて意外だった。「もしかして怒ってる？　どうってことないただのツイートなんだけど」

回れ右してペッパーに向きなおる。ぼくのほうがずっと背が高いことすらも忘れていたが、彼女がぼくと目を合わすのに、顎をぐいと思いきり上げたのでやっと気づいた。一歩後ずさって言う。

「そうなのか？　あのね、きみがそのどうってことないツイートを送りつけてる相手ってのが、うちの家族なんだよ。きみたちにレシピを盗まれたのが、ぼくのおばあちゃん《グランマ》」

ペッパーは口をあんぐり。驚きの「えっ」が小さく漏れた。ぼくは見据える。握りこぶしに力が入るあまり、爪が手のひらに食い込んでいるがかまうものか。ペッパーはぼくの言葉を最後までたどると、意味をしっかり把握したらしく全身をこわばらせた。

ややあってしゃべりだそうとする。飛び出してしまいたかった。どこでもいいから逃げ出したかった。こんな、刻一刻と小さくなっていくみたいなろくでもないベーカリーじゃなければ、どこだっていい。が、一歩も動けない。ペッパーの視線が、ぼくを逃がさない。ペッパーはいつも、すぐに使える反論を用意している気がする。いつ何時も、なんらかの答えがもうできているのだ。でも今は、途方に暮れているようにしか見えない。

「あなたの家族が、ガール・チージングを経営してる？」

「一九六三年からね。ちなみにその当時から、グランマズ・スペシャルはメニューに載ってる」

ペッパーはかぶりを振る。「まさか……まさかあなたの——」

「グランマがどう思うか想像してみろよ？　グランパと一緒に、無一文から商売を始めたんだぜ？

レシピも全部自分で考えて、人生の半分以上の年月を、一日に十六時間も働いてやってきたってのに」

ペッパーの瞳の中で何かが揺れている。自責の念とかじゃない。理解し共感しているのかもしれない。

そんなものは求めていない。怒り心頭に発していたため、ペッパーが何を投げてよこしたところで、ぼくには届かないように思えた。全部床の上の水たまりに落ちていくのだ。

「違う――マムの指図でやっただけだから。わたし個人がどうこうじゃない」

「まず言っておくけど、きみのお母さんが、何がなんでもやれ、って強制したわけじゃないよね」

言いながら左側に目をやると、ドアまで一直線で行ける。が、言わなきゃいけないことがまだある。自分のスマホを取り出してツイッターを開くと、ガール・チージングのアカウントに飛び、今朝投稿した、秘密の原料に関する皮肉のツイートをペッパーの目の前に突き出した。「だからこれはグランマが作った伝統なんだ。家族みんなの生活がかかってる。そんなところにつっ立って、個人が・・・・・・どうこうじゃないなんてよく言えるよ」

「ジャック、そんな――」

「資金集めなんてどうだっていいや、好きにやりなよ。きみなら絶対、アイデアに困ったりしないよな、いつだって他人のアイデアを盗んでこられるんだからさ」

おおむね二秒後には気づいた。怒りに任せてベーカリーを飛び出したはいいが、巨大なバゲットを持ったままではどうにも集中しきれないと。仕方なく大股でどかどか、地下鉄の八十六丁目駅に向かって歩いた。みんなびっくりしてぼくを見るけど、たちまちおかしくてたまらない顔になる。歩調を緩めたら、ちょうどホームレスの姿が目に留まった。ぼくには振り回すしかできないバゲットだが、彼ならきっと有意義に使ってくれるはず。なので手渡す――手渡してふと見上げるとそこは、こともあろうに、憎きビッグ・リーグ・バーガーの店先だった。

ガラス窓に映った自分と目が合う。髪の毛は風でぐちゃぐちゃ、顔は妙に歪んでいる。怒りをそのまま顔に出すだけの品格すら、ぼくにはないのだ。イーサンや父さんならできるのに。ぼくにできる怒りの表情ときたら、せいぜい『ちょっと困り気味の子犬』ぐらいなものなのだ。最悪なのは、イーサンの顔で自分がどんな顔になるかわかるし、ずっとそうしてきただけに、情けなさを再確認してしまうことだ。

突然感謝の念が湧き起こった。イーサンはアカウントに乱入し、丸一日ビッグ・リーグ・バーガーをからかい続けてくれたのだ。感謝するあまり、スキップしながらデリに戻って、満面の笑みで罪をかぶってやろうかとまで思った。それくらいしてもいい気がする。あーあ、これからもずっとこうなんだろう。やり始めるのがイーサンで、終わらせるのがぼく。今までもそうだったし、今日もまたそうすればいいだけのことだ。

　地下鉄を下りるまでにペッパーからは少なくとも六通、あとは父さんと、イーサンからも数通、メールが来ていたが、どれもあからさまに無視した。角を曲がろうとしたそのとき、ポケットの中のスマホがバイブしだした――母さんからの電話だ。とっさに身構える。ぼくの電話番号を知っている人のうち九十九パーセントまでは無視できるけど、母さんだけは無視できない。

「今どこ?」

「もうすぐ着くけど、なんで?」

　ものすごく早口になったから、走っていると思われたかもしれない。まあ確かに、ぼくは大抵速足で歩いている。おしりに火が着いたみたいに。でもそれだけではない――その瞬間、家族みんながあえて考えないようにしていたことが、起きてしまったのでは、と怖くなったのだ。グランマ・ベリーがどうかしたんじゃないか。だとしたらぼくは、その場にいなかっただけではない、こともあろうに敵と一緒に遊んでいたのだ。

「帰ってきて、早く」

　そうか、それはないか。ともあれぼくが今、活火山の火口並みの窮地に立たされていることは確かだ。そして父さんを怒らせているわけだが、父さんを怒らせる以上に怖いことといったらただ一つ、母さんを怒らせることだ。

口を開きかけていた。どうせ卑怯者だと思われているのだからその通りやってやる、告げ口してやる。イーサンがやったんだと。ところが母さんに先を越された。

「店が混んで大変なのよ。お客さんが外まで溢れてて、捌こうにも全然手が足りないの。今どこだか知らないけど、ジャック、急いで」

どうせ担がれてるんだ、と一瞬思った。ところが角を曲がったとたん、目を疑った。人また人。一ブロック手前までぎっしり並んでいる。昔ながらの本屋も、スペイン系の雑貨店も、鍵屋も、あとはぱっと見よくわからない大人のおもちゃの店も、列で隠れて見えない。とはいえ大人のおもちゃの店は午後八時にならないと開かないんだっけ。様々な世代の人々が、バックパックやブリーフケース、キャリーバッグなどを持ち、みんなして首を伸ばしては店の入り口のほうを見ようとしている。自分たちの前に何人いるか確かめたいのだ。

一つの店にここまでたくさんの人が詰めかけているなんて、あのにっくきクロナッツ《ニューヨークのドミニク・アンセル・ベーカリーが開発し発売した、クロワッサンとドーナツを融合させたペストリーのこと》騒動以来初めてだ。

全速力で走りだす。怒りはすっかり消えていた。列に割り込む気か、と文句を言う人もいる——「ここのスタッフだから」と言ったら、しびれを切らしかけていたのだろう、数人の客が色めき立った――やっとのことでカウンターまでたどり着いたら、母が熱に浮かされたみたいな笑顔でレジスターを見ていた。しかも、二台目のレジスターまで開けているではないか。プライド・パレードみたいなイベントで人が溢れたときとか、グルーポンのツアーの終点がうちのブロックだったあの夏とか、そんなとき以外で二台目のレジスターなど開けたことはなかったはずだ。

「どうしちゃったのさ？」訊きながら予備のエプロンをかっさらう。イーサンと母さんが店に出ているなら、ぼくは裏で父さんと調理に入ればいい。ありがたい。この狂乱状態のおかげで、ぼくは両親に怒られずに済む。少なくとも、ここに詰めかけた人全員に料理を出し終えるまでは安全だ。

「イーサンのツイートよ！」母さんの高らかな声。ぼくの顔がまだ歪みださないうちに、すぐさまこう言い足した。「あなたたち二人、両方のツイートね。拡散された結果、ってやつかな……」

ぼくは目を丸くする。「え、ちょっと、じゃさ――ぼくは怪しげなツイート一つでひどい目に遭って、イーサンは、とんでもなく無礼千万なツイートをしまくったっていうのに――」

母さんは身を乗り出すと、ぼくの顎をつまんで爪先立ちになり、ぼくのほっぺたにキスをした。

「罰だとかはあとで話しましょう。今はサンドウィッチあるのみ。さあさあ、やって」

それから閉店までの三時間、息継ぎもできなかった。うちのサンドウィッチならどれでも目をつぶっていたって作れるのだが、ついに八時をまわる頃には、本当に目をつぶって作っていた。列は長くなるばかり、悪ふざけはエスカレートするばかりに思えた――ブロガーたちが来て写真を撮るし、グリルド・チーズの写真をプリントしたTシャツに身を包んだ男が来て、我こそは「グリルド・チーズの権威」だと名乗る。ぼくなんかよりずっと最先端を行っているティーンエイジャーに至っては、インスタのストーリーに上げるんだといって、うちのグランマズ・スペシャルとビッグ・リーグ・バーガーのそれとが並んだツーショット写真をバチバチ撮っている。

そして、もっと大切なことがある。アホほど大量の現金が、レジスターに吸い込まれたのだ。

一日がようやく終わり、最後の客を送り出してドアを閉め、鍵をかけると、全員が反省部屋でへたり込んだ。ニューヨーク・マラソンを走りきった人みたいに、みんなゼイゼイ言っている。

「足が棒だわ」母さんが呻《うめ》く。

ぼくはテーブルに頭を載せる。「もう全身、ブリチーズとハニーマスタードにまみれてるよ」

イーサンの声を聞けば、腕で目を覆ってはいても、にやついているのがわかった。「女子二人に電話番号を訊かれた」

「もうボーイフレンドがいるだろ」思い出させてやるついでに、片目だけ出して睨みつけた。

「だからそう言っといた」

「けど、瓜二つの双子がいるんだよとか、言う気はさらさらないわけだ？」

「よし、じゃあ戦略会議だ」と父さんが、手をパンパン叩いた。「今週ずっとこんな感じだとしたら、総動員しなきゃ太刀打ちできん。ハナ、在庫のチェックをしといてくれないか。そしたらおれは昼番のスタッフ全員に電話して、残業したい奴がいるかどうか確かめることにする。おまえたち、すまんが掃除して店じまいしといてくれるか――」

「え、そういうこと？」

父さんがピタッと止まった。椅子から半分立ち上がりかけている。「何が？」

顔が、火を噴きそうなくらい熱い。ぼくはチクリ屋じゃない。断じて違う。もしチクリ屋だったら、イーサンの「我が家の期待の星」の地位なんかもう何年も前に崩壊してしまっていただろう――十四歳の頃からあいつは友だちと共謀し、こっそりビールを持ち出しては公園で飲んでいたし、あろうことかときにはマリファナ煙草まで吸っていたのだ。

にしても、こんなにも不公平なダブルスタンダードが今まであっただろうか。

母さんが、父さんより先に察してくれた。ぼくがただ黙々と記録していたスコアブックのことも、わかりすぎるくらいわかっていたのだ。ぼくの肩に手を置き、そっと力を込めた。「父さんからイーサンへのお説教ならもう済んでるのよ。お客さんがどっと押し寄せてくる前にね。もうこれ以上のツイートはなし。少なくとも、あなたたちが今日送ったみたいなのは絶対ダメ」

頰の裏を嚙む。でないと余計なことを言ってしまいそうだ。

「賛成だ」と父さん。まだ何かあるのか、テーブルの角のあたりをうろつきながら、イーサンではなくぼくのほうをじっと見る。ややあって、ふうっと息をついた。「店のアカウントからまたツイートするなら、おれの許可をとってからにしろ。ただし制御は必要だ。イーサン、店のアカウントからツイートするときは、まずジャックにチェックしてもらうんだ。いいな？」

目をぱちくりさせて父さんを見上げる。聞き間違いじゃないのか。

「ジャックに見てもらえって？」イーサンが食ってかかった。

「ジャックはどうにか、それなりにふさわしい表現ってものを守ってきた。しかも、おまえよりツイッターのアカウントをよく使ってるし、店にいる時間もずっと長い。ジャックの判断に任せようと思う」

父さんがぼくの背中をポンと叩いてから出て行くと、母さんはにっこり笑って席を立ち、父さんに続いた。こうなるとぼくはつい、ちょっと得意になってしまう——とりあえずイーサンの顔を見るまでは。するとイーサンの顔には一瞬、傷ついたらしき影が差したが、たちまち消えてしまったので、危うく見逃してしまうところだった。

「わかったよ、そんじゃ」参りましたとばかり両手を上げた。「なにもかもおまえ次第だな」

後ずさって小部屋の壁にもたれかかる。満足感に浸っている場合ではない。

「一緒にやろうよ」と言ってみた。

イーサンはかぶりを振る。「父さんが言ったろ。信頼されてるのはおまえなんだよ」本当に言いたいこととの、ほんの端っこしか言えていないみたいだった。が、ぼくが問い詰める前にこうも言った。「あいつら、絶対叩きつぶしてやる」

するると、腹をトンカチで殴られたような衝撃とともに、午後の出来事が蘇ってきた。「一つ聞いてくれ」

イーサンが身を乗り出す。「なんだよ?」

イーサンとぼくは双子だし、イーサンのことはもちろん愛している。が、双子特有の超自然的共振みたいなものはない。サッカーの練習中にイーサンが足首を捻挫したときも、ズキズキ疼《うず》く感覚だけがグラウンドの果てからぼくのところに飛んでくる、なんてことはなかった。また二人のうちどちらかが何かに動揺していたとしても、もう片方ははっきりそう言われない限り、まず気づかないのが普通なのだ。だからきっとぼくの顔があまりにもぐちゃぐちゃだったから、イーサンはなんなのか訊かざるを得なかったんじゃないだろうか。

一瞬、黙っていようかと思った。何か得体の知れない力がぼくを引き留めようとする。ペッパーへの、見当違いな忠誠心とでも言おうか。真実が露わになった今でも、その忠誠心がまだぼくの中から、完全になくなってはいなかったのだ。

ただ、内緒にしておきたくてもできなかった。ペッパーは水泳部のキャプテンなのだ。ぼくがイーサンに代わってキャプテンの仕事をやり続けようがやり続けまいが、どちらかがシーズン終わりまでペッパーに対応していかなければならないわけだし、何も知らせないままイーサンにバトンタッチするには忍びなかった。

「ビッグ・リーグ・バーガーって――ペッパーの両親が経営者なんだ」

ペッパーとは誰のことか、イーサンが思い出すまで少し間があり、するとなぜだかぼくはちょっとだけイライラした。

「ペッパー・エヴァンス？」

ぼくは頷く。「でさ……どうやらペッパーが、そこのツイッターを運営してるらしくてさ。ていうか少なくとも、彼女がメインでやってるっぽいんだ」

イーサンの目がまん丸くなる。ぼくも三時間前には唖然として、まったく同じ目をしていたんだろう。「それは――ダメだわ」

「だよな。ぼくも今日の午後知ったとこ」

「世間がこんな狭いことってあるか？」

テーブルに両肘をつき、手の中に顔を埋めた。出し抜けに、もう何年も寝ていない気分になる。びっくりもがっかりも通り越してしまった。今はただ、ベッドに体を投げ出して永遠の眠りについてしまいたい。

「あるみたいだな」ぼそりと言う。

イーサンは小声になる。「このままやっていけそうか？　だからその――友だちなんだ、よな？」

「違うよ」イーサンが後ずさる。ぼくは知らないうちに歯を食いしばっていたのだ。がっくり首を垂れると、ますます深く手の中に顔が埋まる。テーブルについた肘が痛くなってきた。「とりあえずこれからは、もう友だちじゃない」

イーサンはぼくに真正面から向き合うと、やがて頷いた。「きっと何もかも……終わっちゃえば丸く収まるよ」拳でテーブルを叩くようにして立ち上がった。「とにかくさ、ぼくにできることがあったら言って」

みんながいなくなってからさらに数秒待って、お尻のポケットのスマホに手を伸ばす。ブルーバードからメッセージが三通。でもペッパーからはその後何もない。ツイッターを開かなくてもなんとなく、どうなっているか察しはついていた。が、見ないわけにはいかなかった――すると、やっぱりだ、ビッグ・リーグ・バーガーから返信ツイートが。あのろくでもない猫のGIF動画だ。サングラスをかけて、グリルド・チーズを持っている。いったいどっちのほうがおめでたいんだろう――猫のGIF動画にがっかりしていることと、ぼくの中のどこかに、これを投稿したのは実はペッパーじゃないんじゃないか、と思っている自分がいることと。

ペッパー

ブルーバード
ところでまだ話してくれてないよね、人生においてあなたがやりたいこと

ブルーバード
まあね、無理に答えなくていいけど。時間は無限にあるし

ブルーバード
別にいいのよ、そんなにラッカー先生の愛弟子になりたいんなら。だったら友だちをやめさせてもらうけど。だけど年金がしっかり保証されてて、柄物のズボンを十六本も持ってる人が、誰かと仲良くしたいなんて思ってるかな？

これでよし。ジャックにはメールを六通送って返事なし。ウルフには三通でやはり返事はなし。あと、ペイジにはＳＯＳのメールを何回か送った。きっと今は授業中か、じゃなければ同じ大学の

女子とキスしてるかだと思う。できれば授業中であってほしい。今実況中継されたら、とても耐えられないと思うから。

ぶっちゃけ、今はなんの話をされても耐えられないだろうとは思う。もういつマムが帰ってきてもおかしくない時間なのに、キッチンはケーキミクスの箱にくっついている妖精のキャラクターたちが、みんなして飛び出してきてパーティーを開いたのかというほど、ぐちゃぐちゃなのだ。

ここまでやるつもりはなかった——コンロの上には焦がしバターが残ったままのお鍋、大理石のカウンターはココアパウダーまみれ、シンクにはダークチョコレートソースがこびりついたままのボウル。ジャックとの一件のあと、わたしは一目散に帰ってきた。驚いたし、こんな滑稽なことはありえないしでクラクラしていた。そこで自分に言い聞かせた。ＡＰ公民の教科書を引っぱり出してきて没頭すれば絶対、気が紛れるから、と。

でも結局、連邦主義の紆余曲折をどれだけ学んでも、ズキズキ痛む罪悪感から気をそらすことはできなかったし、ジャックがベーカリーを出て行く直前に見せたあの顔を思い出すたび、胸の中にずしんと何かが重くのしかかってきてしまうのも、変わらなかった。

罪の意識から逃れられないとわかったら、あとはもう立ち向かうしかない。立ち向かうとなると、マムが、万一のときには食料を調達できるようにと玄関に置いて行ってくれた四十ドルを、この手でむんずと摑むことになる。のろのろとぶざまに雑貨屋まで下りてゆき、お菓子作りに必要な材料を全部買いあさる。ペイジが大学進学のためここを離れる直前の夏に考案したあの罰当たりなお菓子、『ほんとにほんとにごめんなさいのブロンディ』だ。

いよいよオーブンから取り出すと、キッチンじゅうに香りが漂った――ブラウンシュガーとバターとトフィが、ダークチョコレートチップと、中に閉じ込めたダークチョコレートキャラメルソースの深みを引き立てる。ちょっとだけ苦く、ちょっとだけ甘いお菓子なのだ。コンロの上に出して冷ましつつ、カウンターに背中をもたせかけた。ピカピカだったマムのキッチンを、わたしは恐ろしいほど荒らしてしまっていた。

さっとスマホを手にとる（ジャックからメールは来ていない。ダドから数通来ているだけだ。感謝祭にどのパイを注文すればいいかなあ、と訊いてきている）。ブログ用の写真を撮ろうとしていた。ここ一週間ずっと、ペイジとわたしはお互い電話をかけ合っているのになかなかつながらない。だからといってペイジが、早く更新しなさいよ、とせっついてくるのは変わらない。まあ仕方がない。直近の投稿三つはどれもペイジがやってくれたのだ。それぞれに載せた写真も素敵だった。『雨の日のプディング』、『ユニコーンのアイスクリームパン』、それからついこの間上がったのは、『二日酔いだから助けてのクッキー』。この名の由来は怖くてちょっと訊けていない。一方わたしは、九月に『悪口のタルト』を作って以来、投稿できていないのだ――ありがたいことにオブラートに包んでくれたらしきコメントを、ウィーツェルのホールウェイ・チャットで見つけてしまったときに思いついたお菓子だ。「AP化学の授業で、とあるブロンドのアンドロイドが、ほかの生徒全員に恥をかかせてくれちゃってる」と、誰かが文句を言っていたのだ。みんなストレスでイライラしているし忙しいしで、ごくたまにあてこすることはあってもそれ以上の意地悪はしていられない。とはいえ、このアンドロイドは自分のことだと思うのがそんなにおこがましいことだろうか。

ちょうどそのときスマホが鳴り、ダドの顔が画面に、ビッグ・リーグ・バーガーのマスコットキャラクターのハロウィンバージョンに加工され、現れた。

「どうしたの？」

「パイだよ」とダド。周りの雑音が懐かしい。大好きだったナッシュビルのあのベーカリーだ――ドアにつけたベルの音、レジスターのチャイムの音。あの店はいつもいっぱいなのだ。「きみのマムはリンゴ。ペイジはペカンがいいって。きみの心に別の案があるなら、パイに倣って口を開こう、で、何がいい？」

リンゴとペカンのパイを思い浮かべただけでよだれが出そうだった。こっちに移ったあとも、長期休暇はナッシュビルで過ごしている。どちら方の祖父母もあちらにいるし。幼馴染に会えたりもするし。でも大抵はペイジとばかり一緒にいて、マムのキッチンと同様、ダドのキッチンをめちゃくちゃにして過ごすのだ。

あとは当然のごとく、ペイジとマムがやり合わないよう、ダドと一緒になってありとあらゆる手を尽くす、というのもある――最近は容易くなってきた。休暇の間じゅう、ペイジとマムはほとんど口をきかないみたいだから。

「チョコレート」とわたし。「チョコレートプディングパイがいい」

「チョコレートだな」ダドが言ったと同時に、こちらのオーブンのタイマーが鳴った。聞こえたのだろう、こう続けた。「その音が鳴ったってことは、『P&P Bake』は今日更新なのか？」

「このブロンディを、先週のケーキみたいに焦がさないで済んだらね」

「『ほんとにほんとにごめんなさいのブロンディ』かい？」ダドが訊く。ダドは心配性ではない――詮索するのではなく耳を傾けるタイプの父親だ――が、そんなダドでもこのブロンディに限っては、あまりよろしくないきっかけで生まれたのを知っている。

両親の離婚成立の仕方ときたら……拍子抜けもいいところだった。ある日、わたしたち姉妹を夕食の席に座らせ、どちらが悪いわけでもないと言ったのだ。お互い愛し合ってはいるが、友人同士になるほうが幸せになれると考えたそうだ。もちろんペイジとわたしは愕然としたが、誰の世界も根底から崩れ去ったりはしなかった。家族はそのままナッシュビルにいた。みんなで同じ家に相変わらず住んでいた。ダドが客用寝室で寝るようになっただけで、本当にそれだけのことだった。

というか一応、数カ月はそのままだった。ちょうどその頃だ、ビッグ・リーグ・バーガーが大きくなりすぎて、両親だけではどうにもならなくなってきた。選択肢としては、フランチャイズ権を小分けにして売るか、全体の経営権を一手に握り続けるか。ダドは煮え切らなかった――ダドの魂はいつもずっと発祥の地にあって、あとからできたほかの店に移ることなど絶対になかった――が、マムは躊躇しなかった。どの店も、規模の大小にかかわらず大切に思っていたし、家族以外の誰かに任せるなんてもってのほかだった。ダドが経営権を持っていたくないとなれば、マムがやるしかない。そこでマムはニューヨークへ。本社オフィスを開いて経営を始めたのだ。

ダドはマムの考えを全面的に支持していた。にもかかわらず、たぶんその頃からだ。ペイジはBLBに関する出来事すべてと、離婚がきっかけで起きたことすべてを混ぜこぜにして、マムを責めるようになった。そしてしばらくの間、わたしに味方になってほしいと言っていたが、果たしてわたしまでペイジ側についていいのか、わたしは迷った。結局しびれをきらし、ペイジは一人で動こうと決めたようだった。なんとか状況を変えようと頑張りだした。

でも状況をがらりと変えたのはペイジではなく、BLBそのものだった。正直ダドには、急成長がショックだったのだと思う。マムは急成長を歓迎し、風上に向かって突き進むのだが、ダドはくじけてしまったようで、第一号店を切り盛りするのにますます没頭するようになっていった。自分の周りにぐるりと目隠しを立て、世界はそこまでで終わっていると思い込むようにしたみたいだった。

だからやはり、どちらか一方を責めるのは公平性に欠けるのだ。結局、初めからわかっていたけど、日々の生活に紛れて見えなくなっていたことが、際立ってしまっただけのことなのだろう。マムは冒険するのも、チャンスを摑むのも、疑問を投げかけるのも好きな人。ダドは自分の持ち物にも居場所にもすっかり満足してしまえる人で、どうしても変わりたいとは思わない人なのだ。そしてビッグ・リーグ・バーガーは、変わっていくことを止めたらそこでおしまいなのである。

わたしたちもそう。マムはわたしに、一緒にニューヨークに来てと言ったし、わたしにしても、断るなんて考えつきもしなかった。わたしはいつも、マムにとって「小さなわたし」だったから、いつだってすぐ後ろを追っかけていた。マムは、さあ冒険が始まるわよ、みたいに言った――確かにそうなっていたかもしれない。ペイジが土壇場になって、わたしも行く、と決心しなかったら。で、『ほんとにほんとにごめんなさいのブロンディ』だ。こちらに越して数週間経って、ペイジがマムへの怒りを初めて爆発させたときだった。何から何まで気に入らないと責めたてたのだ――ダドのことなんか全然愛してなかったでしょ、マムが何もかもめちゃくちゃにしたのよ、と、それこそものすごい大声でわめきたてたから、マンションの両隣の住人が耳の異常を訴えなかったのがそもそも奇跡だ。わめき声がいったん止むと、マムは公園にランニングに出かけ、ペイジはというと少し遠くの食料品店に行くと言って出て行った。なのでわたしだけが、広すぎるしよそよそしすぎるマンションの一室に取り残され、今まで味わったことのない感情と一人闘っていた。どちらかの味方につかなければならないが、どちらについていいかわからないのだ。

落ち着きを取り戻したペイジは、わたしの手を借りて『ほんとにほんとにごめんなさいのブロンディ』を作った。ダドとスカイプをつなぎもしたが、生憎ダドはデザートについてさほどこだわりがなく、外側はカリカリにな、ぐらいしか言わなかった。マムがホッとするような笑顔で受け取ってくれたので、その夜は三人でそのブロンディを夕食にした。あれは悲惨なことだらけの一年の中でもひときわ異彩を放つ、楽しい出来事の一つだ。時の流れの中にぽつんと生じた異空間のようでもあり、今でも思い出すたびに、同じだけの愛しさと悔しさが湧き起こる。思い出すのも辛いが、たまには思い出さなければならない。でないと、かつて一緒にいたことさえ忘れてしまいそうなのだ。このブロンディそのものも――その苦みと、甘みも。

つまり何が言いたいかというと、このブロンディが魔法のお菓子じゃないことくらい百も承知だということ。わたしとジャックの間を滔々《とうとう》と流れる大河に橋を渡してくれたりするわけもない。ただ、わたしにできることといったらこれぐらいしか思いつかない。

「そう――クラスメイトにあげるの」もうちょっとで、あげる相手は男子だと言いそうになったがやめた。

マムの鍵が回る音。

「クラスメイト、へえー」とダド。ホッとしているのが声でわかる。ダドもわたしも、さらなる家庭内紛争だけは避けたいのだ。

「ブロンディがそんなにたくさん要るなんて、どんなすごい青春ドラマ？」

マムが手を振りながら入ってきて、キッチンのスツールにブリーフケースをポンと置くと、サングラスを外して笑顔を見せる。けっこう疲れているみたい。

「ダドだよ」と言ってみた。

マムは耳をそばだてる。「新メニューはどんな感じか訊いてみて」

二週間に一回のペースで新店舗をオープンさせていてもなお、発祥の地でダドがどんな日々を過ごしているか、やはりマムは訊きたがるのだ。

「順調だよって伝えて」ダドが言う。当然しっかり聞こえている。「ただあのツイッターだけど――ああ、もう列の先頭まで来ちゃったから、オーダーしなきゃ。またあとでかけ直すよ」

「チョコレートプディングだからね」念押ししておく。

「ああ、わかってる。じゃ、愛してるよ」

「うん、わたしも」

電話を切ると、マムが『ほんとにほんとにごめんなさいのブロンディ』を見ている。何か言いたげな、もの悲しい顔に見える。喉がギュッと絞めつけられた。ペイジが抜けた穴の大きさを、今さらながら思い知らされたからか。

「いろいろだけど大丈夫？　ペップ」

大丈夫なわけがない。しかも、なんで大丈夫じゃないのかも、よくわかっていないのだ。ほんの数日前からやっとジャックに、郵便屋さん程度の親近感は覚え始めていたというのに。

前髪を耳にかける。ダドと話したときくらい思い詰めていたら、マムにジャックのことを話さないわけにはいかないだろうけど、今このタイミングでは、ことさらマムには知らせたくない。「うん、ちょっと……ブログに載せようと思っただけ」

「ペイジもまだ続けてるの？」

ほっぺたの内側を噛む。最近、マムがペイジについて得る情報の大部分が、わたしかダドからって、奇妙すぎないか。

「うん」

マムは冷蔵庫を閉めると、ドアにもたれかかってしばらく立っていた。わたしと同じようにほっぺたを噛んでいる。マムのものすごい進化を目の当たりにしてきたわたしだけれど——裏口のポーチで、裸足で歌っていたナッシュビルのマムと、ハイヒールで、ものすごく速く歩くマム——こんなおかしな瞬間だけは、相変わらず訪れるのだ。二人して同じことを考えているか、同じように感じているかしたとき、お互いがお互いの鏡になる。まるで双子みたいに。

ふうっとため息をつくと、また冷蔵庫を開け、いつもつまんでいるトマトの容器を出してきた。そしてもう一つのスツールにストンと座る。「タフィが困ってたわ。夕方から夜にかけてあなたが全然捕まらないって」

「部活だったんだもの。宿題もあったし」あと、おそらく二時間ほどは、罪悪感に駆られてお菓子を焼いていた。これは言わなくてもわかるか。

マムは頷いた。「ツイッター・フィードってとこには、無数の目や耳が向けられてるの。あなたが今、たくさんのことを同時にこなしてて大変なのはわかる。だけどあなたの力をどうしても借りなきゃいけないのよ」

「貸したでしょ」わざととは言い切れないが、わたしと連絡が取れなくなったあと、タフィはあの猫のGIF動画を自分でも投稿し直したようなのだ。さっきチェックした時点で一万リツイートに達していた。「それにあのデリとの騒動も収まってきてるし――」

「収まってきてる？」マムが笑いだす。「始まったばかりじゃない」

「どういうこと？」

マムがスマホを出してきて、ツイッターを開いた。ガール・チージングのアカウントから新しいツイートが投稿されている。

「ね？　何かいいアイデアは浮かんだ？」

アイデアは、いつもなら浮かぶ。普段なら数秒以内。ツイートをまだ読み終わらないうちに浮かぶことだってある。でも今は、目はそのツイートを見ていながら、耳に聞こえているのは実は、出

ガール・チージング
@GCheesing

ツイッターでビッグ・リーグ・バーガーのフォローを外した人全員に、グリルド・チーズを半額で提供します！　するともちろん、最悪のものを食べてはいない、という相対的な安心感も提供できるわけです

18:48・2020/10/21

て行く寸前のジャックの言葉なのだった。そんなところにつっ立って、個人がどうこうじゃないなんてよく言えるよ。

「実はね、考えてたんだけど——投稿するならちょっと違うのはどうかなって。ミームとか、面白系の引用リツイートとかなら——」

「もちろんいいわよ、そういうのはあとでやりましょ。でもこれにはどう答えればいい？」

　ずっと無理して微笑んでいたわたしだが、その微笑みがいよいよ歪んできたのが自分でもわかった。わかったのは歪んできたことだけではない。たった今何かが、わたしにもよくわからない何かが、ぷっつり切れた。

「答えるの？」努めて明るい声で、喧嘩腰にならないようにしたつもり。「だって、騒ぐほどのことじゃないでしょ。もっとましなことやればいいって思わない？　マクドナルドのツイッターアカウントなんかは、今朝からマックカフェの新フレーバーを宣伝してるんだよ。だから絶対——」

「ひと晩考えてくれてもいいけど、どう？　タフィには朝連絡すればいいから」

トマトをもう一つ口に放りこんだ。

「ほんとのこと言うとね、マム、えっと――わたし、今週はものすごく忙しいの。だから、あのガール・チージングのアカウント宛てには、もうツイートしないことにしようと思うの」

マムはひょいと肩をすくめる。「ならタフィに、どこからとっかかればいいか、ヒントを伝授してあげて」

くるりとマムに背を向けて、カウンターに落ちたケーキのクズを拭きとると見せかけて目をぎゅっとつぶり、気持ちを落ち着けた。わたしはペイジと違って反乱軍の先頭に立てる器ではない。

「だからね、わたしたちはもう……おしまいにすべきなのよ。もう金輪際、あの店宛てにはツイートしない」

トマトを噛む動きが、一瞬止まった。「彼が勝って終わりになんて、してたまるもんですか」

耳に引っかかる言葉。心臓が口から飛び出しそうだ。

「『彼』って、誰のこと？」

一瞬の間があり、そしてマムはさもうるさそうに手をひらひらさせた。「経営者ってだいたい彼でしょ」

「・・・ガール・チージングって名前だけど」

言うまでもないことだが、企業の経営者が男だと決めてかかるなんて、マムの仕事のやり方とはまるで合わない。マムがビッグ・リーグ・バーガーにつながるアイデアを思いつき、今のような正真正銘の帝国にすべく尽力するずっと前から、マムは最先端を走るフェミニストで、ナッシュビルみたいな土地では珍しい存在だった。もちろん冗談だけれどまったくの冗談ではなく、ペンキだらけのジーンズを穿いた女の子とか、荷馬車の尾板に座っている女の子とかを歌うカントリー・ソングの一節が聞こえるたびに、マムはわたしたちの耳を両手で塞ぎにきたものだ。こんなのを聞いてたら、知らないうちに『アンチ・フェミニストの片棒を担ぐカウガール』になっちゃうからね、と言って。

「だいたいわかるでしょうよ」

とはいえ今のマムは、わたしの顔を見るのが辛そうだ。

言ってあげてもよかった、とは思う。ジャックのこと。だがもう既に、どうとられるかわかってしまっている――わたしがジャックに恋しているとかそんな感じで、ろくでもない男子のために、マムにとっての一大事から手を引こうとしている、となるわけだ。

「ちょっと横になろうかな」とマムはいきなり立ち上がった。いきなりすぎてブリーフケースもサングラスも置きっぱなし。「お腹すいてるなら、冷蔵庫に残り物があると思うから食べて」

マムを怒らせたままだなんて耐えられない。あのときの気分が、魔物のようにまた蘇ってきた――マムとペイジのどちらにつくか。ただし今度はよりにもよって、マムかジャックか、なのだ。

「いくつかアイデアを出しておくから」マムの背中を追うように言った。

嘘ではない。ちゃんとやるつもり。アイデアといっても、必ずしもツイッター上での対立と結びついていなくてもいいのだ。終着点でさえあればいい。トラ対アリでも厄介は厄介だけれど、トラがいち家族を襲っているとなれば話は全然違ってくる。それに、ジャックはわたしの話になど絶対に聞く耳を持たなかったけれど、本当のところはどうなのか、わたしにはわかる——プライドなのだ。忠誠心でもある。自分自身のプライドや忠誠心を守らなきゃとなれば、とんでもないことまでやってしまうものなのだ。

わたしたちも、昔はそうだった。今はたぶん、わたしと、ツイートの限られた文字数だけが、その最前線にいて戦っているのだ。

ジャック

ウルフ
昨夜は。ほんとに。ぼくの人生史上、最長の一日だった

ブルーバード
あらま、生きてたみたいね

ウルフ
なんとか死ななかっただけ

ウルフ
行方不明になっててごめん

ウルフ

で、きみの質問に答えようと思って。スパイダーマンになる。
これがぼくの、人生においてやりたいこと

ウルフ

でも生物学的に不可能だから、もう少しだけ現実的なものにした

ブルーバード

なーんだがっかり。でもまあ聞くわ

ウルフ

ほんとにいいの？　ここから先を話すとたぶん、最後には家業の話《ファミリービジネス》になるよ

ブルーバード

だったら聞きたくないかも。なんだかゴッドファーザーの映画が始まっちゃいそう

ウルフ
ドン・コルレオーネの断らせない交渉ってやつね。嘘でもなんでもなく、ぼくだって交渉ぐらい**嫌って言うほど**してきたさ。ぼくの場合、誰でも断り放題のやつばっかだけど

ウルフ
とかいうのは置いといて。家業を別としたら、ぼくはたぶんアプリを扱うことが好きなんだ

ブルーバード
アプリを作るとか？

ウルフ
うん、そう。もちろんプロには程遠いけど、いじくりまわしてるだけで楽しくてさ

ブルーバード

そうなの？　何か作ったことある？

ウルフ

ホントにくだらないのばっかりだよ

ブルーバード

見せてよ

ウルフ

見たらぼくのこと、もう好きじゃなくなるかもね

ブルーバード

今のところは好きだとか、言ったっけ？

ウルフ

う、**やられた**

ブルーバード
じゃあこれは？　見せてくれなかったら、もう好きじゃなくなる

ウルフ
macncheeseme.com

ブルーバード
これって……緊急マカロニチーズ捜索アプリ？

ウルフ
スパイダーマンみたいだろ、ぼくはとにかく、ニューヨーク市民の味方なわけ

ブルーバード
すごーい。今すぐにマカロニチーズが買える場所って、わたしの半径五キロメートル以内に二百三カ所もあるんだ

ウルフ
けど実際、これがなかったら、この街に住む理由ってほぼないよね
ブルーバード
たいへんおそれいりました
ウルフ
マカロニチーズは好き？
ブルーバード
カップケーキ版も作るべきよ
ウルフ
貴重なご意見を承り感謝いたします

ブルーバード
けど実際、これって超絶イケてるわ

ウルフ
ありがとう。このアプリにリンクしてるのは地球上でたった二人。きみはそのうちの一人みたいだから、自慢していいと思うよ

ブルーバード
嘘でしょ？　こんなすごいの、世界じゅうに広めてあげてなきゃおかしいでしょ。あなたの道徳的責任を問いたいわ

ウルフ
大いなる力には……

ブルーバード

美味なる責任が伴う

ブルーバード
マカロニチーズを買いに行こうかな。って本気だから

ウルフ
ぼくの影響かな？

ブルーバード
だからほら、あなたの夢は厳密に言って、実現**しなくも**ないってわけ

ブルーバード
あなたが自作のアプリを投稿すればいいのよ。全世界に……ウ・ェ・ブ・で

ブルーバード
わかった？

ウルフ

きみのことブロックするから

ブルーバード

ウェブ《クモの巣》だもん、まさに**スパイダーマン！！！**

ウルフ

ブ・ロ・ッ・ク・し・ま・し・た

しばしブルーバードの返事が途絶えたので、彼女もぼくみたいに大急ぎで外に出たのかな、と思っていた。だが六番ホームに着いたら、またしても通知がきていて、ぼくはドキッとしたのだった。

ブルーバード

アプリがまだわたしたちの情報を開示しないのって、変だと思わない？

ブルーバード
もしかして、このアプリは実験みたいなことをしてて、わたしたちはラットなのかも

ウルフ
知らんけど。でも変ではあるよな

ブルーバード
わたしたちって、卒業するまでお互いのこと話さないまま、なんてとんでもないことになるのかな

ウルフ
きみは知りたいの?

ブルーバード
知りたいときもある

ブルーバード
そっちは？

ウルフ
知りたいときもあ

ウルフ
る気もする

ウルフ
ごめん。途中で送っちゃった

ウルフ
どうなんだろう。もしきみが、ぼくのことぼくじゃない誰かだと思ってて、がっかりするとしたら？

ブルーバード
わたしも同じこと思ってた
ブルーバード
なーんてね。わたしって嫌になるくらいセクシーなんだ。実はね、ブレイク・ライブリー《女優。『ゴシップガール』等に出演》なの
ウルフ
へえ、まずいなそれは。実はたった今、そのブレイクと一緒にいるんだよね
ブルーバード
バカじゃないの。もういいわ
ウルフ
じゃね。ゴシップ・ウルフより

アッパー・イーストサイドに着くまではまだ時間があったので、メールを打ったり、さかのぼって削除したりして過ごした。もしぼくがこれっきり音信不通になったら、いやいっそ言いたいことを言ってしまったら、とか考えてもいた。問題は、言うにしても何が言いたいのか、自分でもわからない、ということ。このまま二人して闇の中に居続けたいのか、それとも、手持ちのカードを全部テーブルに広げて見せ合いたいのか。

しかし、もしぼくが、不意に自分本位な衝動に駆られ、何か一つでも知ってしまったなら、一度そんなふうにドアを開けてしまったら、また閉めようとはまず思わないだろう。今現在、ブルーバードは誰でもなくて、同時に誰でもある――そして今現在、ブルーバードはぼくを気に入ってくれている。だからぼくは不安なのだ。前者がほんの少しでも変われば、後者もまた、変わってしまうかもしれないから。

どうやら不安に気をとられすぎて、朝食をすっ飛ばしてしまったようだ。うちの家族はデリを経営していて、ぼくらはその真上に住んでいる。だから果てしなくおいしいものを選び放題で持ち出せる立場なはずなのに、なぜだかぼくはすっかり忘れてしまう。そればかりか、ホームルームのドアの前に立つ瞬間まで、それに気づかなかったりする。始業ベルまであと五分。かくなる上は、制服の一部分としてぶら下げることが義務付けられている、このみょうちきりんな赤のタイにかぶりつくしかない。

お腹がグーグー鳴る。本当に何か飼っているみたいだ。となれば、もはやこれまで。昼までは持たない。

それで何が変わるわけでもないのに、昨夜はほとんど眠れなかった。あんなに働いたあとだから、泥のように眠れて当然だろう。が、そういう夜に限っていつも、夢が細切れになってぐちゃぐちゃに絡み合ってしまう。脳みその中のシナプシスを、誰かにぶんぶん揺すられまくっている感じ。また別のことで心が揺らいでいたせいもあり、昨夜のぼくは起きていた——ペッパーへの怒り。またしても無罪放免で切り抜けたイーサンに対するいら立ち。去年作った古いアプリへのリンクを送ってしまったことで、謎多きブルーバードに多くを見せすぎてしまったのではないかという不安。そして後ろめたさ。リンクを送ったためにかえって、状況が前よりさらに少し複雑になってしまったのも否定できないからだ。

廊下を見渡してポールを探す。ぼくにだって一つだけ、まだ壊れていない友人関係が残っている。運がよければ無料のクリフ・エネルギー・バーがついてくる友人関係だ。なにせポールはいつ何時も、その栄養食を山ほど持ち歩いているらしいから。授業中に世界の終末が訪れると信じているのかもしれない。

どうやらぼくの運は、冗談じゃなく本当に、今朝から尽きてしまったみたいだ。ぼくの目に留まったその顔はポールではなく、現時点でいちばん見たくない人物の顔だった。

「今話せる?」

あらかじめ考えてはいた。昨夜はばかみたいだが頭の中で予行演習もした。なにせ眠れなかったおかげで、練習時間はたっぷりとれた。とはいえプランはシンプルそのもの。つまり、ペッパーのことは無視、というもの。何を言われても反応しないで立ち去れ、ってことだ。

不運にも、プランの方程式に組み込んでいなかったものが一つあった。ペッパー本人だ。いや、そのペッパーが、ぼくとまるっきり同じだけ悲壮な顔をしているという事実か。前髪の感じがちょっといまいちだし、真剣な眼差しを宿す青い瞳は疲れ切っている。もしかしてペッパーも昨夜は寝ていないのだろうか。いやいや、絶対反応しないって決めたじゃないか——と思ったのも束の間、ペッパーが何か入れ物を抱えているらしいと気づいて吹っ飛んだ。その容器には、生まれてこのかた見たことないほど、とんでもなく惹きつけられるブロンディが、ぎゅう詰めになっているのだ。

左右の足に交互に体重をかけながら、意地も決意も、朝食の懸念と足並みを揃えるように、消え失せていくのを感じていた。

「もう始業ベルが鳴るよ」とぼく。

「すぐ終わるけど?」

眼差し以上に訴えかけてくる。心を開いているのがわかる。ロボット・ペッパーの仮面にひびが入ったとかではなくて、仮面がまるごと外れているのだ。なんだか知らないが今この瞬間、ペッパーがこんなに違って見えたこともなければ、こんなに打ち解けて感じたこともなかった——だから突然ぼくは気づいた。もはやペッパーは、ぼくが簡単に拒絶できる相手ではなくなっている。これについては、どれだけ理由を並べたてたところで無駄だった。

「いいよ」

イーサンが通り過ぎざま、ぼくに向かって眉をつり上げて見せた。イーサンがホームルームに入っていったのを見届けてから振り向くと、ペッパーの顔は真っ赤になっていた。

「昨日も言ったけど——本当に、ごめんなさい。まさか相手があなただなんて思わなかったから」

「けど、相手がいるってことはわかってたよね」

「ええ。だから嫌だなと思ってた。でもマムが……」すぐにかぶりを振ったので、ぼくが顔をしかめる暇さえなかった。「言いだしたら全部そうなっちゃうわよね。ただわたしが言いたかったのはね、わかるってこと。だから、わたしが言うかって思うだろうけど、でも——うちもかつては、もっと小さかったから」

言わずにはいられない——なんとか抑えようとする間もなく、口をついて出てしまった。「うちは小さいから、耐えられないだろうって？」

「ううん、違う、そんなことわたし——ごめん。そんなこと言ってるんじゃなくて」ここでペッパーはひと息つく。あれ、本気で狼狽《うろた》えてる。ペッパー、あるときはディベートクラブのイベントで、全校生徒の半数を前に、地球温暖化理論に反論してみよという挑戦を見事に受けて立った女子。そんなペッパーが、ぼくにどう話せばいいか狼狽えている。

「何が言いたいかっていうとね、ビッグ・リーグ・バーガーを始めた当時は、わたしたち家族だけだった、ってこと。うちの両親と、姉と、わたし。しばらくそんな感じでやっていて、それからついには……まあ、こうなったわけ。だからわかるの」

なんでこんな、不気味なほどに屈託がないんだ。声も、ぼくを見る目つきも。そもそもぼくに謝罪を受け入れてもらえるなんて期待していないってことか。公平に言えば、確かに受け入れてはいなかった。

ただ、ぼくがしばらく黙っていたのはそのせいではなかった。何か別のものが、話の最後のほうで宙ぶらりんになっている気がしたからだ。話にはまだ続きがあるんじゃないのか。開業して間もないビッグ・リーグ・バーガーと、以来進化してきて出来上がった今の姿とを隔てる、何か別のものが。

訊こうと思ったが、そのときペッパーが、容器をぼくの鼻先につきつけてきた。「それと、これあげる」

ぼくにだってプライドはあるはずだが、ぼくの胃には全然なかった。受け取るんだろうなと思っていた。たぶんペッパーが口を開き、言葉でぼくの心を動かしにかかる前から、もうぼくにはわかっていた。

「何これ？」どうにかこうにか訊いたが、口に唾がたまって大変だった。

「おわびのしるし。実はこれ、『ほんとにほんとにごめんなさいのブロンディ』っていうの」

「これもエヴァンス姉妹の発明品？」

ふっと笑みが漏れる。息を止めていたのか。「そうよ」

ぼくは受け取った。そうしないとペッパーが腕を下ろしそうにない気がしたからでもあり、ものすごくお腹がすいていたからでもあった。今すぐ何か食べなかったら、間違いなく用務員さんの仕事を増やしてしまう。床に倒れたぼくを引きはがしにこないといけなくなる。ペッパーは心許《こころもと》なげにぼくを見ている。許されたのかどうか、実際よくわからないのだろう。

「ほら」教室をちらりと覗き込む。イーサンはずっとステファンに捕まっていて、ぼくたちのほうをもう見てはいなかった。「もしかしたらぼくが……過剰反応しただけかもしれない」

ペッパーはぶんぶんかぶりを振った。「だから言ったでしょ、わかるって。そっちも家族なんだもの」

「うん。でも――いや、正直言うとね、店のためにもなったんだ」

ペッパーは眉をひそめる。眉間にまたあのかすかな皺が戻ってきた。「何が？　ツイートが？」

「うん」首の後ろをポリポリ掻く。どうもばつが悪い。「実はさ、昨日は店の外まで列ができてて

「さ。なかなか大変だったよ」

「それって……よかった、ってこと?」

　ぼくの声音は明らかに、言っている言葉にふさわしくなかった。ただ正直に言うと、ぼくはまだ、この突然ふってわいたビジネスチャンスそのものを訝《いぶか》っていた。またさらに正直に言うと、ペッパーのことはもっと訝っていたのだ。ペッパーが言い張るように、本当にまだ家族経営をやっているんだとしたら――ペッパーが公式ツイッターアカウントの運営を手伝っているというのが驚きだ。企業の公式ツイッターアカウントといえば、経験豊かな人材を集めたチームが、報酬を得て運営しているもの。それくらいぼくですら知っているのに――となると、もしかしたらペッパーはこのレシピ盗作騒動そのものに、今打ち明けてくれたよりもっと深く関わっていたのかもしれないわけだ。

事実をはっきり言おう、ペッパーのことは信頼できない。うちがどんな商売をしていて、その商売がうちにどれだけ必要なものか、ペッパーがわかってくれていると信じていいのかどうか、それさえわからないのだから。

「ああ、うん、たぶんね」わざと曖昧に聞こえるように言ったつもり。でもぼくの演技力ときたら、朝食用パンケーキ作りの才能と負けず劣らず、なかなか残念なものなのだ。

「だから……」

「だから？」

ペッパーは口を真一文字に結び、目だけで問いかけてくる。

「だから、もし――きみのお母さんが、どうしても絶対にツイートを続けてほしいって言うんなら……」

「ちょっと待って。昨日あなた怒ったわよね。つい二分前にも怒ってた」

「今だって怒ってるよ。うちのものを盗まれたんだから」繰り返しになる。「御年八十五歳のご婦人のものをきみらは盗んだ」

「まさかそんな――」

「まあいいや、どっちにしてもさ。きみはあっち側で、ぼくは……グランマ側。『ファイターを選んでください』って状況だよね。で、ぼくらはたまたま二人とも、ネクストバッターズ・サークルにいる」

「じゃあこういうことね――あなたはわたしに、続けてほしくないわけじゃない？」

「ぼくに言わせれば、きみはお母さんを怒らせなくて済むし、ぼくらはぼくらでお客さんがまた増えるわけだし」

ペッパーは何か言おうとしたのか、息を吸いこんだ。それは違うと言いたいのか。が、ややあって、ふうっと吐いた。なんとも言えない、不安と安堵の境界線上にいるみたいな表情のまま。

「ほんとにいいの？」

答える代わりに、手渡された容器の蓋を開けた。たちまち湧きあがる香りは、はっきり言って違法なレベルだ。通りがかりの、話したことすらない生徒たちがいっせいに足を止めた。

「もしかして魔女？」手を突っこんでとると、一口かじる。モンスター・ケーキによく似ている。続編というところか――口の中が過激なクリスマスパーティー状態だ。嚙みもしないうちからもうおかわりが欲しい。目をつぶり、ドラッグでハイになったらこうなるんだろうな、としみじみ思う――というより、本当にハイになっていたのか。すっかり我を忘れ、こんなことを口走っていたのだ。「これはひょっとしたら、うちのキッチン・シンク・マカロンよりおいしかったりするかも」

「キッチン・シンク・マカロン？」

また目を開ける。うわわわ。要注意：ペッパーの武器庫の中にある最強の武器とは、デザートである。口の中の物を飲み下し、やっと答える。

「ちょっとは有名なんだよ、とりあえずイースト・ヴィレッジではね。前にハブ・シードのまとめに入ったこともある。食べてみなよ、って言いたいけど、レシピを盗まれちゃうからなあ」

するとペッパーは微笑んだ――本当に微笑んでいた。またいつも通り、フッと冷笑して終わりかと思ったら。驚くことでもないけど、見た瞬間、現に驚いてしまった。

驚いたせいで胃がひっくり返ったみたいだったが、じっくり確かめる間もなく、始業ベルが鳴り、ペッパーの顔がさっと真顔に戻る。ペッパーのすぐ後ろについて教室に入ったが、この教室、なんで急にこんな暑くしちゃったんだろう、と思った。エアコンの設定温度が、十月ではなく十二月向けに変わってしまっているのか。それも、席に着く頃にはどうでもよくなっていた――ツイッターでの一連の騒動と、ほんとにほんとにごめんなさいのブロンディがものすごくおいしかったこと、この二つで頭がいっぱいになったようだった。

「一つだけルールを決めよう」と、教室のいちばん後ろに二つだけ残った席に、二人して座るなりペッパーが言った。

何？　とぼくは眉を上げて見せる。

「何事も、個人攻撃だと取らないこと」机の上に覆いかぶさるようにして、ぼくと目線の高さを合わせている。前髪が顔にかかっていた。「これからはもう、お互いに腹を立てない。神に誓って」

「ツイッター上で何があっても、あくまでツイッター上で留めるってわけだ」頷いて同意する。

「よっしゃ。じゃあ第二のルール。手加減無用」

ミセス・フェアチャイルドは今日も教室じゅうに睨みをきかせるが、残念ながらそれですんなりみんなが静かになるわけもなかった。ペッパーは眉をひそめ、ぼくが詳しく説明するのを待っている。

「だからさ――お互いにお互いを甘やかさない、ってこと。やるなら二人ともベストを尽くす、いい？　尻込みもしない、なぜかって言うとぼくらは……」

友だちだから、と言いかけた。じゃなくて、言おうとした。だがそのとき——

「あなたがたのうちの一人だけでも、始業ベルに沈黙で答えてくださると嬉しいんですけれど」ミセス・フェアチャイルドがぼそりと言ったのだ。

ペッパーのほうを見る。てっきりさっと背筋を伸ばし、正面を向いていると思ったのだ。しつけをすべく大人が、三十メートル以内に近づいてきたときにはいつもそうしているから。だがペッパーの目はまだ、ぼくのほうを向いていた。何かのサイズを測ってでもいるみたいに——何かを楽しみに待っているようでもあるが、ぼくにはそれがなんなのかまだわからない。

「いいわ。個人攻撃にとらない。それに、尻込みもしない」

ぼくのほうに手を差しだして、また握手を、ミセス・フェアチャイルドに見つからないように机の下で、しようというのだ。思わず笑って、参ったなと首を振ってしまった。どうやったらここまで変幻自在に、十七歳になったり七十五歳になったりできるのだろう。とはいえ、握手に応じた。ペッパーの手はあたたかく、ぼくの手の中で小さく感じられたが、握る力はびっくりするくらい強くて、手を放したあともぼくの指にはまだ、その指に包まれている感覚が残っていた。

ぼくはホワイトボードのほうに顔を戻したが、にやにや笑いの名残がまだ見てとれたかもしれない。

「よし、ゲームを始めるとしますか」

第二部

なんてチーズなから騒ぎ

PART TWO

ジャック

「合図を決めといたほうがよくない？」

ぼくはゴーグルを外して答える。「なんで合図なんか要るのさ？」

「知らね」とポールが、左右の足にものすごい速さで交互に体重をかけるものだから、ぼくはちょっと心配になる。プールデッキでこれをやっていたら、そのうち足を滑らせるんじゃないか。「万一忘れたら困るから、かな？　四時十五分って言ったよな？　水球の試合が始まったらさ、ほら、ぼくってゾーンに入っちゃうときがあるじゃん、だからさ、できたらその――」

「もし忘れたら、そうだな……泳いでって、つつくかなんかしてやるよ」

「それって合図じゃなくないか」

思いっきりため息をつきたかったが、なんとか我慢した。そもそもポールに手伝ってもらえるだけラッキーなのだ。親友だからといって、ここまでやる必要はまったくないんだし。「わかった。じゃあ――指を三本立てる、でどうかな」

ポールのそばかすだらけの顔が、とたんににんまりした。「いいねえ。気に入った。絶対、超絶うまくいくよ」

なぜだろう、この二十四時間、ポールがそんなようなことを言えば言うほど——もう何十回にもなると思う——ますますその通りにはならない気がしてくるのだ。朗報があるとすれば、いつも通りうまくいかなかった場合に備えて、ぼくが頭の引き出しに代替策を、あらかじめ数個以上は確保しているということ。ここ二週間でぼくは学んだ。ペッパーの一歩先にいるからって安穏としていたら、その時点でもう既に三歩は後れをとっている、ということを。

お互い手加減しないことにはなったが、そうは言っても最初、まあだいたい四時間ぐらいは、ペッパーは遠慮するんじゃないかとぼくは思っていた。だがどうやら控えていたのは昼休みの間だけだったらしい。早速ぼくが投稿した販促策が引用リツイートされた。

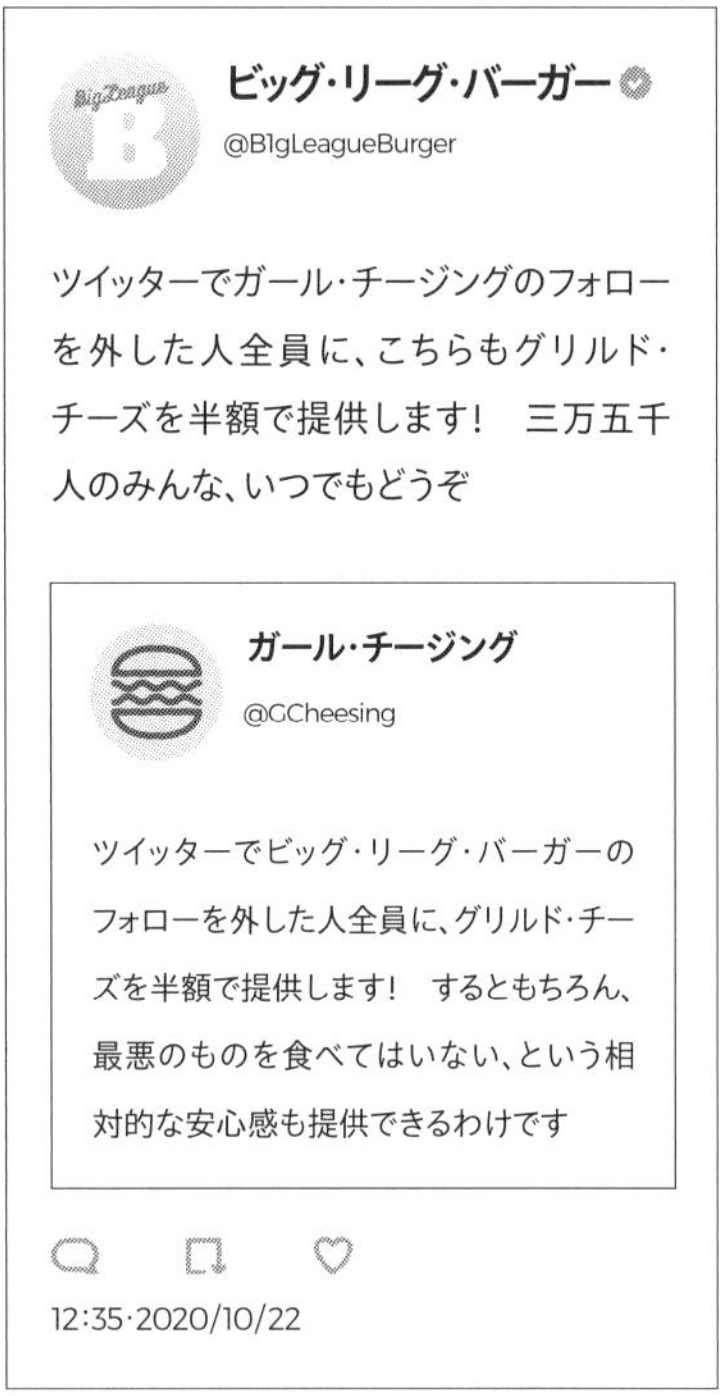
ビッグ・リーグ・バーガー
@B1gLeagueBurger

ツイッターでガール・チージングのフォローを外した人全員に、こちらもグリルド・チーズを半額で提供します！　三万五千人のみんな、いつでもどうぞ

ガール・チージング
@GCheesing

ツイッターでビッグ・リーグ・バーガーのフォローを外した人全員に、グリルド・チーズを半額で提供します！　するともちろん、最悪のものを食べてはいない、という相対的な安心感も提供できるわけです

12:35·2020/10/22

プールデッキに行く前にツイッターを追っかけていたところが、遠回りして向かわざるを得なくなった。とある動画がトレンドに上がっていたのだ。見出しはこう。

ビッグ・リーグ・バーガーが複数の州においてデリバリーを試験導入の見込み

ガール・チージングのアカウントから、こう引用リツイートしておく。

ガール・チージング
@GCheesing
あらたいへん安全な場所なんてどこにもないのね
Boostle
@boostle·1d
覇権を取り戻そうとなどしないのが賢明。
Boostle.com/p/ビッグ・リーグ・バーガーが複数の州においてデリバリーを試験導入の見込み
14:42·2020/10/22

部活が始まる前にはもう一千リツイートに達していた。が、ふと気づいた。がんがん入ってくる通知だが、コメントやいいねやリツイートだけかと思ったら、違った――みんなうちのアカウントをフォローし始めたのだ。数千人にもなる。このツイッター上での小競り合いに、ペッパーとぼくが引っぱり込まれたのとそっくり同じように、みんなもぞくぞく引き込まれてきている。

その日の部活終わり、ペッパーはぼくに明るく手を振ると、ロッカールームに入っていった。そこですかさず、ぼくのツイートに返信してきた。バイク便のドライバーがガール・チージングの店先でポーズを決めている画像だ。巨大なビッグ・リーグ・バーガーの袋を掲げている。

ツイートの文字はこう。**それはダメだろ！**

夜にはもう、ジャスミン・ヤングが『ツイッターなんかにダマされない』にまたブログを上げていた。やりとりを全部スクショにして分類しているばかりか、両方のアカウントについた無関係ないいね、や返信までをも分析してくれている。

「わたしのページを見に来れば、#BigCheese戦争の全容がわかるから、おいて行かれなくて済むわよ。どちらが優勢か、リアルタイムで判断できるんだから」そう言うと、画面の下のほうを指さした。「ガール・チージング側ならチーズの絵文字で、ビッグ・リーグ・バーガー側ならバーガーの絵文字でコメントしてね。ではみなさん、またねー！」

こうして、ぼくらのツイッター戦争にはハッシュタグがつき、熱狂的なファン層というのも獲得できた。おまけに貴重な教訓まで得られたのだ。ぼくがペッパーを怒らせて返信を促すのは、得策ではないということ。彼女にとってツイッターはホームだから断然有利だし、使い方もぼくよりずっと心得ているからだ。

ペッパーならもう、遠くからでも見つけられる。なぜか笑ってしまうくらい簡単に、たくさんの中から見分けられる。水の中の女子は全員同じ、ストーン・ホール指定の黒の水着とキャップを身につけているというのにだ。今は毎回、短距離の練習っぽいことをやっていて、バタフライと自由形を一往復ごとに切り替えながら、ひたすらプールを行ったり来たり。その間コーチは、スタンドから何か漠然とした、さもやる気が起きそうな言葉を叫んでいる。まるで地獄絵図だが、ぼくにとっては救済のようでもある――ペッパーは二時間ばかり水に浸かっているわけで、その間だけは、ビッグ・リーグ・バーガーのツイッターページにそうやすやすとは入れないのだから。

というわけで、やれやれ、ずっとそんな感じ。だからぼくもその夜は、まったくツイートしなかった。というより、できなかった。本当のところ——デリはまたしても千客万来で、店の外に伸びた行列があまりにも長かったものだから、グランマ・ベリーはアパートの窓からそれを見て、みんなキリストの再臨でも待ってるの？　と訊いてきた。

「みんな、グランマのグリルド・チーズを買いに来てるんだよ」ぼくは答えた。

グランマはじろりとぼくを見ると、ほぼ一日じゅう座っているたっぷりしたアームチェアで足を組み、片眉をくいっと上げて見せた。「わたしがあみ出した秘密の材料を、コカインに変えたっていうんなら別だけど、そんなはずないでしょう」

誓って言うけど、グランマはぼくと二人きりのときだけ、ここまで打ち解けてくれる。イーサンがしょっちゅう忙しくしている代償を払っているとしたら、これなんじゃないかと思う。

ぼくがすぐに答えなかったので、グランマは続けた。「わたしが若い頃にはね、グリルド・チーズなんかよりもっと、お客を集めてくれるものがあったのよ。何かわかるかしら」

「・・・・グランマでしょ」

「何言ってるの？」無邪気なもんだ。「おいしいトスカカーカも作ってたの。スウェーデンのこっち側のがいちばんおいしいからね」

　スウェーデンの話は全然わからない。だって、ぼくは現に東海岸から出たことがないから。とはいえ、トスカカーカがおいしいのも否定できなかった。グランマ・ベリーの料理に席巻されてしまって以来、もうメニューには載っていないけど、あのアーモンド・キャラメルケーキならわかる。日曜日に雨が降ったりしてデリが暇で、グランマがその気になったときなど、作り方を教えてくれた。ぼくは後ろポケットに壮大な武器庫を隠し持っていて、そこにはスウェーデン料理とアイルランド料理の両方が、ちぐはぐだけれどどっさり詰まっている。

　グランマ・ベリーとグランパ・ジェイのおかげだ。グランパ・ジェイはぼくらが中学生の頃に亡くなった。父さんはいつも言っている。おまえが卒業したら、ひと通り思い出して作ってみないとな、と——まあぼくがどこにも行かないと思っているからだろうけど。そのときにはぼくにも作る時間があるだろうし。

「なんだかわたしには、グリルド・チーズだけの話じゃないように思えるけど、ねえ？」

　ぼくはとうとう振り返れなかった。なにせグランマ・ベリーは、オーブンでキッチン・シンク・マカロンを焼いていても嗅ぎ分けられるし、それよりもっと早く、嘘も嗅ぎ分けてしまうのだ。振り返るかわりにぼくは肩をすくめ、じっと窓の外を見つめた。グランマを、ツイッターのことなんかでイライラさせていいわけがない——ぼくがうまくやるしかない。

「うん、そうなんだ。記事になったりしたからね」

記事になったのはいいけど、ますます過激になるばかりだから困る。その日の夜、ぼくはビッグ・リーグ・バーガーの公式アカウントが呟くのを待っていた。すると、嬉しくなるくらい普通のツイートが上がった——明らかに予定されていたもので、ペッパーがノータッチなのは明らかだった。**ハロウィン当日にビッグ・リーグ・ばあ！ガーにいらっしゃったお客様には、どの商品でも一点お買い上げにつき、ジュニア・ミルクシェイクを一つ無料でお付けします！**

めちゃくちゃに簡単だった。五分もしないうちに返信ツイートを送った。ビッグ・リーグ版のグランマズ・スペシャルの画像を、あっちのインスタグラムからスクショし添付して。

翌朝目が覚めると、ガール・チージングのアカウントのフォロワーが、さらに二千人増えていた。複数の口コミサイトで記事になったのと、ジャスミンがまたブログで取り上げたせいだった。ホームルームに足を踏み入れるときには、ペッパーもいつもの調子に戻

ガール・チージング
@GCheesing

これを仮装のコスチュームにしようかと思ってるんだけど、どうかなあ。子どもには怖すぎる？　夢に出てきたりしたら申し訳ないしね

20:45·2020/10/22

っているだろうなと半ば期待していた。たぶん冷たくされるか、徹底的に避けられるかのどちらかだろうと。

ところが、踊るように、しかもまっすぐ、ぼくの席までやってきてこう言った。「パイいる?」

ぼくは目を細めてペッパーの顔を、それから、手にした容器を見た。チョコのスティックパイがきれいに並んで入っている。『ほんとにほんとにごめんなさいのブロンディ』はもうすっかりなくなっていた。ぼくとポール、ほかダイビング部の部員全員であっという間に平らげてしまったのだ。そのおいしかった記憶があまりに鮮烈すぎて、ペッパー・エヴァンスのまた別の発明品を目の前に出されて、拒絶できるはずもなかった。おずおずと手を出し、小さなパイを一つつまんだそのとき、ペッパーがスマホを出してきて数回タップし、にんまり笑った。

ぼくは口を動かすのを止める。「今ツイートした?」口の中はチョコでいっぱいだ。

ペッパーは指で前髪をかき上げたが、今回のその動きは計算ずくで軽やかだった。「そう?」

スマホの画面を睨みつけるが、もちろんミセス・フェアチャイルドからは見えないように机の下に隠しながらだ。果たしてそれは『ミーン・ガールズ』のレジーナ・ジョージのGIF動画だった
――「あなたってなんでそんなにわたしに夢中なの?」

「少なくともきみのパイは、きみのツイートよりはマシだよね」モグモグしながら言う。

だがペッパーの口角はさらに上がる。「ちなみにそれって、ビッグ・リーグ・バーガーのバーゲ

ンメニューの一つなのよね」

開いた口が塞がらない。ペッパーはまた教科書に目を落とし、にやけ顔を隠す。「ごゆっくり」

だがあれも、今にして思えば些細なイタズラでしかなかった。あれから二週間、ぼくは起きている限りずっと、ぼくらのツイッター戦争のことを考え続けている気がする。夢にインターネット・ミームが出てくるようになってしまった。ぼくの口から出てくる言葉がなんであれ、無意識にミームにいる二百八十近くのキャラクターのセリフになってしまう。そうじゃないほうが奇跡だった。

そのときまでに、ガール・チージングのアカウントのフォロワーは実に七万人にも達していたし、店の外に伸びる行列も捌ききれなくなって、ついに整理券方式を導入せざるを得なくなっていた。一年生のときに見たきりの、あの『スタッフ募集中』の看板までも出してきている。新生ガール・チージングだ。新しい時代。誰しもがひしひしと感じる空気の中を、ぼくらは突き進んでいく――父さんは十代の若者みたいに走り回っているし、母さんはずっと無理して笑っている。そのうち顔が壊れるんじゃないかと思うくらい。そしてイーサンでさえ、前はなんだかんだと理由をつけてシフトを外してもらって友だちとたむろしていたのに、この頃はデリに下りてきて過ごす時間がずいぶん増えた。

とはいえ二週間も頑張ってツイートしていたら、二人のどちらがいつ倒れてもおかしくない状態にはなる。今日の午前中、ぼくは英語の時間に居眠りをしてしまった。昨日は昨日で、みんながスタート位置につくのをプールの壁にしがみついて待っていたペッパーが、ほんの一瞬寝かけていたのを、ぼくは確かに見た気がする。なるほどぼくの次の一手を見たら、とうとう自殺行為に出たと思うかもしれない。でもぼくはぼくのために、そして同じくらいペッパーのためにやろうとしているのだ——町でいちばん劣悪な、公営プールの端っこの浅瀬などという環境で溺れるペッパーなんて、ぼくのこの良心にかけて、見たくないのだ。

そして実現させる唯一の方法はというと、ツイッターをなくしてしまうこと。インターネットを支えている通信衛星にハッキングして全部の電源を落としてしまうなんてことはできないから、ただ一つ実行可能なのは、ビッグ・リーグ・バーガーのツイッターアカウントを閉鎖してしまうという方法だ。

よって、この不幸な結末にしかならない計画——おまけにそれはポールと、いつもそっけないぼくらのコーチ陣と、ぼくのことを不完全なばかりかどうしようもないバカだと信じてやまないペッパーとにかかっているのだから、頼りないったらない。

「オーケー。金曜恒例の水球試合も、今日が今シーズン初だから、ルールをおさらいしよう」

ランドンは高飛び込み用の飛び板の上に立っているのだが、さながら王様が国民に向けて演説しているみたいなのだった。いかにも王様らしいランドンのほうに、水泳部員もダイビング部員も、一人残らず顔を向けているし、高く上げたその手は、王笏《おうしゃく》ではなく、いつも水球に使っているカビだらけのサッカーボールを掲げている。ラッカー先生も本当はこういう風に注目を集めたくて仕方ないのだろう。

「ルールは、喧嘩を売らないこと。あとは……まあそんなとこかな」

人一倍緊張しているらしき一年生数人が、ちらっとコーチのほうを盗み見た。が、二人は案の定、声を潜めて話し込んでいる。なんの話かというと、スポーツにはなんの関係もなく、ウィーツェルを今現在席巻中のあの噂には大いに関係ありまくりのこと、ぐらいはぼくでもわかる。週末の公園で、二人がくっついているのを誰かが見た、というのだ。けどほら、おかげでトンプキンズコーチが珍しく部活に顔を出してくれてるじゃないか。

チーム分けをするのだが、やり方はぼくが一年生のときから変わらない。そのもともとのメンバーに、最近は下級生を加えたり減らしたりして調整している。ダイビング部は水泳部よりかなり小柄なため、水球のそれぞれの「チーム」は両部の混合で作っている。プールにいるそれこそ全員の頭痛の種は、イーサンとぼくが別々のチームになっていることだ——この状況を悪用しないほうがどうかしている。相手チームの中には、大抵いいカモがいて、ぼくらのどちらかにしょっちゅう間違えてボールをパスしてくるから、思いがけなく有利な局面が作れるというわけ。

で、ペッパーがカモになることだけは絶対にない。情け容赦ないペッパーは、たまたまイーサンと同じチームだ。

試合はいつも通りに始まった——ランドンがプールの真ん中にボールを投げ入れると、みんながピラニアみたいに集まってきてスタートだ。頭やら肩やらを掴んでは沈め合うが、顔面に肘打ちだけはなんとかしないようにする。ぼくは取っ組み合いを避け、ゴールに向かって突き進む。六組の手のうちどれでもいいから一組が、今半分沈みかけているあのサッカーボールをひっつかんで、ぼくのちょっと前あたりに投げてくれたらこっちのものだ。

「最後にツイートしてから何時間も経つけど。もしかしてやる気をなくしたの、キャンベル？」

「へ？　そんなわけないだろ、ペパローニ。次の一手を楽しみにしててよ。待ってたかいがあったって思うから」

ペッパーが近くに来ていて、さらに十数センチ近づいてきたものだから、スイムキャップからはみ出した毛束まではっきり見えた。ペッパーの髪がことさら強いくせ毛なわけでもないのだが、水泳部のコーチにきついメニューをやらされているときはいつ見ても、ペッパーのキャップは頭をしっかり包んだままでいられず、もう駄目だとばかりに収縮し、髪がはみ出してくるのだ。

「今日のダイビング部のラップスイミングを見る限り、あなたって人を待たせるエキスパートよね」

ぼくは水面を覗き込むようにして笑みをこらえる。「ぼくが泳いでるの見てたんだ？」

ペッパーの目は相変わらず、乱闘騒ぎのほうを向いたまま。平然としている。いやでも、唇がピクピクしてるぞ。「あれが泳いでるって言えるんならね」

「容赦ないなあ、今すぐ競争したっていいんだぜ」

ペッパーが声を出して笑った。「嘘でしょ！」

「嘘なもんか。行くぞ」

ペッパーの目は、ぼくの視線の先を追ってプールの端へ。本気でぼくと競争する気になったのか。ところがすぐさまぼくは手を伸ばし、キャップをサッとはぎ取った。ブロンドの髪がプールの水に広がり、顔にも肩にも、濡れてべっとり絡みつく。

「何すんのよ！」ペッパーは叫びながら、キャップをぼくの手から奪い返した。

「だからさ、きみってペッパーって名前のわりには、負けることに塩対応だよね」

ぼくのダジャレにうーと唸りながらキャップに髪を収めていたが、すぐ反撃してきた。「ジャックって名前のわりには、乗っ取る《ジャック》のが下手よね」

「あーあ、バーガー・プリンセスともあろう人が恥ずかしい」

で、こんちくしょうまたやられた——ここぞという瞬間にぼくの気をそらして、笑いものにする魂胆だ。サッカーボールが頭の上を通過したかと思うと、ペッパーはもうサメのように狙いをつけ、水を分けて進みだしていた。ボールが落ちていく無人地帯まで、あともう少しというところ。

黙って見ていると思ったら大間違いだ。

手を伸ばしてペッパーの足首を掴むと、グイッと引き戻した。さんざんやられてきたことをやり返したまでだ。しかしぼくと違ってペッパーは、これも織り込み済みだったらしい――というか用意周到で、ぼくを支点に使った反動で水中でぎゅっと、ゴムのように体を折り曲げたのだ。そして気づいたら、ぼくの頭のてっぺんにまともに手のひらが載っていて、そのまま押さえつけられて全身水中に沈められてしまった。

びっくりしてゴボゴボ息を吐きながらようやく水面に顔を出すと、ちょうどペッパーがボールをすくい上げるところだった。そしてプールの中ほどにいるイーサンに投げるのだが、その動きの滑らかで無駄のないことといったら、理想的としか言いようがない。

「ちょっ――なんで――」

またこっちに泳いでくる。これ見よがしのきれいなフォーム。「なんか言った？」

人差し指と親指を水面につけ、ペッパーに水を弾き飛ばす。お返しに思いっきりバシャバシャ跳ねかけてくる。

「ジャック！　おい！」

ポールの声だ。銃声並みに鋭い声で、プールの反対側から叫んでくる。そっちにパスするぞ、ということらしい。ペッパーをほったらかしにして、どうにかボールをキャッチしようと一か八か、踵を返してみたが、そんなに素早くは動けなかった――ペッパーの手がもう肩に載っている。

水球では当たり前の守備動作には違いないが、妙に重くもなく、ちょんと載せているだけかというとちょっと違う。指を押しつけてきたと思ったら、肩の筋肉をぎゅーっと摑んでくるのだが、攻撃的だったり挑戦的だったりするかというとそうでもない。ぼくの心拍数が上がってはいるけど、それがアドレナリンによるものか違う原因によるものなのか、よくわからない絶妙の力加減なのだ。

不思議だ——なぜかブルーバードに申し訳ない気分になる。そういえば最近彼女とは無線封止の状態に近い。数週間前、お互いの身元の話になったとたんにぼくは取り乱し、尻込みしてしまった——ぼくらが話さなければ話さないだけ、ブルーバードがあれこれ考える余地もたぶん減るんじゃないかと思うからだ。どうしてあのアプリが、ぼくらの身元を今まで開示してこなかったのか。

というわけでぼくは、ブルーバードを裏切っているような、なんともおかしな気分のままなのだ。もちろん、ツイッターにばかりいるからであって、ペッパーがどうこうではない。ただ、ペッパーとの関わり方が変わってある意味ホッとしていないと言ったら嘘になる。とりあえずペッパーにだけは嘘をつかなくていいわけだから。ぼくらは当てこすりでも嫌味でもなんでも、誰もが見られる場所でそれこそ大っぴらにやり合っているのだ。

ボールは水面に浮かんだままほかのプレーヤーをやり過ごし、まっすぐぼくのほうに向かってくる。身をよじってペッパーの手を逃れたが、ペッパーもやはり泳ぎだした。またしてもぼくを使って弾みをつけたのだ。ボールは二人の手に同時に当たってそのまますり抜けてゆき、ぼくらは啞然として顔を見合わせた。一瞬でぼくらの顔が驚くほど近づいた。近すぎてペッパーは息をのむし、ぼくは息するのも忘れた。そしてガン！——おでことおでこがぶつかった。

「うわ、ってえ」

「いったーい」

それから、二人同時に言った。「大丈夫？」

ほんの束の間、見つめ合った。たった今何が起きたかよく飲みこめないまま——お互いにごく軽い脳震盪《しんとう》を起こしていたせいに違いない——そしてさらに一瞬、ぼくは自分たちがどこにいるのかも忘れた。

「ジンクス」とぼく。さすがジャック・キャンベル、一瞬の間も逃さない。

ペッパーが笑う。緊張が解けたみたいだ。「あら、よかった。残り僅かな脳細胞まで死なせちゃったかと思ったけど、なんとか大丈夫そうね」

「こら。ジンクスって先に言われたほうはしゃべっちゃいけないんだろ。子ども時代がほんとはなかったとか？」

「実はね、ツイッターボットっていう子宮から生まれたの」

「きみんちの親が知ったらめちゃくちゃショックだね」

「そうね、けど、少なくともわたしって子は唯一無二だから」

「こんな別嬪《べっぴん》さんなら、スペアがいてもいいかも、ってか」

「キャンベル！　エヴァンス！　そこでずっとわちゃわちゃしてる気か？　じゃなきゃちゃんと試合に参加しろよ！」

ランドンだ。プールの反対側の端っこから怒鳴っている。ペッパーは弾かれたように泳ぎだしたが、その寸前、顔は真っ赤になっていて、まさにレッド・ペッパーそのものだった。ぼくをいいように置き去りにして、振り向きもしない。

「そろそろじゃない？」

ぼくは目を丸くする。いつの間にかポールが、音もたてずにぼくの真後ろまで来ていて、気遣わしげにぼくの目の前で指を三本立てている。プールの脇の時計を見ると、四時十五分になろうとしていた。さらにプールの向こう側まで目をやると、ペッパーとランドンが、イーサンが何か言ったのを聞いて大笑いしている。

「ああ、そろそろいいよ」

ということで、とびきり大げさで不器用なパフォーマンスが始まった。ちょっと前にクラスメイトたちが、学園祭でやるミュージカルのリハーサルを恐る恐るやりだした、ちょうどあんな感じだ。ポールが訳もなく、とにかく震えだす。

「ああ、どうしよう。すごく具合が悪くなってきた」とポール。すごい大声だ。しかもなんとなくイギリス訛《なま》りっぽくないか。

ため息をなんとかこらえた。「なんだって、それは大変だ。保健室に連れて行ってあげようか！」

「うん。ぼくは具合が悪いからね。お腹の調子が、悪いみたいだ」ポールのセリフは続く。

水泳部の二年生が一人、後ろにいたがとたんに怯み、ほかの数人もいっせいに反対側に泳いでいった。ポールがなんて言ったかは、きっとあいつらが早々に広めてくれるから、ぼくらがプールから上がって普通考えられないくらい長いこと戻って来なくても、誰も変に思わないだろう。予想通り、コーチ陣はぼくらが出て行くのを見咎めもしない。そしてポールはもう一回、謎の病気について申告したのだが、それはもともとのシナリオよりさらにもっとドラマティックになっていた。

「どうだった？」ロッカールームに向かって歩きだすなり、嬉しそうにポールが訊く。

「アカデミー賞級だよ」真顔で言い、女子ロッカールームの前で立ち止まる。ノックしてからドアを開け、「修理に伺いました」と一声かけてしばし待つ。

返事はなし。よし完璧だ。**清掃のため一時閉鎖中**の看板が壁に立てかけてあったので、ドアに面ファスナーで貼りつけた。

「すぐ戻って来るから」とポールに言うと、敬礼で返してきた。肩越しに一度だけ後ろを振り返ってから、女子ロッカールームに忍び込む。

ロッカーを開けてペッパーのバックパックを見つけるのに、大して時間はかからなかった——たぶんクラスの半数以上が持っているのと同じ、なんの変哲もない紺のハーシェルだが、ジッパーの先に『ミュージック・シティ』という文字をかたどったごくごく小さなキーチェーンがくっついている。前ポケットを開くと、やっぱりだ、授業の前後に、ペッパーがそこからスマホを出し入れしているのをいつも見ていたのだ。スマホを取り出し、１２３４とタイプする。どうかわざわざ暗証番号を変えたりしていませんように、と、一縷《いちる》の望みを抱きながら。

ブーン！　いけた。

おいおい、簡単すぎやしないか。

ビッグ・リーグ・バーガーのアカウントを出してきたところで、ふと思った。今すぐここで大損害を与えてやることだってできるんじゃないか。例えば、誰かをクビにするみたいな。「告白します。われわれはとある無防備な老婦人から、グリルド・チーズのレシピを盗みました。われわれがクソみたいな企業である所以です」みたいなのを送る、くらいの損害でどうだろう。

だが、いくらぼくでもそこまでバカではなかった。設定画面を開いてパスワードを変更。これでペッパーの閉め出しは完了だ。

アプリを終了してスマホをバックパックに戻そうとしたそのとき、手の中でスマホがバイブした。

「マム」からのメールだった。

部活が終わったらメールして――さっきのツイートはよかったけど、もっといいのが

ある気がするのよね。

読むつもりはなかったのに、文面が勝手に出てきたのだ。するとすかさず、もう一通飛んできた。

おまけにタフィは明日朝早くに出てしまうのよ。タフィが保留中のツイート、チェックしてもらっていい？

親指が画面をかすめた拍子に、メールをタップしてしまい、一連のメールがざーっと出てきてしまった。画面を閉じようと指を動かしながらも、直近のメールがいくつか目に入ってしまった——

チャンスがあったら大至急、タフィにツイートのアイデアを送ってあげてくれる？　ずっと待ってるのよ、というのもある。

ポールが入り口のほうでことさら大きな咳をする。

「くっそ」

出てこいという合図だ。スマホをバックパックに戻してジッパーを閉めると、女子ロッカールームの反対側の出口に走った。出るなり、もともとの入り口から誰かが入ってきた。

そうして、終わった。やることはやった。コソコソと男子ロッカールームへ。ポールがお待ちかねで、もう嬉しくて仕方ないという顔をしている。ぼくの背中をこれでもかというほど叩くのだが、たぶんランドンとかイーサンといった人種がやりそうなことを、大げさに真似しているのだと思う。

ぼくはにっこり笑って返したが、勝ち取った感はあまりなく、それどころかペッパーに頭のてっぺんを押さえられ、沈められたあの瞬間とよく似た感じが、ものすごくするのだった。

ペッパーの母親からのメールが来るたびに面食らっていたぼくだが、いい大人がまさか我が子に、誰が見ても常識はずれなことをここまで率先してやらせているだなんて、とても信じられなかった——うちの親でも、SNSで仕事が増えて困るとか冗談では言っているけれど、ここまではやらない。もしぼくが今後一切SNSをやらない、と言ったところで、せいぜい肩をすくめるくらいだ。

ロッカールームを出て歩きながら、不気味な罪悪感にさいなまれていたぼくだが、それは必ずしも、ペッパーをアカウントから閉め出したから、ではなかった。おふざけを別にしても、一連のツイッター戦争にはぼくらが願っていたよりもっと大きな意味があったんだと、思い知らされたからなのだった。

ペッパー

「お願いだから勘弁してよ」プージャが文句を言う。

ランドンはプージャの肩に手を置き、ちょっとだけ押している。わたしがその手を見ないようにしていたら、そのうちランドンは手をどけた。「ルールはルールだからね」と屈託なく笑う。「でもってきみたちは正々堂々と負けたんだから」

「といってもほら、今回はクールエイド入りの水を飲めってわけじゃないし」とイーサン。

わたしは目を上げ、プールデッキのほうを、そしてロッカールームのほうを眺める。やっぱりいない、となって初めて、自分がジャックを探していたと気づいた。ジャックがどこにいるかが問題なのではなく、いることを確かめたい、その衝動を抑えられないのだ。影みたいに、ないと気持ち悪い存在になってしまったらしい。それと、あとはジャックのチームが負けたから——この水球の試合の条件というのが、負けたチームの全員が、バタフライで百ヤード、ノンストップで泳ぎきらなければならないというものなのだ。大金を払ってまで見たいものなんてこの世にそうはないけれど、長年これ見よがしに宙返りして水に飛び込んでは得意になっていたジャックが、水をかくだけで大変すぎてもがき苦しむ姿なら、見てみてもいいなと思う。

「ううっ。お葬式では褒めといてね」

「何言ってるんだよ、プージャ」とランドン。「きみなら寝ながらでも泳げちゃうだろ」

気にしちゃ駄目。だから気にしない。いや、気にしないはず。日に日に、少しずつでも確信に近づいていく何かがあると思わなければいいのだ。だって確信したいのかしたくないのか、自分でももうよくわからないのだから。

ランドンで正解なのかもしれない。何から何まで辻褄が合うのだ。日中、校内にいない時間にメールを打っている。打っていない時間は、水泳部とダイビング部の練習時間にぴったり重なる。しかも、ウルフが送ってきたアプリほど決定的な証拠があるだろうか。そう、あのマカロニチーズ捜索アプリだ——アプリ開発事業立ち上げのインターンシップに今年参加している四年生はランドンだけだし、この間ランドンに見せられたマカロニチーズ・ブレッドボウルのあの匂い。あれが脳裏にしっかり焼きついている。きっとわたしは将来孫にも、あの匂いについて話して聞かせると思う。

訊いてみよう。今夜。単刀直入に。だってもう、うちのマンションで開く夕食会にお父さんと一緒に来てもらうことになってしまっているわけだし。最悪から二番めのシナリオは、たぶんもう実現してしまっている。となれば、最悪のほうにも身を投じるべきなのだ。だいたい今夜、この四年間で初めて、本当に二人きりになれるのだ。今夜訊かなかったら、もう一生訊けないと思う。

ロッカールームに向かいながら、先のことに意識が行き過ぎている自分に気づいてもいた。大急ぎで家に帰って、ランドンとランドンのお父さんがまだ夕食に訪れないうちに、髪と服を使える状態にまでしなくてはいけない。駄目だ、普通に帰ろう、時間を無駄にしないため、欲望を宇宙に放出しよう、としていたら、ジャックとぶつかった。

「あっ、ごめんよ、ペパローニ」ジャックはわたしとぶつかった肩を手で押さえて言う。なんだかそわそわしているし、少し目を見開き気味ではないか。「今夜もぼくと互角に戦う気かな、まあ頑張って」

そのまま離れていこうとするジャックを、肘を摑んで引き留めた。ダイビング部きってのサボり魔だから、どうせ個人メドレーの泳法順さえ頭に入っていないのだ。殺すぞと脅されたってまともに泳ごうとしない奴なのだ、と思っていた。でも肘が思いのほかがっしりしていたから驚いた。

「金曜日まで来たら、さすがにわたしの頭も働かなくなるだろうなんて思ってるなら……」

腕を摑んでいたわたしの手を、ジャックは外して両手でぎゅっと挟み、わざと厳粛そうな顔をする。わたしの手はまだ濡れていたから、手のひらも指も滑りやすく、ともすると変に親密になってしまいそうだった。が、ジャックがいつもわたしをからかう前に見せるあの半笑いをまたやって見せたので、なんとかそうはならなかった。

「いやいや、心配ご無用。おそらくきみは鳥のように自由にはばたくことだろう」

思わず目を細める。なんだかいつもより調子に乗ってない？

「じゃ、また月曜日に」と言うと、わたしの手を放し、プールデッキをどかどかと、イーサンのほうに歩いていった。

ロッカールームに入るときもまだ、わたしは頭をぶんぶん振っていた。プールに入っていたせいで霧のかかった意識をはっきりさせ、霧の向こうの物事すべてにくっきり焦点をあてられるように。夕食のほかにも、考えなければならないことはある。宿題とか、ツイッターとか、ペイジに電話するとか、それと、大学に出す小論文。まだ手もつけていない——

「どうなってんのこれ？」

ビッグ・リーグ・バーガーのアカウントにログアウトされていて入れない。パスワードを入れても、何も起こらない——何かほかの文字を入れろと促してくるばかり。タフィに電話してパスワードが変わったか訊こうとしたそのとき、タフィが先にメールしてきた。

ツイッターのパスワードを変えた？

やられた。ハッキングされた。

しかも皮肉なことに、わたしは自分のツイッターアカウントさえ持っていないからログインできない。なので、ハッキングした人物がアカウントに何を仕掛けているか見ようにも見られないのだ。

変えてない。今から「パスワードを忘れたら」を押してまた入れるようにするから。

技術チームのメンバーは誰か近くにいる？

技術チームのメンバーの誰とも面識はないが、マムがいつも、わりとあけすけに文句を言っているのを聞く限り、この件に関してもあまり素早く動いてくれそうにないなとは思う。となると、わたしのツイッターアカウントはたった今、世界のどこかにいる誰かによって、そいつだけが好き勝手にツイートして遊べる私的な場所に変えられてしまったわけだが、そいつはまたいつでも戻ってきてハッキングし直せる、何回でも同じことを繰り返せるということだ。

しばしスマホから目をそらす。わたしのツイッターアカウントって？

マムからのメールもいくつか来ているが、どうやら開けたのさえ気づかなかったようだ。ツイッターに入ろうとして悪戦苦闘しているうちにタップしてしまったのだろう。果たして何秒で、マムは何かおかしいと察するのだろう。

そして当然のごとく、ウルフからのメールも来ていない。ただホールウェイ・チャット全体の流れとしては、学校側がシニア・スキップ・デー《一年に一度だけ、四年生全員が学校をサボる日》を徹底的に取り締まる方針だと知って、みんなの不平不満がとまらない、という状況だ。どう転んだってそんな行事にわたしが参加するはずもない——なんであれ十代ならではのアホ丸出しのバカ騒ぎがしたいなら、週末にやればいいし、そのために週末がある。もっと言えば、大学入学前の夏休みだってまるごと使えるわけだし。

それに、イーサンはじめ普段からこういうことを率先してやりたがる生徒たちは、まず間違いなくダウンタウンを選ぶだろうし、ところがはみ出しもののわたしなんかは、七十五丁目より南には一人で行ったことがないときている。

ホールウェイ・チャットに何か投稿しようかなと思ってみる。どこか人目につかない、デートにぴったりな場所はないかしら、とか、じゃなければ何かしらプロムについて、とか。ブルーバードが投稿してもおかしくない話なら、たわいもないことでいいのだ。公開討論の場でウルフがわたしの投稿を見てくれたなら、思い出すかもしれない。わたしが実はまだ生きているってことを。

駄目だ。実際に会ってもいない人の心を操ろうとするなんて。

またメール、これはマムからだ。

誰かにスマホを触らせたりした？

「えっ、そんなわけないでしょ」一人呟く。

「ちょっと、大丈夫？」

「大丈夫」ぴしゃりと言い返した。

プージャが一歩後ずさる。びっくりしているけれど、泳いできたばかりでまだ息は切れ気味だ。気づけば半ダースほどの頭が、何事かとばかりくるりとこっちを向いていて、わたしはというと攻撃を仕掛ける寸前の獣みたいに、きつく歯を食いしばっていた。

「ごめん――割り込む気はなかったんだけど」とプージャ。

「ううん、わたしこそごめん。あんな言い方――でも大丈夫だから。ごめんね」

プージャは頷き、無言のまま自分のロッカーに戻っていった。わたしは大急ぎで制服に着替える。ここから出たい一心だった――でも、出てからどこへ？　マンションに帰る？　帰ったらアニマトロンの人形みたいに座って、ランドンのお父さんの前でひたすらニコニコしていなきゃいけない。しまいにはほっぺたが引きつるだろうし、恥ずかしいことを訊かなくてはというプレッシャーでついに爆発し、溶岩が噴き出すんじゃないかと本気で思うはず。

たぶんもう訊かない。何もかも成り行きに任せればいいのだきっと。ランドンとウルフの関係も。なぜなら、逆から見たらどうだろう、ランドンがウルフだとして？　もしもランドンが、わたしをペッパーとして好きだったとしたら、ここ数年の間に、そううかがわせるチャンスはまさにいくらでもあった。

いやもしかしてわたしが、最初の出会いがああだったから、もうこれ以上恥ずかしい思いはしたくないからって、彼のことを疫病神みたいに避けたりしていなかったら、彼の態度も違っていたのか。

とはいえ、きっとあの子のせいなのだ――怖くてランドンに話しかけられなかった一年生のわたし。怖いと感じていたのにはそれなりの理由があったはずだし、今はそうは思わないとしてもこればかりは仕方がない。

もう出よう、考えるのもおしまい、と振り返ったところに、プージャが通りかかった。

「ほんとにごめんね」後を追うように声をかける。「あんな言い方するつもりなかったのに」

どうせまたぴしゃりとやられるだけだと覚悟していた。ところが、プージャは小首をかしげ、びっくりするようなことを言ったものだから、わたしは固まってしまった。

「ジャックでしょ、違う？」

なぜか胸のあたりがギュッとなる。「は？」

にっこり笑いかけてくる。やだ……またそんなこと言って……と言わんばかりの、しかも用心を怠らない微笑み。

不気味だったが、ものすごく長いこと、わざとプージャと目が合わないようにしてきたためか、その眼差しの温かさに面食らった。面食らい、それから猛烈に居たたまれなくなった――わたしによくしてくれるプージャなんていらないからだ。プージャの世話にだけはなりたくないし、一年生のときのあのメソポタミア大事件以来、わたしとプージャの間で揺れている天秤を、今さらどちらかに傾けようとも思わない。

いやそんな説明はあとにして、先にプージャがどうしてジャックのことをそんな風に思ったのか考えないと。わたしの知る限り、二人ともこのツイッター戦争のことを、イーサン以外の学校の生徒には、ひとことも漏らしていない。

「だって、あなたたちデートしてるでしょ？　ていうか、えっと……ほぼ付き合ってる？」

思いっきり笑ったものだから、ほとんど誰もいなくなったロッカールームに響きわたった。「デートしてる？」やっと言えた。「わたしとあのジャックが？」

プージャの顔つきは変わらない。「よく一緒にいるでしょ、ずっとじゃない」

「そうだけど、だって――」だってそれは、わたしたちがバーチャルの戦場で、ミームや皮肉を武器に徹底的にやり合っているからよ。「だってジャックはイーサンの手伝いでキャプテンの仕事をやってるから。どれだけ大変かわかるでしょ」

プージャがひょいと肩をすくめる。「わかった」と、バックパックのストラップをかけ直すが、視線はわたしからそらさない。まだ話は終わっていないということらしい。「わたしはただ……うん。もし誰かに話したいってなったら、そのときはたぶんわたしに話してくれるのがいちばんだから。あれこれ考えても、やっぱり」

ふっと笑ってしまってから、やめておけばよかったと思った。プージャの唇がへの字になった。わたしが何かをばらしてしまったのか。二人ともが知っている何か？　だからついに訊いてしまった。「ちょっと、どういうこと？」

「もう、言わせないでよ。みんな知ってるでしょ、わたしが二年前、イーサンのことが大大大好きだったって」

「知らなかった」

プージャは真っ赤になった。「あら、そうなんだ。わたしね、みんなの前で堂々と宣言しちゃったの。ばかみたいよね、だって彼、そのときにはもうカミングアウトしてたんだもの。そんな大好きになる前に、もっと彼のことよく知っておけばいいのにって、思うでしょ。だけどね……」

「ああ」しか言えなかった。知らなかったなんて間抜けだなとは思ったが、よく考えてみたらここ数年のわたしは、これっぽっちも社交的ではなかったのだ。

プージャはいいのいいのと手を振ってみせる。「もう終わったことだから。そういうことがあったから、わたしたちは今、いい友だちになれてるの」

「そう——よかった」

ほかに言いようがなかった。そしてふと気づく。ペイジから大学でのバカ話を聞く以外、これまで恋愛について誰かと本気で話したことなど一度もなかった。わたしのほうに話のタネが豊富にあるわけでもなかったし、そもそもわたしがここに来たときには、ほかのみんなにはそういう話をする友だち関係がもうしっかり出来上がっていた。

「うん。生徒会を使って、わたしの勉強会の運営も手伝ってくれてるんだ」

プージャがそう言ったとたん、わたしの耳にまたあの、無機質な警告音が聞こえてきた気がした。これからどこかに忍び込もうというときに、決まって鳴るあの警告音だ。門だかなんだかが、また閉まりかけている、そんな感じがする。最後の最後に、手を差し込んで止めた。

「勉強会はうまくいってる?」

「うん、たぶんね」少しだけ明るい顔になった。「あれでみんなの——なんて言うのかな。結束が強くなればいいなって。わたしたち対彼ら、であって、わたし対わたし以外、じゃない。でしょ?」

そうだと思ったり、やっぱり思わなかったり。「でも——この学校って違わない?」訊くなんてバカ丸出しだとは思ったが、大学に入らなきゃいけないという現実は変えられない。「わたし対わたし以外、じゃないの?」

プージャは口をとがらせる。「てことよね。わたしはそれが許せないの。だってそれが、結果的にはよ、わたしたちみんなを多少なりとも無能にするんだと思ってるから。誰かをやっつけるためだけに学んでるんだとしたら、学ぶ意味ってなんなの?　そう思わない?」

目をぱちくりさせてしまった。だって問題はまさにそれだったから——いつだってずっとひっかかっていたから。少なくともこっちに越してきてからはずっと。

「みんなが集まって勉強会をしたら、わたしなんかは本当に、全部すんなり頭に入るの。だからいいと思うんだ。成績的にも、長期的にも」ここまで言うとまた口を開いたが、一瞬ためらうように動きを止めた。「でね——イーサンは、火曜日の数学の学習グループをまとめてくれることになってたんだけど、今もうできてなくて。そしたら、あなたって数学がいちばんの得意科目じゃない、もしあなたにその気があるなら、もしだけど……あと、時間がとれるんなら」

そんな絵空事は却下しようと口を開いた。が、次の瞬間、プージャもわたしもびっくりすることになる。「そうね、やってみようかな」

プージャの笑顔がぱっと、女子ロッカールームの全部の蛍光灯が束になってもかなわないほど、明るく輝いた。そしてその不条理きわまりないその瞬間、プージャに何もかも話してしまいたくなったのだ。ばかげたツイッター戦争のこと。ウィーツェルでのチャットの話。だから熟睡できない夜がしょっちゅうあるし、そんな状態がもうずいぶん長く続いているんだということまで。もうぶちまけるしかない、と思った。こんな話はペイジにはできない。すればマムへの怒りが増してしまうだけだから――かといってほかの誰かにできる話でもない。自分の内面をすべてさらけ出してしまう気がするから。

でもプージャは今自分の内面を、全部ではないにしろさらけ出してくれた。そのつもりがあったかどうかはわからないけど。実はとても簡単なことなのかもしれない。実は目の前のプージャに話しかければいいだけの話で、アプリの中の顔なし男子にしか話せないことなんてないのかもしれない。

「プージャ、お兄さんが待ってるんでしょ！」

ずっと詰めていた息をやっと吐いた。するとプージャは手を振り、ロッカールームを出てゆく。わたしの、全部を聴いてもらいたいという衝動をまるごと肩に載せたまま。


夕食は、まさに大惨事でしかなかった。

最初に言っておくが、ランドンはばっくれた。六時ちょっと過ぎ、マムがランドンのお父さんをダイニングルームに案内してきたとき、わたしは既に、ブルーのアンサンブルセーターにカーキのパンツという、『ステップフォード・チルドレン』のいい子ロボットみたいないでたちで待っていた。マムがわたしを見て片眉を上げる。不機嫌なんだからね、って眉。もっと言うなら、『あなたのお友だちも来てくれることになったって、確かあなた言ってたわよね』の眉だ。

どっちのほうが辛いのだろう――マムががっかりしているのと、そのすぐあとに襲う気まずさに押しつぶされるのと。たちまちヒリヒリしてくるものだから、本物のデートですっぽかされたみたいな気分になる。

「息子さん、今夜はどちらに？」ミスター・ローデスのコートを受け取りながらマムが訊く。

「ああ、ランドンでしたら宿題があるとか。水泳部の部活もあるらしくて」とお父さんは言う。

咄嗟に、わたしも同じ水泳部ですと言いたくなったが、ぐっと舌を噛んでこらえた。マムがほんの微かに頷く。ありがとう、の代わりだ。ミスター・ローデスに気まずい思いをさせることだけは避けたいのだ。

というわけで、気まずさもここまでだったかもしれない。マムが肩の力を抜いてくれさえすれば、それでよかったのだ。マムは言うべきことを全部、滔々と話していた――ビッグ・リーグ・バーガーの普遍性をかなりおおげさに言いたて、海外進出した同程度の会社の成功例を引き合いに出し、まだチェーン展開が成されていない国々がどれだけあり、どれほどの新規市場が見込めるか――が、どうしても、スマホをチェックするのだけはやめられない。

「どうかされましたか？」ミスター・ローデスが尋ねる。

「はい？　ごめんなさい」とマムはスマホを置き、満面の笑みで答えた。「わが社のツイッターページで、ちょっとした問題が起きていまして」

「ほう？」

「セキュリティ侵害を受けていて、技術チームが目下解析中なんです」マムはブロッコリーのパルメザン焼きに、必要以上の勢いでフォークをぶっ刺した。

わたしはというと、誰とも目を合わさないよう、必要最低限のことしか言わないよう、ずっと全力を尽くしていた。おかげで今夜に限って豪華な食事も楽しめたし、そっと頭の中でフランス語の小論文の骨子をまとめ始めることさえできた。ただそんなわたしでも、部屋の空気が急変すれば気づかないわけにはいかない。ミスター・ローデスが唇を噛み、目を一瞬手元の皿に落とした。

「実はそのことで、お話がしたかったのです——ツイッターアカウントの件です」軽く居住まいを正し、断固としつつも申し訳なさそうに切りだした。「ファミリー企業だというお話を、たくさん伺ってきましたが、ただわたしが見る限り、ファミリー企業ならではの価値が、御社のソーシャルメディア上の動向に生かされていない」

部屋の空気の流れまでが、完全に止まった気がした。なぜだろう、マムがずっとわたしのほうを見る——わたしに救命浮き輪か何かを投げてよこしてほしいのか。

わたしはテーブルに目を落とし、絶対に目を合わせないようにした。

「ええ——そうですね、おっしゃる通り、ご懸念はもっともです」マムの声に少しだけ棘がある。イライラしているときほど陽気になるその言い方は、子どもの頃からよく聞いていた。大家さんに今月の家賃の支払いが遅れると言わなければいけないとき、ダドと一緒に銀行に融資を頼みに行くからと鏡に向かって練習しているとき、聞こえていた声だ。「ですが、今どきのソーシャルメディアのあり方については、ご存じですよね。強い印象を与えられたら与えられただけ、ビジネスには有利になります」

「その印象のせいで、定着していた顧客がある程度離れていくとはお考えにならない？」

ランドンにムカついている最中ではあったけれど、この件に関しては彼のお父さんを心で思いきり抱き締めたくなった。

なにせマムは絶対に信じようとしないけれど、この一連の動きはわたしたちのPRとして失敗でしかなかった。うちのアカウントからのツイートに対するリプライのほとんどは、いまだに猫の絵文字か、零細企業を守るため武器を持って蜂起しようという人々か、じゃなければただの荒らしか、どれかだ。ガール・チージングに万単位のフォロワーがつき始めて、わたしはむしろホッとしていた——少なくともハンデはなくなったから、どう見てもこっちが弱い者いじめをしているだけ、と思われずに済むから。

見ればわかる。マムは細心の注意を払って返事をしようとしている。さしあたり今この瞬間、わたしに何かできることがあればいいのに。

「いずれにせよ、これによってわが社の海外でのブランドイメージは、さらに明確なものになるのではないでしょうか」

ミスター・ローデスは微笑んだが、目は笑っていなかった。「ええ、かもしれませんね」

なんであれマムが始めたがっていたことが、今夜完全に打ち砕かれた、これだけは間違いない。

となると結局わたしとしては知らん顔をするしかなく、マムがミスター・ローデスを送り出しに行ったと同時に、自分の部屋に駆け込んでドアを閉めるしかなかった。気持ちを落ち着け、マムがドアをノックするのを待つ――たぶん二人で話をし、ツイッターのゴタゴタなんかやめちゃおうってことになる。それからキッチンに移動して、何かお菓子を焼くのだ。思うようにいかなかったとき、いつもそうしてきた。『国際投資を却下されちゃったパイ』とか。何でもいいからばかばかしくて、二人で大笑いできるものがいい。

ところが、マムはノックしてこない。マムの部屋のドアがカチャリと閉まる音がして、それきりその夜は何の音もしなかった。

ペイジに電話できたらいいなと思った。でも、気づいたらウィーツェル・アプリを開いていて、ウルフとのチャット画面を覗き込んでいた。

ブルーバード
両親が自分にこうしてもらいたい、って思ってることを、自分がやりたいかどうかわからないって、こういう状況わかる？

ブルーバード

なんか、今そんな感じ

スマホを置いた。どうせ返事など来ない。来ないほうがいいとさえ思う。いきなりほったらかしにしたウルフに腹が立っていたし、すっぽかしたランドンにも腹を立てていたし、こんなに気に病んでいる自分にも腹が立っていた。

ウルフ
おいおい、十代の不安ってやつか、今夜は素晴らしい金曜日の夜だってのに？

通知が来た音で飛び上がった。ホッとしたこと自体が大打撃で、屈辱的でさえあった。ずっと独房に監禁されていて、ついに誰かが、鉄格子の間から顔を覗かせて挨拶してくれた、みたいな感じだ。

ブルーバード
当ててみるね。あなたは外で飲んで騒いでる。ノリだけいいお友だちと一緒にね受動攻撃的なつもりはなかったけれど、そうとられるだろうなとは思う。ランドンが今何をやっているのか。おとなしくこっちに来て二時間過ごすよりもっとずっと大事なことって何だろう。これでわかるってことか。

ウルフ
いんや。もっとダサイことやってるよ。ほぼずっと、コンピューターをいじってる

喉がギュッとなる。あっそ、別に大したことじゃない。

ウルフ
きみは？　さては荒ぶって、『ゴシップガール』のセリフを再現してるとか？

ブルーバード
そうね、今話しながら、わたしの信託基金をドブに捨ててるとこ

ウルフ

それはいいとして、親とモメるのは勘弁だよな、で、両親はどうしてほしいって？

その瞬間、ふと気づいた。マムがわたしにどうしてほしいのか、本当はよくわかっていないのだ。目先のことなら全部わかる――ツイートを考えて。いい成績を取りなさい。いい学校に入りなさい。でもその先は、どうしてほしいのかさっぱりわからない。その先のこと、自分がどうしたいのかも、本当に全然わからないのだ。

ブルーバード
普通がいいんだと思う

ブルーバード
ずっと忙しかったんだよね？

ちょっと考えた。これではウルフは怖くなってまた離れてしまう。メッセージが前みたいに、だんだん短くなって、そのうち消えてしまうのだ。そうしたらまた、あの不気味な沈黙に逆戻りしてしまう。

ウルフ
まあそんなとこかな

ウルフ
でもここに来られなくて寂しかったよ

きみに会えなくて寂しかったよとは言っていない。でも近いし、ほぼ同じ意味だ。怒りがスッと消えてなくなった。ついでに暗澹《あんたん》たる気分で過ごした先週も、あっという間に許せてしまった。あっという間なのがちょっと気にはなるが。まあいい。味方になってくれる人が、たとえ顔は見られないにせよ、戻ってきてくれたのは嬉しい。

ブルーバード
うん、わたしも

ブルーバード

カップケーキ捜索アプリはまだできてないんでしょ、それでもいいの。デザートなんてものは無視してろ、っていう、わたしへの明確なサインだものね

ウルフ
やばいな。今夜夜中に目が覚めたら、クッキー・モンスターがナイフを持って、目の前五センチに佇んでるのかな？

ブルーバード
片目だけ開けて寝とけば

マムはかなり動揺していたが、結局それでどうなるものでもなかった。何者かがツイッターのアカウントをハッキングしたけれど、それ以上は何も仕掛けてこなかったし、週末にかけてまた侵入

してくることもなかった。技術チームは監視を続けることと、月曜日に業務を再開した折には侵入の突破口となった場所を特定すべく追跡することを、約束してくれた。

わたしは週末、ほったらかしにしていた宿題と、ツイッター上でのジャックとのバトルの両方を行ったり来たりして過ごした。日曜日の朝、ジャックはこんなツイートを投稿した。**ついにBLBの「グリルド・チーズ」を食べてみた。動画はこちら！** リンクの先は、野生動物たちのけたたましい鳴き声ばかりを集めた動画で、たっぷり十分もある。

「BLBのツイートがここんとこ変なの、知ってる？」日曜日の朝になってやっとペイジに電話したら、早速訊いてきた。「なんだか、どっかのデリと喧嘩かなんかしてる？」

思わずたじろぐ。「うん……たぶんそれも……販売戦略の一環とか、そんなんじゃないかな」

「マムが即刻やめさせそうなもんじゃない。ダドだって気づいてるんだよ。気にしてわたしに電話してきたんだから」

ついこの間話したのに、わたしには何も言わなかった。ツイッター上のこの狂乱状態に、わたしも関わらせられていることを、きっとダドは察しているのだろう。ほとんど口は出さないが、なんでもオーケーというわけではない。マムのこととなるとなおさらだ。

「でさ、相手のことは知ってるの？」

うん。ちょっと知りすぎている。知りすぎているからいとも簡単に、鳴き声ツイートを投稿しながら薄ら笑いするジャックの、口元の歪み具合まで正確に思い浮かべられる。

「さあね」すぐに話題を変えにかかる。「ついこの間ブログに上げてた『中間試験なんかクソくらえメレンゲ』のレシピのことで訊きたいんだけど……」

ペイジは笑いだす。「なら、しっかりシートベルトしてね。ギリシャ史の教授のえげつない話をたっぷり聞かされる羽目になるんだから」

ペイジとの電話から離脱すると、マムと一緒にブルーミングデールズ《百貨店チェーン》に、新しく拡張するオフィスに置くためのソファを見に出かけた。ミッドタウンのビルの別フロアを新たに賃借することになったのだ。ちょっとしたカフェに寄って昼食をとりながら話をした。学校のこと、大学に行ったらもう制服は着なくていいから、どんな服を着ようと思っているか、そのラインナップ、あとはタフィがこの頃ものすごく熱心にインスタに上げている、新しく来た子犬のこと。わたしはもう半分、タフィと一緒に育てているような気になっている。

ツイッターのこと、大学出願のこと、それに金曜の夜に起こった正真正銘の大惨事のこと、これらには二人とも一切触れなかった。こういう日は輝かしい思い出だけで幕を閉じるのがいい。マムが一年に一回、ペイジとわたしをずる休みさせていた頃のことを思い出す――わたしたちを車に乗せ、学校の前を素通りし、そのまま車を走らせ続け、パンケーキを食べたり、橋の上で写真を撮ったり、ベル・ミード《ナッシュビルにある独立都市。高級住宅街で知られる》に乗り入れて大邸宅を見て回ったりする。

一日をまるごと盗み出す感じ。そんな一日はあまりにも速く終わってしまうが、心にはずっとずっと長く残る。

考えればわかりそうなものだった。宇宙というのはなんとかして帳尻を合わせてくるものだと。

ジャックは月曜の部活中、いつにも増してニヤついていたが、わたしにはどうすることもできなかった――ツイートの応酬で、まだあっちが返信する番なのだ。つまりボールはあっちのコートにあるというわけ。

「金曜日の夜はちょっと静かだったよな?」水泳部がプールから出てダイビング部にレーンを譲ろうというタイミングで、ジャックは言ってきた。「途中で寝ちゃった?」

するとそのとき、ニヤニヤ笑いの意味がはっきりわかってしまったのだ。

「ちょっとあなた……」

ジャックは小首をかしげて見せる。「ちょっとぼくが何さ?」

ランドンが少し離れたところからわたしを呼び、陸上エクササイズに使うストレッチバンドを取ってきてと言う。するとわたしが振り返るのも待たず、ジャックは飛び込んで泳いでいってしまった。そこからの二十分間、この件に関してどれくらい怒ればいいか、そもそも本当に怒っていいものかどうか、考え抜いた。個人攻撃だととらないこと、と約束した。遠慮しない、とも約束した。

しかし、会社が運営するツイッターアカウントにハッキングすることについては、誰も話していない。

いや、本当はジャックは何もしていないのかも。壮大なシステムの中で、ジャックは金曜の夜、ほんのちょっとイタズラをし、技術チームを困らせただけに過ぎないのか。

いや、とりあえずそれだけのことだと思っていた。が、それはロッカールームに戻り、マムからの不在着信が五件と、ボイスメールが一件来ているのを見るまでの話だ。

「あのね、技術チームの調査が終わったの。誰かがアカウントのパスワードを変えたんだけど、それはあなたのスマホからだった」

わたしは凍りついた。スマホを耳に貼りつけたまま、血が凍ってゆく。そんなわけない。誰かがわたしのスマホからアカウントにアクセスしようと思っても、わたしのパスワードがわかっていないと話にならない。そもそも、誰も知っているはずがないのだ。けど――

あいつを殺すしかない。ボコボコにしてやる。

「これを聞いたらすぐ電話して。で、部活が終わったらまっすぐ帰ってくるのよ。話し合いましょ」

スマホを置いて立ちつくす。ジャックはここ数年、数えきれないくらいわたしのことを、ふざけてロボット呼ばわりしてきた。でもこの瞬間、わたしは本気で、自分がショートしていると思った。一度にたくさんのことが起こりすぎて、わたしの体は落ち着きどころを見失った――ジャックへの怒り、マムへの憤り、ここ数週間というもの、ずっと策略をめぐらしていたせいで疲れ切ってしまっていて、ロッカールームの床で、頭の上でみんなが噂話をしたり着替えたりしていても平気で寝られてしまうくらいだったのに。

必然的に、行きついた先はいちばん不都合な選択肢だった。わっと泣きだしてしまったのだ。

誰かの手が肩に触れると、そのままロッカーから引き離されていく。なんとなくぼんやりとだけ、その手の主はプージャだと感じた。プージャはわたしを身障者用バスルームの個室までどうにか連れて行くと、ドアをロックした。とたんに鼻水が垂れた。わたしは幸か不幸か、一年に二回しか泣かない人種で、だから当然泣くとなるとこれ以上ないくらい激しく、とんでもない泣き方になってしまう――目は真っ赤、鼻水は噴き出すし、顔はブツブツだらけ、もうめちゃくちゃだ。

一分か二分ぐらいでなんとか落ち着いて、プージャのほうに目を向けた。プージャは個室の奥のプラスチックの壁にもたれて立っている。

「ありがとう」鼻声で言った。

トイレットペーパーをグルグルほどいてちぎり、渡してくれる。「どうしたか話したい気分？」

わたしはかぶりを振ったが、同時にばかみたいにしゃくりあげてしまい、ひぃーっくとなった。開いたのは鼻水のダムのゲートだけではない。言葉のゲートも開いてしまった。わたしが自分のしていることに気づいたときはもう、なにもかも打ち明けてしまっていた――ビッグ・リーグ・バーガーとしてツイートしていたこと、ジャックとガール・チージングのこと、マムがわたしにずっとせっついてくること、自分がどうしようもないおバカで、十代の男子にスマホのろくでもないパスワードを言ってしまって、すぐに変えようとしなかったことまで。

しばしの沈黙。プージャはただ日をぱちくりするばかり。

「わかった。なんにせよ、これってわたしが今まで聞いた中でいちばんへんてこりんな話かも。ただ、ここはニューヨークシティだから、それがなんらか影響してるのかもしれないわね」

湿った笑い声になってしまった。

「で、次は……そうね。ほんとのところわたしには全然わからない。イカしたツイートをするってどういうことなのか、あなたとジャックの、痴話喧嘩がどれだけぶっとんだものなのか」

「そんな──誰が痴話喧嘩なんか──」

「けどね」とプージャはわざと反論に耳を貸さない。「ジャックにやり返す方法なら考えてあげら・れ・る」

一連のツイッター騒ぎを、プージャは異様だと思っているかもしれないが、わたしにしてみたら、こっちのほうがよっぽど異様だ──プージャがオリーブの枝をさし伸ばしてくれているのだ。四年もの間、宿敵ともいえる関係だった彼女が。もしかして疑ってかかるべきなのかもしれないけど、今現実にこうなっている──実際友人でもなんでもなかった。なのに、わたしはプージャを知っている。びっくりするくらいよく知っているのだ、本当に。何がきっかけでやる気が起きるか、次に何をすべきか考えているときにどんな表情を見せるか。弱みと強みに関しては、自分自身のそれとほぼ同じくらいよくわかる。だから同じように、なんらかの理由で、プージャがたった今、誠実にわたしと向き合ってくれていることが、わたしにはわかる。

それに、あいつに借りを返せるのなら。

「いいわ聞かせて」

ジャック

宇宙における何らかの秩序が狂い始めていると、火曜日の朝、プージャとペッパーがロッカーの脇で身を寄せ合っているのを見たあの瞬間に、気づくべきだった。あの二人が何かにつけ接戦を繰り広げていることは、ストーン・ホールでは有名で、誰もが認める事実なのだ。映画『ガーディアンズ・オブ・ギャラクシー』にはガモーラ、ネビュラ姉妹のバトルシーンが多々あるが、現在進行中のあの二人の争いのほうが、よっぽど熾烈だと思う。

しかしぼくは、疑うことを知らないトンチキ代表だから、自分には関係ないさと思っていた。だから疑うことを知らないトンチキどもの考えよろしく、何とか逃げ切れると思っていた。が、実は最悪の事態が起ころうとしていたのだ。

まずは見るからにびくびくしながらポールが登場。びくつき方が尋常ではない。ポールといったら基本的にもう、いついかなるときもチワワみたいに怯えている。ホームルームに入ってくるとぼくの隣の席に滑りこみ、前かがみになって顔を寄せて、あまり口を開けずに訊いてきた。

「これっておまえ？」

「もっと具体的に言わなきゃわからないんじゃないですか」

顔を上げて前を見ると、ミセス・フェアチャイルドがまだファイバー・ワン・バーを摂取するのに夢中なのを確かめ、すっとスマホの画面を見せてきた。ぼくはメールの文面に目を通す。すると一行読み進むごとに、どんどん血の気が引いていった。

ストーン・ホール・アカデミーの勉強熱心な生徒諸君

かの「ウィーゼル《イタチ》」アプリについて調査した結果、学校としては以下の点に注目するに至った。制作者はアプリへのアクセスを、ストーン・ホールの生徒用メールアドレスに限定しており、またこのアプリ自体が、生徒用メールアドレスのもとで制作されている。ということで、結論は以下の通り。このアプリを制作し配布した人物は、生徒である。このアプリの起源についての情報を持つものは誰であれ、ぜひ速やかに名乗り出ていただきたい。制作者たる人物と次の手だてをどうするか、合理的な議論を交わしたい所存である。

教頭　ラッカー

「そんな怖がることないだろ」まるっきり本音ではなかった。「どうせハッタリだよ。マジで先週、ホールウェイ・チャットでみんなが計画してただろ、こういう内容のシビれる付箋のメモを、全校生徒のロッカーに貼ってまわろうぜ、って。なにビビってんのさ？」

「だから……おまえなの？」

力んでいた顎を緩める。ポールは目を見開いている。知らないうちに殺人の共犯者に仕立て上げられていた人の顔だ。

「なんでそう思う?」心して訊いてみる。

「だってここ数年、作りかけのアプリが十数個あるとかないとか、よく言ってたよね?」

うわ、やられた。ぼくが面白半分にアプリ開発をやっているのをほとんどの人は知らない。が、ポールは知っている――それはあるとき、ほかでもないポールがアプリ開発の理由になったからだ。花粉指数がある基準値に達するたびに、誰かしらがくしゃみするGIF動画をポールにランダムで送りつける、それだけのためのアプリを、ぼくはかつて作った。ポールが始業前にアレルギーの薬を飲み忘れないためだった。

「なあ、いいか、おまえのこと密告しようとか、そういうんじゃないんだよ」喉の奥から今にも泣きだしそうな声を絞り出す。子どもの頃、仲間外れにされそうになった時のポールのしゃべり方と同じだ(ぶっちゃけいつも仲間外れになっていた)。「言ってくれよ」

ポールを信じていないからではない。誰にも知られたくないからだ。あのアプリに魔法の力があるとすれば、それはその匿名性から来ている。ただそこにいるためだけに作られた安全地帯だから。だから、ぼくが作ったとポールに言ってしまったら、アプリの魔法そのものを、ポールから取り上げてしまうことになる。

ところが、みるみるうちに、ポールは意気消沈していった。いつにも増して、足蹴にされた子犬っぽくなっていく。

「うん、わかったよ。ぼくが作った」

「やっぱり！」

「大した手間じゃなかったけどね」ボソボソ言いながら、メールのタイムスタンプを目に焼き付けた。

「すごいよ、ジャック」

「声が大きいよ」釘を刺しつつ、教室じゅうを油断なく見渡した。「誰も知らないんだからな」

「イーサンも？」

天を仰ぎたくなったがやっとこらえた。「イーサンなんかに教えるもんか」

ポールはしばし、無表情な目のまま席に座っていた。彼の脳みそでは受け入れきれないほど深淵なものを、なんとか吸収しようとしているのか。「すっげー。おまえって実は――ストーン・ホールを陰で操る暗黒神だったんだな」

顔がかっと熱くなる。「いい加減なアプリを作っただけだよ。今はみんながろくでもない真似しないように見張ってるだけ」

「アプリでみんなに話しかけたりする？」とポール。「お互いの情報開示のタイミングとかは、コントロールしてるの？　全員の別名がわかってたりする？」

「そんなわけない、やるわけないだろ」

いやまあ、半分嘘で半分本当だが、これだけは譲れない。ポールがホールウェイ・チャットを捜しまわって、どれがぼくの別名か当てようなんてしだしたら大変だ。いやもっと困るのは――ほかの誰かの別名をバラしてくれとか頼まれること。

「嘘だろ、なあ。わかんないの？」

だからもう、やっぱりこうなる。「わからないんだって」きつめに言ったので、ポールは少したじろいだ。なんとか肩の力を抜いて、ポールにもわかるように率直に話をしよう。「そこがさ――そこが大事なとこなんだ。いいか？　みんなが匿名なんだよ。それでみんな居心地がよくなる。だから、ぼくは調べない。イーサンがアプリにいるかどうかも知らないんだ」

ポールはじっくり考えている。「ちぇっ。徹底してんな」

ぼくは居たたまれなくなって身じろぎした。「うん、まあね」

頭の中で警報が鳴る。ペッパーが入ってきたのだ。金曜日のぼくの手仕事について何らかの言及があるものとぼくが期待していたとしたら、ペッパーはたちまちがっかりさせてくれただろう。片手を上げると、何か言いたげな笑顔でぼくに向けて指をくねくね動かして見せた。ペッパーのことはもうすっかりわかってしまっているから、そのしぐさに込められた意味がなんであれ、ぼくはきっちり怖くなったのだった。

その日はそのまま、不気味なほど静かに過ぎていった。ビッグ・リーグ・バーガーのアカウントからのツイートはというと、協賛している慈善事業についてのものと、ハンバーガーがダンスしているコマ撮りのＧＩＦ動画だけ。ぼくのスマホに届いたほかの通知といったら、ブルーバードからのメッセージだけ。ラッカー先生の今日のズボンが鳥の刺繍入りだったことを痛烈に茶化していた。

ホッとしていた。戻ってきてくれたから。話をしていない間も、それはそれで同じくらいホッとしてはいたのだけれど。

いつかどこかの時点で、白状しないといけなくなるのはわかっている。ウィーツェルという幻想の世界に、いつまでもいられるはずがないのだ。でも今は――今のところは、ぼくのゴタゴタの人生に一切結びついていない誰かがいてくれるのが、ありがたいのだ。ぼくがツイートするのを待ち構えていて、ツイートしたらすぐに飛びかかってこようと虎視眈々と準備しているような人でもない。ぼくのことをイーサンじゃないほうだと認識してから、ぼくのことをぼくだと思う、そういう人でもない。

誰かが知ってしまった今、ある意味状況は変わりつつある。もしかしたら裏切りに近いのかもしれない。だって打ち明けた相手はポールで、これまで数カ月間アプリで話してきた人物ではないのだ。弱虫なぼくの逃げ道も、いよいよこれでなくなるかもしれない――アプリにお互いの身元を開示させるが、アプリを作ったのがぼくだとは絶対に言わない、という逃げ道だ。ポールが知ってしまった。ポールの心より大きいものはただ一つ、ポールの口。

　最初からこうなることになっていたのかもしれない。ぼくがうまく切り抜けられるシナリオなど端からなかった。ぼくが最初の最初からどうにか防いできたものといったら、それこそ数えきれないほどあるけど、これもその一つなのかもしれない――今回ばかりは、イーサンとそっくりなのがそもそもいけないんだとは言えない。これはぼく一人がやったことなのだ。

　不気味なのが、罪悪感が付きまとうわりに、打ちのめされはしないというところだ。ブルーバードが誰なのか、まだまだ絞りきれるところまでもいかない。おそらく乳糖不耐症ではないし、今日は欠席してもいない。どうやら超金持ちの家の子でもなさそうだが、ぼくらはみんな同じ制服を着ているから、誰がその金持ち以外のカテゴリーに当てはまるのかは、なかなかわかりづらい。インスタグラムをやっていればひょっとして、金持ちそうな生徒は除外できるかもしれないのだが、そこまで調べたら陰湿すぎる気もする。

　だからなのか、ぼくは廊下を歩くとき、すれ違う女子全員に対し、なんとなく申し訳ない気持ちになりながらも、思っている以上に目と目を合わせてしまっているようだ。よってもはや全校の女子の半数はたぶんぼくのことを内心、早く眼鏡を作ってきなさいよと思っているはずだ。

　ペッパーはというと、プールデッキに居合わせたぼくには目もくれない。が、半径三メートル以内に近づくたびに、朝の薄ら笑いの痕跡がまた見てとれる気がした。部活が終わってロッカールームを出たところでやっと、その理由がわかった。

「おい、確かおまえ、これのことは任せとけって言ったよな」

イーサンを睨み返すと、ぼくの鼻先にスマホの画面を突きつけてくる。ビッグ・リーグ・バーガーのツイッターページが開いていて、もうちょっとで鼻に押しつけられそうだった。

「言ってないなんて誰が言うかよ。ていうか、今頃はどっかの外階段でちゅっちゅしてなきゃいけないんじゃないのか？」

「こうなってなかったらそうしてるさ」

あーあ、とため息をつきながら、イーサンの手からスマホをひったくる。「なんでまたそんなに──」

うわ。見てみたら、ビッグ・リーグ・バーガーのページではない。ヘッダー画像はビッグ・リーグ・バーガーのブランドロゴだし、プロフィールアバターはビッグ・リーグ・バーガーの『グランマズ・スペシャル』の写真だが、ユーザー名は紛れもなく、ガール・チージングのものなのだ。そう、それ以外は──表示名までもが、#1 BLB Stan.《BLBのファン第一号》に変えられてしまっている。

「ペッパーだな」

「父さんが見ないうちに直しとくんだな」

イーサンのスマホだが、握る手に力が入る。「アカウントから閉め出されてるわけじゃなさそうだし。自分でちゃちゃっと直せばいいのに」

「おまえの仕事だ、だろ？　大切なアカウントに、おまえの許可なしに触っちゃいけないことになってるからな」

するとそのとき、突然気づいた、回らないと思い込んでいたテーブルが動いたのだ。イーサンはペッパーのちょっとしたイタズラに、怒っているわけではなかった。イーサンは前からずーっと怒っていたのだ。

ぼくの中に共感という琴線があるとしたら、それに触れてもよさそうなものだが、触れはしなかった。これまでの十七年間、ぼくはいつもイーサンの味方になってきたが、それでイーサンに居たたまれない思いをさせたことは一度もない。こんなばからしいことでも、イーサンがぼくの味方になってくれないなんてとても考えられなかった。

「どうしたんだ？」

イーサンの鼻の穴が広がった。「どうもしないよ」どうもしている言い方だ。

イライラが、ぼくの中で高圧電流みたいに高まってきた。これまで火を噴かないよう、ずっとずっと我慢してきた気がする。「たったの一回、母さんと父さんがおまえじゃなくてぼくのことを頼りにしたからって、本気でこんなムカついてるのかよ？」

イーサンの怒りが吹っ飛んだ。口をあんぐり開けている。

「嘘だろ？」

何人か通りすぎていく。たぶんクラスメイトだ。でもイーサンの態度が変わらないなら、ぼくだって変えない。「我慢ならないんだろ？　たった一回でも家族の希望の星《ゴールデンチャイルド》じゃなくなったのが」

言ってしまって初めて気づく。ぼくはずっと言いたかったんだ――このツイッター騒動が持ち上がってからの話ではなく、もっと何年も前から。イーサンがいろんな学術賞を獲り、生徒会長に選ばれ、常に四方を友だちに囲まれるようになってからというもの、ぼくら二人がこんな風になってからというものずっと。イーサンは巣立ってゆく子、そしてぼくは、巣に紐で縛りつけられた子。

このツイッター戦争を通してわかること、それも結局は、何も変わってはいないということだからなおさらだ。両親はやはりぼくよりはイーサンを信頼している。店のアカウントを運営していくのがなぜぼくかというと理由はただ一つ、イーサンはいつか世界を征服するけれど、ぼくはデリに残ることになっているから。

ところがすぐに、イーサンの怒りがまたぶり返した。顔つきがひん曲がるほど。こんなに素早く、深く憤るとは思っていなかった。「ぼくがゴールデンチャイルドだって思ってるのか？」

思っているわけじゃない。現にそうだとわかっているだけ。口を開いてはみたが、なぜか急に喉がギュッと詰まってしゃべれなくなった――ため込んで溢れそうになっていたものが全部一気に上がってきて、出口のところで押し合いへし合いしだしたみたいだ。

頭の中では、イーサンとこの話をそれこそ数千回はやっていた。頭の中のぼくはずっと怒っていて、憤慨していて、揺らがなかった。頭の中でリハーサルしまくっていたから、人生におけるどんなことよりも、自分を守る用意ができているはずだった。

ところがだ、想像上のイーサンはぼくにあれこれ言っていたけれど、決してこんな風じゃなかった。そして想像上のジャックは何度もイーサンと対決してきたけれど、こんなに嚙み合わないこともなかった。

とうとう全部飲みこんでしまった。イーサンの表情が読みとれないし、読みとりたいとも思わない。ぼくの心の傷は深すぎて、イーサンの分まで引き受けるわけにはいかないのだ。だからスマホを、少しだけ必要以上の力を込めて、返した。「心配いらない。ちゃんとやっとく」

イーサンは鼻から息を吐いたあと、そのまま歩道から動かなかった。ぼくをじっと見て、まるでどちらが最後の一撃を食らわすか、待っているみたいだった。ややあって、二人同時に踵《きびす》を返した。そっくり同じしかめっ面で、反対方向につかつか歩きだす。だがぼくの目には、イーサンが行ってしまったあともずっと、そのひん曲がった顔つきが焼きついて離れなかった——あんな顔を見たのは初めてだったから、だけではなく、その顔には今までないくらい、ぼく自身が見えたからだった。

自分の手仕事を見返してほくそ笑むペッパーの姿が見られるのは、明日の朝になるだろうと勝手に思っていた。だがコミュニティセンターを出たところに、いた。壁にもたれて、それはそれはさりげなく、巨大なビッグ・リーグ・ミルクシェイク・マッシュを飲んでいる。ものすごくゆっくり振り返ってぼくを見たものだから一瞬、見られることへの不気味な違和感に打ちのめされた――いや、見られるんじゃない。認識されることだ。まじまじ見られることもなく、ぼくがぼくであってイーサンではないとわかってもらえるなんてことはめったにないし、まだ完全に振り向かないうちにもうわかってもらえるなんて、まさに不気味でしかない。ぼくが知っている中でそれができる人はただ一人、グランマ・ベリーだけ――両親はいまだにしょっちゅう間違えていて、ぼくがイーサンである確率はほぼ五十パーセントだし、話している途中でどちらかに切り替えてくるという必殺技まである。

それはさておき、振り返ったペッパーの眼差しは、感動するほど見事に的を射抜いた。なにせストローをくわえたまま眉だけをくいっと上げたのだ。ばかみたいだが効果は絶大で、ぼくのパンパンに膨らんだ自己憐憫の風船にぐさりと命中したのだった。

「もしかして――もしかして八十八丁目のビッグ・リーグ・バーガーまでダッシュして戻って来た？　それを持ってぼくを待っていたかったから？」

返事の代わりにもう片方の手を上げると、その手には巨大なミルクシェイクがもう一個。「クッキー＆クリームは好き？」

ものすごく腹は減っていたが、ぼくにだって主義主張はある。「どうやったんだ、ペパローニ？」

ミルクシェイクを思いきりズズッと吸う。「何を？」

歩いて行って、並んで壁にもたれた。同じように見せかけだけさりげなく、片足を煉瓦の壁に載せる。「わかってるだろ」

ぼくの手にミルクシェイクを押しつけてきたので、思わず受け取ってしまった。「あなたがやったのと同じ方法」

「ぼくのスマホを使ったな」

すると得意そうな表情がさっと消えた。「あなたもわたしのを、盗んだでしょ？」

「えっ――ちょ、何だって？　そんな」

ペッパーは目を細めてぼくを見る。

「だって、ほんの一瞬だし」ぼくは折れた。

怒りながらミルクシェイクを飲むなんてことが可能なんだろうかと思ったが、またしても、不可能を可能にするのがペッパーのやり方のようだ。「何してくれてるのよ、キャンベル？」

真面目にとれればそのほうが楽だったかもしれない。ペッパーが上唇にアイスクリームをくっつけてさえいなければ。

「一線を越えたってやつね。わたしはあなたのスマホに入りこんだりしない」

一線を越えた話をするなら、主張してもよかった。ビッグ・リーグ・バーガーがぼくの祖母のレシピを盗んだあの瞬間、こっちはそれをまともに食らったんだと。だが、そこはペッパーには関係ない話だ。二週間前なら、すっかり信用しきれていなかったかもしれない。でも今は信じていた。

「ごめん」

びっくりして眉を上げたが、すぐにほっぺたの内側を舌で探りだし、通りを走る車を眺めている。ぼくの謝罪を受け入れようかどうしようか、決めかねているんだろうか。「まあ、いいわ。わたしについてくるのってしんどいもんね。ひと休みしなきゃ、やってられなかったんでしょ」

ぼくは吹き出した。胸のつかえがとれていく。「そうなんだ。ぼくはきみの周りをさえずり《ツイートし》ながらぐるぐる飛びまわってる小鳥なんだからさ」

「じゃあもうちょいハードルを上げてみる？」

「えっ、インスタグラムでも戦争しようって？」

ペッパーは鼻先で笑った。「まさか。あなたにそんなに恥をかかせようとは思ってないから」

「ぼくが恥をかくとでも？」

堂々めぐりの皮肉の応酬が続くうちに、なぜかぼくらは引き寄せ合っていて、気づけば肩と肩がこすれていた。一瞬ペッパーの目が泳いだが、どちらも動こうとはしない。

「わたしに料理写真を撮らせたら、マーサ・スチュワートなんかメじゃないんだから」

「へえ？　まーそうかもね。まっとうな人なら、いざ料理を目の前にしたらすぐ、食べるのに必死になっちゃうから、インスタにアップなんかできないもんな」

ペッパーは返事の代わりにまた、ミルクシェイクをズズーッと吸ったが、視線は外さないままだった。

「わかった、いいよ。ハードルを上げるってどうするのさ？」

ペッパーの唇が歪むより先に、声にもう笑いがまざっていた。「サドンデスよ。リツイート勝負。二人で同時に、それぞれのグリルド・チーズの写真をツイートするの。で、週末に、より多くのリツイートを稼いだほうが勝ち」

ペッパーが言い終わらないうちにもう、それはない、と思った。「そっちのフォロワーのほうが、うちよりずっと多いじゃないか」

「だけどフォロワーが関心を持ってくれてる率は、そっちのほうがずっと高いでしょ」さもうんざりした言い方に聞こえたのは、こういう話になるのも予測済みだったし、それなりに調査済みだし、それ以上のことも考えたから、ということなのだろう。「とはいえ、解決策も考えたから。中立的な立場の第三者に入ってもらうの」

「現時点で、ぼくらのグリルド・チーズになんらかの見解を持っていない人なんて、この世にいるかな?」

「いないかもね。だから、メディアに働きかけるべきだと思ったの。ハブ・シードの共同創業者の一人が、ストーン・ホールの卒業生じゃなかった?」

「あのハブを巻き込むつもり?」

ペッパーは肩をすくめる。「ツイッター上の二社の小競り合いについて記事を書きたいって、既にタフィに接触してきてるの。そっちのご両親がデリのメールをチェックしてるかどうかわからないけど、もし最近してたなら、きっとそっちにも連絡がきてるはずよ」

ぼくら二人がこの件にどれほど深くはまり込んでいるかが、本当によくわかる証拠がこれだ。ぼくはタフィが誰なのかよくわかっているのはもちろん、ツイッターがぼくに、タフィとその愛犬のアカウントを「フォローしませんか」としょっちゅうすすめてくるものだから、タフィが昨日愛犬スナッフルズに、どんなピカピカドレスを着せたかまで知っているのだ。

「それで……どうするって?　ハブ・シードに頼んで、両方のグリルド・チーズの画像をツイートしてもらうのか?」

ペッパーは頷く。でもそんなのは夢物語でしかない。ハブがぼくらの悪ふざけに興味を持ったとしても、それはあくまでお手軽な単発記事としてだろう。なにせツイッター上に五百万ものフォロワーがいる一大メディアなのだ。グリルド・チーズで喧嘩しているティーン二人ごときが手間を取らせていい規模のソーシャルメディア企業ではない。

「メールで申し入れてみる。賭けについての説明をツイートした上で、画像を二つ、ツイートしてくれるはずよ。あなたのとこのと、わたしのとこの」ここまで言うとしばし黙り込み、くいっと眉を上げた。「で、本当の意味で公平を期すために――どっちのグリルド・チーズがどっちのか、書かないようにしてもらうの」

「それだってわかりやすすぎないか？　きみんちのはどうせ、急速冷凍した生ゴミを誰かが電子レンジに突っこんだみたいなやつなんだからさ」

ペッパーは瞬き一つしない。「で、やるのどうするの？」

壁にどさりと、さらに深くもたれかかると、自分の目をペッパーの目の高さに合わせた。ここまで近づくと、ペッパーの鼻のあたりに散っているほんの微かなそばかすまで見えてしまう。夏場だから余計にはっきり見えるんだろうな。

「条件によりけりかな。ぼくが勝ったらどうする？」

やっぱりね。ペッパーはいつだって答えを、ちゃんとしすぎるくらいちゃんと用意してある。

「敗者は自分のアカウントから、勝者に負けを認めるツイートをする。負けましたありがとう、っていうだけの謙虚なツイートね。選挙で負けたらやるやつみたいな」

「妙に自信満々なんだな、どっちが負けるかわかってるみたいだ」

「それで、やるの？」

しばしペッパーを観察した。濡れてもつれた前髪に縁どられた顔、その目はぼくをじっと見つめている。するといきなり、口をついて出てしまった。

「条件を緩くしよう」

「どういうこと？」

「きみが負けたら、高飛び込みをやらなきゃいけない」

ペッパーは凍りつくものと思っていた、そこまでじゃないにしろ、感情を、あのときの半分くらいは露わにして見せるだろうと思っていた。一年生のとき、ぼくがちょっとした条件を付けようと言いだしたばっかりに、高飛び込み台に上がったもののお尻に火が着いたみたいに超特急でおりてきてしまった、あのときだ。ところがどうだ、千分の一秒ほどもぼくから目をそらさず、こともなげに肩をすくめてみせた。

「いいわよ」

「いいの？」

「ただしあなたが負けたら、こないだサボったあれ、百ヤードバタフライをやってもらうから」ここで小休止。「それから、ダイビング部のレーン使用時間も返してもらうわね」

グランマ・ベリーのグリルド・チーズを大写しにして負けるなんてことは到底考えられないから、まったく躊躇しなかった。「大した自信だけどどう出るかな」

今度はぼくが手を出して握手を求める番だった。ペッパーは不敵に笑ってから応じたが、ぼくの指をまさに力いっぱい握り返してきた。だから手が離れたときには、ぼくの指と指がくっついて離れなくなっているんじゃないかと半ば本気で心配した。結局指はくっつかなかったが、ズキズキするようなおかしな疼きが残った。二人で何かを作り上げたみたいな、この一瞬で条約を結んでしまったみたいな。しかもその条約は、紙の上で結ぶものよりずっとずっと重みがあるみたいなのだ。

そうするうちにいきなり、ペッパーはぼくの顔を見て笑いだした。それはぼくが間抜けにもらってしまったミルクシェイクを飲みだしたからだったのだが、ようやく気づいたのは、何か得体の知れないものが舌に当たったときだった。

「クッキー&クリームじゃないぞ。何か入れただろ」

ペッパーはまた、ズズーッとストローを鳴らす。「塩キャラメルソース」だって。

思わずもう一口飲んでしまった。一口めから数秒の間により溶け込んだらしく、まさに今、うわ・・マジか、うまいじゃないか。ぼくの味蕾《みらい》がたった今、長い眠りから覚めたみたいだ。

「ＢＬＢのメニューにも載ってないよな」抗議せずにはいられない。載っていれば知っているはずだし――ばかみたいに熱心に、事細かに読み込んでいた。しかるべきタイミングでツイッターでからかえるよう、ネタ探しをしていたのだ。

ペッパーはぼくを見るが、なんだか上から目線なのが気になる。「わたし専用に持ち歩いてるの」

「え、なんだって？」

壁を蹴って離れると、歩きだした。

「写真のことだけど、明日の夜までに、わたし宛てに送っといて」

「キャラメルソースを持ち歩いてる、なんて、そんな気軽に人に言うもんじゃないよ。ごく普通のことでしょって顔で行っちゃうのも、どうかと思うし」行きかける背中に声を張る。「ほかにはどんなデザート用緊急調味料をバッグに忍ばせてるのさ？」

恐れ多くも肩越しに一瞬振り返ってくださった。「明日の夜までだから！」

反対方向に歩きながら、ぼくはかぶりを振ってはずっと笑っていた。ペッパーがぼくに向けて放った薄ら笑いの矢が、たまたまぼくに刺さったままなのだろうか、残像が目に焼きついて離れない。

数分後、六番列車が到着して乗り込もうとするときになって初めて気づいた。最近ハッキングの栄誉に浴したガール・チージングのツイッターアカウントを、修復し忘れている。それだけではない。ぼくの胃袋は自然の摂理に反する罪を犯し、五百ＣＣものビッグ・リーグ・ミルクシェイク・マッシュをごくごく飲みほしてしまったばかりか、もしかしたらその間息継ぎさえしなかったのだ。

ため息を漏らしながら、空容器をゴミ箱に放り込む。ツイッターのほうはなんとかなる。でもペッパーのほうはというと、だいたいいつも、気がついたら近くに来ている。だからどう扱っていいか正直わからない。

またスマホを出してくる。ペッパーにメールを打つため、いつも通りのあの気楽なリズムでのやりとりを絶やさないため、スマホに貼りついているわけだが、全然嬉しくないわけでもない。とはいえ忘れちゃいけない。ペッパーはやはりまだ敵なのだ。めちゃくちゃな味つけのミルクシェイクだとか、忘れられない薄ら笑いだとか、いつまでも手に残る握手の感触だとかは、別物なのだから。

それにぼくは、勝てるからこそ、ツイッター戦争を始めたんだし。

ペッパー

　土曜日には何もかもが元通りになったし、わたしも例外ではなかった。制服のアイロンがけも完璧、大学入学論文の完成度も上がったし、ツイートは週末に向け何本か準備中だし、プージャのお兄さんの手によるガール・チージングのツイッターアカウントへのハッキングも、無事解除された。両方の店のグリルド・チーズの写真はもう既にハブ・シードに送ってあるから、今日の二時には、ハブ・シード本体のツイッターアカウントから両方の写真が送りだされるはずだ。

　その同じ時刻、わたしは初めての大学入学面接のため、まさに席に着こうとしているだろう。面接官は、ヘレンという名のコロンビア大の卒業生。

「さては緊張してるな、ペパローニ」

　ジャックだ。近づいてくるのがわかったので、横目でちらっと見たきり、絶対見ないと心に決めた。なんだか変な感じだ。土曜日にジャックに会うなんて。ただ、横目でチラ見しただけでも、何かおかしい気はした——少し背筋を伸ばし気味に立っているし、制服も、いつもより少しだけきちんと着ている。いつもはクシャクシャの髪の毛さえ、ある程度は整っているみたいだ。いかにも親が、よかれと思って櫛を入れてくれたという感じ。つい頭から爪先まで、じろじろ見てしまったのは、あまりにもイーサンぽくって不気味だったから。

そんなわたしの視線にジャックは気づき、わたしは身構えた。今から絶対、嫌味たらたらのセリフが飛んでくるのだ。それがどうだ、頬をぱっと赤らめたではないか。見ているのに気づかれたわたしより、見られたジャックのほうがずっと恥ずかしい、ということなのか。

咳払いしながら、体重を片足からもう片方の足に移す。「大学入学面接だから？　そんなわけないでしょ。こんなのわたしなら寝ながらだってできるに決まってるもの」

ジャックはうーんと伸びをした。背の高い男子がよくやるあの、すごく大きな伸びの仕方。おかげでさらにもっとジャックらしくなった。制服のタイを緩めながら、廊下を見渡す。ずらりと並んだ部屋を、ほかの生徒たちが出たり入ったりしている。

「だよね、きみの履歴書ときたらCVSファーマシー《アメリカの大手薬局・コンビニチェーン》でもらうレシートより、全然長いんだもんな、そりゃそうだ」

「あなたは終わったばかり？」

「うん、もうしっかり決めてるからね。アイビー・リーグにまっしぐらだ」ぷいと目を背けた。しかもその声には棘があり、言葉にはおよそ似つかわしくない。訊こうとする間もなく、ジャックはふーっと息を吐き、こう言った。「で、きみの面接相手は？　イエール？　ハーバード？」

小ばかにしたように名前を挙げるわ、かかとを鳴らして強調するわ。いったいどうしちゃったんだろう。ジャックもこの学校の生徒だし、面接を受けているのは確かだし――全然関係ないはずはないのに。

「コロンビア」

強がっていたジャックの表情が、いくらか崩れたように見えた。

「え、なに？」視線に耐えかねて目をそらす。

しばしためらってから、ジャックは言った。「だってコロンビアの面接って、キャンパスでやってるんじゃなかったっけ？」

血が凍りつく。「ええっ？」

すると突然、合点がいった。なぜプージャをはじめほかのコロンビア志望者がここにいないのか。なぜコロンビア代表の署名欄がまだ埋まっていないのか。わたしはてっきり、自分がとんでもなく早めに来ているからだと思っていた。いつもそうしているから。自分がトンチキなだけだなんて、思いもしなかった。

こんなことになるなんて、わたしはどうしてたんだろう？　状況を改善すべく有効な手だてを講じるでもなく、わたしの足は床に根を張ったまま、頭だけが過去へ過去へ過去へ、ここ数週間の、多少霞みかけた記憶の中へ、戻っていった。夜明け前にギリギリで仕上がった宿題。マムとタフィから、果てしなく送られてくるメール。スケジュール帳の色分けされたページは、まるで誰かに虹ゲロされたみたいにカラフルだった。そして、用心に用心を重ねたにもかかわらず、何らかの事情で、わたしは最も重要な事項の一つを見落としてしまったのだ。

なんてことだ。ツイートに没頭しすぎていたせいで、わたしは大学に入れるチャンスを棒に振ってしまったかもしれないのだ。

ジャックの手が肩に。どれくらい前からその手がそこにあったのかはわからない。なにせいきなり、鼻先にジャックの顔が現れたのだ。

「面接は何時から？」

「二時」

「わかった。今一時三十分だから。タクシーを捕まえればまだ間に合う」

左右の耳の間の空間に、轟音が鳴り響いているみたいだ。「財布も持ってきてないし」面接会場といっても家から数ブロックだから、財布なんていらないと思ったのだ。今取りに帰ったら、失敗したのをマムに知られてしまう。わたしの顔を見れば一目瞭然だし、そしたらマムはがっかりするし、わたしはきっと耐えられないと思う。取り乱してどうにもならなくなるかもしれない。何もかもが一度に、水面からブクブク溢れ出してきた。ここ数週間はマムに指図されるままツイートし続け、ここ数年はこのばかげた街に住み、このばかげた学校に通い、挙句の果てに、本当に行きたいのかどうかさえわからない大学の面接をこうして受けて――

ジャックが何かをわたしの手に押しつけてきた。メトロカードだ。「これは予備のやつ。月曜に返してくれればいいから」

それでもまだ、わたしはかぶりを振っていた。わたしの半分はここにいて、もう半分はリビングルームにいる。そこでは想像上の母娘喧嘩が、マムとの間で繰り広げられていた。

「信じられない、わたしがこんなヘマするなんて」

「ペッパー、大丈夫だから。Ｍ４に乗れば」

「何に乗るって？」

「バスだよ」

するとどうだ、学究的環境にいるからこそ余計パニックになり、分別をなくしたのか、思わず口走っていた。廊下じゅうに響きわたる声で。「ニューヨークでバスになんか乗ったことないもん」

ジャックは何か言おうとしたのか口を開きかけたが、すぐに思い直したみたいだ。「わかった。けど――うん、簡単だから。バス停は二ブロック先、乗ったらメインキャンパスまでまっしぐらだし、三十分あれば十分行ける」

わたしも口を開いたが、何も出てこない。

「なに？」とジャック。怒ってもいなければイライラしてもいない言い方。だからこそわたしは瞬時に、決意を固めるのではなく、さらにもっと恥ずかしいことを打ち明けられたのだ。

「一人でアッパー・イーストサイドから出たこともないし」

ジャックは笑いだした。友だちが気の利いたジョークを飛ばしたときの笑い方。一瞬の間。わたしは顔つき一つ変えられない。

「うわ。マジですか？」

声がかすれる。「マジ」

袖を引き上げ、また時計をチェック。何かじっくり考えているなと思ったが、すぐに決心がついたらしく、さっと目を上げ、あっという間にわたしと目を合わせた。

「よし、行こう」

廊下を、正門に向かって歩きだす。足が長すぎて、ダッシュしないと追いつけない。

「待ってよ、まさか――あなたも行くの？」

「ああ。恩に着ろよな」

ホッとしすぎて言い返せない。

「これから日曜にツイートするのは、なし。二十四時間はお互いキーボートを休ませる、って条件でどう？」

「了解」

まだ条件があるのかと思って少し待ってみたが、どうやらそれ以上はなさそうだった。

ものすごい早歩きのおかげですぐに、マディソン・アヴェニューに出られた。ジャックは角を曲がると、まだ曲がっていないわたしに叫んだ。「走れ！」

すぐに駆け出して追いついた。完璧に仕上げてきたはずのポニーテールから、髪がはみ出して風になびく。面接のためにマムが買ってくれたオックスフォードシューズが、歩道の敷石にこすれて削れていく。やっとジャックがバスにたどり着いたと同時に、ドアが閉まった。ドアのガラスにバン！　と手をあて、ジャックおきまりのあの、子羊のような人懐こい笑顔を繰り出しているところに、わたしが滑りこんだ。ジャックの背中によろけてぶつかりそうになる。

「ごめん、ほんっとごめん」ジャックの背中に向かって泣きながら言うのと同時に、体を離そうとしてひっくり返りそうになる。

どこか放っておけないジャックの魅力のせいか、わたしたち二人が揃いも揃ってよっぽど哀れに見えたのか、運転手はいったん天を仰いでから、ドアを開けてくれた。今や遅しと乗り込むのにもまだよろよろしていたし、バスがまた発車するタイミングではお互いぶつからないように試行錯誤を重ねていたが、やっと空席を二つ見つけたところでとうとう、ジャックがわたしの膝半分に、どさりと落ちてきてしまったのだった。

謝ろうとジャックは口を開いたが、先にわたしが笑いだしてしまった。

「びっくりだな、ほんと」座席にふんぞり返り、バスのほかの乗客をざっと見渡して言う。「こんなことある？　さすがのきみも、プレッシャーに押しつぶされたとか？」

「わたしはただ――ああ、ちょっと待って」走ったせいで息切れがひどい。喘息の一歩手前だった。

「そういえば思い出した――ナッシュビルにいたとき――姉とわたしが走ってて、マムより先にバスに乗ったの、そしたらバスが……出ちゃって。マムだけ乗れなくて。確かわたしたち、五歳と八歳とかだった」

笑っていいものかどうかわからないらしく、ジャックは眉をひそめただけ。「それって――傑作、なのか？」

その日の記憶はあまりにも鮮明で、もしかしたらわたしはあとから勝手に色づけし、修復してしまっているのかもしれないとも思う。もしかしたら当時よりも今のほうが、その出来事をフルに味わえているのかもしれない。

「一キロ半くらいかな、マムはサンダルでバスを追っかける羽目になったんだけど。わたしたちってとんだクソガキだったのね。窓の外を見ようともしなかった――もうすっかり新生活を始めるつもりになってたの。シリーズ本によくあるみなしごナントカ、みたいなね」

「貨車で暮らす《ガートルード・ウォーナー作『ボックスカーの家』参照》つもりだったとか？」

「じゃなくて。お菓子を焼いて暮らそうって話してた。ペイジはその頃、大きくなったらお菓子職人になるって、本気で思ってたから。ビッグ・リーグ・バーガーの隣に自分のお店を開くんだって。

確か、ペイジズ・パンケーキっていうお店になるはずだったかな。ブランドを確立するまでにはいろいろやらなくちゃいけないのもわかってた」

「お姉さんって今どこにいるの？」

目をしばたたいたら、いきなり現実に引き戻された。わたしはビルが立ち並び、車や大勢の人がひっきりなしに行き交う通りを今、バスに乗って走っている。

「ペンシルベニア大学」

からかうような目で見てくる。「なんで姉さんのほうはツイッターでぼくと喧嘩してないんだろうね？」

眉を吊り上げて言い返した。「なんでイーサンはツイッターでわたしと喧嘩してないのかしら？」

たちまち笑顔が揺らぐ。「やられたー」と、さらに座席にふんぞり返る。そして数人が降りたと見るや、脚を思いきり伸ばした。「でも、あいつはあんまり得意じゃないからさ。二日目のツイートがあいつのなんだよね。ぶっつぶしてやるぞ、みたいなツイートしかできないんだ」

「あなたなら、それなりに手加減できる、ってこと？」

肩をぶつけてくる。「そんなわけない。ぼくはただ、会社の印象を悪くしないようにしてるだけさ」くるりとわたしに顔を向けたものだから、その目があまりに近すぎて拍子抜けしてしまう。

「ぼくはまた、きみの姉さんはエヴァンス家の皮肉屋の血を受け継がなかったってことかと思った」

「そんなことないない、受け継いでるわよ」頰が熱い。窓のほうに顔を向け、外の涼しい風にあたる。「ペイジとマムは、なんていうか――うーん、なんだろう」

ジャックは柄にもなく黙っている。待っているのか。わたしがまだ何か言おうとしているとでも？　そして実はその通り、言うことはまだあった。

「マムが離婚したあと、ペイジもしばらくはこっちに来てたの――まだ大学に行く前ね。で、ペイジとマムが仲たがいして」

「仲たがいか」ジャックが繰り返す。言葉の響きを確かめるみたいに。「いかにもメロドラマのセリフに出てきそうな言葉だな」

わたしは肩をすくめるしかない。「うん。ほかになんて言えばいいかわからないから。ただわたしも、こんなに長引くとは思ってなかったのよね。遅れてきた反抗期とか、そういうのだと思ってた。まさかこんな膠着状態になるなんて」

「じゃあお父さんは？」

「ダドはずっとナッシュビルにいるわ。休暇になると会いに行くの」なんだかわかる。ジャックは訊きたがっている、というか、もしかしたらわたしが説明したいだけなのかもしれない――なぜダドがこっちに、マムとわたしが来ているのに、来ていないのか。「たぶん、ビッグ・リーグ・バーガーはもう自分のかわいい秘蔵っ子じゃないんだって考えるのに、ダドは全然慣れないんだと思う。

だから家に残ってるのよね」

家。本当のことをすっかり話して初めて、あまりにもたくさんのことを空気中に解き放ってしまった、と感じた。わたしの口から滑り出たものが、このより広く、より恐ろしい空間に解き放たれ、ジャックにもわたしにも見えるようになってしまったのだ。わたしはここではよそ者だということ。それなりに長いこと暮らして、それなりにいろいろやってきたけれど、そしてここに馴染もうといろいろ自分の中に押し込み、再構築してきたけれど、家はやはり、千キロ以上彼方のどこかにあるのだということ。

いやもっと遠いのかもしれない。わたしの心にあるあの家は、もうどこにも存在しないのだから。ジャックが窓の外を指さした。見るとまたしてもビッグ・リーグ・バーガーの店舗があって、バスは今しもその前を通りすぎてゆく。

目をそらす先が見つかった。お店。それがあんまり嬉しかったものだから、つい声が大きくなり、早口にもなった。「ね？　不思議よね！　前はたった一店舗しかなかったのに、今はもういたるところにあるんだもの」

ジャックは店から目をそらし、わたしに向きなおった。「みんながみんな、きみのこと知ってるとか？　きみがアッパー・イーストサイドのバーガー・プリンセスだって？」

今度はわたしが、ジャックの脇を小突く番だ。「もちろん。わたしが入ってきたら、みんながみんないっせいに最敬礼しなきゃいけないことになってるんだから」

ジャックは顎だけでわざとらしくお辞儀しながらも、目線は一切外さなかった。わたしはやれやれと天を仰ぐ。

「ほんとはね、そんなことないの。不思議よね。オフィスにいる人なら少しはわかるけど、実店舗の人となるともう全然わからない」わたしは緊張していた。こうするしかなかった。緊張しているから黙っていられない。そしてジャックはただそこに座って、黙っていられないわたしをそのまましゃべらせておいてくれる。「おかしいなって気もしてる。だってわたしは一号店が立ち上がるところから見てたし、ほぼその店の中で大きくなったようなものだし。あそこでは、みんながみんなを知ってた」

「ああ。うちの店はずっとそんな感じだよ」

またただ、またあの嫌な痛みが戻ってきた。でも今はたぶん、その根っこがわかりかけてきた気がする。

「素敵なことよね――ここで大きくなるって。一つの場所にずっといられるって。みんなのことを知ってるって」

十代の男子なら一笑に付してもよさそうなところだが、ジャックはそんなことはしない。それどころか、ますます共感してくれている気がした。普段のわたしが、ここまで心を開いているジャックを見ようと思ったら、遠く離れているしかない。ポールと話していたり、ダイビング部のほかの部員たちとふざけていたり。でも今の彼は、前のめりになって、いわくありげな目つきで返事をする。何か特別な情報を伝えられているときのように。

「うん。なかなかいいよ。常連さんもたくさんいるし。自分のこと「伯母さん」って呼んでね、っておばあちゃんがわりといてさ、おかげでぼくはその人たちの本名も知らないまんま。ニューヨーク大学の教授もいれば、ブリッジ・クラブのメンバーもいる。「走って飲もう」ランニングクラブのメンバーは、いつもそこらへんを一キロ半ほど走り回って、そのあとみんなして酔っぱらって盛り上がってる。みんながみんなを知ってる。ぼくは文字通り、あのデリの床の上で大きくなったんだ」少しだけ寂しげに笑いながら、首の後ろをポリポリ掻く。「イタズラしたって逃げられない」

「一卵性双生児でしょ。イーサンがやったんだって言えばよくない？」

「無理だよ。イーサンは抜け目ないから捕まらない。ていうより、人気があるってだけなのかなよくよく見ないとわからないくらいしょんぼりして、ふーっと息を吐いた。「そんなでも、クラスメイトがぼくとイーサンをごっちゃにするのは変わらない。たっぷり十二年も付き合ってるのにさ」

ジャックの顔を覗き込む――眉のひそめ方は独特だし、ぐしゃぐしゃの髪はもう、どんなスタイルの範疇にも収まらない。またジャックはどこに行っても、行った先にすんなり、控えめに言ってもわりと容易に馴染めてしまう。客観的には、あらゆる点でイーサンとぴったり同じで、ほんの些細な点だけが違う。が、わたしの頭の中では、二人は現にまったく違う種の生き物なのだ。

「なんでかしらね。あなたたち二人は全然違うのに」

ジャックは鼻先で笑った。「うん。ありがとう」

「は？」

ジャックは見えない聴衆に向かってなのか大きく腕を広げ、いつもとは全然違う声の高さでしゃべりだした。「きみの兄弟はとんでもなく人気者で、かつ抜群の勝ち組でもある。誰もがかしずき、あこがれる。きみはそんな兄弟とは、まったくもって似ていない」

「ちょっと。そんなつもりで言ったんじゃないのに」誤解されて頭にきたが、ジャックの顔に焼きついたようなその面持ちを見たら、あっと言う間に冷静になった。隠す場所などどこにもなくて、隠せなかったのだろう。バスに乗っているって、なんとなくステージに立っているのと似ている気がする。「だからね。そういうことを言いたかったんじゃないの。つまり――あなたたちにはそれぞれ、自分の世界があるでしょ、ってこと」

ジャックは頷く。「ごめん、なんかちょっと――ばかっぽいんだけどさ、なんかちょっと、みんなイーサンのほうが好きなんだろうなって、そんな気がしててさ」

オチがあるのかと思って少し待ってみた。何か違う話でぼやかすのかな、と。いたたまれない数秒が過ぎたのち、オチなんかないのがはっきりした。

「えっと、気休めに言うわけじゃないのよ、でも、わたしは違う」するといきなり、ジャックの耳たぶがみるみる赤くなってきたものだから、わたしはさらに言った。「だってあなたたちって二人とも、わたしにとっては目の上のタンコブだから、そのうちのどっちのほうがどうとか、ほんっとにどうでも・い・い・わけで……」

「なーる」こともなげに言う。さっきの面持ちは消えていて、今度は半笑いが貼りついていた。

「ぼくはまた、きみってぼくのこと好きなんだ、って思いかけたよ」

胸のあたりで腕を組む。「わたしにしてみたらどっちもどっち、ってだけよ、バカじゃないの」

「けど友だちだとは思ってるよ」

グサリと刺さる皮肉をもう一発繰り出してやろうかと思ったが、喉元で止めた。「来てくれて、ありがとう」皮肉の代わりに言った。

半笑いが少し優しくなった。首の後ろをゴシゴシこすりだす。「きみは素晴らしい話術で面接官を感動させる、で、面接が長引くだろ、そしたらぼくの持ち時間も増えるから、ツイッターできみをやっつける作戦を、じっくり練れるってわけ。だから――ウィンウィンだ」

一瞬躊躇《ためら》ったが、すぐに笑みがこぼれた。ここ数週間で初めて、ツイッター戦争のことをすっかり忘れていたからだ。たった今、お忍びでこうしているような気さえしてくる。とりあえずそうじゃなくなるまでは。ジャックが背もたれに体を預けるので、わたしもそうしてみる。するとその僅かなはずの一瞬でわたしは、バスを降りた先にあるものと向き合うくらいなら、ずっとこのままこうしていたいと、半ば本気で願っていたのだった。

コロンビア大学にたどり着くと、あと二分もある。まさに奇跡だ。どこに行けばいいかもジャックはすっかりわかっていて、わたしの前を遠慮なく全力疾走していくので、わたしは後ろから、きつすぎる靴でドタバタついていくしかなかった。その挙句、ジャックが一週間前にコロンビア大の面接ラウンドを回っていたと聞かされ、当惑しきった顔をさらしてしまうことになったのだ。

「え?」また息が切れていた。「で、それを今やっと言うの?」

「別にこの大学に決まったとかじゃないし。何を言えって?」

「面接で訊かれたこと、全部教えてよ!」

わたしの顔を、訝しげに見てくる。「あそ、なら簡単だ。成績を自慢するだろ、それから将来何になりたいか言ってやる。今何に情熱を注いでいるか、も。以上」

わたしは口を開いた。そしてまた閉じる。

「本を読んでるだろ。成績曲線を一人でぶち壊しつつ、皮肉たっぷりのミームをツイートしまくってるだろ」ジャックが代わりに挙げてくれた。

「その通りかも」

ジャックは小首をかしげ、わたしの顔をしげしげ眺めていたが、やがて真顔になった。「ここもアイビー・リーグだからさ、ペパローニ。将来何になりたいかわからないなら、一応それらしい嘘をひねり出しとくぐらいはしたほうがいいよ」

「パトリシア・エヴァンス？」

自分のフルネームが聞こえて、耳がピンと立った気がした。前に聞いたのがいつだったかも思い出せない。面接コーディネーターだ。ちょうど後ずさりしながらロビーに入ってきたところだった。どの神さまが大学入学を担当しているのか知らないけれど、その神様のお恵みだろう、わたしが無様に駆け込んでくるところは、偶然見られずに済んだらしい。

ささやかなお慈悲をいただいたわけだが、どうやらジャックに笑われるところまでは、面倒を見てくれなかったみたいだ。

「パトリシアって？」

ジャックに顔を近づけ、コーディネーターはまだ聞こえない距離にいると確認してから言った。

「もう一回その名前を口にしたら最後、命はないからね、キャンベル」

せせら笑いはゆっくりになり、穏やかになった。今まで見たことがないくらい。しかも今度は、半笑い以上だ。頷いて見せるが、なんとなく無意識っぽくもあり、優しくもある。そしてこれまで聞いたことがない言い方で、わたしの名前を口にした。「パトリシア」

ジャックの目の前で、わたしの心は扉を閉ざした。言い返す言葉を思いつく前にもう、思考を止めたのだ。

するとジャックが目を見開き、廊下の先を指さす。見ると、コーディネーターがもう歩きだしていた。「行きな！」

大急ぎで歩きだす。口の中に、覚えのない後味が残っているような、おかしな気分だった。『一応それらしい嘘をひねり出しとくぐらいはしたほうがいいよ』ここまで歩きながらジャックが言った言葉の中で、これがいちばんありがたかった。なにせこの四年間、あの高校のイカれたやり方について行こうとクタクタになるまで準備し、準備しまくってきたことはたくさんあったけれど、その中のどれを面接で話せばいいかまったくわからないままだったのだ。

さらにもっと言えば、将来何になりたいか、自分でもまったくわからないのだ。びっくりすることでもなんでもない。考える時間は何年もあった。しかもついこの間ウルフに、将来何になりたいのかしつこく訊いた――自分のことを棚に上げて他人のことだけをあれこれ言ったのだ。

でも、これがすべてなんだと思う。どうしても考えなければならないところまで追い込まれてはいなかった。わたしはもう必死で、あらゆる選択肢を残すようにしてきた。AP授業に、超優秀な成績平均点、大学進学適性試験では九十九パーセント台を叩き出すし、水泳部でもディベートクラブでも学校代表に選ばれたし、資金集めの活動だって……なんにでも挑戦し、ことごとく成功を収めてきた。わたしの履歴書には、指摘されうる弱点など一つもないし、大学の理事に「そうですね、しかしどうでしょう彼女は……」などと言わせてしまうような項目も、まったくない。

あるとすればこれだけ。そう、だから突然わかってしまったのだ。大学入学論文を書くのに、どうしてあんなにもがき苦しんだのか。自分がどういう人間なのかを、ほんの短い言葉で明確に語らなければならないからだ。自分が何になりたいかわからない人間に、自分がどういう人間なのかなど、わかるはずもない。

「面接官は水分補給し、リフレッシュするため数分間の休憩をとります」とコーディネーターが説明してくれる。コーディネーターとわたしは廊下のつきあたりにある、とあるオフィスのドアの前に来ていた。「準備ができ次第、知らせてくれますから」

するとドアが開き、出てきたのはランドンだった。いつも通り、これっぽっちも動じていない。まるで部活からの帰りみたい。わたしたちの将来そのものを、実際に左右できる人物のオフィスか

ら出てきたところとは到底思えない。わたしを見るとにっこり笑った。たぶん条件反射だ。だって
その笑みはすぐに曇ったから。
「ペッパー。驚いたな。ちょうど——ちょうど謝らなきゃと思ってたんだ」
動揺するあまり、疑う気持ちを隠しきれず、気づいたらもう顔に出ていた。眉をひそめていたの
だ。ランドンは見逃さなかった。
「あのときはただ——その」オフィスのドアをちらりと見たが、閉まったきり動きはない。「うち
の父はほんとに——いつだってぼくを仕事の場に連れ出そうとするんだ。アプリ開発のほうに進み
たいって言ったのが、そもそも気に入らないみたいでね」
平たく言うと、わたしはあえてランドンが謝りづらくなるよう仕向けていた。部活でばったり会
うこともあるのだが、先週はずっと彼のことを避けていたし、彼はウルフではないんだと自分に言
い聞かせようとしていた。自分のことをあんなにも率直に打ち明けた相手に、実生活でフラれたな
んて、おいそれと信じるわけにはいかなかったのだ。いちばん恐れていたことが現実になってしま
うから——わたしのことをブルーバードとして気に入ってくれた相手が、実在するほうのわたしの
ことは気に入ってくれない、ということになるから。
ただ、考えそのものをやめてはいなかった。点と点を結び付けようとするのをやめていただけだ。
「じゃあ——じゃああなたは、それをやるためにコロンビアに進みたいの？」訊いてみたのは、こ

の質問のほうがさりげないから。『この数週間、わたしがマンションから半径五ブロック以内のあちこちで、心ときめかせながらマカロニチーズを買ってるそもそもの原因になったのはあなた？』などと訊くよりよっぽどさりげない。

ランドンはほっとしたようだ。よし、許してもらえた、というところか。「ううん。父が卒業生だから、面接を受けただけ」あえて声を落とそうともしない――こんなに自信満々でいられるって、どういう感じなんだろう。やりたいことがものすごくはっきりわかっているから、選択肢を残しておかなきゃなんて爪の先ほども思わないのか。「実はね、卒業したらすぐ、仲間数人と新会社を立ち上げようって話になってて」

一瞬気が遠くなる。「それって……リスキーね」

「うん、そうだね。インターンシップが本当に役立ったと思う。カンフル剤になった感じ」ランドンは天を仰いだ。「なんにせよ、うちの父みたいに金にモノを言わせてゴリ押ししてまわるよりずっとましさ。それだけは言える」

ウルフはアプリを開発している。ウルフは、両親が家業を継がせようとしてくるって話していた。ウルフが水泳部の部活中にわたしに話しかけてくることはない。

「それはともかく――埋め合わせさせてよ。シニア・スキップ・デーに夕食を奢るから」

「え、えっと――そんなことしなくても……」

これはデート？　オーケーする前に、あなたが誰か知ってるわよ、って言うべき？

誰なのか、わたしは本当に知ってる？

「水泳部のみんなで一緒に過ごそうってことになってるんだけど」とランドン。「きみも来ない？」

がっかりなため息が出るかと思いきや、少しほっとしたような気がしなくもない。

「あ、うん、楽しそうね。行くわ」

ランドンがにっこり笑ったところで、ドアが開いた。たちまちわたしは勉強熱心で目標志向型のペッパーに逆戻り。ランドンになどそもそも会わなかったみたいに切り替わる。落ち着きはらって入ってゆくと、面接官はすかさず微笑みかけてくる。わたしが真剣勝負の顔で臨めば、大人はいつもこうして満足そうに微笑むのだ。握手を交わし、軽く雑談したあとは、臆面もなく嘘をつく――関心があるのは、国際問題の研究です。それから基本的には、ペイジがペンシルベニア大学での研究についてこれまでわたしに話してきたことを全部、オウムみたいにベラベラ繰り返した。面接が終わるまでには、面接官を味方につけたと確信した。教師も、役員も、同じやり方で味方につけてきた。この四年間、わたしは喜ばせてやろうと決めた人たちをみんな、こうして落としてきたのだ。

オフィスを出たときは、いつものあの達成感がわたしを支えてくれるものと思っていた。が、思いのほかへとへとだった。それと、少しばかり怯えていた――長い廊下を、延々ロビーまで歩くうちに、ふと気づいたのだ。家までどう帰ればいいのか皆目わからないのでは？　わたしをここまで連れてきてくれたのと同じバスに乗っても、連れて帰ってもらえないのは確かだった。

どうかしている。歩けばいいのだ。この街の街路はすべて格子状になっていて、縦横の列ごとにきっちり番号が振ってある。前に歩きまわっていた街が格子状じゃなかったからわからない、とはならないはずだ。

胸がギュッと締めつけられた。ロビーまで来てキョロキョロしたのは、ジャックがその辺にいるような気がしていたからだが、頭がおかしくない限りこんなところで待っていたりしないよね、と気づいたのだ。何とか気を紛らわそうとスマホを取り出したところ、思い出した。そういえば画面のロックを、ハブ・シードのツイートがおそらくアップされるはずだというので、外していたんだった。ハブ・シードのページを開いてみると案の定、フィードのトップにあるのが、この勝負にお
ける条件を説明するツイート。そしてその下には、ビッグ・リーグ・バーガーのグリルド・チーズを皿に盛った写真のツイート。どちらのものかを説明する文章などは一切ない。

次のを見ようとスクロールすると、不安があっという間に容赦なく、そっくりそのまま怒りに変わった。

ハブ・シードのツイッターアカウントから最終的に上がった写真というのが、ジャックがわたしに送ってよこした写真と全然別ものだったのだ。ジャックから届いたほうは、条件を満たしていた。高解像度で明度もあり、それなりにきちんとした写真で、認めたくはないが確かに、見るからにお

いしそうなグリルド・チーズなるものが写っていた。完璧なカリカリ加減で、端からはチーズが溢れて垂れていて、断面のアップルジャムが銀色に輝いていて——

なんにせよ、わたしたちが合意した条件に沿った適切なものではあった。それに代えてハブ社がツイートした画像のどこがきわめて不適切かというと、いかにもグランマズ・スペシャルらしいのはまあ仕方がないとしても——グランマズ・スペシャルを、イーサンが皿のまま持ち上げ、カメラ目線で微笑んでいるという点だ。それもあの「生徒会長選挙でぼくに投票してくれたら、毎週水曜日のピザで恩返しするよ」のスマイルときている。

当然、ツイッター界隈はのぼせあがっていた。

タップするまでもなく、コメントはおめめがハートの絵文字だらけ。とはいえタップしないわけにいかず、すると案の定——そのグリルド・チーズっておいしそうね、だけど本当においしいのはその男子でしょ、というツイート。あーん　この子もメニューに載ってるって言ってというのも。究極までドン引きしたのは、最新のこれだ。まあおいしそう……グリルド・チーズもそれなりだけどね。:)

二つの点でアンフェアだ。一つ目は、それがガール・チージングのグリルド・チーズだと、誰にでもわかってしまうこと。郵便物だって配達してもらえそうだ。写真に写るイーサンは、地元のあの子だよと大声でアピールしているのも同然なのだ。二つ目は、みんな断じて、サンドウィッチのためにその写真をリツイートしてなどいない、ということ。

わたしたちをぶっつぶしにきたのだ。そうなると今度はマムが、わたしをぶっつぶすことになる。

頭から煙が出るほど腹を立てながら建物の外に出ると、果たせるかな、ジャックがいた。宇宙がわたしに、怒りを直接注ぎ込めよとばかりに具現化しておいてくれたのか。わたしに背中を向け、電話しているのだが、スマホに覆いかぶさるようにかがみ込み、いつもよりずいぶん早口でしゃべっている。肩をトントンしようと手を振りかざす。振り返ってわたしの顔を見たとたん、ジャックの中で張り詰めていた空気がシュルシュル抜けていくんだろうなと想像しながら。が、その声の調子に圧倒されてしまった。

「――約束と違ってるんだよ。母さんも父さんも言ってたろ、アカウントを動かしてくのはぼくだって。おまえに手を出す権利なんかない」片手で髪をかきむしる。「知るかよ。あきれたよまったく。せっかく合意したのに、約束も何も全部破ることになるって、なんでわかんないんだよ、なんで？　わかんないから、ツイートでその間抜け面まで晒せちまうってわけか？」

わたしの中で煮えたぎっていた怒りが、全部流れて落ちてしまった。残されたわたしは舗道の上で、拳を握り締めて固まったまま、どこにも振り下ろせずにいる。

「ああ、どうでもよくないに決まってるだろ。ったくもう。ぼくらならこんなことはしない。だいたい母さんも父さんも、どういうルールで合意したかなんて絶対知らないだろうし、母さんと父さんが画像を送るなんてこともありえない。ってことはつまり、おまえが親に嘘をついたってことだ」

歩道の上で後ずさり、こんなことなら追いつかなければよかった、と思った。こんな会話、わたしに聞かれたくないに決まっている。

「じゃなくて、イーサン、そっちの話じゃない。もう一つ、ぼくに勝たなきゃいけないって思ってることがあるんだろ、意地でもぼくには――」

いきなり振り返った。急すぎて予測すらできなかった。目と目が合う。わたしを目の前にしたジャックが、あまりにも打ちひしがれて見えたので、わたしは俯かずにはいられなかった。俯いて地面を見る。傷ついたジャックがその傷を顔から拭い去ろうとするも拭いきれない、そんなありさまを見るくらいなら、どこでもいいから違うところを見ていたかった。

「もう切るよ、行かなきゃ」

ジャック

電話を切った。イーサンのペラッペラな言い訳がまだ耳に残っていたが、それでも目を上げてペッパーを見た。ペッパーはヘッドライトに立ちすくむ鹿みたいに。今にも消えてしまいたそうに立っている。

いや、事態はもっと深刻だった。ペッパーはどう見ても、ぼくを憐れんでいた。頭の中の歯車をぐるぐる回転させて、ぼくを慰めるにふさわしい言葉はなんなのか、必死に考えている――双子の、二番めのほう。より劣ったほう。もう片方に用があるときだけ、みんなが仕方なく話しかけるほう。

あのとんでもない画像を見た瞬間、ペッパーが激怒するに違いないと気が気ではなかった。今の二人の頼りない友情などぶち壊してしまうだろうし、もっと頼りない何かまで、ぶち壊してしまうと思った――バスの中で小突かれたとき、二人の間に流れた不思議な気の流れとか、ぼくにフルネームで呼ばれたときのペッパーの、不意を突かれたような表情とか。

深刻過ぎる。怒っているなら、対処できる。けど憐れまれたら、お手上げなのだ。ことがことだけに余計に無理だ。

「ジャック――」

「道の反対側にバス停があるから。あそこから乗ればまっすぐストーン・ホールまで戻れるよ」

ペッパーは恐る恐る近づいてくる。「大丈夫？」

ぼくは道路のセメントから頑なに目をそらさない。「あのツイートは、申し訳なかった」

「あなたのせいじゃないみたいね」その声は小さかった。

そうか、全部しっかり聞こえていたんだ。そりゃそうだ。

「イーサンがクズだったってわけね」

「やめろ」噛みついてしまった。「イーサンの話はいいよ」

ペッパーがいつも通り、頭にくることを言ってくるものと思って待っていた。ぼくと目線を合わせようと、背のびしてくるものと思っていた。でもしっかり地に足をつけて舗道に立っている。共感しているらしき顔がなんとも悔しい。

「ぼくも帰らなきゃ」

ペッパーが頷く。反対側のバス停のほうに頭をくいっと傾けた。「すぐそこのあれ？」

「うん」

ペッパーは少しだけ待っていた。ぼくがほかに何か言うと思ったのかもしれないが、何も言うことはなかった。アホらしい画像のことでこんなに取り乱すなんてどうかしている、それはよくわかっている。が、ただの「いち画像」ではないのだ。くそいまいましい氷山の一角というやつ。イーサンはさんざんぼくにイタズラを仕掛けてきた。二人でやろうとろくでもない企てをしては、イーサンが大はしゃぎでやり始め、後始末はいつも決まってぼく一人。毎日午後になると、イーサンはぼくをデリに残し、ばからしくて完璧なイーサンらしい生活を、完璧なるイーサンの友人たちと繰り広げに行ってしまう。そしてぼくに、両親に面と向かって嘘をつかせるのだ。イーサンはいつもそんなことしてないよ、とか、バカじゃないんだからマリファナなんか吸ってないよ、とか――なんだかずっと、月か何かの影が動き、ぼくの上にかかっては過ぎていくのを眺めている人生だった気がするし、しかも今それがちょうど、皆既月食なのだという気がする。

ペッパーはバス停に行こうと、交差点に向かって歩きだした。するとぼくも、そうとはっきり決めたわけではないが、あとについて歩きだす。

ペッパーが歩調を緩めたので、横に並んで歩く格好になった。しゃべるわけでもないし、これはいったいなんだろう、とぼくは考えていた。誰かから離れてはいたいけれど、積極的についてはいきたい、果たしてそんなおかしなことがあるだろうか。磁石を二つ同時に並べたみたいな。だがペッパーはすんなりやってのけていた。ときどきぼくのほうをチラチラ見ながら歩き、ついにはバス停の前で足を止めた。

「もう大丈夫よ、帰れるから」とペッパー。

「ほんとに?」

頷いて言う。「メトロカードは月曜日に返すね」

なんとなく体を揺らす。行ってしまっていいのか、行ってしまわないほうがいいのか。バスが近づいてくるのが見えてやっと踏ん切りがついた。

「ほんとにほんとに大丈夫だよね?」万が一のこともあるから訊いた。

「うん」とペッパー。「それと——ほんとにありがとう」

ぼくは何も答えず、ただ乗り込むのを見守り、バスが発車するまでを見届けた。すると急に、自分が大間抜けに思えてきた。こんなモーニングサイド・ハイツくんだりまで来て何をやってるんだか。こじゃれた高校の制服を着て、髪の毛は行きがけに母さんに捕まってオールバックにセットされたまま。これじゃ大声でイーサンです！　と喚いているようなものだから、鏡で出来栄えを見たところで、気合が入るはずもなかった。

早速髪をクシャクシャになるまで振り乱してから、地下鉄一番系統の駅まで歩いた。地下鉄を降りてイーストサイドまで街を横断して歩く間に、少しは気持ちが落ち着くかと期待していた。が、とんでもなかった。デリに着く頃にはむしろイライラが増していた——十一月にしてはいい陽気で、街は人で溢れ返っている。そんな中、一人でいるぼくは誰からも見えないに等しく、それこそぶつかる寸前までいかないと、誰一人ぼくに気づいて足を止めたりはしないのだった。

帰り着いてみるとやはり、デリは混み合っていた。イーサンがレジ係をやっている。窓越しに見ているど、女子中学生のグループにキャッキャされながら自撮りを始めた。母さんは店じゅうをあたふたと歩きまわっては、ナプキンや調味料やストローなどを補充してまわっている。となると、父さんは店の奥で調理の手伝いをしているか、事務所で電話をかけているかのどちらかしかない。

要するに、ぼくが文句を言おうにも誰も聞いてはいられないというわけ。

そこでぼくはついに、生まれてこのかた一度もやらなかったことを、やってのけた——混み合うデリを尻目に、アパートに続く階段を、一目散に駆け上がったのだ。ドアを閉めると、そこは真空の空間に思えた。デリの騒音や街の雑踏、車の音などが全部、シュッと聞こえなくなったのだ。

「面接はどうだったの？」

グランマ・ベリーの声に飛び上がった。いつもの椅子に腰かけ、膝の上にノートパソコンを広げている。画面はソリティアだ。もう少しで勝つところみたいだった。そうだ、グランマが勝つといつも、アニメーションのカードが『パラパラパラパラパラ』と降ってくるのだ。子どもの頃あれを見るのが好きだった。今でもグランマは見においでと呼んでくれるし、それどころか勝ちを決める最後のカードを、ぼくにクリックさせてくれたりもする。

「まあまあってとこかな」と、バックパックを下ろしてカウチにボスっと投げた。父さんがいたら怒られるやつだ。「午前中はどんな感じだった？」

グランマは窓の外を指さした。「いい感じよ。お店からはずっと賑やかな音が聞こえてくるし」

思わずにっこりしてしまった。「うん、けっこう混んでるよ」

「なのにあなたはわたしのところに上がってきたのね」

その瞳は叱っているというより面白がっているようだった。

「一緒に下りようか、見に行ってみる？」

グランマは窓際のボックス席がお気に入りだった。常連さんは当然みんな知り合いだし。グランマはイースト・ヴィレッジの象徴的な存在なのだ――大概の人が生まれる前から、ここで商《あきな》いをやってきた。ただ体力が落ちてきてからは、長いこと店にいると疲れるようになり、家族の誰かの付き添いがないと下りていきたがらなくなった。

でもグランマはかぶりを振り、ぼくに座りなさい、とばかり、隣のカウチのひじ掛けをポンポン叩いた。

言われた通り、カウチにドスンと腰を下ろした。これから何が起こるかも、もうわかっていた。なんであれグランマ・ベリーが見過ごすはずはないのだ。

「何を悩んでいるの、おチビちゃん？」

話すつもりはなかった。ツイッターの騒動について、嘘をつき通そうとかいうのではない――ソーシャルメディアのアカウントのことなんてわからないだろうし気にしたこともないだろうから、話すことがないのだ、本当に。それに、こんなことでグランマをイライラさせても仕方ないだろう。

「ほら、おっしゃいよ。入ってくるときのあなたったら、道にアイスクリームを落っことしてきましたって顔だったわよ」

ふっと笑った。「そんなわけない」

グランマは眉をくいっと上げるだけ。

「それじゃバカみたいじゃないか」もごもごしてしまう。

いつも通りぼくをしげしげ見るのだが、その目つきは年々鋭くなってきている気がする。「バカみたいかどうか、わたしが決めてあげる」

後ろをチラ見した。母さんか父さんかイーサンかがいつの間にか現れて、会話に留め針をぶっ刺すんじゃないか、と思ったのだ。あの人たちの前で言えることなど一つもなかった。自分でも認めたくないことだらけだったし。

振り返ると、グランマ・ベリーはまだ、いつもの眼差しでぼくを見据えていた。口を割らないなんてもはや不可能だ。

「ただちょっと……ときたまなんだけどさ……」どうしたって間が抜けた話になってしまう。「ときたまね、感じるんだ、ぼくが――その――なんていうか」自分で認めてしまうのも辛いが、はっきり言葉にするのはもっと辛い。「だからさ、なんていうか、みんなイーサンのことが大大大好きなんだよ。学校でも。デリでも。イーサンってさ……」なんとなく手を動かした。十七年間抱き続けてきた曖昧な劣等感を、目の前の空間に当てはめようとでもしたのか。

「あら、どう言えばいいかわからないけど言うわね、実はあなたたち二人って、まるっきり同じ顔してるのよ」

そう言われたとたん、言われているその顔が一気に崩れて泣きそうになる。それこそがすべての核心だからだ。何のせいにもできないのだ。あっちのほうが背が高いからとも、見栄えがいいからとも、年上だからとも言えない。兄弟のどちらかがどちらかより優れている場合に言えそうなことが、何一つ言えないのだ。生まれ持ったものはまったく同じ。ただイーサンのほうが、ぼくより使い方がうまいだけ。

グランマ・ベリーには全部わかってしまったようだ。ぼくの顔に書いてあったらしい。手を伸ばしてきた。目指しているのはぼくの頭だとわかったのでしゃがみ込むと、髪をクシャクシャしてくれた。もうずいぶんになるのにやはり不思議だ。ぼくのほうがグランマより、こんなにも背が高くなっているなんて。この不思議さばかりは、ほかの誰にも感じることがない。

「イーサンがどうしようがあなたが気にすることじゃないわ」とグランマ。「あなたはこれから本領を発揮して、大きく羽ばたくんだから。ここを出てからね」

驚いて目がまん丸くなった。「グランマ・ベリー、ぼくはここから出て行ったりしないよ、もうわかってると思ってたんだけど」

にっこり笑って見せる。「あなたは家にいたがる子だから。少しの間くらいは居残るかもしれないわね。だけど、いつまでもひとところにじっとしてられるような質《たち》じゃなかったわ。ハイハイを始めた頃からずっとね」

リビングの奥の壁を見た。棚にはゲームソフトやらＤＶＤやらがぎゅう詰めになっているが、家族でコニー・アイランドに行くたびに母さんが集めてくる貝殻のコレクションなんかもある。使い込んだラグには、イーサンが十年前にこぼしたハワイアン・パンチ《フルーツジュース》の染みがまだある。壁に並べて掛けてあるぼくとイーサンの写真は、父さんが毎年夏に撮ってくれるものだ。その下のバスケットには、グランマ・ベリーの編み針などが入っている。常連さんたちのところに子どもが生まれたといっては、グランマはちっちゃな帽子を編んであげるのだ。

部屋じゅうを、グランマ・ベリー以外の全部を、隈なく眺めた。どれもこれもが、ぼくをここに縛りつけているものだった。ずっと縛りつけられてきたし、これからもずっと縛りつけられたままだと思っていた。たった今グランマに言われたことで、全部を置いて出て行ってもかまわないと、許してもらえたような気がした。それでホッとしたのも事実だが同時に同じだけ、怖くもなった。

とはいえぼくもグランマもわかっていた。必要なのはグランマの許しではない。

「父さんと母さんも、そう思ってくれるのかな」

それはつまり、そうは思ってないよね、ということだ。ぼくが居残ってこの店の経営を手伝う、ゆくゆくは店を継ぐ、という考えが両親には染みついてしまっていて、実はちゃんと話し合ったこともなかった。それはそういうもの。ぼくが字を読めるようになるずっと前から、石に刻まれていたようなものなのだ。

グランマがぼくの膝をポンポン叩いた。「ちゃんと話をなさい。卒業の日は思ってるよりずっと近いのよ」しばし手を膝の上に置いたまま、こうも言う。「わたしはね、あのデリを死ぬほど愛してるの、デリにいるみんなのこともね。誰が店をやっていくにせよ、いつかその人がわたしと同じくらい店を愛してくれたらいいなと思ってるし。ただね、おチビちゃん、それがあなたじゃなきゃいけないなんてことはないのよ」

大真面目な話し合いには慣れていない。相手がグランマ・ベリーでも、そうじゃなくても、本当に不慣れなのだ。少なくともこんなにたくさんのことが乗っかった話し合いはなおさら苦手だ。いきなり十年先まで飛んできてしまった気になった。自分自身と、十年後の自分と思しき誰かとの両方になりきって話しているみたいだ。

それでも、呟き程度の声でこう言っていた。「がっかりさせたくないよ」

グランマ・ベリーは小首をかしげ、目を細めて見せた。昔から、大真面目だわよ、というときの顔だ。問題は、グランマがこの顔を、いつも少しだけ面白おかしくやって見せること。だから笑いをこらえるのが大変だし、今だってそうだ。

「がっかりするわけないじゃない」
説得力はあったが、しかし本当にそうだろうか。

それからもしばらく、ぼくはグランマ・ベリーと並んで座って過ごした。昨日の夜に父さんが冷蔵庫にしまった、売れ残りのチョコレートパイとキッチン・シンク・マカロンを食べ、録画してあったグランマのお気に入りドラマ『アウトランダー』を数話、一緒に見た。母さん抜きで二人で見てしまったことは絶対に内緒、と誓い合ってのことだった。そのうち時計の針が八時近くを指したので、ぼくは部屋に引っ込んだ。もうすぐ母さんと父さん、それにイーサンがへとへとになって上がってくるのがわかっていたから、ちょうどいいタイミングだった。

誰もぼくに話しかけようとしなかった、というより、ドアをノックしに来もしなかった。ありがたかったけど、同時にがっかりもした。こうなったらもう、パソコンの画面に没頭するしかない――ブルーバードにサプライズを仕掛けようと、作業している最中だったから――が、気を紛らわそうとすればするほど、ソワソワイライラしてしまう。いつの間にか足先で壁をトン、トン、トト・ンと蹴り始めていたらしいが、隣の部屋のイーサンに、やめろ、とばかり壁を反対側から叩かれて初めて気づくような体たらくだ。

なんでもかんでも自分の頭の中だけでぐるぐる回し過ぎなのだ。ほぼ無意識にスマホを手にしていた。ここ数カ月、数えきれないほどやってきたせいだ――ブルーバードと話すことはある意味、外の世界の何かしらとつながる、ということなのだ。ぼくらはお互い心を癒やし合えるほど親密な関係でありながら、だからといって怖くならずに済むくらい遠く離れた関係でもある。

ウィーツェル・アプリを開いて、ホールウェイ・チャットにざっと目を通す。ボランティアを募っている複数の団体の連絡先について、情報交換している生徒が数人。全米優等生協会に所属する生徒たちには、月末までに二十四時間のボランティア活動が義務付けられているからだ。ほかに何かあるかなと見てみたが、その夜はわりと閑散としていた。

廊下から足音が聞こえたのでヘッドフォンを外し、さては母さんか父さんがノックしに来たか、と身構えた。けれど聞こえてきたのは母さんの声。なんだイーサンに話があったのか。

「……関係ないのよね、このウィーツェルとかいう、メールで何度も注意されてるアプリとは？」

「そんなのインストールしてもいない。そんなヒマないからね。なんで？」

「わたしもよくわからないんだけどね。生徒の誰かが作ったんだって話になってるみたい。そういえばあなたってコンピューターに詳しかったなって思って……」

「母さん、そりゃあＷｉＦｉを直したことぐらいあるけどさ。それだって二回ほどだよ。アプリをいちから開発するなんてできないよ」

それからどんな話になったかは知らない。聞くのをやめたから。ヘッドフォンに頭を押し込むと、話し声が聞きとれなくなるほどの大音量で音楽を聴いた。傷ついたとか頭にきたとか、そういうのを超越した感情がまた湧きだしてくる。これまでも何度も何度も、家族にこんな風にされてきて、そのたびに感じないようにしてきたあの感情だった——いつだって当たり前にイーサンがいちばんで、ぼくのことは二の次以下。まるっきり眼中にないのだ。

そうだ。フェアじゃない。ぼくがここで、独学でアプリ開発をやっていることなど両親は知る由もない。それに、母さんが本気でイーサンに訊いているわけでもないのだ。この不当に悪者扱いされているぼくの作品を、イーサンが作っているかもしれないと思っただけで、両親は鼻高々になる、ってだけのこと。ただ、そうわかったからってぼくのイライラは収まらないから、手をにぎにぎし続けるのは止まらないし、歯ぎしりしたくなるのも変わらない。窓を全開にして、通りに向かって大声でわめき散らしたい衝動だって抑えられない。いかにもニューヨークらしいシチュエーション。ぼくは最初からこうなるべく運命づけられていたのかもしれない。

ウィーツェル・アプリからいったん出て、それからペッパーの番号を引っぱり出してきた。

無事に帰れた？

まさかすぐに返信が来るとは思っていなかった。

うん――ほんとにありがとう。まさに命の恩人だわ

ペッパーにメールしながら、妙に緊張していた。実際に面と向かって話すより、なんだか無防備にされている気がする。なるほどそうかもな、とも思う。ぼくらが話すときというのはいつも、話さないといけない用があるときだ――水泳部とダイビング部のことだったり、ツイッターのことだったり、大学入学面接で起きた運命のいたずらだったり。でも今は、自由意志でやっている。私的な交流とも言う。ペッパーがなんと返してこようと、いや返してこなくても、ぼくにはほかの誰かのときよりも二倍は響いてしまう。

今日9:21pm
大間抜けでごめん

そんなことないよ

……でも、イーサンはほんと、み・ご・と・に

わたしたちの勝負を台無しにしてくれたわね

うん。今日ばかりは、あいつには幻滅したよ

ペッパーが入力し、そしてまたしばらくやめ、また入力する。ちっちゃな楕円が出たり消えたりするのを見ながら、ぼくはたじろいでいた。今日、舗道に立っていたときのペッパーの表情だけは、くっきりと目に焼きついている。話そうか黙っていようか決めかねている瞬間の、あの表情だ。

とはいえ、やっぱりあなたの兄弟なのよね

喉が詰まる。まさにそう、短文でズバリと言われてしまった——ぼくは自分を嫌いになれる以上に、イーサンを嫌いにはなれない。これが本音なのだ。

今日9:27pm
うん。それでもときどきは、怒鳴りつけたくもなるよ

あら、それって双子の真骨頂じゃない？

きみは姉さんと喧嘩するの？

取っ組み合いよ。金網デスマッチね

ちょっと笑ってしまった。ペッパーはまだ入力中。

今日9:28pm
うそうそ冗談。でも頭にくることもある。だって、姉妹だから。
なんかね——親が離婚して、そしてそれぞれみんなが、どうにかそれに慣れていった
の。姉だけが慣れようとしなかった

頑固なのもやっぱ、エヴァンス家の長所だね

じゃあツイッター戦争のルールを破っちゃうのは、キャンベル家の長所なんだ

手をにぎにぎするのは、気づいたらやめていた。とりあえず。だがすぐ気づいた。かわりにほっぺたの内側を噛み始めただけのことだった。実は、ハブのタイムラインでイーサンの画像を見てからずっと、ぼくはツイッターを開いてさえいなかった。こっちが勝つのはわかりきっていたが、できることなら勝ちたくなかった。だから全然楽しくない。

ほんの少しの間は、確かに楽しかった。朝起きてすぐ、前の晩にペッパーがこしらえたツイートを見る。しばらく待って、返信ツイートを見たペッパーの、怒った顔を見る。そしてまた待っていると、別のツイートをひねり出したときの、ペッパーのしたり顔が見られる。どこかの時点で戦争ではなくなり、ゲームになっていたのだ。

今日9:35pm
もしかしてぼくらのツイッターはもう度が過ぎちゃってないか？
言ってしまえばＢＬＢはね、最初から度が過ぎてたの。そっちのフォロワー数が増えたのがせめてもの救いよ。じゃないとこっちが本物の悪の権化になるとこだったいやいや、ぼくらなんかいなくても、きみたちならなれちゃうよ。
そうじゃなくてあの……スマホとかハッキングとかでさ
そうね、あれは超お下劣だったわね。うちのママも機嫌が悪かったし
けどほら、不思議でしょ？　プージャとわたしはあれのおかげで友だちになれたんだから
ちょい待ち、なんだって？　もしかしてパラレルワールドに迷い込んだかな？
わたしは今や、プージャの勉強会の一員なんだから。明日は勉強会のあとでランチに行くの
へーえ。友だちの顔をした敵同士が、勉強仲間に化けたわけか
これでもう、学校じゅうがひっくり返るよ。ほら、カフェテリアで踊り狂うやつ、『今までどおりがいちばん』《映画『ハイスクール・ミュージカル』の劇中歌》って真逆の意味でさ

ああ、あれっていいわよね。『ハイスクール・ミュージカル』を引き合いに出してそのまま逃げきれると思ったら大間違いよ。容赦なく糾弾してあげるんだから。あとの楽しみにとってあるだけ

肝に銘じます。あと、ポールは楽しかったらしいよ。一連の諜報活動ってやつどうでもいいけど、きみんちの母さん、どんくらい怒ってるの？

えー、マムって大抵いつもイライラしてるしただまあ、わたしがキッチンで、ストレスに任せて特大のごちゃ混ぜケーキを焼いちゃったからかもね。

で、今週いっぱいはうちでケーキを焼くのは禁止、ってことになっちゃった

うわまじか。最悪だな

そう、あなたにとってもね。思いがけなくお菓子が出てくることももうないわけ

入力しかけてすぐまたやめた。間違っているかもしれない。結果として、ペッパーに笑われる程度で済むのか、じゃなければ両親に、見る影もなくなるほどボコボコにされるくらい深刻なものになるか。

でもうちの両親がペッパーを好きにならないなんて、ちょっと考えられなかった。イーサンでさえ、ぼくらが決めたツイッターのルールを無視したくせにまだ、ペッパーのことは心憎からず思っているらしいのだ。

なのでこう送った。

今日9:47pm
うちのオーブンでよかったらいつでも来て使ってよ

つまり敵陣に足を踏み入れろってこと？

断られてはいない。

今日9:48pm
ほんのちょっと毒を盛るかもだけどね！
ただ、真面目な話……わたしたちこのあと、もうおしまい、ってことでいいのよね？
ツイッター上のこと？

あれ、もしかしてペッパーは、おしまいにするのは何かほかのことだとぼくが勘違いしたんじゃないかと思った？——すなわち、ツイッター上のやりとりからうっかり芽生えてしまったと思しき、友情めいた関係とか。
ペッパーが返信するまで少し時間がかかった。

そう。あとは自然に収まるんじゃないかと思うのよ
今日9:55pm
同感

ハブ社の一件が終わったらね？

もともとぼくのアイデアではあったが、急に同意するのが億劫になった。もうツイートしないとなると、ペッパーに関わることがうんと減る。今の今まで、ぼくが知りもしなかったことが、何かしらぼくに関わってきた——今の今、そう、ぼくはイーサンのせいでものすごくイライラしているわけだが、それはぼくとしてでもあり、同じくらいペッパーに成り代わってでもある。そしてさらに、ペッパーがお菓子作りを禁止されたなんていうつまらないことで、本気でムカついているのだ。

それでもぼくらにはまだ水泳部とダイビング部のことがある。あと一カ月半だけれど。それにホームルームも一緒だ。何も違う星に引っ越してしまうわけではない。

そうだね。終わったらいったんキーボードから離れよう

ということはつまり、今週末にはすべてが終わるということだ。

スマホを、画面を上にしてマットレスの上に置いた。今夜のメールはこれで終わりだと思ったのだ。そもそもなんでペッパーにメールしたのか。二人の間のいわば境界線なるものを、動かそうとしたのか、二人の関係を、友だちと呼べるものに変えたかったのか。

ところがすぐに、ペッパーからメールが来た。これで境界線はさっきよりもっと動くことになる。

今日10:02pm
不思議な気がする。わたしたちが友だちになるのに、四年と、それにツイッター戦争までが必要だったなんて

おっ。じゃあ友だちだって思ってくれるわけ？

まあ、そういうことかな
でもこれだけは本気で言っとく。あなたがイーサンに対して思うところがあるのはわかった。けど思わなくていいのよ。わたしにはなんとなく、あなたが今までそれを言い訳にして隠れてきた、って気がする

ペパローニ。ぼくはクラスでいちばんやかましくて目立つ生徒なんだぜ

それに隠れるってことなら、いちばん罪深いのはたぶんペッパーだ。ペッパーはカメレオンみたいに、あっという間にストーン・ホールに紛れて馴染んだ。だから、ペッパーと一緒に成長してき

てはいない、という事実も、ついつい忘れがちだったりする。ずっと同じ界隈にいて、ぼくらのハードルを一人で勝手に、迷惑なくらい上げまくってきた生徒だとつい思ってしまう。

でしょうけど、それも隠れ方のひとつだと思ったりするのよね

またスマホを画面を上にして置き、ふっと目を窓のほうに向けた。理不尽に暴露されたような気がして咄嗟に、窓の外から誰か覗いているんじゃないかと思いかけたみたいだ。目を閉じて気を鎮めようとする。たった今読んだ内容を、全身で拒絶しようとしていた。

これ以上最悪なことがあるか――ペッパーの言う通りかもしれない。いや、ぼくより先にペッパーが見抜いてしまっただけのことだ。

・

今日10:10pm
まあいいわ、声が大きくてよくしゃべるから目立つかどうか、それはおいといて、あなたはそのままでいいから。
ただ、さっきの文面は焼き捨ててね。
それでもってあとで誰かに責められたりしたくないから

ぼくの頬が緩む。

うん、わかった。冷酷無比な頑張り屋で、ほかの生徒の成績平均点を蹴散らして回らないと気が済まない肉食系だとしても、きみもそのままでいいからさ

お互いここで、今夜のやりとりは終わりだと悟った。眠りに落ちる直前に、そっと本を閉じるような、そんな感覚だ。そのままベッドに座っていたが、たった一時間の間にこれだけのことが起きたなんて、どうしても信じられずにいた。普通の時間軸を、大きく逸脱してはいないだろうか――交わした会話が、話し終えたあともずっと、肌に貼りついて離れなくなる。そのあと、相手が自分の人生に関わらなくなってからもずっとずっと、残り続ける、そういうことがある。

頬の内側を噛む。卒業後、ペッパーは結局どこに落ち着くのだろう。考えていたら胸がちくりと痛んだ。自分がどうなるかも、ぼくはまだ考えていないのだ。

ペッパーのせいでついに、ぼくは決行した。これまで数カ月間、やろうとしたりやめようとしたりを繰り返していた、あの行動だった。ウィーツェル・アプリを立ち上げ、ブルーバードとのチャットページを開く。

ウルフ
よし、もうわかった。このアプリとしては、当分ぼくらの身元を明かすつもりはないんだな

嘘もいいところ。発動させないようにしている張本人はぼくなのだ。が、ほぼ間髪を入れずに返信が来た。

ブルーバード
自分たちでなんとかしようってこと？

ウルフ
そう

ブルーバード
いつ？

クローゼットにかけてあるカレンダーを見上げた。月が替わってもぼくがめくり忘れていたら、母さんが律義にめくっておいてくれる。木曜日には、ハブ・シードでのリツイート勝負の集計が出るはずだし、その次の日はシニア・スキップ・デーだ。

ウルフ
金曜日は？

ブルーバード
わたしはいいけど

ひと呼吸置いた。またあの、不安が胃の中に下りてくる感覚だ。でも今夜は、どこかでしっかり止まった気もする。『あなたはそのままでいいから』。どうってことはない言葉。が、今この瞬間、この決断を、大いに左右する言葉になった。

ウルフ
よかった。その日の夜は、四年生みんなが街に繰り出してるからね。きっとわかるよ

ブルーバード

名案かも。じっくりアリバイを考えなくちゃ

やった。楽しくなってきた。

ペッパー

ジャックに嘘をついた。マムはイーサンの画像にイライラなんかしていなかった。マムは怒り散らしていた。

「ハブ・シードのソーシャルメディア担当責任者に電話しなきゃ」わたしがドアをくぐるなり、マ

ムが言った。

　わたしは妙に冷静だった。「それはタフィの仕事でしょ」

　マムはキッチンのカウンターにもたれて立っている。見つめる先は、Aプラス・エンジェル・ケーキの残骸——わたしではなくペイジのレシピだ。どうやらフランス語の中間試験が手応えありまくりだったようで、ペイジがブログにレシピを投稿し、わたしはどうしても再現したくてたまらなくなった、というわけ。ところがもう既にそのほとんどがなくなっていて、マムは手に、フォークをしっかり握っている。

「今日は土曜日か」とマム。

「だから月曜まで待たなきゃね」

「この勝負のお膳立てって、あなたがやったんじゃないの？」

　わたしのスマホをジャックに盗まれたというのに、マムはどうやらわたしが、ガール・チージング経営者家族の息子たちと同じ学校に通っているなんて、夢にも思っていないらしい。クラウドか何かを通じてハッキングされたとか、そんな風にしか考えていないのだ。だからジャックの存在そのものを知りようがないし、わたしたちがツイッターの中だけでなく、直接向き合ってきたことなども知らない。マムの知る限り、わたしはこの件に関して潔白なのだった。

「ハブ・シードから両方に接触してきたんだもの」しっかり思い出してもらわないと。「で、確かに、リツイート勝負はわたしのアイデアだった。そして両者で条件を決めた。あっちがそれを破った。わたしのせいじゃないわよね」

マムは残り少ないエンジェル・ケーキにフォークをぶっ刺す。口元が苛立つあまりねじれていた。

わたしはただじっと立って、マムを見ている。マムはまた考えをめぐらし、ますますイライラしてくる。「ツイートはもう上がっちゃってるし、わたしたちにはどうすることもできないの。それに、こんなこと言っても仕方ないかもだけど、わたし何週間も前に言ったよね、こんなのやめようって」

「はいはい、あなたが決めることじゃないから」

「よく言うわ、わたしに徹夜させて、ばかみたいなツイートを送らせたりするくせに」

マムはキッとわたしを睨んだ。眉間にしわが寄り、いきなり喧嘩を始めようとでもするみたいに、身構えたのだ。

わたしがふっかけたのか。まるでペイジだ。

ただ、いつこうなってもおかしくはなかった。喧嘩をふっかけてくる人間が、マムの周りにほかにいないとなれば、わたしになるのは必然だ。

「わたしに言ってないことがあるんじゃないの？」

マムは目を合わせようとしない。「なんのことかしら？」

「この一連の、ツイッター騒動。どうかしてるわ。ダドもペイジも、それにインターネット民の半数は思ってる。わたしたちが負けるって」

「インターネット民の半数は、うちに関する報道を山ほど見てるからよ」

「見て思ってるの、アホだなあ、って」強めに言っておく。「その通りよ」

「自分たちを守ってるだけなのに？」

「放っておいたら、きっと――ちっちゃな小鳥が山と戦おうとしてる、ぐらいのことで収まってたはずよ。でももう、騒動になっちゃってる。わたしたちが騒いだからよ。あっちじゃなくて。わたしたちが深追いすればするほど、ますます無様になっていくのがわからない？」

「わたしがＣＥＯよ。この店を立ち上げたのもわたし――裏庭のバーベキューグリルで焼いたものを売るだけだった店を、今の食品業界の一大勢力にまで大きくしたのも――」

ここまで言ってママは口をつぐんだ。わたしの目から涙が、みるみる溢れ出したものだから、二人とも固まってしまった。

「ペッパー」

瞬きでひっこめる。「裏庭のバーベキューグリルが懐かしい」

しばしの沈黙。このときこそが、二人のうちどちらかが白旗をあげるタイミングだった。待っていればきっとママが上げるし、わたしが上げるのもアリだと、わかっていた。

なのにこう言ってしまった。「あの頃は、後ろめたいことなんか全然なかった」

マムは唇を噛み、エンジェル・ケーキに目を落とす。「うちが何か盗んだみたいに言わないで」

「だったらなんでほっとかなかったの？　これでわたしたち、いい笑いものだよ——」

「部屋に行きなさい」

誰かにこれを言われたのは、小学校卒業以来初めてだった。もうちょっとで笑いそうになる。

そうだたぶん、滑稽なことなのだ。わたしがこれまでの人生でずっと恐れてきたことといえば、波風を立てることと、誰かを怒らせること。ジャックはきっと完璧に忘れているだろうけれど、三年生のときにほんの数日だけ、わたしのことをペッパー・ピープル・プリーザー《みんなをよろこばせるひと》というあだ名で呼んでいた。あれは当時も、そして今はますますもって、ぴったりなのだ。

なのに、ついにやってしまった。マムを怒らせてしまったわけだが、世にも恐ろしいことが起きたかというと、そんなことはない。足の下の地面がなくなったりもしていない。

確かにいい気分ではなかったが、嫌な気分でもなかった。

それは、妙に落ち着いた心理状態だったからなのだろう。ジャックがいきなりメールしてきて、気づけば自分がほんの数週間前よりずっと、彼にずばずばものが言えるようになっていたのだ。また、その同じ心理状態のとき、というかほぼ直後に、ウルフがウィーツェル・アプリでチャットしてきて、もういい加減会わないか、と言ってきてくれた。

イエスと言わなかったらおかしいと思った。だってその日はいずれにせよランドンやほかの四年生たちと出かけることになっているのだ。これでうまくいけば、二人を隔てていた霧がきれいに晴れた状態で、会えるかもしれない。そしたら何もかもが違ってくる――ランドンはわたしといるときの自分に戻るだろうし、それはみんなが見ていないときのランドンで、それですべての辻褄が合うことになる。そう信じるしかない。

だからイエスと言ったのだ。

そしてそればかりを考えていた――翌朝の、マムとの身も凍るような朝食の間も、マムが家を出て出張に出かけるというのにほとんど口をきかなかったあの時間も、プージャと勉強会兼お茶と称し、パネラでサンドウィッチとサラダを分けっこしているときも、夜にダドと電話で話している間も。その電話でダドは、キャリー・アンダーウッドの旦那さんがホッケーゲームで何かやらかした話を事細かに報告しだして、わたしは死ぬほど退屈したのだ。

ずっとそればかり考えていたが、いきなり目の前に、もっともっと重大な懸案事項が現れた。ハブ・シートがわたしたちについての記事を発表したのだ。

そう、それはわたしたち。ガール・チージングとビッグ・リーグ・バーガーのことではなく――わたしとジャックのことだった。

月曜日のホームルームが終わった瞬間だった。ジャックとわたしは目が合うと、冗談を言い合うつもりで二人して口を開いた。いつもそうしてきたから。が、実は何も言うことがなかった――二人とも土曜日に話して以来、お互いそれぞれのツイッター・フィードからは離れるようにしていたのだ。話す代わりに同じタイミングで息を吐き、若干モジモジしながら微笑み合った。

「それでは」つかつかやってきて、わたしの机を拳で叩く。

どうせ自慢するんでしょ、と思っていた。イーサンがグリルド・チーズを持っているあの写真が、うちのより少なくとも五千以上、リツイート数で上回ったのだ。でも、ジャックの半笑いの形状から、なんとなくそうじゃないと気づいた。

「それでは」と返してみる。

ジャックはちょっと吹き出した。「いやね――そろそろ騒ぎも収まってきたから――ここらへんでそろそろ……ほら、なんだっけ。キャプテンの仕事をさ、本気でやらなきゃいけないんじゃないかな？　って」

ようやくバッグに教科書を入れ終えた。「ああ、そっち？」

「あっそうか、そういうことか。きみはもう全部やっちゃってて、余力でほかのことまでやり終えてるわけだ」

「そんなわけないでしょ」嘘ではない。ジャックと話をし、部活に出る以外、時間がなくて何もできていなかった。「自分の分だけやってしまって、めんどくさい仕事は全部、あなたにとっといてあげたかったんだけどね」

「そっか、ならとりあえず資金集めのために何をやるか、ちゃんと決めなきゃな。ぼくらの授業料はとんでもなく高いけど、それだけじゃ足りないんだもんな」

このときのジャックの口調は、さほど苦々しくもなかったが、ちゃんとわかっている風ではあった——わたしも腑に落ちた。わたしは、今はいいほうに抜け出しているとはいえ、生まれ落ちた環境がジャックとよく似ているから、ここまですったもんだしてきた挙句、結局は共通の見解に落ち着いたというわけだ。

「実はね……焼き菓子を売るのはどうかなって」

びっくりしたのか、ジャックは眉をぐっと上げた。「いつの時代の話だよ」

わたしは肩をすくめて言う。「あなたんちのデリと、わたしの腕前が合わさったら、本気でできちゃいそうじゃない？　悪くないと思うけど」

ジャックは考え始めた。「ふーん。そんなとんでもない話でもないか」

「ときどきいいこと言うでしょ」

「やっぱり、ほんとにデリにおいでよ」

昨夜もそう言ってくれたけれど、直接言われてみて初めて、本当に本気で言ってくれているのだとわかった。

「あなたたちのおうちって、イースト・ヴィレッジよね？」

声が上ずっていたはず。ジャックに背中をポンポン叩かれていたから。「六番列車を降りてまっすぐ行けば着く」

「わかった」

「きみのためにもなるんじゃないか、ペパローニ。この超巨大都市が見せてくれるものはいっぱいあるんだ、もっともっと見とかないと損だよ」

考えただけでなんだか怖くなった。『六番列車を降りてまっすぐ行けば着く』というだけならいいが、いざやるとなるともっともっと複雑で、しっちゃかめっちゃかになるのが目に見えている。メトロカードを飼い慣らさないといけないし、絶対に乗る電車を間違えないようにしないといけないし、反対方向の電車になんか何があっても乗っちゃいけない。それにこんな噂も小耳に挟んだ。電車というのはたまに、そうだ急行で行こう、となるらしい。ぼーっと乗っていたら、気づいたときにはブルックリンの真ん中に放り出されていたりするかもしれない。そんなことになったら、どうなってしまうかわかったものではない。

「気になるなら、こっそり入れるようにするけど」とジャック。「イーサンがハロウィンの仮装に使ったカツラが、確かまだあったと思うし」

わたしときたら、ばかみたい。地下鉄ごときにこのわたしが丸呑みされるわけがないのに。あと数カ月で十八歳だし、最短でもあと七カ月はこの街にいないといけない――一人じゃなんにもできませんせん、なんていつまでも言っていられない。

「いつがいいかな、来るとしたら――」

「これ見た?」

ポールとプージャだ。わたしたちの両側から、まったく同じ言葉が同時に聞こえてきたのだ。二人ともマトリックスに穴をあけてしまった人みたいに、びっくりして口をつぐみ、顔を見合わせたが、すぐにわたしたちの鼻先にスマホの画面を突きつけてきた。ドアの向こう側とはいえ一メートル半のところにミセス・フェアチャイルドがいたが、お構いなしだ。

プージャのスマホを受け取った。どこかしらにハブ・シードのロゴがあったと思う――頭の中の処理が追いつかなくて困った。そこにわたしの顔写真があったのだ。

「え、嘘でしょ」

ツイッターにおける、いまだかつてないほど象徴的なブランド戦争を先導しているのは——お似合いの——このティーン二人だ

「ティーン二人？」隣でジャックが呟いた。「Z世代の総意を代弁してるなんて自覚はなかったんだけどな、まっいいか」

「どうやってわたしの写真を手に入れたんだろ？」

「きみのマム？」

「えっ、まさか」

タフィの仕業に違いない。マムなら絶対こんなのは認めない。ていうか、わたしだって認めない。しかも、わたしの写真は——「パトリシア」だって。ああもう助けて——三年生のときの学校年鑑に載っていた写真で、ちょうど顎にできていた巨大なニキビまでちゃんと写っている。そしてジャックの写真も出ている。昨シーズンのダイビング部の集合写真から、雑に切り抜いたものだった。

ツイッターにアカウントを持って生きている諸君であれば、#BigCheeseを見逃してはいないはずだ。一カ月の間、ファストフード・チェーンのビッグ・リーグ・バーガーが、思いがけない敵と繰り広げた壮大な戦いなのである。その敵というのは、

ガール・チージングの名で地元に愛されてきたデリなのだった。

それぞれのツイートは以前からネットに上がっており、またネットでも、ここ数年の多くのブランドアカウントに見られる、多くの読者をターゲットにした皮肉たっぷりのツイートというものがすっかり馴染んできている。ウェンディーズやムーン・パイ、ネットフリックスなどがいい例だ。

例に挙げたこれらのアカウントが基礎を築き、その上でBLBとGCが戦争を繰り広げた、ということなのかもしれない――その戦争のおかげで、ちっぽけなデリが五十万ものフォロワーや閲覧数を叩き出したほか、メニューにある品数よりも多くのハッシュタグを発信することになったのだ。

しかし、今年の#GrilledCheeseGateにおいて何より驚くべきことといえば？

運営しているのが、ソーシャルメディア専従の担当者ではないのだ。この戦争を繰り広げているのは、二人のティーンなのだ。

記事の中に埋め込まれているのは、ジャスミン・ヤングの新たな動画だ。なるほどわたしたちのことをハブ・シードの記者がまだ書かないうちに、ジャスミンは大方の調査を終えてしまっていたのだ。どうやら新しいブログは昨夜遅くに更新されたらしく、またそのためのストーカーまがいの調査が、わたしが以前ディベートクラブのためにやったリサーチなど比べものにならないくらい徹底的に、なされたようなのだ。まずはジャックの紹介から。本人と、あとイーサンのフェイスブックアカウントから、生半可な情報を引っぱり出してきていた。わたしについてはもっと短い。とはいえ、わたしのことを知っている人なら、見ればすぐにわたしだとわかる内容──年鑑の写真のほかに、もっと昔のわたしの写真も出てくるのだ。わたしと、ペイジと、マムと、ダドが、ナッシュビルのビッグ・リーグ・バーガー一号店の前でポーズをとっている写真。十年くらい前のものだ。四人ともバーガーを手に持っている。ペイジは歯列矯正ブリッジも気にせず満面の笑みを浮かべているし、わたしの髪は天文学的な高さのポニーテールなのだ。

正気のティーンエイジャーなら、きっと屈辱的だと感じるだけで済むだろう。でもわたしは、写真の家族四人から目が離せない。思い出を頭の中で美化しきれていない証拠みたいなものだ──本当にこんなだった。ただただシンプルな、昔の写真。

記事には、わたしたちはニューヨークに住んでいる、とあり、同じ学校に通っていることまで書いてある。が、ほんの少しの優しさなのか、どこの学校かまでは書いていない。ここから記事は方向を変え、ジャックとわたしがここまで互いにツイートし合った内容すべてを手短にまとめて書きだしていた。変な話だが、わたしたちのけんかのデジタル版スクラップブックみたいなものだ。ジャックが送った一番最初のツイート、わたしたち二人の、新しいメニューについての引用リツイート。そしてふと見ると、ジャックも自分のスマホで同じところをじっと見ていた。

「このツイートに、千ツイートが反応した」

「そういえばこのあたり、けっこう睡眠不足でツイートしてたよね」

記事は次に、わたしたちのツイートへの反響について述べだした。わたしがとっくに気づいていたものもあるが、全然知らなかったものもあった。例えば、ハッシュタグを見て、反応したものがちらほら――が、見たことがないのはこれ。ガール・チージングとビッグ・リーグ・バーガーのマスコットキャラクター同士が漫画の枠の中でけんかしている、本物のファンアートだ。そばかす顔の女の子と、ぽよぽよした男の子が食べ物を投げつけ合っているのだ。

次は、ふざけているようで実はそんなにふざけていない二次創作小説について。少し大きくなったマスコットキャラクター同士をくっつけるストーリーだ。これには二人とも思いきりウケてしまったので、廊下を通りかかった数人の頭がくるりとこっちを向いた。

「こいつらをくっつけたくなるとはな」ジャックが思わず口走る。

わたしはかぶりを振った。「少数派でしょ、真に受けないの。不謹慎だわ」

「この子たちがくっつく話はもういいとして」とプージャはスマホをわたしの手から取り戻すと、コメント欄までスクロールした。「今度はあなたたちがくっつけられてる」

顔から火が出そうになった。まだ最初のコメントも見ていないのに。

リルマーヴィン　4分前
すごーい。二人は付き合ってるのよね！

kdeeeeen 11分前
わかった。パラレルワールドものができたら全部、タンブラーに乗っけてね、すぐにね

スージーキュー 14分前
シェイクスピアには悪いけど、ツイッターって現代版ロミジュリね

するとと今度はジャスミン・ヤングが、まるでわたくしこそがインターネットの新潮流を操っている月ですのよ、とばかりに『チーズが阻んだ恋』と題した、わたしたちについての動画を上げたのだ。

ジャックの顔がまっすぐ見られない。誰の顔も見られない。今のこの気持ちがなんなのかさえわからない――恥ずかしい、でもない。そうじゃなくてもっと、全部をまるっとひっくるめたような感情だ。耳たぶの先から足のかかとまで、燃えるように熱くなる感じ。三百六十度スポットライトに取り囲まれて、体全体を隈なく照らされているような、そんな感覚だった。

「ペッパー？」

自分で聞いても変な声。水の中に潜っているみたい。「これって……はあ」予鈴のベルが鳴る。二人とも動こうとしない。プージャとポールはスマホをしまい、しばし立ち去りかねていたが、気の毒そうにじゃあね、と早口で言うと、ほかのクラスメイトに混ざって行ってしまった。

沈黙を破ったのはジャックだった。「こいつらをギャフンと言わせてやろう、な？」

なんだかホッとして笑ってしまった。「うん、そうしよう」

「よし、いいぞ。こういう場合はね、ぼくらの噂が広まる前に先手を打つ。きみはバイキンまみれだってみんなに言いふらそうかな」

「だったらわたしはみんなに、あなたはハローキティ柄のパジャマで寝てるって言いふらすわ」

ジャックの半笑いがさらにねじれる。「きみは毎食後に生のニンニクをかじってるって言いふらそう」

喉の奥から笑いがこみ上げてくる。「あなたはプールの水を飲んでるのよ、って言ってやる。えっ、待って！　あなたほんとに飲んでたわ」

ジャックは首をぶんぶん振った。「それ、ぜーったい言っちゃダメだから、な、ペパロ――」

始業ベルが鳴って、二人して飛び上がった。大笑いしながら、いつの間にかぴったりくっついていて、頭と頭がぶつからずに済んだのは奇跡でしかない。二人ともふざけて目を見開く。ベルの音なんて生まれて初めて聞きました、十代のわたしたちは一日じゅう分刻みで指図される生活を、何年も続けてきてなんかいません、とでもいうように。

でもそのあともしばし、どちらも動こうとしなかった。お互いの視線が絡み合うみたいに見つめ合っていた。

「授業」思わず口をついて出た。ちゃんとした言葉ではない、口から出まかせの適当な音の組み合わせみたいに思えた。

「あ、そうか、そうだった」とジャック。すぐに一緒に歩きだそうとしたが。「いや、ちょい待ち。この時間は自習だった」

くるっと向きを変え、ぶっきらぼうに反対側へ歩きだす。その後ろ姿を見送っていた。長い脚、歩幅の大きさ。そして自分も元の方向へ歩きだそうとして気づいた。ばかみたいにまだ顔が笑っていたのだ。でもなぜか、真顔にならなきゃ、とも思わなかった。


マムがいないのは寂しい。だが、マムから電話で、カリフォルニアでの滞在期間が延びてしまいそうだと知らされたときには、森羅万象がわたしに、史上最大の慈悲を与えたもうたに違いないと思った。ロサンジェルスとサンフランシスコにできる新店舗のオープニングに立ち会うため、マムは出張していた。

「あのね」とマム。「ごめんね、最近なんだかすごく……ギスギスしてて」

わたしは黙っていた。許しを請うようなマムの声に胸が痛んだ。自分がこれをどんなに待ち望んでいたか、マムが言いだしてくれて初めてわかった。

「わたしも、ごめんなさい」事細かに言うのはやめた——ハブ・シードの記事に関するあれやこれやを、マムが放っておくつもりだとしたら、わたしがここでわざわざ蒸し返して、またマムをいちから怒らせることはない。

「帰ったら、そうね……週末にお出かけしよう。二人だけでね。北部がいいわ。湖畔を散策するとか」

口を開き、そもそも無理よ、と言いかけた――わたしは毎週土曜に水泳の試合があるし、マムは毎週日曜、たまったメールを処理したり電話に出たりしている。それに、どうにか週末に抜け出せたとしても、わたしは北部になんか行きたくない。ダドとペイジに会いに行きたい。

とはいえもうすぐ感謝祭だ。とりあえずそれを楽しみにしていよう。マムとペイジが結局は一緒の部屋にいる羽目になり、三種類のパイを並べてみてもどうにもならないほど緊張が走るかもしれないが、それでもいい。

「うん」とだけ言った。「わたしもそれがいいと思う」

それから一週間、マムからは特に連絡はなかったが、別に驚くほどのことでもない。マムがいったん何か一つのプロジェクトに没頭したら、わたしとそっくりだから――全身全霊をつぎ込んでしまって、周りが見えなくなるのだ。それでも、つい最近ツイッターで大敗を喫したことについてもまったく触れてこないのには、さすがのわたしもびっくりだった。リツイート数の最終集計によって、ガール・チージングが、リツイート数二万以上の大差をもって勝者となったわけだが、それにすら触れてこなかった。

木曜日の朝、ジャックがいつもより早く来て、わたしを待っていた。机の上に持ち帰り用ボックスを乗っけている。見慣れた光景ではあった——ジャックとイーサンはいつも、デリの残り物のサンドウィッチとサラダをごちゃ混ぜにして持ってきているから。でも今朝は、ジャックが箱を開けると中には、デュアン・リード《マンハッタンに多く点在するドラッグストアチェーン。だいたい何でも揃う》のお菓子売り場がそのまま入っているみたいだったのだ。

「なに……それ?」

「キッチン・シンク・マカロン」とジャック。

粉々に砕けているのは、ここに来るまでに手荒く扱われたせいなのか、もともとそういうものなのか。わからないけれど、これだけは認めざるを得ない——不本意ではあるが——おいしそうなのだ。モンスター・ケーキのマカロン版みたいな。ジャックはボックスをわたしに、どうぞ、とばかりに差し出した。

「え、なんなの。それって『勝っちゃってごめんねのマカロン』?」

「ていうより『白旗を振ってもう降参のマカロン』かな。それと『マカロン作りをできなくしちゃってごめんねのマカロン』でもある」

一つもらった。「そうね、そっちが勝ったんだものね」

「フェアじゃないけどね」言いながら首の後ろの筋を伸ばす。「だから、言っとくよ——きみはその……負けを認めるツイートなんかはしなくていいんだ。だってこっちがもう勝っちゃったんだし。誰かに思い知らせる意味なんかない」

マカロンをかじりながら、ジャックの顔をじっと見ていた。いける。そしてわたしは、お菓子作りに関しては極めて高水準の能力を有している。クランチの量はまさに適切だし、絶妙のネバネバ具合とちょうどいいバランスだ。それにチョコレートとキャラメルと、そのほかまだ特定に至らないたくさんのフレーバーも、混ざり合ってさりげなく効いている。

「ほんとにいいの？」

ジャックはひょいと肩をすくめた。「うちのアカウントを取り仕切ってるのはぼくのはずだから、うん、ほんとに大丈夫」

と言いながら、まだ話がありそうだ。口にマカロンを入れたまま、その顔にどんな表情が芽生え、花開くのか、待っていた。すると案の定、机に目を落としてニヤニヤしていたジャックがついに目を上げ、その笑顔を全力で私に向けてきたのだ。

「ただし、高飛び込みするって約束もなかったことにしてもらえると思ってるんなら……」

マカロンをごっくんと飲みこんだ。

ジャックの眉毛がくいっと上がる。

「あら、そんな昔の話？」スカートの上に落ちたかけらを払いながら言った。

「うん」いきなり目を覗き込んできた。目がそらせない。「また怖いなんて言うなよな」身を乗り出してジャックの机に近づき、両掌をつく。「ジャック、昨夜わたしね、タンブラーでビッグ・リーグ・バーガーとガール・チージングのタグをたどってみてたの。死ぬほど怖かったんだから。あれに比べたら、もう何が出てきたって怖くないわ」

ジャックは青ざめた。「タンブラーのタグになってる？」

わたしは声を落とす。「あったわよ、見たら最後一生忘れられないようなやつも」

「参ったな。孫子の代まで語り草にならなきゃいいけど」

果たして本気で言っているのだろうか。わたしのほうは、廊下を歩いていても勉強会の最中でも、変な目で見られることは数えるほどしかなく、その分プージャからは、くっつける系のジョークをそれこそ山ほど聞かされていた。が、ジャックのほうは、ツイッターでコテンパンにやられたという話が、クラスメイトたちの関心を妙に集めているのだった。昨日の部活では、水泳部の一年生たちがジャックを、文字通りプールの隅に追い詰め、「実生活」のほうのアカウントを訊き出そうとしていた。ジャックがついに仕方なく打ち明けたとき、わたしは塩素水でむせそうになった。さんざん騒動を起こしてきたわたしたちだが、実は、どちらもそんなものは持っていなかったのだ。

もう一口、マカロンを口に放り込む。「これって本当においしい」

「なんで驚くかね？」そして、わたしの返事を待たずに言った。「そうか、うちの料理はどれ一つとして食べたことないのか」

「今この時点で、あなたの店のドアをくぐろうとなんてしたら、あっという間に火だるまにされるわ、絶対。とりわけ今は、ツイートにわたしの顔が貼りつけられてるし、実際わたしこそが、民衆の敵ナンバーワン、ってとこでしょ」

ジャックの笑顔がさっと消えた。あまりの速さに、もうちょっとで振り返りそうになった。わたしの後ろで何か起きたんじゃないかと思ったのだ。

「誰も実際にきみを困らせたりしてないだろ？」

「はあ？　当たり前でしょ」あの記事は、少なくともわたしたちのラストネームは出していなかったし、わたしがマムの娘だとかも言っていない。タフィはこっぴどくわたしを裏切ったりはしなかった。ただ愛を込めて、よかれと思って、ほんの少し梯子を外しかけただけ。「今のところ、わたしは情報網にかかってないから、あのジャスミン・ヤングでさえ、わたしの居場所を完全に摑めていない。見つけようとしたって誰も見つけられないわけ」

ジャックの表情が緩んだ。少しだけだけれど。机の下ではまだ足をトントンやっている。「ああ、そう。気をつけたほうがいいかもね」

「あなたもね。もうファンクラブができちゃってるじゃない」

ジャックはかぶりを振った。「ぼくは火皿の中の火花《ほんのいっときの人気者》だから」

「じゃあきっと、グリルド・チーズの皿の中ね。実生活でも……」

ジャックの頬が真っ赤になった。一瞬、言い過ぎた、と思った。いや、わたしの顔に、言っていることと違うことが書いてあったのか。でもジャックは見逃さなかった。わたしを指さして言う。

「うまいこと言って高飛び込みを回避できると思ってるなら、考えを改めな。きみはね、報いを受けることになってるんだよ、ペパローニ。五時に、プールのスタンド観覧席だ」

わたしは天を仰いだ。「わかった、行くわよ」


だが、まさにその時間ぴったりに、まさにその場所に立ったとたん、わたしから、朝からずっと突っ張ってきた虚勢が、まるで風船から空気が抜けるみたいにシュルシュル抜けていくことになった。

高飛び込みを意識するのは一年生の時以来だ。ここにはたぶん、さらに重大な問題が潜んでいる。わたしは何につけ、始めてすぐにあら上手、とならないと、速攻でやめてしまう。子どもの頃、ピアノ教室は一カ月、バレエ教室は一年でやめた。サッカーに至っては、不幸な練習に一回出ただけ。ボールが一メートルちょいのところに飛んできたとたん、猛ダッシュでフィールドをつっきって、ダドの腕の中に飛び込んで終わった。わたしは完璧主義者だ。そこはもう徹底している。だから、五時になったからってそれがなんなの。恥をかくつもりは毛頭ない。

水泳は得意だし、イヤイヤ習いに行った記憶もない。だからこんなにも長いことやり続けてこれたのだと思う。履歴書に書くともっと箔のつきそうなものがほかに見つかっても、ぶれなかった。だけどダイビングだけは……。

やってみるまでもなく、苦手なのはわかりきっていた。あんなに高いところから、さらにぴょんと飛び上がるなんて、まったく全然ピンとこない。さらに体をむちゃくちゃにねじるなんて、滞空時間をコンマ何秒まで必死に調整し、最後に顔からではなく頭から、滑らかにすっと水に入れるようにするなんて、ピンとくるわけがない。そしてダイビング部の練習を最前列で見てきたわたしとしては、顔からの入水を嫌というほど見てきたわけだ。

ジャックは高飛び込み台のてっぺんで、ニヤニヤわたしを見下ろしながら待っていた。

「下界の天気はどんな感じかな、ペップ？」訊いている最中も、板の上で体重を移動させるものだから、板がギシギシいいながら上下に、何度も何度も揺れる。

肩越しに、部員たちのほとんどがロッカールームに向かったのを確かめた。プージャがドアの前で立ち止まり、わたしに視線を投げてきたが、手を振って「行って」と合図した。

「いいわ。さっさと終わらせよう」

ジャックが笑う。「ほんとだよ、そんなに怖くないからさ」

「あなたが言うのは簡単よね。もともと背が高いから、いつも見てる景色も、高飛び込み台からの景色も、どうせ大差ないんでしょ」

「きみもめちゃくちゃ小さいってわけじゃないだろ」

心臓が口から飛び出しそうになる。神に誓って言える。ジャックはわざと身を乗り出しているし、板の端まですたすた歩いて行っては、ほんの少しの風が吹いてもバランスを崩すんじゃないかという、ギリギリをあえてやってみせてもいる。

「そうだけど、ただこれだけは確かよ。わたしはあなたたなんかよりずっと、重力っていうのを尊重してる」

「なら、重力はデリのツイッターアカウントだって思えばいい。みんな知ってるよ、そっちのほうはこれっぽっちも尊重してないってさ」絶妙に腹の立つ言い方。

言い返せないうちに、ジャックは背筋を伸ばして前進し、飛び込んだ。とんでもない速さで体をねじりながら。瞬きしていたら見逃していた。実は、見逃さなかったのはこれが初めてかもしれない。ダイビング部はとにかくヒヤヒヤするから、練習のときも試合のときも、原則的に見ないようにしてきたのだ。腹打ち飛び込みになるんじゃないかとか、板に頭をぶつけるんじゃないかとか、見ていたら見ていただけ、怖くて仕方がないのだ。

でもさっきのジャックからは、目をそらしたくてもそらせなかった。いや惹きつけられた。ほんの数秒、ジャックの体がジャックのものではなくなったみたいだった。ジャックの全身が同時に動いているところは、よく見る。身長百八十センチ以上の全身が、貧乏ゆすりで揺れていたりする。ただ、こんな動きは見たことがなかった。スムーズで滑らかな、練習を積んだからこその動き。板から飛び出すと宙返りし、一回ねじってからスッと滑らかに水中へ。ほとんど無音の美技だった。

ジャックが水面から頭を出すまで、息をするのも忘れていた。顔にはりつく髪が邪魔なのか、頭をぶんぶん振っている。

「どうぞ」

開いた口が塞がらない。

「派手にやれなんて言ってない。ただ飛び込めばいい」手でやってみせてくる。手のひらを水平にし、一本指をわたしに見立ててそこに飛び込ませる。

わたしはまだ、頭の中でジャックの高飛び込みをリプレイしていた。何度も何度も。すっかり動揺していたのだ。飛び込みを見ているなんて怖くてたまらないだろうなと、ずっと思っていたのに、なんだか爽快な気分になっていた。あんなに滑らかであっという間だと、うまくいかなかったらどうしようとか、考えている暇もない。

とはいえ、こうして信頼できたからといって、わたしがいきなりできるようになるはずもない。

「うん、そうね。わかった」

「五歳児でもこの板から飛び込んでるんだぜ、ペップ」

「五歳児に死は理解できないものね」

「あのね、長いことかかればかかるほど、状況は悪化していくんだよ」

その通りだ。わかっている。ジャックはプールの端まで泳いでゆき、わたしは梯子に、のらりくらりと近づいていく。手をかけ、体重を乗せると深呼吸し、一段、二段と上り始めた。

「そんな上り方どこで習ったのさ、まったく」

梯子の下からジャックの声が飛んできた。「いつまで経っても着かないよ」

不満そうだからもう一段上ってあげた。が、ふと純粋に知りたくなる。「だいたいなんでわかるの、なんていうか——自分がほんとにできるって？　死なないって？」

「それはさ、きみが速く泳げるようになったのとおんなじ理屈じゃないかな。練習あるのみ」

手汗がすごくて、今ここで手が滑ったらどうなるか、嫌でも想像してしまう。プールデッキにベシャ！　で一巻の終わり。そもそもガチガチのコンクリート張りにするなんて、どうかしているとしか思えない。せめて高飛び込み台の周りだけでも、クッション材か何か敷いておくべきではないか？

「マジで訊いてるんですけど」

「そっか——どうなんだろうな。ぼくらはちっちゃい頃から、なんにも考えないでガンガン飛び込んでたからさ。そのうち母さんが、ダウンタウンのトランポリン教室に連れてってくれるようになって、そこで宙返りやら何やらを練習するようになった」

「で、シルク・ド・ソレイユに入って、唯一無二の双子パフォーマーとして一世を風靡《ふうび》するかと思いきや、こんなとこでつましく暮らしてるってわけ？」

「買いかぶってくれてるのは嬉しいけど、ぼくはそこまでうまくないから。数えきれないほど大失敗もこいてきたし」

しばし目をぎゅっとつぶった。もう頂上に着く。

「そんなこと今言わないでよ」

「ペップ、きっとうまくいくって」

嘲笑《あざわら》うような気配はなかったし、いつもの軽いノリでからかうような調子でもなかった。その心強い言葉のおかげで一瞬、また地上に降り立った気になった。相変わらず目が眩むほどの高さにいるというのに。

「ていうかさ、きみは結構気に入ると思うんだよね」

　また目を開け、気を落ち着かせながら上に上がった。飛び板はぶ厚いけれど、ダイビング部が練習していたせいで濡れていて、いかにも滑りやすそうだ。足の指をぎゅっと押しつけ、板の表面の凸凹した感触を確かめると、大丈夫滑らない、と自分に言い聞かせた。

「海賊に処刑される気分だわ」自分の声がかすれて聞こえる。『ピーターパン』のウェンディになったみたい」

「考えてみたらどう。この経験をもとに、どんなおかしなデザートを作ろうかな、とか」とジャック。「高飛び込みクリームパイ、とか」

「高所恐怖症アップル・クリスプかな」

　ジャックが高らかに笑った。笑い声はプールデッキに響きわたり、ジャックがはるか下にいることと、わたしがはるか上にいることを、嫌でも思い知らされた。「いいぞ、その調子」

　たわむ板の先まで進むと、下を覗き込む。プールには誰もいない。寒くなってきたから、ストーン・ホールの生徒たちがレーンを開けたあと、いつもプールを使いに来ていた体育館の常連さんたちが、もっと冬向きの運動に流れたということだろう。よって水面にさざ波一つ立っていないせいで、見た目の質感がおかしなことになってくる。本当は、プールに水は入っていないんじゃないか、というような。

「おーい」とジャック。

振り返って見下ろしたかったけれど、自信がなかった。バランスを崩してふらっとしたら最後、真っ逆さまなのだ。

「ほんとにやらなくてもいいんだぞ」

わたしの恐怖心より頑固なものがたった一つあるとしたら、それはプライドなのかもしれない。それでも、胸の奥で何かがほぐれた。節々から恐怖がほんの少しずつ、抜け出ていくのがわかった。

「賭けたじゃない」歯向かいながら、目はずっと水面を見下ろしている。

ジャックの声はとても穏やかで、もし周りに人がいたりしたら、たぶん聞き取れなかったと思う。

「うん、そうだけど、やらなかったからってぼくはきみを見下したりしないよ」

静まり返っていて、わたしの耳に聞こえてくるのは自分自身の息遣いと、ドキン、ドキン、ドキンという鼓動だけ。恐怖が皮膚を割って入ってきて、第二の皮膚のようになり、全身の骨をぎゅうっと締めつける。わたしは瞬きを一回、二回、そして回れ右し、元来た道を戻ろうとした。

「ペッパー？」

すると突然、怖くなくなった。わたしが恐怖という名で馴染んできたものでは、とにかくなくなったのだ。ただの高飛び込みではなく――小論文を六回推敲するうちに見てしまったあの朝日だった。面接官と向き合い、将来何になりたいか、なんにも思いつかないからって大ぼらをふいたあの日でもある。ペイジと電話しているところにマムが来て、どうすればどちらも怒らせないで済むのかわからなくて、二人とも黙ってしまったあの一瞬でもあった。つまり今のペッパーと昔のペッパーとの間にできてしまった、何千キロにも及ぶ曲がりくねった道そのもの。ところが実はどっちのわたしも大して変わらなかった。いきなりあほらしくなった。楽勝だ。わたしが何年もの間見ないようにしてきた諸問題に比べたら、ばかみたいにどうでもよくて、ほんの一時のことでしかないのだ。

ひと声叫んでから、飛んだ。

胃が、体のほかのどこよりも先に落ちていく。目をぎゅっとつぶると、あと感じるのは空気だけ。空気と、無限に続く時間。永遠に落ち続けるのか。息が喉を駆け下り、肺の中に溜まってついに、体全体が一つの息のかたまりになった。中空に浮かんで、落ちて、落ちて、落ちて——

いきなり水面にぶつかった。足から先に。ザブン、という衝撃はすごかったけれど、全然痛くはなかった。しばしふわふわと沈んでゆくに任せていたが、目だけは一足早く開けてしまっていた。何千回も頭を突っこんできたのと同じプールなのに、たった今、わたしにとって違うものになってしまった。屈折した光のほうがより明るいせいなのか、わたしが自分だけの流れを作ったからか。

水面から、ゼイゼイしながら顔を出し、ゴーグルを剥ぎ取る。ジャックはプールの端にしゃがみ込んでわたしをじっと見下ろしている。

「へー、すごいじゃん」

ジャックがクシャッと笑い、それでわたしは合点がいった。ダイブして、水面から顔を出したときのジャックのあの目。そして今まさに、わたしを見る目。きらきら光っている。これが恍惚感というものなのか。

「今度は目を開けてやってみなよ」

ぜーったい嫌、と言いかけたそのとき、ジャックが手を差し伸べてきた。プールから上がるのを手伝ってくれるつもりなのか。手を伸ばすと摑んで引っぱり上げてくれた。そのとたん、わたしの中に今まで感じたことのない戦慄が走った。雷に打たれたというより、わたし自身が雷になったような、そんな感じ。

「うん」とわたし。「うん、もう一回やる」

にんまり笑うジャック。「いいねえ」

そしてわたしは実行した。足取りは重いし、怖くてたまらなかったけど、それでもまた上って行く。するとジャックがすぐ後ろからついてきて、飛び板の端に立ち、わたしがまた飛ぶのを待っている。二回目も、何から何まで最初と同じくらいスリリングではあった。周りを飛び退っていく世界をしっかり見ながら飛ぶと、下にわたしを受け止めてくれるものがちゃんとあるのもわかった。

わたしがまた水から顔を出すと、ジャックはフゥーッとかなんとか歓声を上げ、そして間髪を入れず飛び出して後方宙返り。プレッツェルみたいに体をひん曲げ、そして土壇場で体を伸ばし、スーッと水に合流した。

「目立ちたがり屋」顔を出したので、荒い息のまま言っておいた。

「きみには言われたくないね」また髪を後ろにかき上げたら、ちょうどしぶきがわたしにかかった。

わたしはキャップを脱いでプールデッキに投げると、ジャックに向けてわざと髪を思いきりかき上げてやった。すると髪そのものが目に入ったらしく、ジャックがたじろぐ。

「あら、ごめんな――フワッ！」

　まさかすぐさま、わたしめがけてまっすぐ水をかけてこようとは思っていなくて、いきなりまともに食らってしまった。思わず悲鳴を上げる。それはあまりにも甲高くてばかみたいな声で、紐が結べなくて面ファスナーつきの靴を履き、Tシャツにアイスクリームの染みをつけていたあの頃以来、出していないし出せるとも到底思っていなかった声だった。なのでまたやり返す。水しぶきに関してはジャックのほうが断然うまいし研鑽も積んできているとだんだんわかってきた。そこで、水球の試合のときみたいに手を伸ばし、ジャックの頭を押さえつけて沈めにかかる――これも予測していたみたいで、わたしの頭のてっぺんを手で押さえつけ、自分の頭にくっつけたものだから、ジャックと一緒に沈むことになってしまった。

　ほんの少しの間、わたしたちは水中でもつれ合う手足でしかなくなり、肘やら手やらを摑み合い、水をかけ合っていた。二人して水面に顔を出したときには、肩で息をしながらばかみたいに大笑いしていた。今度はジャックから離れるように泳ぎだし、人魚みたいに、思いきりバタフライキックをお見舞いすると、ジャックは最大級の水しぶきを浴びることになった。ジャックも負けじと泳ぎだし、わたしを捕まえようとするが、これに関しては当然、わたしにかなうわけもない――わたしのほうが断然速いし、ジャックにだってそれぐらいわかる。

それでも、なぜかわたしは少しだけ速度を緩めていて、ジャックが追いつくには十分――というか少なくともそれだけの時間を与えたことで、ジャックはわたしの下に潜れてしまい、そしたらわたしは巨大な白ザメを見つけたとばかりにキャーッと叫ぶことになったわけだ。

また水面に顔を出し、恥ずかしげもなくにんまり笑う。

「バカじゃないの」手でジャックの肩を押した。

ジャックはその手に肩をもたせかけてきて、やがて同じ目の高さになった。「はあ？　もしかして水泳にかけちゃここらへんでいちばんだとか思ってた？」

「何言ってるのよ」思わず天を仰ぐ。「本気で競争して、わたしにかなうわけないでしょ」

「へえ、そう？」

「圧勝するから」

「ならやってみなよ」

浅い所だったので、二人とも背が足りていた。そしてジャックはわたしの顔のすぐ近くでニヤついていて、わたしの息が顔にかかっている。わたしにはジャックの瞳の中の茶色の点々と、そこに映り込む水の流れまでもがしっかり見えていた。水が、背中に打ち寄せてくるような、ジャックのほうに押してくるような気がする。わたしが上向き加減になると、ジャックの、挑みかからんばかりだった眼差しがふと緩み、何か別の気配に変わった気がしたし、同時に、何かが洗い流されてしまったみたいに思えた――わたしたち二人の間には、今はもう高揚感しかない。それはわたしがここ数週間見ないようにしてきたものだった。むき出しでありのままで、どうしても避けられないもののようでもあった。

「ここにいたのか」

全然違う声が飛んできてびっくりし、思わずジャックから飛びのいてしまった。プールの水は二人の周りでバシャバシャ跳ねて、何が起きようとしていたかまるわかりもいいところ、というか、そうなりかけていたあの瞬間よりもさらにもっとわかりやすかったかもしれない。

くるりと振り返ると、プールデッキにランドンがいた。見かけによらず彼は、自分が今どんな状況に割って入ったのかまったく気づいていないようだった。

ランドンを見て、それからまたジャックを見たが、ランドンがどちらに話しかけたのかわからない。でもジャックはひたすら水面を睨みつけている。恥ずかしくて鎖骨のあたりが痒くなり、それがだんだん首まで上がってくる――わたしが勘違いした？　なんでジャックはわたしの目を見てくれない？

「ロッカールームを出たけどまた戻ってきたんだ――そういえばきみの番号、まだ訊いてなかったなって」ランドンが声を張る。

わたしは目を丸くした。「わたしの番号？」

「うん。訊いとかないと話せないから。明日どこで待ち合わせるか」

シニア・スキップ・デー。何もかも一気に蘇ってきた。高飛び込みまでが逆再生され、いったんわたしの中から出て行ったものも、またモゾモゾ入ってきた気がする。ウルフとわたしは明日会おうと約束した。ランドンと出かけることにもなっている。この二つは完全に一致するものと、わたしはほぼ確信していた。

この二つが完全に一致するものであってほしいと、わたしは本当に思っているんだろうか。

「わかった。じゃあ……」

ランドンのスマホに打ち込んでもらわないといけないからって、プールの真ん中で自分の電話番号を叫ぶなんて、こんな気まずいことがこれまでの人生であっただろうか。ただそのすぐあとだ――わたしがジャックに目をやり、ジャックがわたしを見る、そんな瞬間があった。そのときのジャックの目が、なんだか不安げで頼りなげだったものだから、わたしはなぜか謝りたくなったのだが、なぜなのかもよくわからなかった。

思えば一瞬だった。ジャックは水をちょんと弾き、わたしのほうにちっちゃなしぶきを一滴飛ばしてきた。

「そっか、きみはランドンと、なの?」

「わたしたちはただちょっと——シニア・スキップ・デーでしょ。だから、その後の話。実際学校が終わったら、いつもみんな最後は公園に集まるんでしょ」

ジャックの眉がくいっと上がる、いつもわたしを挑発するときのあの顔だ。

「まあね、そういうことは、いつもそうやって始まるんだよね、とりあえず」

鼻にしわが寄る。「デートじゃないから」だよね?

「けど、だったらいいなと思ってるよね?」

「そんな……」

答えになっていなかったのは、わたしの中に答えがなかったから——が、いずれにせよジャックはそれを、なんらかの答えと受け取ったようだ。肩をすくめたが、そのしぐさはしゃべりだした声の調子とはあまりそぐわないものだった。「きみとあいつが友だちだってことすら、ぼくは気づいてなかったからさ」

「あっそ、メールのやりとりぐらいだけど」なんとなくごまかした。

「メール?」

なんでそんなことを言ったのか自分でもわからない。もしかしたらジャックが、本気で戸惑っているみたいだったからかもしれない。無理もない。わたしはランドンみたいな男子が気軽にメールするような女子ではないのだ、たぶん――社会には様々な集団があり、それらが機能している限りにおいては、わたしとランドンはまったく違う銀河系に属しているはずだから。

なので動揺していたしばつが悪かったし、というわけで、どうなるかじっくり考えもせず、おバカなわたしの頭脳はうまく正当化する方法を見つけた気になってしまった。「ウィーツェルで」

驚いたのかジャックの顔がひき裂かれた。目は大きく見開かれたが、ほかの部分は固まって一切動かないのだ。細かくあれこれ訊かれると思っていた――どういう経緯で一対一のチャットが始まったのか、アプリがお互いの個人情報を開示したのはいつだったか――なのに訊きもせず、こう言った「確かきみ、ウィーツェルはやってないって言ってたんじゃなかったっけ」

「そう――ほとんどやってない。やってないのよ――結局。やってるって言ってもグループとしてね。あなたもグループでなら入ってたりするでしょ？　きっとみんなそうじゃないかな――」

「もうすぐシフトの時間だ」と言うと、ジャックはわたしに背を向け、プールの端に向かって素早く水をかいて行く。

「ジャック」

ぴたりと、デッキに手をかけたところで止まった。わたしはつっ立ったまま、ジャックを引き留めるには、いや、時間を二分前に戻すには、どうしたらいいか必死に考えていた。二分前は、もう戻ってこないだけに余計、わたしにとってものすごく貴重な気がした。

　でも思いついたことといったら、これしかなかった。「焼き菓子のセールだけど。いつやるか先に決めないといけないでしょ。ラッカー先生に言って予約しなきゃ」

　ジャックの肩が、ため息とともにストンと下がった。「例えば月曜とか。そしたら週末にお菓子が焼ける」

「ほんとだ。頭いい」言いながら唇を噛む。もっとほかのこと思いつかないの？　でもジャックはもうプールから出ようとしている。振り返って、唇を閉じたままにっと笑って見せると、細かな波がわたしのほうに打ち寄せてきた。ジャックはロッカールームに向かい、残されたわたしはプールで一人立ち泳ぎしながら、言いようのない絶望感に打ちひしがれていた。

ジャック

母さんがぼくの目の前に、売れ残りのチェリー・シュトルーデルをひと切れ置いた。かなり大きめだ。

「どうしたの、なんで落ち込んでるの？」

本気で心配してくれているのはわかる。なにせまだ売り物の食品を出してきているし、それは父さんに言わせたら金輪際ご法度の所業なのだ。まあ母さんという人はもともと、こまごましたルールを破るのが得意ではある。シュトルーデルをしばし眺めながらぼくは考えた。果たしてこの店のデザートを、作ったその日に食べさせてもらったことが一度でもあっただろうか。もしかしたらペッパーの焼き菓子作りの腕前も、そんなすごくはないのかもしれない。もしかしたら新鮮さに勝るものはない、というだけのことかもしれない。

ううっ。焼き菓子作り禁止令が出る直前の、ペッパーのミッドターム・ムーン・パイのあのおいしさだけは、まだ鮮烈に心に残っている。あれに関しては悔しいが自分をごまかすことができない。

「落ち込んでるもんか」

「嘘言わないの。アップタウンにいて疲れちゃった？」

「母さんってば」

　ぼくの肩を肩で小突く。イーサンもぼくも母よりずっと大きくなってしまった今、よくやれるなと思う。

「言いなさいよ、学校で何かあった？」

「ない」

「ダイビング部？」

「違うよ」

「すごい大学の入学面接をいくつも受けて、気後れした？」

　やれやれ、いい加減にしてくれ。「そんなわけないだろ」

　ふむふむ、と勝手に納得しだした。「どのみち大学卒業後の用意はもうできちゃってるわけだし。今さら有名大学に行くなんてばかなことしなくてもよくない？」自分はスタンフォードを出ておいてよく言えたものだ。

　間違いない、母さんは『イケママ』になろうとしている。ぼくをプレッシャーから解放してやろうというのだ。だが生憎、逆効果でしかなかった。ただ、ぼくがペッパーを一人残してプールデッキをあとにしてからずっと、ペッパーと抜け作ランドンのことが心に突き刺さって疼いていたのに、今は別のことでもっと痛めつけられ疼いている。それで十分だ。

「後悔してるの？」訊いてみた。

母さんは不意を突かれたようだ。「後悔って？」

「大学に行ったこと。一流のブランド大学ってやつ。で、とどのつまりここにいる」

「とどのつまりじゃないわよ。あのね、わたしはここを選んだの」

「でも、もし父さんと出会ってなかったら……」

てっきり、母はたじろぐと思っていた。訊いてみたらどうなるか、何度も想像はしてきたが、いい結果になったためしがない。ところがだ、母さんはにっこり笑ってぼくの顔を覗き込んだ。

「たぶんここか、ＤＣか、それかどこかほかの大都市の弁護士事務所で働いてたかもね。誰かほかの男性と結婚して、全然違う子どもが生まれて」

呆気にとられて母さんの顔を眺める。「へえ」

レジスターに覆いかぶさるようにもたれかかると、楽しそうにあれこれ考え始めた。明日は雨かなあ、くらいな質問をしたんだったっけか。「あの頃もわかってたし、今だってわかってる。そういうこと——わたしはあなたのお父さんを愛してる。このデリのことも愛してる。あと、あなたたち二人のこともね。悪ガキどもがろくでもないことばっかりして、わたしの人生のうちの大事な十数年を奪われちゃうことになっても仕方ない、って」と、ぼくの背中に手を置いた。「絶対後悔しないってこともわかってたの。で、あなたにもわかるでしょ？」

眉を吊り上げて訊いた。「何を？」

「わたしが正しかった、ってこと」

次のセリフは慎重に選ぶべきではあった。が、いまだかつて慎重に選べたことがあっただろうか。

「おじいちゃんおばあちゃんを怒らせちゃったけどそれでも？」

こう訊かれるのも織り込み済みだったのだ。眉一つ動かさなかったから。「あとになってわかってくれたもの。わたしの人生だからね。両親の人生じゃなくて。わたしは自分が何を求めているかちゃんとわかってた。だから、それだけでもう十分ラッキーなのよ——みんながみんなそうはいかないもの」

ぼくは口を開け、もうちょっとで言うところだった。『ぼくは求めてないんだよ』。だが問題は、ぼくは求めているし、同時に求めていない、ということ。そしてぼくの気持ちはまだまだこんがっていて、ぼくの将来をまるごと全部この店にささげてしまうのは嫌だ、とはまだ言えないのだ。だってこの店ぬきの将来など想像できないのも事実だから。ばかみたいだけど、なんにも考えなくていいガキっぽいこの時間を、ぼくは欲していた。今のまま永遠にこうしていられたら。母さんと父さんが店をやってくれて、ぼくは無責任にただこの店を愛し続けていられる。そうすれば店がぼくのものにならずとも、まだずっと、店がぼくの存在の後ろ盾であり続けてくれる。

だがそのとき、閉店五分前だというのにまた客が押し寄せてきて、店じゅうがてんやわんやの状態に戻ってしまい、話は終わった。そしてシュトルーデルはそのまま、長いこと忘れられてしまうことになった。

その日の夜も更け、ぼくはイーサンと並んでカウチに座っていた。二人ともノートパソコンを広げている。ツイッターの画像のことで喧嘩になったわけだが、戦わずして終わった感じだった。だいたいいつもこうなのだ。解決して終わるのではなく、有効期限があって、そこに来たら終わる――ぼくらみたいに狭い家の中でひしめき合い、しかもデリで一緒に働いたりしていたら、ずっといがみ合っているなんてどだい無理な話なのだ。

ウィーツェル・アプリから、ピン！　と通知が来た。

ブルーバード
で、明日は予定通り？

どうして胃が痛むのか、安堵からなのか恐怖からなのか、自分でもわからない。午後からずっと、ウィーツェルには入らないようにしていたし、考えないようにもしていた。いつもなら一日に数回は見まわっている。おかしなことになっていないか確認し、安全装置が疑わしい動きを検知していたら適切に対処する。だが、ペッパーとランドンのあの一件があって以来、とにかく関わらないでいたかった。

だってあのとき——なんだろう。もしかしたらぼくら二人は、いい雰囲気になっていたんじゃないだろうか。もしかしたらぼくらには何回もそういうことがあったのかもしれないけれど、いつもは知らないうちに忍び寄ってきているものだから気づかなかった。でも今日は目の前まで来られてついに気づいた、ということなのか。水面からいきなり出てきたペッパーの顔が、目が眩むほど眩しくて、ありえないほどの笑顔だったから、ぼくの血管を流れる血の成分自体が変わってしまった気さえしたのだ。

しかも不思議なことに、ここのところすったもんだしながらも、ペッパーとぼくはずっと……そう、友だちだった、というのはもう当たらない気がする。それでは足りないんじゃないだろうか。ぼくはペッパーに、ポールにも、イーサンにも言っていないことまで言ってしまっている——あろうことか、ブルーバードにすら言っていないことまで。今までにぼくが、なんでも正直に話せるくらい近しい関係になれた相手は、ブルーバードだけだった。なのに気づけばペッパーと急接近していた。なにせ先日の夜、彼女がイーサンについて打ってよこしたメールの文面を、ぼくはまだくっきり、頭でスクショを撮ったみたいに思い浮かべることができるのだ――近しいからこそ、ぼくが自分でもちゃんとわかっていなかったことまで、彼女は引っぱり出してきてくれた。

あなたは隠れてる、とペッパーは言った。ぼくの自己破壊行為を責めて得することなんか一つもないのに。ああそうか、ケーキにかかったアイシング、つまり余計なおまけってことだ――ぼくはこのばかげたアプリを作った。そしたら今、そのばかげたアプリのおかげで、ランドンとペッパーはドラマチックなハッピーエンドを迎えようとしている。

またウィーツェルに、自ら生み出した怪獣に向き合う。作らなければよかったと思ったことは一度もない。人の常として、ときにはろくでもないことをしでかすのがいたりはするけれど、それでもウィーツェルは勉強会の設立に役立ったし、愚痴を言い合える場所を提供したし、偶然とはいえ友人関係をスタートさせたりもした――友人以外の関係までも。ジーナとメルとか。ペッパーとランドンとか。

たぶん、ぼくとブルーバードも、なのだろう。

ウルフ
うん。でも、先に――
ウルフ
緊急カップケーキ捜索サイト

　返信がくるまでたっぷり一分はかかった。最初の数秒でいろいろ考えてしまった。ドン引きされたんじゃないか。面白くもなんともなかったか、あまりにも個人的すぎたか、いや、ある意味まだ始まってもいないことに対するおかしなプレッシャーを与えてしまったのか。

　だがすぐに、なぜだか、ぼくの思いはまたペッパーに立ち返っていた。ランドンのことだ、集団行動だけで終わったりはしないはずだ。集団行動すると言いながらたぶん、なんとまあ好都合なことに、集合場所を間違ってメールする。いや、お開きになるまで待つ手もある――「ねえ、アイスクリームでも食べにいかない？」――そしたらペッパーのことだ、ビッグ・リーグ・バーガーに、ウケを狙って連れていくかもしれない。そして、たまたまバッグに入れていた、何かしら突拍子もないデザート用緊急調味料を出してくる。ランドンはそれを見て笑い、かわいいねと言い、そしたらペッパーのほっぺたがそばかすのところまで真っ赤になって――

ブルーバード
嘘でしょ。わざわざこんな

ブルーバード
カップケーキ・バージョンを作ったの？！

ようやく顔をほころばせ、カウチのクッションに身を沈めると、スマホをイーサンから見えないように傾けた。イーサンはいぶかしげに眉を上げただけ。今週の自由時間のほとんどをこいつに持っていかれはした。が、マカロニチーズ捜索アプリのときと同じ地図フォーマットを使い回しした。マンハッタンでカップケーキを扱っている四百五十店舗が表示されるようになっている。

ウルフ
だって、マカロニチーズとカップケーキ**こそ**が、
二大重要食品群なんだよね

ブルーバード
マジで泣きそうなんだけど？？？？？

ウルフ
きみのかかりつけの歯医者も泣くだろうね、絶対

ウルフ
まあいいや、きみのカップケーキ熱が冗談じゃなかったって
わかっただけで嬉しいよ

ブルーバード
冗談なもんですか。わかんないと思うけど、わたしとカップケーキはね、
切っても切れない関係なの

ブルーバード
まあいいわ、これであなたは、秘密裏に進めてた一大プロジェクトを

わたしに開示してくれた。でもこっちは、まだ隠してる

ウルフ
そう、いよいよきみも開示せざるを得ないってわけ。きみのはどういうの？

ブルーバード
めちゃくちゃしょうもないから、覚悟しといて

ウルフ
一応覚悟したつもり

ブルーバード
ppbake.com

ブルーバード
これ、ブログ。お菓子作りの

ブルーバード
まだまだ継続中。姉とわたしで一緒にやってるんだけど、匿名にはしてる

ブルーバード
でも、作ったお菓子にはとんでもない名前がつくの。
わたしたちほんとに、五歳の頃からお菓子を焼いてるから

リンクをタップすると、華やかで見るからにハッピーな、コマドリの卵色《グリーンブルー》のウェブページが開いた。『P&P　Bake』というタイトルだ。ワードプレス《オープンソースのブログソフトウェア》で作成したブログをウェブサイトに変換しているのだが、だからといって全然見劣りはしない——写真も至って鮮明で、スクリーン越しでも本当においしさが伝わってくる。

スクロールダウンし、デザートの名前に目を通していくが、ときどき写真に見とれて止まってしまう。直近のデザートは『後部ドアのガラクタ・スティックケーキ』。どうやらピーナッツバター入りの手作りロールケーキらしい。さらに見ていくと、『Aプラス・エンジェル・ケーキ』があり、『次はきっとうまくいく《Butter Luck》よのバタークッキー』があって、それから——

それから、ハロウィン当日に、モンスター・ケーキが上がっている。

息が止まって、なかなか苦しかった。全身がカウチの上で、死体みたいに硬直する。間違いようがない。ペッパーの焼き菓子を猛スピードで食べる癖がついてしまったせいで、時間と空間の認識力がごちゃごちゃになりかけているのかもしれない。それでも、このケーキの鮮やかな色と、ごちゃ混ぜでベタベタの感じは、記憶にも味蕾にもはっきりくっきり残っているから、来世で出会ってもきっと、即座にこれだとわかるだろう。

それでも、ぼくの頭脳はまだ処理を拒んでいたし、ぼくもスクロールを止めなかった。十代にありがちな、睡眠不足による妙にはっきりした幻覚であってくれれば、瞬きしただけで消してしまえるんじゃないかという気がしていた。

ところが、スクロールすればするほど泥沼にはまることになる。『ほんとにほんとにごめんなさいのブロンディ』が出てきた。『抜き打ち《ポップ》テストの棒つきケーキ《ケーキ・ポップ》』は確か、この間ペッパーとプージャが食べていたやつだ。耳馴染みのないのもいくつかあって、どれも無礼でくだらない。ペイジが作ったものもあるに違いないが、読んだだけでペッパーの作に違いないとわかるものもあった。

スマホが手から落ちる。

「どうした？」イーサンは訊くが、パソコンの画面から目を上げもしない。

ペッパーが、ブルーバード。ブルーバードは、ペッパー。

何を思えば、どう感じればいいのかわからない。すると体が代わりに決めてくれようとしたみたいだ。鼓動が全身に広がって、肺が突然、空気でいっぱいになった。その空気を吐いていいのか、「ペッパーがブルーバードだった！」と、声の限り、いかにもメロドラマ風に叫べばいいのかがわからない。

「またペッパーか？」

ぼくの体にまだ血液がいくらかでも残っていたとしたら、この時間違いなく顔から噴き出していたと思う。「へ？」

「なんかツイートしてるとか？」

そうか。ツイッターか。頭が勝手に、なんとなく頷いたようだった。

「ペッパーのことはもういいんじゃないか」イーサンはやれやれと天を仰ぐ。

グランマ・ベリーの部屋にいた母さんが、紅茶入りのマグを手に入ってきた。「ペッパー？　それってこないだあなたが一緒に出かけてた子の名前じゃないの？」

こないだが一年も前のことに思える。ここ数週間のこと、ここ数カ月のことを思い返してみた。ブルーバードに話したこと、ペッパーに話したこと。頭の中でこんがらがっているのを、大急ぎでほどきにかかる、ブルーバードに何を言ったんだっけ？　ペッパーには？

「うん、その子だよ」イーサンがしっかり答えた。

そうだもっと大事なことがあった。ペッパーはどう思うだろう？　アプリ上でペッパーはぼくに、いくつも話してくれてなかったっけ。ツイッター上の敵であり、四年生クラスの鼻つまみ者であるジャック・キャンベルにだけは、知られたくないことの数々を？

母さんの目が光った。「じゃあその子はハブ・シードのあなたの記事を見て、声をかけてきたって、そういうこと？」

一瞬の奇跡か、やっと声が出た。「いやそういうわけじゃ──」

「ペッパーは、ビッグ・リーグ・バーガーのアカウントからツイートしてる子だよ」

「え、そうなのか？」

父さんがキッチンにいることすら知らなかった。キッチンの音はギリ聞こえないのだ。それがいきなり、鍋と布巾を手に、戸口に立っているではないか。ぼくを見て、それからイーサンを見た。どちらに訊いたものか、決めかねていたのか。

「ペッパー・エヴァンスだよ」イーサンはいかにも興味なさげだ。「おんなじ学校に通ってる。その子んちが、ビッグ・リーグ・バーガー全体の経営権を持ってるんだって」

母さんの眉間にしわが寄った。「確か、パトリシアっていう子じゃなかった？」

「ほんとの名前はペッパーなんだ」とぼく。「間違えた、ほんとの名前がパトリシアだ。けど、名前はペッパーなんだよ」またの名をブルーバード。あるいは、『これからまたジャックに腹を立てることになる女子』。どれでも好きに呼べばいい。

「あの女」

父さんの唇の動きを見ていなかったなら、ぼくの勝手な思い込みだ、そう言った気がしただけだと、自分に言い聞かせたことだろう。表情がさっと曇り、父さんはぼくに見られまいと鍋に目を落とした。が、手遅れだった。ぼくは母さんのほうをチラ見する。ぼくと同じ唖然とした表情を期待していたのに、ちょうど息を吸っていて、やがてふうーっとため息をついたのだった。

「どの女？」イーサンが訊いた。ノートパソコンの画面に何を出していたか知らないが、もうすっかり忘れてしまっている。父も母も答えないので、こう付け加えた。「何か……何か隠してない？」

父さんはまた顔を上げたが、口を真一文字に結んでいた。「そんなことはない。ただ、ツイッターの騒動はもう収まったんだよな？」

「収まった」低い声でぼくは答えた。

父さんは頷く。「ならそっとしとこう」

そして、まるで霊にでもとりつかれたみたいに不気味に、両親は無言のまま、いろいろやりかけのまま、寝室に向かったのだ。ドアは閉めない――話をするだけのときは閉めないことになっている――が、ほんの少し隙間が空いている程度なのだ。二人の話し声は低すぎて、ぼくらには何も聞き取れなかった。

手の中のスマホが光った。

ブルーバード
ところで明日はどうするの、カップケーキの巨匠さん？

明日。シニア・スキップ・デーだ。

パニックのさなかでも、ちっぽけで素朴な、ただただ照れくさいワクワク感が、ほんの少しだけ頭をもたげかけはしたが、すかさずぺしゃんこにされた。

ランドンだ。

たぶん思っている、いやでも思っていないかも――でも、さっきプールで見せたあの表情、あの口ごもり方、あれがぼくの気のせいだとはとても思えない。ウルフはランドンだと、彼女は思っているのだ。

いや違う。ウルフがランドンであってほしいのだ。

「どうしたんだよ？」イーサンが小声で訊いてきた。

イーサンのほうを、ときどきイライラするほどそっくりなその目を、覗き込んだ。こういう瞬間にはいつも決まって、なぜかものすごく似てくるのだ。眉間のしわも、訝って目を細める細め方も。

ぼくと同類の、ぼくの兄弟。反発し合って分裂した受精卵の、もう一方の片割れ。でもたった今、ぼくは様子のおかしい両親のことなどとても気にしていられる状況ではないから、二人がたとえドイツ語で会話しながら出てきたとしても、ぼくはここから一歩も動かないだろう。今まさに口を開けつつある、自業自得という世にも哀れな落とし穴に、ズブズブと沈んでいくところだから。

「おい」とイーサン。どうしたんだとは訊かないが、おい、で十分伝わる。瞬きし、ぼくを見据えるその目もやはり、戸惑いを物語っていた。

するとたちまち、胸がギュッと痛みだす。なにもかも打ち明けてしまいたい、というほぼ抗いがたい衝動だった。ウィーツェル・アプリのことも、ペッパーのことも、将来のことも。そしてその将来の一部分で、ぼくが恐れ、同時に訝っていることについても。

ぼくがどんなに必死に、イーサンの影を振り切ろうとしたところで、ぼくの影をいちばんよくわかってくれているのは、イーサンの影に違いないのだ。自分で問題を引き寄せておいて、それをイーサンのせいにして怒ってやろうとどんなに頑張っても、イーサンはそれでもまだ、そしてこれからもずっと、ぼくの最初の、そしていちばんの友だちであり続けるのだ。

イーサンを信頼していないから打ち明けない、というのではない。あわよくば自分でも認めないままにしたいからだ。公表してしまったら、屈辱を決定づけてしまう。ぼくはまだ直視できないままなのに、未来永劫つきまとわれることになる。

パソコンとスマホをひとまとめにした。「もう寝るよ。ここんとこ睡眠不足だったから」ぼそりと言った。

「そうなのか？」

またた。今かもしれない。イーサンと見つめ合うその一瞬、ぼくたちだけしかいないのだ。ここは学校ではないから、周りに友だちもいなければ、デリのお客も、たまたま同じバスや電車に乗り合わせた乗客も、通りすがりの通行人も、誰もいない。小さい頃はこんなだった。まだぼくらを取り巻く世界が、ぼくら二人の間をひき裂いてはいない頃。まだイーサンがぼくの兄弟であって、すべてを測るものさしにはなっていない頃。

ごくりと唾をのむ。「うん」

部屋に入るなり靴を勢いよく脱ぎ捨て、ベッドにうつ伏せに倒れ込んだ。枕に頭を押しつける。このまま寝てしまうしかない。一晩、いや、もしかしたら死ぬまでか。だが目を閉じ、全体重をマットレスに預けても、相変わらず胸が痛いし、猛烈に自分を憐れんでいるし、猛烈に腹を立てている。階下のエスプレッソ・マシンのコーヒーを飲んでからすぐ、頭のてっぺんをぶん殴られたみたいなものだ。

またスマホがバイブする。見る気がしない。どうせブルーバード――じゃなくてペッパー――だし、ぼくはまだどう返信していいか、どうしたらいいかわからない。時間が止まればいいのに。どうするか決めなきゃならない、となるのが嫌だ。でもそれこそが問題なのだ——返信するかしないかで、決めたことになってしまう。ドミノが一個倒れたら、つながっているほかのドミノも、どんどん倒れていくしかないのだ。

炎上するのを傍観していられるならそれでいい。

だが、スマホがまたバイブし、またまたバイブする。たまりかね、枕に突っ伏していた顔を上げると、画面を睨みつけた。ところが、なんだポールじゃないか。正直、メールの文面が大慌てでものすごくアツいことだけで、ポールだとわかったと思う。どんな考えであれ、ポールが一文にまとめられた試しなどないから。

今日9:32PM

おーい。**おーい。**おい　おい　おい　おーい

おしえてくれよ、ウィーツェルのゴールドフィッシュが誰なのか

思うんだけどさ？　ぼくの運命の人かなって？？？

駄目ならアプリがぼくら二人にバラすようにしてくれよ。できるよね

両掌で目をこすり、画面を睨みつける。

今日9:34pm
駄目。そんなことはしない

だって**できる**のに
だよね？？？

またスマホから目を離すと、充電器に差して目覚ましを朝にセットする。ここまで大量に流れ込んできた情報とは、ぼくの体が唯一知っている方法で向き合うことにした。死んだみたいに寝る。それだけ。電気を消したと同時に、スマホがまたバイブした。

ジャーアアアアアアアアアアアックククク

そしてついに、どう感じていいかわからなかったぼくも、やっと強調すべきところを見つけた。着地点がわかったのだ。

駄目だ。頼んでくるのも**やめろ**。アプリ上のほかのみんなにとって不公平だし、きみだけズルさせてやるような間抜けなマネは絶対しないからな

叩きつけるようにスマホを戻し、電気を消した。それきりスマホは一晩じゅう、バイブしなかった。

ペッパー

金曜日の夜七時。わたしはさっきからずっと、ペッパー／ペイジのブログへの次の投稿記事を、頭の中で下書きしている。ペッパーの『ズタボロでぐしゃぐしゃな日のしわくちゃ・クッキー』だ。

作り方：初めに、ジャック・キャンベルとの得体の知れない緊張関係を一つ、入れます。彼は病欠なのか、あるいは授業時間中に開かれたシニア・スキップ・デーのイベントに参加したから欠席だったのか、どちらかわかりません。そこに、ウルフからほぼ二十四時間連絡なし、を混ぜ入れます。この世でいちばん誇りに思っているものをウルフに見せることで、わたしのありのままの内面を本気で見せてあげた、その二秒後から音信不通なのです。そこにさらに加えるのが、のちのち地球上でいちばんの居心地の悪さを経験することになった、ランドンと、あとはありえないくらい酔っぱらったティーンエイジャーの大集団との集まり、です。さらにチョコチップ、バター、薄力粉、塩、ココアパウダー、卵を加え、最後に、十代女子一人の体では背負いきれない量の恥ずかしさを入れます。オーブンを超高温にセットしたら、まるごと全部焼いちゃいましょう。

「ねえ、なんだか……顔色悪くない？」

プージャのほうをちらりと見る。しわくちゃクッキーのズタボロ祭りでしかない今日、わたしにとってプージャが文字通り唯一の癒やしだった。ほぼ丸一日、スマホの画面を見つめて過ごした。ウルフからの、今夜の約束に変更はないよ、という確認のメールか、じゃなくても、なんで学校に来てないの？　と朝から尋ねたわたしのメールへの、ジャックからの返信か。どちらからもなんにも来なかった。誓ってもいい。スマホの画面はずっと真っ黒で、わたしは椅子に座ったまま、本当に体が縮んでいくような気がしていた。

ランドンやほかの四年生たちに会いに行くこと自体やめてしまおうかとも思った。夜が近づけば近づくほど、言いようのない恐怖がどんどんわいてきたのだ。でも、今しかない。ランドンがウルフでもそうじゃなくてもこのさいかまわないし、ここまで前のめりになってしまったらもうあとへは引けない、と思った。

ただ現時点でもう、ランドンはウルフではない、と言って間違いなさそうではあるのだ。現に、ランドンはウルフらしいと思えることもたくさんあったが、ウルフじゃないらしいということのほうが、ここ数時間彼らと一緒にいた間に、甚だしく顕著になってきていた。

五時頃にランドンから、メトロポリタンの階段のすぐ前あたりでみんなと落ち合おう、とメールが来た。わたしのほうは、少なく見積もっても二時間は前から、準備万端で待っていた。制服を着ていないわたしをクラスメイトが目にするなんてめったにない機会だからと、慎重に服も選んだ。ペイジが置いていった大量のリップスティックを、あれこれつけては拭い、またつけてをさんざん繰り返したせいで、唇にタトゥーよろしく染みこみかけていた。ニットワンピにタイツ、細身のブーツを合わせ、さらにマムのおさがりのかわいいピーコートを羽織り、誕生日にダドに買ってもらったマフラーを巻いた。

十一月としては申し分なく爽やかな日だったのだが、行ってみてびっくり。大間違いをやらかしていた——クラスメイトなんかじゃなかった。酔っぱらっているし下品だし、親の大邸宅のホームバーコーナーからとっておきの酒をくすねてきたぜイエイ！　という類の連中だったのだ。わたしに最初に気づいたのはランドンだった。髪の毛が全部おかしな方向にうねっていて、ジーンズにラコステのTシャツ。それに外気温は四度しかないというのに、ほっぺたが真っ赤なのだった。

「ひょっとしてあのビッグ・リーグ・バーガーの、本物の跡取り娘かな！」大声で呼ばわると、数人がフゥーフゥーとはやしたててきて、耳たぶが燃えるように熱くなった。「用心しろよ、キャンベル」

階段に座っていたイーサンが目を上げた。やはり赤ら顔で目を潤ませてはいるが、ランドンや足元の怪しいほかの男子たちよりはよっぽどしっかりしている。「よう」と、かなり親し気に手を振ってみせたが、すぐにまたもっと大切な、ステファンといちゃつくというお仕事に戻っていった。

ザラザラしている上にぐちゃぐちゃな予感がしてきた。わたしが来るまでに、みんなでわたしのことを話していたんじゃないか、みたいな。もしかしたらわたしが勝手にそう期待していただけかもしれない。なにせハブ・シードに、また悪く書かれてしまったから。ランドンが酔ったついでに腕を回してきた。挨拶代わりのハグもどきか、と思ったらわたしの髪を手でぐしゃぐしゃにしだした。顔から火が出そうになり、体がカチカチに固まる——なんで普通にしていられないんだろう？さりげなく面白がって、ハグさせてあげればいいのに。どう見てもちょっかいを出してきたがっているのだから、同じようにちょっかいを出してあげればいいし、じゃれついてこられたらこられたで、適当にじゃれつき返してあげればいいのでは？

なんにもできないうちに時は過ぎ、そんな自分に嫌気がさしただけで終わった——この世界にちゃんと溶け込まなければ、と、ここまできたのにまだ思っているのにも呆れる。わたしにどう思われているかこれっぽっちもわかっていないらしきこの人物の言動次第で、わたしの感情はこんなにも揺れ動くのだと思い知らされる。ストーン・ホールに入った当初もそうだったし、卒業が近づいた今もやはりそうなのだ。

集まった顔ぶれをぐるりと見まわしたのは、本当に誰でもいいから、自分とそっくり同じレベルで素面《しらふ》な人とアイコンタクトをとりたかったからだ。するとありがたい、プージャがいた。わたしとまったく同じぐらい面食らっている顔だ。周りの連中からやはり手荒い挨拶をされていて、アルコール入りのカップを持ったままハグしようとしてきた男子を巧みにかわすと、中腰のままススッとわたしのところまで来てくれた。

「やれやれだわ」わたしと目を合わせ、大きく見開く。

わたしはほっとして微笑んだ。「ほんと」

ここですぐに、二人して逃げ出せばよかったのだ——プージャは、逃げる気ある？　と訊きもせず、もう目で逃げよう、と言っていた——が、そのときシェインが、酔っぱらったまんまでウィーツェルのホールウェイ・チャットに投稿するぜっ、と宣言したのだ。するとみんながそれぞれのスマホを出してきて、シェインの投稿を見るか、じゃなければシェインと同じことをするか、をやりだした。

プージャはポケットに両手を突っこみ、乱痴気騒ぎから一歩退いた。わたしはもう手を引いたから、もう知らないからね、ということらしい。「いつまで経っても、ちゃんと食事できるところになんか行けないわね、これじゃ」苦笑しながら言う。

なんとかプージャの口調についていこうとした。ものすごくがっかりしているのを声に出すまいと必死だった。「うん、ほんとね」

言ったそばから、びっくりして飛び上がる。ランドンがスマホを、わたしたちの鼻先に突きつけてきたのだ。

「ストーン・ホール随一の才女のお二人に、スペルチェックしてもらおうかな？」

わたしはヘッドライドの前に飛び出した小鹿みたいに固まってしまった。プージャがスマホを受け取る。画面にあるのは、ランドンがこれからホールウェイ・チャットに投稿するつもりの下書きだった。何を投稿しようとしていたのか、わたしは読んでもいない。ユーザーネームが画面に出ていたからだ。『チーター』と。わたしの目はそこに釘付けになり、そこだけを何度も何度も何度も読んでいた。そのうちにようやく、プージャがため息をつき、同時に無理に笑いながら、ランドンにスマホを返した。

「投稿していい？」ランドンはわたしたち二人に、必要以上にもたれかかってくる。息がかかって、なんだかわからないが、さっきまで飲んでいたらしきものの臭いが鼻を突いた。

プージャはなんとか笑顔を崩さずに言った。「スペルはどこも間違ってない。それだけは確かよ」

「さっすがー」

ポンとタップして投稿したら――『メトロポリタンの階段、酒持参のこと』――さっさと行ってしまった。残されたわたしは階段の隅っこで、開いた口が塞がらないまま。ただ胸のあたりに何かが固まっていて苦しい。なんだかまだよくわからないが、もしかしたらホッとしたのか。じゃなければ、がっかりしたのか。いやいっそ、その二つが混ざり合っているだけなのか。

ランドンはウルフではなかった。驚いたのは、それを知ったからといってわたしが動揺しまくるわけでもない、ということだ。単なる事実として、すんなり受け入れられた。その日の学校のカフェテリアのメニューはこれこれだよ、と誰かに聞いたぐらいな感じだった。

ただ、そのほかのことが脇からわたしを痛めつけてきた――ランドンがウルフじゃないなら、ほかの誰かがウルフだ、ということになるから。その誰かが誰であれ、どうやらわたしとは関わり合いたくないと思っている、ということだから。

たぶんブログのせいだ。あれの中に、あからさまにわたしとペイジに結びつくことが書いてあったはずはない。が、とにもかくにも見当がついてしまったのだろう。そしてたぶん本当のことがわかったとたん、ペッパー・エヴァンスの魅力なんて、かつてのブルーバードの足元にも遠く及ばない、ということになったのだ。

でもきっと、なるべくしてなっただけのことだ。ウィーツェルにいるときのわたしは、学校にいるときのペッパーではない。肩の力が抜けていて、そそっかしくて、言いたいことはなんでもズバズバ言ってしまう――しかもアプリがわたしたちお互いの個人情報を長いこと開示しなかったものだから、余計にそういう人になってしまった。とはいえそんな子と、ストーン・ホールでのわたしが同一人物だと認めてくれる人なんて、とてもいるとは思えない。ジャックは前によくわたしのことをロボット呼ばわりしていたが、一理あるなと実は自分でも思っていたのだ。ストーン・ホールに来て以来四年間、歯を食いしばり、ひたすら俯いてきたし、目の前に立ちはだかるものはことごとく破壊しようと頑張ってきた。永遠の友情とかは必ずしも得意ではなかった。

いや、現時点でのわたしに至っては、友情なんてものとはからきし縁がないではないか。ジャックは無断欠席、ウルフは空席、だからわたしは……

「勉強会にかなりの生徒が来てくれるようになったし、もうウィーツェルを使わなくても大丈夫、よかったわ」プージャはやれやれという顔でアプリを閉じた。「あのアホのお子さまたち、これから一晩かけて、ホールウェイ・チャットをろくでもない投稿で大渋滞させる気よ」

唇を噛み、無理やり自分を立ち直らせる。とりあえずは一人じゃない。

「間違いないわね」と請け合った。

プージャが階段の端っこに座ったので、わたしも隣に座った。ほんの束の間、クラスメイトの集団が思い思いに走り回るのを、ただじっと眺めていた。ピンボールマシンが酔っぱらったらこんな感じになるのかな。数週間前のわたしは、せいぜい彼らの名前と親の職業ぐらいしか知らなかった。でもプージャの勉強会に顔を出したおかげで、何人かのことはもう少しだけわかるようになった——例えばボビーとシェイン。二人はポッドキャストをやっていて、そこで『トワイライト』シリーズ全巻を読み上げている。またジェニーンはレディー・ガガに夢中で、もう九回もコンサートに行っているという。

なんとなく見ていると、プージャは勉強会がらみのチェーンメールを開き、何か返信している。

「それって、一人じゃわりと大変なんじゃない？」訊いてみた。「準備するのに時間を取られ過ぎたりしない？」

プージャはひょいと肩をすくめる。「それだけの価値はあるもの」送信をタップしてからわたしのほうに向きなおった。両手はまたポケットへ。寒さ対策だろう。「それに思ったの、自分の成績を気にしすぎるのはやめようって。うちの学校の教育システムってろくでもないじゃない。いっつもテストのための授業ばっかり。お互いを定義するのは順位だけ、現実にどんなことで社会の役に立てるかなんて関係ない」

一陣の風が吹き、わたしは身構えた——風に備えて、そしてプージャが語った真実にも備えて。体じゅうが拒んでいた。わたしはずっと長いこと、その順位で自分を定義してきたのだ。順位がなくなったら、ストーン・ホールという世界の中でわたしを支えてくれるものが何もなくなってしまう。

「この子たちなんかには、なかなか勇気がいることよね」とわたし。「でもそれ——それってすごいことだわ。自分がどうありたいかわかってるってことでしょう」

「ある意味あなたも要因の一つではあるのよ」

すぐには返事ができなかった。びっくりしすぎてこれしか言えない。「わたし？」

「そう」プージャは階段に座ったまま体重を移動させ、結果わたしからはほんのちょっとだけ遠くなった。「ほんとにどうでもいいようなことだし、たぶんあなたは覚えてないと思うけど——なんか、ほんとにどうでもいいのよ——クイズ大会みたいなことやったじゃない、一年生のときかな？」

しばし身動き一つ、寒さに震えることすらできなかった。

プージャが目をそらす。記憶の中を覗いているのかもしれないが、どうも凹んでいるようだ。「で、先生があなたを指して、そしたらあなたは一瞬たじろいで——なんだかすごく、かわいそうな気がしたの。これから死刑にされるみたいな顔してて。だから、答えを教えてあげた。ううん、教えたつもりだった。そしたら、間違ってたのよね」

「あれって、たまたまだったの？」口が滑った。止められなかった。

プージャがはっとしてわたしの日を見る。「やっぱり覚えてたんだ」

覚えていないわけがない。それこそが、四年間プージャに引き離されまいと踏ん張り続けることになるきっかけであり、四年間プージャより一歩先に出よう、プージャには絶対抜き返されないところまで行こう、と頑張るきっかけそのものだった。

「ものすごくばつが悪いし、クリアバーン先生はこっちを睨んでくるし、だからつい、あとで思いついたほうを言っちゃったら、それが正解だった。あなたに何か言わなきゃって思ったんだけど、わたしのほうを見てもくれなかったでしょ、授業が終わったらすぐ帰っちゃったし。でね、夜になって居ても立ってもいられなくて、全部両親にぶちまけたの。そしたら二人ともカンカンになって、わたしを即刻ストーン・ホールから退学させるって言いだしたの。二人とも大学教授だったりするから」プージャの説明は続く。「うちの親、教育とは学ぶ姿勢を育てるもの、っていう考えに傾倒してて――だからえっと。なんて言ったか忘れたけど、ストーン・ホールの一部の教師たちが成し遂げようとしてることは、決して教育じゃない、って言うのよ」

「教育じゃなくて『ハンガー・ゲーム《バトル・ロワイアル》』よね」助け舟を出した格好になった。

プージャはふっと笑った。「ほんとそう」もじもじしながら、またわたしのほうを見る。「で――あなたに何か言わなきゃって思ってたんだけど、わたし自身が、ダメージを最小限に抑えなきゃいけない状況になっちゃったの。両親をなんとか説得しないと、退学させられて自宅学習に切り替えられてしまうから」ここでぶるっと身震いした。「て、ところから始まったわけ。退学したくなかったからね。友だちはみんなここの生徒だし。だから、いい方向に変えていくことにした。わたしにできるところから。そしたらウィーツェルが、変な話だけどうまく機能してくれて、実現したのよ」

喉が詰まる。今までずっと、二人をはっきり色分けしてきたのだ――わたしは負け犬、プージャはいわゆるいじめっ子――それを燃料にして、わたしは走ってきた。一番でいなければいけない理由を正当化するためだけにとどまらない。ほかのこと全部を、それで正当化していた――常に戦闘態勢だったのだ。学校であまり友だちを作らなかったのもそのせいだ。たった一度、しかもほんの一瞬、愚かにも完全に見誤ったばっかりに、自分以外は全員敵、と決めつけてしまった。

「あなたの言う通りだわ」しばらく経ってからやっと言えた。「教育システムがなってないのよね」謝るべきなんだろうか。二人の間にあった問題が、プージャにとってもわたしにとっても同じくらい明白だったとしたら。ところが決めかねているうちに、プージャは立ち上がってわたしに手を差し出すと、引っぱり上げて立たせてくれた。

「みんなどうやら食べ物の屋台に繰り出したみたいよ」とプージャ。「軽く食べて、それからもう無理、ってなったら帰ることにしない？」

これでわかった。プージャは謝ってほしいと思ってはいない。ライバル関係が暗黙の裡《うち》に始まったのなら、謝罪も暗黙の裡に行われてしかるべきなのだ。わたしたちはちょっとやそっとじゃ渡り切れないほど広い広い川の対岸にいたけれど、少なくとも今は、二人揃ってここにいる。

「うん、そうしよう」

スムージーにしよう、ということになっていた。ところがだ、ランドンの体に取り込まれたアルコールは、会話に適した声の大きさとか、まっすぐに歩く方法とかはきれいに忘れさせたくせに、女性への礼の尽くし方まで忘れさせるほど強くはなかったらしい。約束通り、夕食を奢ってくれた――スムージーの屋台の隣の店の、ホットドッグだ。ケチャップとマスタードがたっぷり、おまけにキャベツの甘酢漬けが山盛りときている。

わたしに手渡しながら、軽くお辞儀してみせた。「バーガー・プリンセスにホットドッグをどうぞ」

表情が曇る。四年間なんとかかんとか、誰にもわたしとビッグ・リーグ帝国との関係を云々させずにやってきたのに。どうやら運は尽き、それどころか、一気に赤字に転落したみたいだ。

「ありがと」

本気で食べようとは露《つゆ》ほども思っていなかった。鼻持ちならないと思われるかもしれないが、これはビッグ・リーグ・バーガー・メッシー・ドッグとは別物だから。かつてダドとわたしが、ナッシュビル・サウンズの試合を見に行った帰りの車の中でトッピングを考案したのが我が社の商品なのだ。なのに一口、また一口、ついに全部平らげてしまった。何かで口をいっぱいにしておくことで、ランドンやその仲間たちに無理に話しかけようとしなくていい状況を作ったのだ。

一時間後、わたしは深く深く反省していた。

「冗談じゃなくて、気分が悪いんじゃない？」とプージャ。「どこかに座る？」

正直言って、本当に気分が悪かった。胃が、あの不吉な動きをしだしたのだ。なんだかすごく、喉のほうに移住したい気がしてるんですけど、というような動き。セントラル・パークをさまよい歩いていた。なんとなくクラスメイトの集団のあとをついて歩いていたのだが、その集団も、どんちゃん騒ぎをしているうちにあとからどんどん合流してきて、ますます大人数になってきていた。とはいえわたしのせいで、プージャとわたしの二人はかなり後れをとっているのだった。

「ううん、いいの、大丈夫」嘘をついた。

「ほんと？」

一瞬立ち止まり、自分で自分を診断する。たぶん神経が過敏になっているだけだ——ウルフのこととか、ランドンのこととか、あとこのしっちゃかめっちゃかのシニア・スキップ・デーのことととかも影響している。

「うん、ほんと」

プージャはまた何か言いかけたが、ランドンの雄叫びにかき消された。芝生の上で側転を決めようというのだ。結果、背中からぶざまに着地し、今度は仰向けに寝っ転がったまま大笑いしだした。世界じゅう探してもこんな面白いことはめったにない、とでもいうような笑い方。

「なにがあんなに可笑《おか》しいんだろ？」プージャが訊いてくる。ここ数分の間にわたしたちは歩くのをやめ、観察を始めていた。集団から抜けていつしかすっかり傍観者になっていた。「わたしがここに来たのはね、ばかみたいだけど、ランドンのこと、ちょっといいなと思ってたからなんだ」

ランドンは起き上がり、ものすごく大きなげっぷをした。巣ごもりしていた鳥たちもびっくりして飛び起きたはず。

「もうわかった。そういう気持ちは完全になくなった」真顔で言う。

笑いだしてしまった。胃腸がムカムカするけど我慢できなかった。

「なによ」とプージャ。照れ隠しなのか口元がちょっと笑っている。

半分はプージャに、もう半分はわたし自身にこう話しかけた。「ランドンにあなたって、もったいなさすぎるでしょ」

プージャが頬を赤らめた。「うん、まあそうね。ボーイフレンド探しは大学に入ってからにしようかなって、今思ってる」

また胃が痛みだした。プージャの考えを真っ向から否定したいのか。大学入学が近づけば近づくほど、わたしからはますます遠くなっていく気がする。何につけてもゴールに到達することだけに集中してきた。とにかく合格通知をもらうこと、そしてわたしに限って、もらい損ねることはまずないとわかってもいた。だからそのあとどうなるか、まだちゃんと考えられていないのだ。

「わたしもそうする」一応言っておいた。

「えっ、ちょっと待って。まさか、あなたとジャックはほんとになんでもないって言うの？」訊きながらプージャは小石を蹴飛ばした。

「そうよ」食い気味どころじゃない即答だ。「なんでもないったらない。ただの友だち」

「だってネットもすごく盛り上がってるじゃない。ペップが、とか。二人をくっつけてジャクトリシア《ジャック＋パトリシア》とか」

わたしはふくれっ面になり、ぶるっと身震いした。「お願いだから言ってよ、その合体したような変な名前、手入力してる人なんてほんとはいないんだって」

「いいけど、そんなことしてもわたしが嘘つきになるだけだし」そう言うと、首をかしげて少し離れた男子たちのほうをまた見だした。みんなもうベロベロだというのに、レッド・ローバー《子どもの遊び。はないちもんめに似ているがタックルを伴う》をやっているらしい。これはもう最低一人は骨折しないと終わらないだろうし、そうしたらダイビング部と水泳部、両部のコーチが必然的に、烈火のごとく怒ることになる。「まあいいわ、とりあえずジャックは、ここにいる連中ほど大間抜けじゃないのは確かみたいだし、そういうのもうまく生かしていけるんじゃない？」

　声を出して笑いはしたが、すぐさま顔を背けた。いよいよ本格的に気持ちが悪くなってきたからだ。ところが顔を背けたとたん、わたしは戻っていた。プールの端の浅いところに立って、ジャックの顔を見つめている。たじろぐあまり息が詰まりそうだった昨日のあの瞬間だ。ある意味わたしは一日じゅうずっとあそこにいたのだ。あのときの思いはほかのどの思いともつながっていて、わたしをいちいち引き寄せていた。決してわたしのそばから離れようとはしなかった。しばし身を任せてみた。その思いがわたしをどこに連れていこうとしているのか。そして――

「ああどうしよう」

「どうしたの？」

胃が、あのどうしようもなく不吉な動きをし始めた。なのでわたしはどうにかこうにか、こう呟いた。「もうダメ、吐いちゃう」

プージャは慌てない。「わかった。じゃ――座ってて」

ゴミ箱めがけてダッシュしていったと思ったら、紙袋を持って帰ってきた。すぐさまわたしは顔を突っこむと、胃の中身の半分を出してしまった。

「ペッパー？」

ジャックの声に聞こえたが、そんなわけはない。それにどのみち、第一波が過ぎたらすぐに第二波が来てしまう。まだまっすぐ立っていられるのは奇跡だった。これだけの量のホットドッグを吐き戻している最中だというのに。火山の噴火みたいだった。吐くという行為そのものが不快なあまり、余計吐きたくなる。いわば嘔吐中毒、みたいな感じ。

プージャが機転を利かせ、わたしの髪を持っていてくれたので、最悪の事態は避けられた。なので振り返って何か言わなきゃと思ったが、ありがとうとごめんねがぐちゃぐちゃになって言葉が出ない、とそのとき気づいた。さっきから髪を持っていてくれたのは、ジャックの手だったのだ。

何やってんのよこんなとこで？　訊こうとしたがすぐに口を閉じた――今息をしたら、ホットドッグのお葬式の臭いがするに決まっているから。

「ちょっと、スマホなんか向けてるんじゃないわよ、何考えてんの」プージャのきつい声。

プージャが怒鳴っているほうに口を向けると、嫌でもわかった。かなりの人に見られている。ランドン、イーサン、ステファン、シェイン——酔っぱらったみんなが騒ぐのをやめて見に来ていたし、公園にたまたま来ていたほかの人たちもちらほら混ざっていた。

五分前のペッパーはまだまだ甘かった。今日という日にここまで最悪なことが起ころうとは思ってもいなかった。

まっすぐ立って、吐いたものの入った袋をなんとかゴミ箱まで捨てに行こうとした。ジャックが肘に手を添え、後ろから影のようについてきていたし、プージャは前を歩き、写真を撮ったらしき誰かに罵声を浴びせていた。

「いやいや」ランドンの低い声。わざとらしい笑顔で近づいてくる。「大したもんだよ、ペッパー。まさかきみが、パーティーで最初にやらかすとはね。素面のときのマジメさ加減からして——」

ジャックが拳を振りかざして前に出た。アニメのキャラクターみたいだ。引き戻そうと腕を摑むと、拍子抜けするぐらい簡単に引っぱれてしまった。勢い込んでたわりにはあっけない。

「ペッパーが酔ってるわけないだろ、このトンチキ」

「ジャック、もういいから」言いながらさらに引き戻すと、横並びになった。頭にきすぎてやけっぱちになったのか簡単に引っぱられはしたが、わたしのことは見ようとしない。

ランドンはというと、イラついているようでもあり、面白がっているようでもある、どっちつかずの顔をしていた。「まあまあ、落ち着けよ」

「マジでやめてくれ、ジャック」とイーサン。いつの間にか近くまで来ていた。

ジャックが睨みつける。「本気で言ってるのか、イーサン？」

イーサンのしぐさは曖昧だった。謝りたいのに、体がどう伝えていいかわからない、という感じだ。

「わかったよ」とジャック。

イーサンはふうっとため息をつく。「誰か送ってかないといけないんじゃ？」

「任しといて」とプージャ。わたしと腕を組んでくれたところで、わたしの中に感謝の念がどっと湧きだし、このときばかりは姉を恋しく思わなかった——理屈抜きに味方になってくれる人がいる、と、このときばかりは心の底から思えたのだ。プージャに誘導されて帰路につく。プージャが横につき、反対側にはジャックがいた。現実世界ではあるが間違ったところに迷い込んでしまい、戻るにはどうしたらいいか教えてほしい人、という風情だった。

「大丈夫なの？」

「うん、なんだかちょっとよくなったみたい」

「絶対、あの怪しいホットドッグのせいよ」プージャが同意した。

「だとしたら、ランドンもそろそろ戻してるんじゃないかな」

「なんで？」

ジャックはもうすっかりいつものジャックだ。一緒に歩きながら、体が針金みたいにくねくね動く。

「ジャック、もういいから――だって、うちってあと六ブロック先だし」公園の縁のほうを振り返り、軽く頷く。「戻ってほかの子たちと一緒にいれば？」

ジャックはもじもじしている。目の端で、ジャックの腕が持ち上がるのが見え、そして首の後ろをカリカリ掻くのも見えた。追い込まれるといつも決まってやるしぐさだ。「ほんとのこと言うとさ、きみに会いに来たんだ」

プージャがさっと俯いた。失笑を隠そうとしたらしいが完全にバレている。

「え」胸に何かがせりあがってくる。ありがたい、これは夕食じゃない。「ごめん、しらけさせちゃって」

「いや、もっとひどいの見てきてるから」

ジャックのほうを見ると、いつものあのばかみたいな笑顔を返してきた。見ているだけで、今この瞬間から自分は全然元気になったんじゃないかと騙されてしまうような笑顔だ。本当のわたしは吐いた直後のズタボロ人間でしかなく、額から汗が噴き出しているというのに。ジャックを見てこんなにホッとするなんて、ジャックが目の前にいるだけでこんなに嬉しいなんて、どうかしている。ジャックがわたしに話しかけている。わたしと話すために、こんなにも人でごったがえす島をはるばる渡ってきてくれている。

プージャとジャックはわたしをマンションの前まで送り届けてくれた。プージャはわたしとハグしてから、脱水症状にならないための注意点を、立て板に水の勢いでまくしたてる。ジャックも、思いがけなく近づいてきてハグしてきた。世界じゅうでこれがいちばん自然なことだとでもいうのか、でも確かに、自然ではあった。わたしもハグを返したが、最後に一瞬、ぎゅっと力を込めてみたところ、たまたまジャケットの生地に爪を立ててしまった。

「気分はよくなったかな」ジャックのほっぺたが真っ赤だ。

確かに、ずいぶんよくなっていた。返事をし忘れていたら、マンションのドアマンは咳払いするし、プージャは、ほらと言わんばかりに、くっと眉を上げてみせるし。

「うん――あなたもね」間違えた。「ていうか――えっと――」

ジャックが笑いだす。笑いながら後ずさったものだから、歩道を通りかかった誰かと危うくぶつかりそうになった。「じゃあまたな、ペパローニ」

とある一日を、正真正銘の嘔吐で締めくくってしまった人間だから、エレベータの中でこれ以上ないほどのニンマリ顔をキメる権利などあるはずもなかった。それでも不気味にニンマリしてしまっている。自分の中で何かがボコボコ泡立っているような、それが足元にたまっていくような気がするし、そのおかげでものすごく体が軽くなってきたから、今のうちに手すりに体を縛り付けておこうかと本気で思ったりした。今まで絶対想像しなかったことまで想像してみたりもする。ジャックの上着の袖を摑んで引き寄せたら、どんな感じだろう。ダイビングしたばかりのジャックの濡れてぐしゃぐしゃの髪を、この手で梳《す》いたら、どんなだろう。昨日プールで、わたしからジャックとの距離を詰めていたら、目を閉じて、キスしていたとしたら。

自分で想像しておいてクラクラし、そのままの状態で玄関のドアを開けた。廊下にマムのスーツケースがずらっと並んでいたのにまったく気づかず、とことこ入っていくと正面のカウチにマムが鎮座ましましている。その表情はさながら迫りくる大型トラックで、わたしの頭の中の空想に激突し、跡形もなく粉砕した。

「あっ」

マムは眉を吊り上げてわたしを睨む。「座りなさい」

ほかの選択肢を考える。一つしかない。今すぐ逃げ出し、財布の中の五ドルで行けるところまで行ってみるのだ。そういえば前にプージャが言っていた。地下鉄のQ系統に乗れば、そのままますぐコニー・アイランドまで行けるって。

駄目だ、火星まで行ってくれなきゃ。

なので、座った。マムはわたしに向きなおるが、表情が読めない――怒っているのか心配しているのか謎だけれど、なんだか動揺しているのだけは確かだった。「話し合わないといけないことがいくつかあるのよね」

『ついさっき、公共の公園で吐いてきたばかりなんですけど』のカードを切るにはもう手遅れだろうか、いやなんにせよ危険すぎる気はする。

「いい？」

マムがスマホを出してきたところで、わたしの中で憤りが、風船のようにむくむくと膨らんできた。ツイッターのページなんか開けようものなら、爆発必至だ。あのペイジ・エヴァンスになりきってバットを振り回し、近所の人たちに、あら彼女大学から戻って来たのね、と思われるくらい喚き散らしてやる。そうじゃなく、寝室のドアを思いきり閉め、鍵をかけて閉じこもるという、ティーンエイジャーならではの持ち芸に走ってもよかった。

マムからスマホを受け取った。ツイッターのページではない。わたしの……中間成績だ。

そして、あまり芳しくないときている。

「あ」

いや、全然ダメなわけではない。ただ、ペッパー基準で言うと、かなりやばい、ということ。お腹に、あまり感じたことのない痛みが走る。こんなの初めてかもしれない。しばしなんだかわからなかったが、そうかわかった。失敗したのだ。

これがナッシュビルでなら、ひょいと肩をすくめてこう言ってしまえる。『そっか。Bが二つもあったんだね。だからどうだっていうの？』けれどここはナッシュビルではない。そればかりかここでは、大学入試直前の最終段階でBを取るとはすなわち、もう降参、煮るなり焼くなり好きにして、ということなのだ。

「まさかこんな……」

マムは顔を覗き込みながら、手からスマホを取って脇へどけた。「どうなっちゃってるの、ペッパー？　あなたらしくないわよ」

わたしらしいわけがない。もう四年、平日の睡眠時間はきっかり五時間で走り続けてきた。わたしらしく何をどうしろと？　自分らしいってズバリなんなのか、もはやわからなくなって当然では？

しかもここ数週間は、限界を超えていた。時間はないし、ガール・チージングとの『戦争』で、ほんの少し残っていた持ち時間も奪われた。切り分けられ、また細切れにされ、ツイートになって消えていった。こんなのが理由として通るわけもないが、本当だから仕方がない。

「ツイッターとかやってたし。勉強の時間を取られちゃった」

「一日に二ツイートがせいぜいだったじゃない。フルタイムの仕事じゃあるまいし」

タフィの気持ちが痛いほどわかる。無論これが初めてではないし、これが最後なんてことには絶対にならない。「もうすっかりフルタイムの仕事だったわよ、マム。その二ツイートをひねり出すのにどれだけ時間がかかると思ってるの。どう返信するかも考えなきゃいけないし、その他大勢が読んでどんな反響が来るかも見極めないといけないんだから——」

「わたしはね、あなたのその時間の大部分は、あの男子とじゃれてて奪われたんじゃないかって気がしてるの」

やっぱりそうきたか。ただじっと座っているしかなかった。銃のビューファインダーでその背中を捕らえられた動物みたいに、最終的にどこに照準を合わせてくるか、じっと待っているのだ。

「やっと読めたのよ、ハブ・シードのあの記事」とマム。「まさかクラスメイトと一対一で対決してたなんてね。おまけに、まさか自分の名前をインターネット上に晒したいと思うだなんて。未来永劫残るのに」

顔から火が出た。「そんなのわたしは知らないから。どこであれ名前を出してくれとも、出していいとも、タフィに頼んでないんだから」

信じてもらえないんじゃないかと気が気ではなかったが、マムはもうとっくに次に進んでいた。

「で、これがジャックって子?」

ジャックを守らなければ大変なことになる気がした。ここまで来て初めて、ジャックの存在をマムにはあえて隠していたんだと気づく。「同じ学校に通ってるの」

はぐらかしたつもりだったが、カウチのクッションで顔を隠したぐらいの効果しかなかったみたいだ。現にマムは驚いてもいない。「で、この子のせいで成績が落ちたわけじゃないし、タフィからのメールを無視するようになったのも、この子のせいじゃないとでも?」

「返信するのをやめたのよ、終わったから。ハブのリツイート合戦でケリがついたじゃない」

歯を食いしばったままマムは言う。「この子、あなたを騙してこの写真を使ったのよね」

「違うの、悪いのはジャックじゃなくて――」

「一つ勉強になったわね。競争相手を信じるべからず」

思いがけず胸に突き刺さった。プージャとあんな話をしたばっかりなのに、こんなことを言われるなんて。ほっぺたの内側を噛みしめる。言うもんか。絶対言うもんか。言うわけが――

「うん、それとこれもね。十代の娘ごときに大企業のツイッターアカウントを任せるべからず」

マムの口が真一文字になった。「あなたにはとてもすごい才能があるからよ。そうじゃなかったら任せたりしないもの。ただ、今はそれよりも成績のほうが心配だわ。大学って、いまだに四年生の一学期の成績をチェックしてるんだって」

本当にそうだとしても、下手な言い方をしたものだ。でもそうは言わないかわりに、わたしが言ってしまったひとことで、マムもわたしも愕然とすることになる。

「そもそもわたしが大学に行きたがってるって、誰が言ったの？」

マムがカウチに肘をついた。話しているうちに遅かれ早かれ、手で額を支えることになると予感しているのか。そして案の定、手に額を押し当て、困り果てたようなため息をついた。

「ペッパー……」

「ふざけてないよ。本気だから」心臓の鼓動が、いつもの二倍は激しくなっている気がする。マムをただ見下ろすしかないわたしは、思い知らされていた。こうして口に出してしまうまで、自分がどこへ行こうとしているのかさえ、よくわかっていなかったのだ。その言葉は、自分ですら知らなかった心の奥底から、ついに絞り出されてきたものだった。「わからないけど――わからないけど、できたら、ギャップ・イヤー《大学入学前、社会体験活動を行うため、大学が与える猶予期間制度》を一年取りたい。じゃなければ、しばらく家に帰るとかでもいい。あとは――あとは自分で店を始めるとか。ベーカリーとか、そういう店」

最後の案は、出した本人のわたしですらびっくりした。だから言い終わるなり慌てて口を閉じたのだ。が、マムは不気味に落ち着きはらっている。

「ペッパー、あなたは頭がいい。意欲的だし努力家だし。自分がどうなりたいかわかってるなら、そうしなさい」

わたしは口を開いた。どうなりたいかなんてわからない。

「わたしは……」

なんだか面白がられているような。マムの頬が緩む。

「わたしは、何？」マムは続きを待っている。するとそのとき、思いだした。それはニューヨークという街が、ときにいとも簡単に忘れさせてくれることだった――マムはわたしの味方だということ。わたしとマムは同じチームのメンバーで、それはチームが以前よりかなり小さくなった今も変わらないのだ。「ペッパー、わたしは大学を卒業しなかった。ダドとわたしは社会に出て、自分たちだけの道を切り開いてきた。あなたとペイジはね、どっちもすごく頑固だし頭がよすぎるから、わたしたちと同じようにはいかないわ」

ほかにどうすることもできずただじっと座っていた。怒りを爆発させた自分にびっくりしてしまって、どうしていいかわからない。膝の上で握っていた拳を緩めると指を一本一本伸ばし、ただじっとそれを見ていた。ここまで途方に暮れたことが今まであっただろうか――今までずっと、マムを喜ばせるためにわたしはこうしているのだと思っていた。あるいはプージャに勝つためか、ここに馴染むためだったか。今まで辛い思いも寂しい思いもしてきたけれど、全部ほかの誰かのせいにする気満々だった。今この瞬間になって初めて、はっきりわかった。誰のせいでもない、このわたしのせいだ。

そしてそう気づいたこと以上にこたえたのが、同時に襲ってきた底なしのパニックだった。わたしの人生には、しかるべき道しるべが用意されているのだと、ずっと素直に思い込んできた。無難に生きるための道しるべ。ほかのみんなもそうだと思ってきた。だから猛然と突き進んできた。容易くはなかったけれど、勇敢なことでもなかった。本当に道からそれてしまおう、というのは、ワクワクすることなのか、じゃなければガクガクするほど恐ろしいことなのか。ワクワクもガクガクも互いを飲みこんではまた互いを吐き出し合い、それを繰り返すので、わたしはどちらかに決めることすらできないでいる。

そうするうちに突然、見えてきた。ペイジとわたしが子どもの頃に夢に描き、ティーンエイジャーの頃にはジョークのネタにし、ついにはなんとなくうやむやにしてしまったもの。どこかの街の片隅に隠れ家のように佇むベーカリーだ。日よけはブルーと白のストライプ、ショーウィンドウにはモンスター・ケーキとレイニーデイ・プディングが飾ってある。お店のマグは揃っていなくてバラバラ。子どもたちが集まってきて手をベタベタにしていて、奥のキッチンにはわたし専用のちょっとした場所がある。そこでわたしは、とにかく作りたいものを作るのだ。

ありありと思い浮かべられるものだから、ふうっと息を吹きかければ現実になるような気さえした。

「どこかの十代男子に茶々を入れさせるようなことがあったら黙ってないけど」

ジャックのためを思えば、もっと憤ればよかったのだが、まだ動揺していてできなかった。「そんなわけないでしょ」

「まあいいわ、成績が全部物語ってくれるから」とマム。「大学に行かないなら行かなくたっていいけど、高校卒業目前まで来てるんですからね。最後までちゃんとやって、いかなる選択肢も排除しないこと」

わたしは頷く。

「それと、そのジャックって子とは距離を置くこと」

開いた口が塞がらなかったが、やがて笑いがこみ上げてきた。マムは笑わない。わたしをじっと睨みつけていて、現代版『ロミオとジュリエット』のテレビ映画の失敗作ってきっとこういうのだな、と思った。同じ学校に通う男子とのお付き合いを公然と禁止する、なんて駄作でしかありえない。

「ジャックと距離を置けって？」

「いい影響を与えないのはわかりきってるから」と立ち上がる。この話はここで終わり、ときっぱり告げる態度だ。「だからって何か困るわけでもないでしょう。あなたが本気でその子のことを気に入ってるわけでもなさそうだし」

わたしを試そうというのだ。『友だちよ』と言いたかったが、それがもう罠なのだ——友だちだと認めたら、わたしがツイートをやめた原因はジャックにある、ということも認めてしまうことになる。かといって守りに入って、ジャックのことなんか好きじゃない、と宣言しても——もっと最悪なのは、気に入ってると認めることだけど——さらに何もかもが、一気に終わってしまうのだ。

結局、わたしはどうともせず、下された判決に打ちのめされるがままになっていた。押し寄せる波を避けもせず、ただただ溺れていくだけの気分だった。

「じゃあ成績が回復するまで、タフィとわたしがツイッターを引き継ぐわね」

ママがリビングをすっと出ていった。静けさが、やがて『喧嘩なんかしてません』状態にまであたりを落ち着かせると、果たしてどちらが勝ったのかも、もはやわかりようがなくなっていた。

ジャック

『気になっている女子に、名前を伏せてきみとメッセージを交わしていたのは実は自分で、そのプラットフォームを作ったのも実は自分なんだと打ち明ける。この程度のことが、うまくいかないわけがない。打ち明けたら今度は、言うほど後ろめたいことでもないよね、と納得してもらうだけ』という超くだらない小説があったとする。著者はぼく。

ペッパーに本当のことを打ち明けるため最初に考えた作戦は、なかなか壮大なものだった——金曜日の最後のシフトから外してもらい、地下鉄六番線に乗ってアップタウンへ。シニア・スキップ・デーの催しが開かれている場所へ向かう。自信もあったがかなり強がってもいて、なにもかも話してしまえる気満々だった。今から思えばけっこう図々しくもあった——こっそり近づいて、後ろから写真を撮って、それをアプリのメッセージに載せる。そしたらペッパーが振り返る。そしたらぼくが、デリから持ってきたカップケーキを手にして立っているという段取りだ。

ペッパーは驚くだろうし、きっと怒るだろうけど、そのうちにはぼくの話をちゃんと聞いてくれる。その後のシナリオについては、考えられるもの全部を想像し尽くした。ペッパーに、湖に突き落とされるなんてとんでもないものから、ぼくらが偶然秘密を共有するようになったこと自体を、ペッパーが気に入ってくれるという希望的観測まで。あるいは、ぼくがランドンじゃなかったからがっかりする、という至って普通のパターンも考えた。

さんざん想像し尽くしはしたけれど、ペッパーが消化しかけのホットドッグのかなりの部分を吐いてしまうというシナリオまでは、さすがに思いつかなかった。

というわけで次の手を打つしかなくなった。水泳の試合中にペッパーを見つけるのはさほど難しいことではない。今は彼女がキャプテンだからなおさらすぐ見つかる——ウォーミングアップを取り仕切り、体が温まってきた一年生男子どもがダラダラしだすとすかさず喝を入れる。かと思うと、二年生女子がリレーで『優位に立とう』と全員（ストーン・ホールの生徒だけ）にコーヒービーンズチョコレートを回しだすので、駆けつけて没収しにかかる。いや、問題はペッパーを見つけられるかどうかではなかった——どうしても不可能だとわかったのは、ペッパーが一人になったところを捕まえる、ということだった。

なにせペッパーときたら、それはそれは熱心に、ぼくを避けているから。まるっきり『おしりに火が着いたみたいにプールデッキを駆け抜けていく』レベルの徹底ぶりだ。

五十ヤードバタフライを終えてプールから上がり、タオルを取りにほかの四年生女子たちのところへ向かおうとするペッパーを、やっと捕まえた。

「やあ、ペパローニ、あのさ——」

「メールをチェックして」

口の端っこだけで言うし、おまけにものすごく早口なものだから、頭の中で巻き戻してやっと意味がわかったときにはもう、ペッパーはとっくの昔に通りすぎてしまっていた。観客席まで走って行って、バッグのファスナーを開けスマホを出してみる。するとなるほど、ペッパーからのメールが届いていた。

超ばかばかしいんだけど、今日はマムが来てるの。でもってあなたと話をするなって。ハブ・シードの記事でピリピリしちゃってるから

はっとして顔を上げた。この施設内に黒ヒョウが放たれた、と誰かに言われた気分だ。ペッパーのマムを探すつもりで顔を上げたわけではないが、すぐさま目に飛び込んできた。反対側の保護者席に座る一人の女性。彼女に違いない――ブロンドの髪も同じなら、目つきの鋭さも同じ。しかも目を細めたあの表情、ぼくに気に入らないことを言われたときに、ペッパーがいつもやってみせる表情とまさにそっくりなのだ。

ただ、プールデッキの真ん中に、パワースーツで君臨するあの女性の表情に比べたら、ペッパーが全力でその顔をして見せたところで半分も怖くはない。もし目力に殺傷能力があったとしたら、ぼくはまず間違いなくやられていたと思う。

目をそらし、スマホをバッグにしまったが、もしかしたらあの人はプール越しに、ペッパーがぼ

くに何を注意したか、なんらかの能力で読みとってしまったんじゃないか、と疑心暗鬼になっていた。その日は夜まで、あえてまたペッパーに話しかけようとはしなかった。というか、ほぼ誰とも話さなかった。ペッパーのマムにあからさまに嫌われているというだけで、こうもいたたまれないものか――いや、いたたまれないのを通り越して不気味としか言いようがなくなった。そのあとの数時間、時折、ペッパーのマムの視線がぼくを追っかけてくるのだ。最初からずっと、蔑むように睨みつけてくる。気になりすぎて、飛び込みを一回失敗してしまったほどだ。おもいきりバシャン！　と着水したものだから、試合が全部終わるまで、ずっとポールの話のタネになっていた。

家に帰ってやっとメールに返信できた。

今日9:14PM
でもって……きみのマムはやっぱ怖いね？
ていうのはさ、なんかやっとわかった気がするんだよ。ツイッターのことで「マムにやらされた」ってきみがよく言ってたの

えーまさか。マムったらあなたに何か言った？

言ってないわよねっ、ねっ

うん、ないない。ただぼくのこと刺すみたいに睨みつけてただけさ。魂を干からびさせるような視線でね

やーね

普段は試合になんか来ないんだけど、今日はたまたま一日じゅう二人で外出してて、おまけにマムはここしばらく家を空けてたから

あーもー

いいよ別に。ぼくはニューヨーカーだし。訳もなく睨まれるなんてしょっちゅうだしね

マムで思い出したけど、ぜんっっっぜんわかんないのよね。

お菓子セールのために明日オープンを使うってことについて、マムがどういう立場をとるか

まだ禁止令が発令中？

当てつけに、近所のビッグ・リーグ・バーガーのキッチンで隠れてやろうかな

だから、うちにはオーブンが五台あるんだってば。うちに焼きに来なよ

すぐに返事はこない。遠く離れたアップタウンにいるのに、すぐ隣にいて考えあぐねているように思えてならない。

今日9:27PM

六番線はそんなに怖くないから。電話してくれたら、乗ってる間じゅう話し相手になるから

わはは

マジだって。最悪の場合、きみはブルックリンまで行っちゃって、ヒッピーたちに拉致られて、きみのママが白昼堂々、ぼくを絞め殺しにくるんだよ。ダメもと、って言うだろ

まあね、そ・こ・ま・で言われちゃうとな

明日の午後はどう？

じゃあ明日の午後にね、ペパローニ

結果から言うと、地下鉄に乗った経験がほとんどないというペッパーの話は、おふざけでもなんでもなかった。次の日の午後三時頃、八十五丁目の地下鉄駅から電話してきたので、財布の中の小銭で使い捨てのメトロカードを買って、改札に通して、ブルックリン・ブリッジ行きの六番線プラットフォームを探して、と指示した。するとそのあと、心細げなメールが数件届いた――今二十三丁目なんだとしたら、まだ乗り過ごしてないよね、ね？――とはいえペッパーはアスター・プレイスまでやってきた。拉致られもせず、急行に乗って降りられなくなったりもしなかった。見たこともない地平線に目をぱちくりしているさまは、まるで異世界に瞬間移動してきたばかりの人みたい

だった。

スマホを出してきてぼくにメールしようとしているので、気づいてもらおうと思い切り口笛を吹き、手を上げた。ぱっと顔を上げると、たちまちあの、まばゆいばかりの笑顔になった。ペッパーが初めて高飛び込みをやったあのときの、思わず息をのんだあの笑顔と同じだった。

「ハイ」と駆け寄ってくる。そして、ぼくらはハグしていた。今すべきことはそれしかないと思ったからだし、嬉しかった半面照れくさくもあった。だがやっぱりまずかった。ハグしたとたん、もう離したくないと思ってしまったからだ。

「やったね！」ぼくが言うと同時に、ペッパーも言う。「来てくれてたんだ」

肩をすくめてみせながら、内心ホッとしていた。肌寒いおかげで、ほっぺたが赤いのは風に当たったせいだと言えるから。「ちょっと歩いて、ぼくの「地元」をざっと見て回ってもらおうかなと思ってさ」

変な感じだ。制服でも水着でもない、普段着のペッパーが目の前にいる。いや、金曜日もそうだったはずだが、なにせとてもそれどころじゃなかったから。今日は二人ともジーンズに上着。ペッパーは髪を一つにまとめてお団子にしているが、まとまりきらない毛先がつんつん出てきている。何から何まで気取りなく、至って普通だった。だからいつも通り三十分もすれば、なくなっていたぼくらの当たり前が戻って来るような、そんな気がした。

デリまで少し歩く間、ペッパーはぼくの横にぴったりくっついていた。近すぎて手と手が何度もこすれ合うので、ぼくはその手を掴みたい衝動と必死に戦う羽目になった。だって気持ち悪いじゃないか——イーサンと違ってぼくは、本格的なデートなど誰ともしたことがないのだ。学校のダンスパーティーでたまたまクラスの女子と、恐る恐るキスしたことがあるといえばあるけれど。こういうときの動きというのはほかの動きと全然違うから、教わったり練習したりしないといけないものだと、ぼくはずっと思っていた。でも、正反対だった——ペッパーの手を掴むなんていとも容易いことじゃないか。手を伸ばして前髪を耳にかけてあげることだってできそうだし、立ち止まって見つめ合い、確かめることだってできる気がする。プールでのあの一瞬が、本当にただの一瞬だったのか、じゃなければもっと大切な瞬間につながるものだったのか。

アイスクリームショップ、小さな本屋、それに食べ物の屋台をペッパーに見せる。ぼくはその屋台でときどき、父さんに怒られるのも承知の上でコーヒーを買うんだ、というのも話した。

「あなたって人気者ね」窓越しだったりレジスター越しだったり、ぼくに手を振ってくれる人が三人めになったところで、ペッパーは気づいたようだ。

「まさか。それはないって。イーサンとぼくが子どもの頃、このブロックをさんざん荒らしまくったから、みんな心に、忘れたくても忘れられない傷を負ってるだけのことさ」

「きっとかわいかったでしょ」

「うん。今は見る影もないけどね」

ペッパーが脇腹を小突く。するとそのとき、本屋のオーナーのアニーが店から顔をひょいと出し、通行人の半数以上には聞こえる大声でこう言ったのだ。「ジャック・キャンベル、さてはデート中？」

ぼくは固まった。奇跡的に今すぐこの場に雷が落ちて、倒れてしまえたりしないかな。

「そっか、わかった」とペッパーがすかさず言う。「女の子は全員、デリに連れてきてるんでしょ」

アニーはにっこり笑う。情け容赦ない。「みんなをハムスライスで釣ってるのよ」

「ちょっと！」やっと声が出て言い返した。「どう見てもぼくはチーズ派だろ！　頭にきたぞ」

「こっちは面白くなってきたわよ。次のデートのときには店にいらっしゃいね。赤ちゃんの頃のジャックの、恥ずかしい話をぜーんぶ聞かせてあげる。聞きたいでしょ」

ペッパーは声を出して笑ったが、どうせすぐに人目を気にして手で押さえてしまうんだ、最後はどうせ『やだ、デートなんかじゃないのに』で終わるんだ、とぼくは思っていた。だって本当に、デートではないから。ただのニセ仲良しだし、ツイッター戦争のあとであり、お菓子作りの前でもある何かだ。どういえばいいのかよくわからないけど――

「じゃあわたしはお返しに、ダイビング部の恥ずかしい話を聞かせるわね」ペッパーが約束した。

とたんにアニーの眉がぐんと上がる。「あらっ、気に入ったわ」

「おいおい」言ってるそばからにやけるのをこらえきれず、ペッパーの肘に自分の肘をひっかけ、アニーにさよならと手を振るペッパーを引き離した。

デリに着くと、いかにも日曜日の午後らしい混み方だった。列がドアの外まで伸びていないのは、みんなが十一月の冷気を避けたいばっかりに、店に無理やり入りこんでいるだけのことだった。いつも孫を五人連れてやってくる女性が、ぼくに手を振る。休憩中の調理師が、通りがかりにぼくの肩をつねる。ときどき来るニューヨーク大学の教授は、コーヒーカップを片手にぼくに会釈し、またすぐ船か何かの本に目を落とす。

ペッパーはドアのすぐ前で立ち止まり、なんとも言えない顔で見つめていた。その瞬間になって初めて、ぼくはペッパーに店を見せているんだと自覚したのだ。誰かを連れてきて店を案内し、その人がどう思っているかが本当に気になるなんて経験はこれまで一度もせずに済んできた。近しい人たちはみんな、ぼくと同じくらいか、いっそぼくよりも長く、この店のことを知っている人たちだったから。

「どうした？」

「ううん別に」と言ってから、かぶりを振って言い直した。「ちょっと思い出したの……あのね、ビッグ・リーグ・バーガーの一号店を」

「やだすごい。あなたって、あのパトリシアでしょ？」

まん丸な目をした中学生がすぐそばに立っていた。後ろから友だちらしきグループがぞろぞろ近づいてくる。みんな小柄なものだから、ペッパーとぼくは頭一つ分飛び出してしまっていて、なんだか違和感ありまくりのマイナスの感情を覚えた――今思えば、大人になったような気がしたのだ。

「うん、まあそうだけど？」とペッパー。

中学生女子の顔が、クリスマスツリーみたいにパッと輝いた。「ビッグ・リーグ・バーガーのツイッターをやってるのよね！」

「すごーい！」その子の友だちが大声で吠える。今度はみんなでぼくのほうを見てくる。「デートちゅうなの？」

「バックパックにサインしてくれない？」

「一緒に写真撮らせてよ！」

ペッパーもぼくも真っ赤になった顔を見合わせはするが、どうしていいかわからない。でも結局、ぼくらのファンクラブらしき一団が異様に盛り上がるという成り行きに屈するしかなかった。ポーズを決めて一緒に写真に納まったし、スマホケースにサインもした。そして中学生たちがやっとおとなしくなったときには、母さんが、カウンターの奥の定位置からこっちをじっと見ていたのだ。片眉だけが上がっているところを見ると、ぼくらを早く冷やかしたくて、うずうずしているらしい。

母さんが何か言う前にイーサンが割って入ってきた。

「彼女にうちのグリルド・チーズを一口でも食べさせてみろ、問答無用で勘当だからな」とレジから呼ばわるが、ペッパーに敬礼しながら言っているあたり、ほぼ百パーセント冗談だからねと言うつもりのようだ。

ペッパーはすかさず敬礼を返す。「わたしは焼き菓子にしか興味がないから」

「じゃあやっぱり、この子がかの有名なペッパーね」と母さんが、点検でもするみたいに身を乗り出してきた。

すると一瞬で、ペッパーがフリーズした——ぼくと母さんは髪の色も、もじゃもじゃになりがちな髪質もそっくりだから、ぼくの母さんを誰かと見間違うことはない。そう、ぼくの母さんでしかない。ペッパーはぼくをちらっと見ると、また母さんのほうを見る。そのときやっとぼくは気づいた。ぼくらのほうも、ペッパーのマム級の恨みつらみを抱いているんじゃないか、と、ペッパーは思ったのだ。

母さんは表情を緩め、低くいわくありげな声でこう言った。「つまり、うちの子をツイッター依存症の治療に通わせることになった場合に、請求書を送りつける先は、あなた、ってわけね？」

ペッパーはホッとしたのか、ふうっと息を吐いた。「そんなことしなくても、ジャックなら、わたしのロッカーの扉の隙間から差し込んでおくぐらい朝飯前ですから」

「アハハ！」母さんはペッパーを、例のあの目で見ていた。誰かを品定めして、その結果に満足したときにだけ見せる目つきだ。ホッとして猫背になったのを自覚して初めて、ぼくまで息を止めていたんだと気づいた。「任しとけ」

　すると母さんの手が伸びてきて、ぼくの肩をツンツンつついた。「二番と四番のオーブンが空いてるから、どうぞティーンエイジャーの悪ノリにお使いあれ。店を丸焼きにするのだけは、なるべくやめてね、わかった？」

「ここにあるのって、キッチン・シンク・マカロン？」とペッパー。ディスプレイケースの前で目を輝かせている。

「ええ、そうよ」母さんが腰に手を当てて答えた。「キャンベル家伝統の味、ってお父さんの受け売りだけど。朝から一焼き分、わたし一人でこしらえたの」

　ぼくはティッシュペーパーを取ってきて、ディスプレイから一つ取り出すと、ペッパーにほい、と渡した。

「ちょっと――いいのこんな――」

「この子は店のオーナーだから、いいんだって」母さんが皮肉った。

　母さんのひとことで身構えたぼくだが、ペッパーはすぐにたっぷり一口かじり、目を閉じていた。

「すごい。砕いたプレッツェルが入ってる？」

「でしょ？　けど、あなたと、あなたのろくでなしの兄弟が、先週プレッツェルを足したわたしになんて言ったかしらね。確か調子に乗るなって、言ったわよね」ぼくを指さしてマムが言う。

「わかったよ、悪かったよ。だって考えてもみてよ、リコリス入りを試して、すぐまたこれだったろ。もうこれ以上、お客さんのトラウマを増やしたくなかったんだよ」

ペッパーはもう一口かじる。「このバージョンって、実はモンスター・ケーキを超えてるかも」

「うわっ。駄目だよ勢いでそんなこと言っちゃ」いつからこんな、立場が大逆転したんだろう。ぼくがペッパーに向かって、ペッパーのお菓子をかばってるなんて。

「モンスター・ケーキって？」母さんが食いついてきた。

「一時間もしたら出来上がります」とペッパー。「残虐行為そのものだけど」

「めちゃくちゃおいしい残虐行為な」と足しておく。

ペッパーの顔がぱっと輝いた。ぼくにオスカー像でももらったみたいに。そしてバックパックを肩から下ろすと、ジャンクフードやデザートソースを、各種これでもかとばかりに出してきた。これだけあれば、たぶんクッキー・モンスターも見ただけで気絶するんじゃないだろうか。

「よっしゃ」とぼく。「今からおっぱじめる仕事ってのは、とんでもなくぼくらしい仕事みたいだな」

「とんでもないデザート混ぜこぜゲーム、始めましょうか」

一時間半後、ぼくらは鼻高々になっていた。焼き上げたものはというと、巨大な天板二枚分のモンスター・ケーキと、ユニコーン・アイスクリーム・ブレッドなる感動的な混ぜこぜ料理、キッチン・シンク・マカロンを三ダース、それにピーナッツバターとゼリーのカップケーキ、ペイジが発明した三層からなるセックス・ポジティブ・ブラウニー（「もとはスラッティー《ふしだらな》ブラウニーだったんだけど」とペッパーが説明してくれた。「だけどペイジが、フェミニズムと風俗業を研究テーマにしたから、名前が変わったの」）、途方もない量のバナナ・プディング、それに溶かしたチョコの中をゴロゴロ転がし、冷蔵庫に入れて冷やし固めた、不格好なケーキ・ボールが山ほど。

どこかの時点で母さんが、匂いにつられて入ってきた。モンスター・ケーキをほんの一かけ食べてみて、うーんと唸ると、「わたしのこと見ないでね」と言い、そしてすぐにお代わりを切り取った。

「嘘じゃなくてほんとに、学校に持っていかないといけないんだけど」ぼくが母に念押しする横で、ペッパーはまっかっかになっていた。嬉しいのと自信がついたのと、両方だろう。

母さんは指を一本立てて言う。「わかってるわよ。今ちょっといいかしら」ペッパーは母さんがちょっと、と言ったところで身構えたのか鼻を鳴らしたが、かまわず母さんはペッパーに向きなおった。指はまだケーキのせいでベタベタだったけど。「あなたはいつでもここのキッチンに来てもらってかまわない。一生涯、それこそどの曜日でも歓迎するわ」ペッパーがまだ返事をしないうちにもう、母さんはぼくにこう言っていた。「ただしこの大惨事をちゃんと片付けられなかったら、あなたは、かわいい息子とはいえ、出入り禁止」

大量の鍋やボウルをようやく洗い終えて見ると、ペッパーのほっぺたは粉で白くなっているし、束ねていた髪もほどけ、どういうわけか溶けたチョコレートが筋になってくっついてしまっていた。何も考えないまま手を伸ばし、髪を指で梳いて取ろうとした。ペッパーの目がたちまちぼくの目をとらえたが、脅かしてしまったわけではなかったようだ——嬉しいようなびっくりしたような反応のおかげで突然、その瞬間には意味なんてないと思っていたことに意味が生じた。しまった、とあとで思うわけだ。

「チョコレートだよ」ボソボソ言いながら、手をひっこめてペッパーに見せる。

ペッパーは自分に呆れたという表情。「いつもやっちゃうのよね」

ペッパーから遠いほうの足に体重をかける。「よかったら、その——うちでひと休みしないかな。全部が冷めるまでどうせ待ってないといけないんだし?」真上を指さす。「すぐ上が家なんだけど、よかったら夕食とか、どうかな」

「ほんとに？」

キッチンの反対側を手で指して見せる。そこには肉やチーズ、パン、それに人類が知りうる限りの、サンドウィッチに使える材料のすべてが、多少おかしなものも含めうずたかくストックされているのだ。「想像できるものは、必ず実現できる」

二人ともグリルド・チーズは避けた。一連の騒動をまだちょっと引きずっていたからだ。ぼくは自分用にパストラミ・オン・ライ《パストラミのスライスをライ麦パンにはさんだサンドウィッチ》を作り、ペッパーはバゲットの端っこを使ってスイスチーズとハムとバターのサンドウィッチを作った。ぼくがクランベリーレリッシュを出してくると、ペッパーはひとこと「天才ですか」とぼくに小声で言い、自分の分にも添えたのだった。五分後、二人で戦利品をアパートに持って上がるときも、その言葉でぼくの胸はいっぱいになっていた。

足を踏み入れるときには、いつもの椅子にグランマ・ベリーがいてくれるんじゃないかと期待したのだが、たぶんうたた寝の時間だったようだ。グランマはいなくて、ぼくとペッパーだけ、かと思ったら突然、ぼくがまだほかにもいたのに気づいた。まさかペッパーに見られることになるとは思っていなかった。冷蔵庫に貼ってある、ぼくとイーサンのありがちな写真から、ぼくの部屋に通じるドアが全開になっているのまで。ぼくが部屋の壁に貼りっぱなしですっかり忘れていた、古い『大乱闘スマッシュブラザーズ』のポスターもここから丸見えだ。

たちまちどうしていいかわからなくなったぼくは、親が入ってきて邪魔してくれないかな、と気づけば本気で思っていて、愕然とした。

「そうだな、えっと、映画でも見る？」と言ってみる。

「うん、いいよ」

棚に目を走らせ、どれがいいか比較検討の末、ペッパーを振り返った。ダメだ笑ってしまう。

「『ミーン・ガールズ』は？」

ペッパーがぼくの目を、からかってる？　と言いたげに見据える。「笑わないでよ、実は大好きなの」

聞き終わらないうちにもう取りに行っていた。「うん、知ってたよ。ビッグ・リーグ・バーガーのアカウントで、『ミーン・ガールズ』をよく引用してたからね。バーガーについて直接呟くより多くなかった？」

「わたしって普通のソーシャルメディア・マネージャーじゃないもの。すっごいソーシャルメディア・マネージャーだから」と、サンドウィッチを持ったままカウチにボスッと収まった。ぼくはDVDの再生準備にとりかかる。

「きみが将来なりたいと思うものって、それ？　ストーン・ホール刑務所から出てついに自由の身になった暁には、って話」

ペッパーはもうサンドウィッチに、びっくりするほど思いきりかぶりついてしまっていたが、すぐに鼻にしわを寄せて反応した。「まさか。とんでもない。悪夢もいいとこ」

「えっ、楽しいこともあったと思うけど」

隣に座ったが、思っていたよりちょっとだけ近づき過ぎた。それでもペッパーは体を引いて離れようとはしなかったし、ぼくも座り直したりしなかった。

「いつか二人で、古きよきツイッター時代を詩に吟じたりする?」とペッパー。「今までが、わたしたちの全盛期ってやつだったのかな?」

二人してカウチの背もたれにもたれかかると、ペッパーの顔がくるりとこっちを向いた。ぼくの答えを待っているのだが、ぼくはなぜか、すぐには答えられないでいた。

まさにそのとき、ぼくは決めた——それまで何カ月もの間避けて通ってきたドアを、閉めてしまうことにしたのだ。もう決めた。ペッパーには何も話さない。ウィーツェルのことも、ブルーバードとウルフのことも、絡み合ってごちゃごちゃになったぼくら二人の友人関係も。ペッパーには思いもよらないほど、秘密裏に複雑怪奇化してしまっているのだ。

というわけで、今ここには——なんだか知らないけど——得体の知れない魔法の詰まった風船が浮かんでいて、もしぼくが言わなくていいことを言ったらとたんに破裂し、ぼくはたちまちその中身を吸いこんでしまうことになる、そんな気がした。ペッパーはぼくの目をじっと見つめていて、怖くもあったが、すごくまっすぐでもあった。普段からぼくの頭の少なくとも半分は、自己不信と後悔と、オリンピック級のデカさの双子コンプレックスが占めている。が、今はどれもこれも沈黙しているのだ。ペッパーとサンドウィッチでベタベタになった指、それにちょっと皮肉っぽい笑いがあるだけ。そしてこんな感情。たった今ぼくらが共有しているものが何であれ、それは合わさってやがて、ぼくらが別々にいたときよりもずっと大きくなるんだ、というような。

たぶんそれは、将来について話すこと、なのだろう。ペッパーはいつかという言葉を使った。そのいつかがいきなり今、来ている。そして口をついて出たそのひとことが、口には出さないたくさんの言葉の意味をも含んでいる気がする——今のぼくらはお互いにとって、一カ月前のぼくらより、ずっと大きな意味を持つようになっている、というような。一カ月前のぼくらなら、春に一晩じゅう開かれる卒業パーティーで軽く会釈したきり、もう二度と会わないままになっていたかもしれないのだ。

ペッパーに言わないほうが、確かに言うより楽ではある——とはいえ今はそれ以上の意味がある。今ここでできつつあるものを、ぼくは失いたくないのだ。ペッパーが言ったいつかを、もはやどうでもよくなったことを持ち出して、ダメにしたくはない。

「そりゃ違う」やや間をおいて答えた。「まだ始まったばっかだよ。次はスナップチャットで戦おうぜ」

ペッパーがぼくの脇腹を小突いた、が、その腕を戻そうとしない。ぼくの脇に食い込んだまま。ぼくは映画を見ているはずが、本当に見てはいなかった。二人はそれぞれのサンドウィッチを食べていて、合間にペッパーが好きなセリフをそのキャラクターと一緒に言ったりした。それが何度もあるものだから、始まって五分ではっきりしてしまった。ペッパーは映画全編を、しゃべりだす前のティナ・フェイの表情を正確に説明できるほど完璧に覚えてしまっているのだ。それでも、数えきれないくらい見ているとは思えないほど、大笑いしながら見ている。笑うたびに振動が腕からぼくの肋骨に伝わるから、なんだか二人で笑いを共有している気がした。

キャディがアーロン・サミュエルズの靴に今にも吐きそうになったその瞬間、DVDの映像が飛び始め、やがて止まってしまった。

「ああ、またか。ときどきこうなるんだよね。ほっといたらそのうち勝手に動きだすから」

「しばらく待っとかなきゃいけないなんて初めて。DVDプレーヤーが——かなり年代物なのね」

ペッパーに向きなおったが、なぜかびっくりしてしまった。その顔があまりにも近くにありすぎたからだが、そもそも一時間以上前から十分に、耐えがたいほどに、ペッパーの存在をまるごと意識していたはずではあった。「まあね、イースト・ヴィレッジで新しもの好きは、なんでか信用されないのさ」

「それってわたしたちが有名になったから、余計に評判が大事、ってこと？」

笑ったはずみで寄りかかってしまったのか、さらにくっついてしまった――いやひょっとして、寄りかかってきたのはペッパーのほうか。「イマドキの奴らはまったく――おかげでぼくらの生活がここまでひどく狂わされるとはね」

「なんだか全部幻だったんじゃないかって気がする。あのハブ・シードの記事のコメント欄とかも全部、幻だったのかな、って」

「ジャクトリシアだろ」笑いながら言ってから、自分が何を言ったのか気づいた――すると二人して赤面してしまった。なにせこのとき初めて、お互い認識していることがわかったのだ。会ったこともない他人ばかりが実際、法を犯すわけでもなくオンラインでぼくたちを勝手にくっつけてくれているという、ものすごく気まずい事態だということを。

ペッパーが咳払いして言う。「ね、いくらなんでも、もうちょっとましなコンビ名にしてもらわないと」

気まずさがいくらかましになったが、それでもまだ緊張感はあった。ぼくらの間でピンと張りつめていた。

「ジェッパー？　パック？」

「ないわ」と肘でまたぼくを小突く――すると、何かが変わった。部屋は不気味なほど静まり返っている。この間のプールと同じ種類の静けさだ。ということは、本当に静かなのか、自分たちを除いた世界のすべての音がもはや聞こえなくなっているのか、どちらかよくわからない状況なのだ。

「だったらもう、普通にジャックとペッパーでいいよ」ぼくはさじを投げた。

ペッパーの顔には皮肉な笑いの名残があった、とはいえあまりに近づき過ぎていて、ぼくはそれを目ではなく、耳で感じていた。「ペッパーとジャックね」訂正された。が、その直後、目をぱっと輝かせる。「ペッパージャック」

アホらしいにもほどがある。が、そのひとことが鍵になって、鍵穴の中で回った。すると、とてつもないことが起きたのだ。とはいえぼくは心のどこかで、地下鉄の駅から上がってくるペッパーの姿を見たあの瞬間、こうなるだろうとわかっていた。体を寄せ合うと、唇と唇が触れ合う。ぼくらはうちのカウチでキスを交わしていたのだ。

いたたまれないしとっ散らかっているし、でも完璧なキスだった。どっちも下手くそだったけど、それでも最初の数秒間で、よくはなってきた気がした。ペッパーの手は、最初こそ迷っていたが、最終的にはぼくの肩の上にしっくり収まり、唇同士はお互いに譲り合っていた。すると、いかにも照れくさそうで軽いノリの笑いがペッパーから漏れ、ぼくの歯に共鳴した。

「待って」

ぼくが体を離したときにはもう、ペッパーは笑っていなかった。でも、畜生、いったい何をやってるんだか、なんで今こんなことをしてるんだかわからないが、とにかくぼくは間違っているのだ。

ペッパーに嘘はつけない。まだ嘘としか思えないものを足場にして、こんなにも大それたことを始めるべきではない気がする。事の重大さが、起きてしまうまでわからなかったのだ。

「そうよね」ペッパーがいきなりしゃべった。ぼくよりずっと大人だ。「だって、わたしたちって――なんて言うのかな。マムのこともあるし、ほかにもいろいろあったし、わたしって……」

「違う、そんなんじゃ――そんなこと気にしてないよ」

戸惑っているし、同じくらい頭にきているのがわかる。「待てって言ったのはあなたでしょ」

「きみに言わなくちゃいけないことがあるんだよ、それだけ」

「あら」

ペッパーの瞳はもうどんよりしてきている。ぼくの脳みそは大急ぎで、取り戻さなければならない言葉をひっかき集めていた。そのときだ、なんの前触れもなく突然、玄関のドアがガチャリと開いて、女性の声が響きわたった。「ペッパー・マリー・エヴァンス、一体全体どういうつもり？」

ペッパーがぼくから飛びのいたが、あんまり素早いものだから、火傷でもさせたのかと思った。ぼくは玄関に背中を向けていたけれど、ペッパーの目からは混じりけのない恐怖しか感じられない、となると、今さらしっかり振り返るまでもない。ペッパーの母親以外ありえない。

ようやく振り返ったぼくは、予想だにしなかった光景を見ることになる。父さんが、ペッパーのマムのすぐ後ろから入ってこようとしているのだ。二人とも見るからに頭にきている、というか怒り狂っている。父さんと目が合って初めて知った。父さんのその怒りは、ほかの誰でもないぼくに向けられているのだ。

「マム？」ペッパーの泣きそうな声。「どうして——どうやって——」

「はあ？　わたしの目には留まらないとでも思ってた？　インターネットのあっちこっちに貼られまくってるわよ」とペッパーのマム。ただの一瞬もためらうことなく、ぼくらのアパートにつかつか入って来る。賃貸契約書に自分の名前も入ってますから、と言わんばかりだ。ペッパーの鼻先にスマホを突きつけるが、ぼくのことはあからさまに無視だ。ペッパーがぼくにも見えるように、画面を傾けてくれる——中学生たちと一緒に撮った二人の写真がもう上がっていて、既に四百ものリツイートを稼いでいた。ご丁寧にビッグ・リーグ・バーガーとガール・チージング、両方のアカウントのタグまでつけてくれている。

息をのんだ。本当にのまずにはいられなかった。ろくでもないホームコメディに出ているのか、はたまた突拍子もない夢から今にも醒めようとしているのか。だが、事態はここからさらにもっとおかしなことになっていく。

「ロニー」父さんが蚊の鳴くような声で言った。「なにもそんな——」

「わたしはあなたをルールで縛ろうなんて、全然とまでは言わないけど、めったにしてこなかったわよね、ペッパー」ペッパーのマムはもうすでにすぐそばまで来ていて、立ってぼくらを見下ろしていた。ぼくらはというと、カウチに座ったまま身がすくんで動けない。「ただこれだけは特別にはっきり言ったわよね、あの男子とは距離を置きなさい、って」

「あの男子」とは。ぼくがここにいることすら認めないのか。だがそんながっかりするような事実でさえも、ぼくの脳みそをすっかり覆ってしまうには足りなかった——ペッパーもぼくも、じっと顔を見合わせるしかない。父さんの「ロニー」が、いまだ解決を見ない問題として、二人の間にぶら下がっているのだ。

「わたし——わたしが、オーブンを使わせてもらわなくちゃいけなくて」ペッパーがこんなに真っ赤になったのを見るのは初めてだったし、それがペッパー自身のためであると同時に、ぼくのためでもあるのはどこからどう見ても明白だった。「明日、焼き菓子のセールをやるんだけど、マムはお菓子を焼いてほしくないって言ってたから、だから——」

「荷物をまとめて。帰るわよ。帰りのタクシーの中で、どんな罰が適切かじっくりゆっくり話し合いましょう」

ペッパーはバックパックに手を伸ばし、スマホをその中に突っこむと、震える手でファスナーを閉めた。振り返ってぼくを見たその目は、ごめんなさい、の気持ちで悲壮なまでに燃えていた。ぼくは茫然とするあまり反応できず、ただばかみたいに口を開けたまま。まだキスの余韻に酔っているのだが、そのキスもなんだか前世かその前のことみたいだった。

動揺していたせいか、ペッパーはまだ食べかけだったキッチン・シンク・マカロンの残り半分に手を伸ばした。マムのほうが先回りして手を伸ばし、出し抜くと、持ち上げて穴が開くほど眺めている。こんな状況じゃなかったら、笑ってしまっていたかもしれない――いい大人の女性が、一つのデザートに対し理解不能なまで怒り狂っている図なんてそれまで見たことがなかったのだ。

「やっぱりね」独り言か。そしてなぜか、父さんに向きなおった。何か言おうと口を開けると、父さんが素早く首をかしげて見せた――しっかりと首を振ったわけでもないが、意図するところは間違いなく伝わったようだ。

父さんに何か言うつもりだったペッパーのマムはその分の息だけは吐き、ペッパーの肩に手を置くと、部屋の外に連れ出した。そうして二人は行ってしまい、ドアが音をたてて閉まる。あとに残ったのはぼくと父さん。どちらも黙りこくったまま。

何を言えばいいかわからない、というか、何か言っていいものかどうかもわからない。部屋の空気が重たくて、時間さえゆっくり過ぎていく気がした。父さんのほうを、最初は恐る恐るチラ見したが、父さんはぼくを見てもいない。キッチンのカウンターにもたれて指の関節を睨んでいる。

「父さん？」

まばたきし、ぼくを見た。ぼくも何かしら罰を受けるものと思っていた。反省部屋でお説教、ぐらいかな、と。なんだか知らないがそれに値するだけのことが、たった今ここで起こったのだから。

だが父さんは気もそぞろで、ようやくぼくをしつけなきゃという気になったかと思ったら、絶対あとから思いついただけだろう、というようなことしか言わないのだ。

「アパートに誰もいないときは、デートの相手を連れてきちゃいけないよ」

「デートなんかじゃ……」

いや、デートみたいなものか。ただ、ぼくらがここにいるのを母さんも知らなかった、というのではない。それに本当のところ、グランマ・ベリーは家にいたわけだし。

でも父さんはもうキッチンを出て寝室に向かっていた。ぼくが謝るまで待っていてもくれない。それどころか、ぼくは喉元までため込んでいるいくつもの疑問を父さんにぶつけたいのに、明らかにそれさえ待つ気がないのだ。ペッパー母娘をあんな風に追い出したくせに。

「ごめん」と言ったのは――そう思っている部分もあるからだし、ペッパーのためでもあるし、それにほんの一瞬でも父さんを引き留めたかったからだ。引き留められれば何を訊けばいいか、どう訊けばいいか、わかりそうな気がしたのだ。

父さんは頷いただけ。

それだけ。これで済んでしまった……なんにせよ、お咎めなしで済んでしまったということだ。そもそも何だったのか、ぼくはまだ考えていたが、父さんの「ロニー」とペッパーのマムの「やっぱりね」と、あの二人がはっと気づいて止める直前まで交わしていた視線の、信じられないほどの重苦しさとが、ピンボールそっくりにまだ頭の中を駆けめぐっていた。

するとそのとき、別の部屋からドサッ、と音がして、父さんもぼくも立ち止まった。何もかも忘れて、ぼくらはグランマ・ベリーの部屋に向かう。

ペッパー

わたしがジャック・キャンベルとキスしてからおよそ十八時間後——わたしがジャック・キャンベルとキス——学校の正面入り口に折り畳みテーブルを出してきて、プージャと二人で並んで座っていた。目の前には文字通り、焼き菓子の大群がぎっしり並んでいる。現状を分析しようとするあまり深掘りしすぎて、もはやキス云々ではなくＦＢＩの捜査みたいになってきていた。

けれどプージャはおかまいなしだ。

「彼はあなたが好き。あなたは彼が好き」とプージャ。「はっきりいって、初耳でもなんでもないわ。アイオワの小学生だって、ハブさえ読んでればとっくに気づいてるレベルよ」

「けど、昨夜は……」

「ちゃんと話をすればいいのに」

「話そうとしたわよ」打ち明けるのは恥ずかしかったが、プージャにアドバイスをもらおうと思ったら、状況を説明しないわけにはいかない。「けどメールしてもなしのつぶてだし」

実際ジャックはほぼ幽霊と化している。謎にホームルームにも姿を見せなかった。今日来ていることだけはわかっている。昼休みにカフェテリアで見かけたからだが、ちょうどわたしは反対側にいたため、追いかけたけれど間に合わず、ジャックはそそくさと微分積分学の教室に行ってしまった。そして今、焼き菓子のセール会場にも来ていないのは一目瞭然――それでも売り物の焼き菓子がここにあるのはなぜかというと、イーサンが、ダイビング部のキャプテンとしての責務を稀有なことにちゃんと果たし、事務室の窓口まで運んできてくれたからにほかならない。

確かに、わたしたちが焼き菓子を売りさばいていたほとんどの時間、イーサンは体育館脇の階段の下でステファンといちゃついていたのだが、それでもとりあえず役に立とうとはしてくれた。

「でもさ、いつまでも隠れてられるわけないでしょ。だから大丈夫、近いうちに返事が来るわよ」

プージャはふんぞり返って、ジャックが座るはずだった椅子に片足を乗っけた。「たぶんばつが悪いんじゃない、あなたのお母さんといろいろあったばっかだから」

「うん、たぶんね」頷くしかない。「ジャックのお父さんがうちのマムをロニーって呼んだ。うちのダドでもそんな呼び方しないのに。ヴィー、ぐらいはあるけど、ロニーはないわ」

「それは、確かにね、気になるわよね。あのね、わたしの個人的見解を言わせてもらうとね、あなたのご両親は何かしら胡散臭い、反体制的ファストフードカルト教団に所属してるんじゃないかって思ってる。だからその類の陰謀説がタンブラーに上がったら、わたしが真っ先に再投稿《リブログ》するから」と、プージャはピーナッツバターとゼリーのカップケーキをまた一切れ、口に放りこんだ。プージャのために言っておくが、代金はちゃんと支払い済みだ。「にしても、あなたのマムがあなたに、ジャックに会うな、って言うのは間違ってるわよ。確かにとんでもない奴だけど、なんて言うのほら、非行少年ではないわけだから」

「たぶんね、昨日までは違ってたと思う」無断欠席って非行だろうか、などと思いながら答えた。

「で、キスはよかったんでしょ？」

「うーん、よくなくはなかったかな」肩をすくめ、なんてことはない風を装ってはみるが、その実鼓動は少し速くなるし、現金箱の上に置いた手がじわっと汗ばんでくる。わたしにとってのファースト・キスだったし、節目になる出来事の一つではあった。ただ、いつまでに成し遂げようとかあまり深く考えてこなかったし、実際に起こりそうになって初めて、はっと気づいたという体たらくだ――しかももっとダメダメなのは、現にもう起きてしまったということ。

それがまたあっという間に、起きなかったことにされてしまった。早すぎる展開についていけないわたしの耳には、ジャックの待ってと、帰りのウーバー《タクシー》の中で聞かされたマムのお説教とが、いつまでも鳴り響いているのだ。

それでも、延々続いたあのお説教や、今のわたしはいつまで続くかわからないお仕置き中の身だということや、マムはたぶんジャックのお父さんとともに飲食業界を牛耳るマフィアに与しているのだということやらを踏まえてもやはり、あれはばかみたいだけど信じられないくらいすごい出来事だったのだ。

いや、少なくとも、ジャックがいきなりやめたあの瞬間までは、すごい出来事だった。

だけど、キスだけが問題なわけじゃない。マムに嘘をついて、信頼を裏切ったのは申し訳なかったと思うべきだし、現にそう思っている。昨夜ペイジに電話して、洗いざらい全部ぶちまけたところ、仕方なくペイジが味方になってくれたので、少しは気が楽になっていた。ただ、罪の意識というのはほかの感情と完璧に切り離されてしまうものだから、六番列車に二十分揺られてダウンタウンに行ったときの怖さとワクワク感なども、また別の話なのだ。

上がってみたらまるっきり違う街だった。とはいえ、びっくりするようなものがあったわけではない――ニューヨークではときに、それぞれのブロックがそれぞれ島のように孤立していたりする。

それぞれが組み込まれている巨大なブロックからも、独立している気でいるらしい。わたしがそれまでその地域を見たことがなかった、つまり、自分の目を通して経験したことがなかったからにすぎないし、そもそも自分でそう仕向けてきたのだから仕方がない。

　いやたぶん、ある意味わたしはまだ見ていないのかもしれない。まだジャックの目を通してしか見ていないのかも。比較的新しかったり、ごてごて飾り立てていたりする店があるかと思えば、自分たちなんか歴史の中のほんの一瞬しか生きていないんだなと実感するほど、ずっとずっと年上らしき店構えの多層階ビルもある。ニューヨーク大の学生や生粋のニューヨーカーたち、露天商たちで通りはごった返し、中にはとんでもなく奇抜な格好をしている人たちもいるが、誰もなんとも思わない。六番列車を降りてからデリに着くまで、いろんな人がジャックに手を振るものだから、何だかパレードみたいだったし、ジャック本人が完璧に、そこここの小さな商店やレストラン同様、街にはなくてはならないもののようなのだった。

　ガール・チージングという店自体には、その店だけの魔法があり、ある意味周りの店をも巻き込んで、そのブロック一帯のエネルギーになっているみたいだった。そして昨日は、わたしもその中に入らせてもらった。この街の、今まで全然知らなかった場所を見せてもらえたし、それどころかわたし自身も、つまはじきにもされず、その中に入れてもらえた。あのときの気持ちを今思い出しても、そわそわしてしまう。あそこには見るべきものがもっともっとあるはず――ジャックと歩いたのはせいぜい五ブロックほどだが、そこ自体が独立した一つの惑星みたいに機能していたし、そんな惑星が実は何百何千とあって、この都市のいたるところに、ぎゅう詰めになっているのだ。

　わたしはずっと、ほかの場所を見ようともしないまま暮らしてきたから、今思えば越してきてからずっと、両耳を手で塞ぎ、目をぎゅっと固く閉じたまま生きてきたのだ。出ていける日が来たら、踏み出そうとじっと待っていた。今になって急に、卒業は脱獄の日というよりむしろ、期限が切れる日、という意味合いのほうが強くなってきた。卒業の日にはここにいられる期限が切れ、わたしはそれまで頑なに目を背けてきたもの全部に、目を向けることになるのかもしれない。

　といったことを、プージャに話そうとしたそのとき、キュッキュッ！　と、リノリウムの床と靴がこすれる甲高い音に邪魔された。ただ聞きなれた音だったため、廊下に目をやるまでもなく、ポールだなとわたしにはわかった。で、ご名答。ポールはいつも通り急ぎ足で歩きながら、ぺらぺらと早口でしゃべっている――相手はジャックだ。すぐ後ろを歩いてくるのだが、その顔はというと、しかめっ面の一歩手前で踏みとどまっているみたいだった。

「ほら、やっと顔を出す気になったみたいよ」とプージャ――だが二人ともこっちには来ない。くるりと向きを変え、音楽室に続く廊下を歩いて行く。角を曲がる瞬間に横顔が辛うじて見えたが、何があってあんなしかめっ面になったのか、いつもポールにイライラしているレベルをはるかに超えていた。どこからどう見てもものすごく疲れている。まさか昨夜は一睡もしなかったとか。

視線を感じて向きなおると、プージャはもうわたしの顔を覗き込んでいた。カンペか何か出してあげようか？　という顔。

「彼、忘れちゃったのかもね」とプージャ。

わたしは眉を上げて見せた。その通り、と言いたかったのだ。でないと別の可能性を認めてしまうことになるから——ジャックは昨日のキスを後悔している、ということ。キスに至るまでの刹那も、わたしが勝手に想像しただけのことであって、わたしの頭の中で、物語がすっかり出来上がってしまった、ということなのかもしれない。なにせわたしはなぜかこの週末で、何カ月もの間心の内を包み隠さず打ち明けてきた匿名の友人からも、偶然ながらいまだかつて思いもしなかったほど急接近し、心の内を吐露することになってしまった大親友からも、拒絶されてしまったのだから。

「行って話してこなきゃ——」

「ちょっといいかな、ペッパー、誓って言うけど、ぼくは全然関係ないからね」

目をぱちくりさせながら見上げると、ランドンだった。焼き菓子を並べたテーブルに覆いかぶさるように立っているのだが、その顔ときたら。あんな表情をするのは、校内放送でラッカー先生に呼び出されて教頭室に向かう生徒ぐらいなものだ。罪悪感と、至ってシンプルな恐怖が入り混じった、なんとも言えない表情だった。

「まあ……うん、そうよね。関係なければいいなってわたしも思ってる。まさかあなたがホットドッグ屋にお金を握らせて、食中毒を起こさせた、なんて思ってないから」とプージャ。

ランドンはプージャのほうを見ようともしない。わたしをじっと見据えたまま。「写真を持ってた奴らには、消せって言ったよ。ろくでもない奴らだよまったく」

「ペッパーが吐いてる写真？」訊くプージャの声は、もう怒りに震えている。

ランドンが頷くと同時に、わたしは天を仰いだ。

「待って、てことはつまり」声を潜めた。「誰かが、ホールウェイ・チャットに上げたのね」

ランドンは口をあんぐり開けたが、しばしそのまま閉じなかった。その間にわたしはぞっとして鳥肌になる。

「見てないの？」

目を細めてランドンを見る。「何をよ？」

「ぼくは全然関係ないんだって」また言う。「だから、その――ツイッターをチェックしたほうがいいかも」

ランドンはとっとと歩きだし、あっという間に廊下の先に姿を消した。プージャがスマホでツイッターを立ち上げていたが、間に合わなかった。プージャの顔がさらに険しくなったかと思うと、スマホをわたしに差し出してきた。

金曜の夜、公園で撮られたわたしの写真だ。顔は歪んで真っ青、プージャがゴミ箱から拾ってきてくれた紙袋に、今しも吐こうとするところ――紙袋がまたよく目立っていて、もはやアイコンと化したビッグ・リーグ・バーガーのロゴがはっきり写っているではないか。胃の中身を入れる入れ物に使っていながら、わたしは全然気づいていなかった。見苦しいし、いかにも酔っぱらいだし、ティーンエイジャーの躓きとしていかにもありがちな姿ではあるが、そんなことよりもっと重要なのが、わたしがいかにもわたしらしく写っている、ということだ。ものすごい至近距離から撮っているため、わたし以外の誰とも間違えようがない。

とりわけその写真が、ガール・チージングのアカウントからツイートされているから始末に悪い。見出しはこうだ。エヴァーグリーン・ムード《いつも吐きそうな気分》。

またしても胃がずんと重くなった。今度は何か一つ重たい塊が、急に降りてきたような感じがする。写真に親指を当ててスクロールダウンすると、それまでのところリツイートは千を超えていて、そして投稿されてからまだ一時間しか経っていないのだった。**おっ、ひでえ。今すぐファンをやめなくちゃ**と誰かがツイートしている。**パティはパリピだったのか**というツイートは、ひと昔前の『サタデー・ナイト・ライブ』のワンシーンで、クリステン・ウィグが酔っぱらいのシンデレラに扮しているＧＩＦ動画と一緒に上がっていた。かと思えば、あとになって秘かに、思いのほか効いてきたのはこれだ。**当然の報いよね、今週のＢＬＢのツイートは最低の最悪だったから。**

ジャックとわたしで決着がついて以来、ずっとツイッターから離れていたから、丸一週間アプリを開いてもいなかった――タフィに全部引き受けてもらったので、ジャックがツイートするごとに来るようにしていた通知も、やめてしまっていたのだ。こんな風に、頬に平手打ちを食らったみたいに思わなくてもいいのかもしれないが、それでもやっぱりヒリヒリ痛む。

「ジャックがこんなことするわけない」すぐに言った。

「なら、なんでまだ削除してないわけ？」とプージャ。「まあいいわ、けどこれって、ビッグ・リーグ・バーガーのアカウントが何か呟いたから、返信してるってことみたいよね」

またアプリを開き、数時間前のツイートからたどってみる。もはや痛すぎて、これを書いたのがタフィなわけがない、とすぐにわかってしまった。うちの二種類のグランマズ・スペシャル・グリルド・チーズの写真が載っていて、これまでうちのが向こうの何倍売り上げてきたかの数字が添えられている。

リツイートしたいならいくらでもどうぞ。ただ、このグランマはそちらのグランマを、完膚なきまでに叩きのめしていますから

「うわー、なによこれ」とわたし。

「あいつをとっ捕まえて今すぐ消させなきゃ」とプージャ。「もう拡散されちゃってるじゃない」

わたしは目を閉じた。このばかみたいなツイッター戦争を続けているのは、ほかの誰でもない、マムに違いない。よね？　そして今、わたしは学校じゅうの笑いものであるばかりか、たぶんアメリカじゅうの笑いものにまでされてしまったのだ。わたしが今後の人生において何をやり遂げたところで、誰かがわたしのファースト・ネームをグーグル検索すれば、この先百年間は必ず、ビッグ・リーグ・バーガーの袋に吐いているわたしの写真が、いちばん上に出てくることだろう。

「すぐ戻るから」売り場のテーブルから慌てて立ち上がったものだから、椅子の足が床にこすれて、足元からギギー、と嫌な音がした。

細い廊下を、ジャックとポールが姿を消したほうへ歩いていくと、微かにジャックの声が聞こえた。その先は廊下が枝分かれし、さらに細くなっているところだ——そのうちに声が大きくなり、もう微かでもなんでもなくなった。わたしはぴたりと立ち止まる。その声が、ぞっとするほど苛立っていたから。

「……今それどころじゃないって、それを言ってられる余裕もないんだ」角を曲がった先でジャックがしゃべっている。ポールと二人でロッカーが立ち並ぶ前に立っているのだろう。きっとポールがクラリネットを取り出しているとかそういうのだ。

「なー、親友だろうよ」

「だから？　ならクソつまらないこと頼むんじゃないよ」

「・・・・・・」

「つまらなくなんかないぞ。ぼくはとにかく、ゴールドフィッシュが誰なのか知りたいだけだ。もう話をしだして何週間も経つし、本気で思ってるんだよ、これって、ほらあれ、特別な感情なんじゃないかって。けど誰かわかってないと、恥かいちゃうかもしれないじゃないか」

ジャックは自分で気を鎮めようというのか、大きく息を吐いた。「そんなことあるかよ」

「ぼくに会ったことある？」

このあたりでやっと、わたしの脳みそが『ゴールドフィッシュ』の意味を理解しだし、そうか、ポールはウィーツェルで話している誰かの話をしているんだ、とひらめいたのだ。顔から火が出るとはこのことだ。ウルフとの破局についてわたしはまだウジウジ悩んでいて、その感情はいまだ、不気味に生々しくもあり、それから起きたことすべての根底でずっと燻っているのだ。

「信じてくれよ。ポール、こんな——こんなアプリのせいで時間を無駄にしたくないだろ。実はさ、考えてるんだ、いっそ——無効にしちゃおうかなって。誰も匿名ではいられない別バージョンを作って、勉強会の設定や内容も全部そのまま使えるようにする」

ものすごく集中して聴いていた。もはや息もしていなかった。そもそもなんで廊下をここまで歩いてきたのか、あまりちゃんと思い出せない。その言葉は頭のどこかしらを飛び跳ねて回っていて、どこにも落ち着こうとしない。無効にする？　別バージョンを作る？

ジャックがそんなことを言って矛盾が生じないシナリオはというと、たった一つしかない。

「だけど、なあ、あそこで友達ができた生徒がどれだけいると思ってるのさ——」

「わかってるよ、けどラッカー先生の言う通りなんだ。ときどきあの中で、ろくでもないことをやらかすのがいる。監視できるときはしてるけど、とにかくもう、そんなこともしてられなくてさ。だから……」

「だったらせめて、ゴールドフィッシュが誰なのかだけ教えてよ」

「それはしないって言ったよな。それに、ほら——自分は知りたがってると思ってるだろ、けど、ほんとは知りたがってないかもしれないいんだぜ？」

全身の筋肉が張りつめてきた。筋肉のほうが、わたしの知らないことを先に知ってしまったみたいだ。

「そんなわけあるか？」ポールの声が今にも泣きそうな声になる。「ほんとだよ、ほんとに知りたいんだよ」

「あのね——こないだ、ぼくはアプリでずっと話してた相手が誰なのかわかったんだけど、それはアプリが情報開示する前だった。そしたら何もかもが妙にこんがらがっちゃってさ。ぼくは知ってて、相手の子は知らなくて」

廊下が突然、ぎゅーっと狭くなっていく気がした。天井が床に近づいてきたのか、もしかして学校でまだ残っている場所はここだけなのか。そしてわたしも、もういつ押しつぶされ、押し込められてもおかしくない状況なのか。

「そっか、自分だけズルして、相手が誰か調べたってわけか」ポールはわくわくしながらも責めたてている。「そんなことだと思ってたよ。あのアプリをそういうふうに作ったって言ったけど、それだけじゃなく――」

「違う、何言うんだ、ポール。そんなんじゃない。その子はただ――チャットで話してて、リンクを送ってきて、そしたら、誰だかわかってしまって、それだけなのにもう――何から何までおかしくなった。嫌だよこんなの。こんなになるなら知らないままがよかった」

あばら骨の内側で心臓が激しく鼓動する。ポールがまだ何か言ってはいたが、聴く気にもならず回れ右して引き返した。涙がこぼれないように必死に瞬きしながら。

ジャックがウルフだった。

そしてわたしは、世界一の大間抜けだ。

焼き菓子セールのテーブルまでどこをどうやって帰ったのかすらわからない。わたしの意識は一かけらもそこに向いてはいなかったから。『ジャックがウルフ』というのだけが、頭の中で風船のように膨らみ続けていて、ほかの考えを全部押しのけてしまった。だってジャックがウルフなら、つまりわたしは何カ月もの間、ジャックと話をしていたということだから。ジャックがウルフなら、ジャックはわたしが誰だかわかった、だけじゃなく、わたしであってほしくなかった、ということなのだ。だってジャックがウルフなら、彼はわたしを、あの公園でのバカ丸出しの集まりにあえて行かせたということになるのだ。わたしがウルフに会うために出かけていくのも知っていて、てっきりウルフはランドンだと思い込んでいたわたしが、死ぬほど恥ずかしい思いをするのも、チャットのやりとりで十分すぎるくらいわかっていたのに。

たぶん、まわりまわっていつまでも続くのだ。公園でわたしは恥をかくように仕向けられていたし、今度はあの夜にジャックが撮った写真で、わたしは未来永劫恥をかくことになるのだ。

でもそれだけでは済まない。わたしはあのとんでもない写真とともに生きていくし、卒業までの間、ランドンに徹底的に避けられて生きていくし、しかもマムがあれやこれやの気配を察したら必然的に何かしら起きるだろうから、それにも耐えて生きていく、ということだ。

そこまで受け入れたらもう絶対に生きられない、ということがあるとしたら、それは、あの悪夢が現実になった、という事実だろう。ウルフがわたしの正体を知って、明らかにがっかりした。そして、ジャックもがっかりしたのだとなれば、心の傷は二倍にまで広がることになる。

ありとあらゆるものに疑惑の影が落ちる。ジャックにキスしたのはわたし。会おうと働きかけたのもわたし。

何から何までおかしくなった。嫌だよこんなの。こんなになるなら知らないままがよかった。

「いったいどうしちゃったの？」

プージャは幽霊が近づいてきたみたいな顔でわたしを見ていた。口を開ける——ジャックがウルフだった！――が、それを言ってもわかってもらえるはずもない。誰にもわかりっこない。なにせずっと心に秘めていて、ひとこと口に出すことすらしてこなかったから。だから代わりに口から、やたら大きくこぼれて落ちたのは、タイミング的におかしいこんな言葉だった。「ジャックだったのよ、ウィーツェル・アプリを作ったのって」

プージャは開いた口が塞がらないばかりか、みるみる顔から血の気が引いていく。何かしらのリアクションはあるだろうと思っていたが、まさかここまで過激なリアクションとは――が、プージャはわたしを見てはいなかった。わたしの後ろを見ていた。

「ミス・エヴァンス、わたしのオフィスまで来ていただけますか？」

嘘でしょ。

結果から言うと、ラッカー先生はわたしたちに、なんの手出しもできなかった――誰が何をしたかを示す証拠として先生が握っているのは、わたしが廊下で口を滑らせたことだけだし、しかもそれを聞いた証人はプージャだけなのだ。そのプージャも頭がいいから、ラッカー先生がわたしを呼びつけ、教員補助の学生にジャックを探してくるよう命じたとたん、すかさず別の水泳部員を捕まえてきて売り場を任せると、自分はさっさと姿をくらましてしまった。

　キリがないといえばそれまで。それでもわたしは、何度も何度も主張した。三人とも耳にタコができて膿んで血が出るほどまで。わたしはただ、ほんの冗談のつもりで、ジャックがウィーツェルを作った、と言ったんです、と。

「冗談のようには聞こえませんでしたがね、お嬢さん」とラッカー先生は目を細めて見てくる。

「それは……あの……ツイッターのことも関係していて。わたしたちについての記事がハブに載ってたんですけど、きっともう、見られてますよね？」必死だった。藁《わら》にも縋《すが》る、というのはこういうことだ。「わたしたち、えっと、実生活でもイタズラを仕掛け合うようになっていて」

「あのような形で疑惑を拡散することが、イタズラだとは到底考えられませんが」

　ジャックはというと、あえて割って入ろうともしない。連れてこられた当初はプンプン怒っていて、そんなものぼくとなんの関係があるんだ、と食い下がっていた。だが顔を上げようとしてわたしと目が合ったとたん、その目に宿っていた戦意はすっと消えてしまった。ラッカー先生からわたしが廊下でこう言っていた、と伝えられてからこっち、わたしのほうを見ようともしない。

　ジャック本人に自分を守ろうという気がないのに、わたしにどうしろというのか。なので、唯一勝ち目がありそうな切り札を使った。「だって、ジャックですよ。あまり頭がいいほうじゃありません。この人にあそこまでのアプリが作れると、本気でお思いですか？」

ジャックはさすがに嫌な顔をした。でもわたしは一ミリたりとも動じなかった。意地でもラッカー先生から目をそらさない、と決めていた。

二人のスマホも、もう調査済みだった。どちらのスマホからもウィーツェル・アプリは見つからなかった――何週間か前に誰かがホールウェイ・チャットに、アプリのアイコンを隠しておけるアプリを投稿してくれていた。学校側がアプリにたどり着く唯一の方法は、わたしたちを裏切ってもいいという生徒を見つけてきて、表示の仕方を教えてもらう、というもの。ただ、どんな生徒もそんなことをしたら自分が不利になるだけだから、やるはずがないのだ。

「これはもう、お二人の親御さんに来ていただくしか――」

「待ってください――あの、できたら……」ジャックはここでため息をついた。「今じゃないほうが助かります」

ラッカー先生は顎を引いたが、もし穿いているズボンがヤシの木の刺繍入りじゃなかったら、もっと威圧的に、偉そうに見えたんじゃないかという気がする。「それは申し訳なかったですね、ミスター・キャンベル」言い方の嫌味ったらしいこと。「では、いつなら都合がつきそうですか？」

その後やっと解放され、二人して目も合わさないままオフィスを出た。でもわたしはドアの前から動けない。罪悪感と猛烈な怒りとの狭間で、どうにも身動きがとれなかった。

「あなたを裏切るつもりはなかったの」ついに言った。だっていずれどちらかが沈黙を破ることになるのだから。謝ったわけではない。謝る気になどなれない。

ジャックは口を真一文字に結んでいる。「で、いつから知ってたのさ?」

「知るわけないでしょ。言っとくけど、ついさっきまで知らなかったんだから」頭にきているせいで、必要以上に大胆になる。ここ数カ月で初めて、わたしはついにその名前を声に出して呼んだ。まさにその名前が、わたしの脳みそのかなりの部分を占領していただけに、現実に口に出したことがないなんてどうかしている気がした。「ウルフ」

一度呼ばれただけで、ジャックはピクリとも動かなくなった。案山子《かかし》みたいにつっ立っている。

「じゃあ」とジャック。

そっちが言わないのならわたしが言ってやる。「わたしに嘘をついてたんだ」

「ぼくはそんな――そんなつもりはなくて」とジャック。「だから、きみが誰なのか、ぼくがいくら知ろうとしても知れないように、全部操作済みだったんだ。知りたくなかったし――」

「けっこうはっきり言ってくれるじゃない」

「怒るのは当然だと思うよ、だけどさ――」

「でもってあの日、わたしを公園に行かせて、ランドンの目の前で大恥かかせてくれたのよね。しかもその挙句、どうやら写真を撮ってたらしいわね。いかにもわたしが、酔っぱらってビッグ・リーグ・バーガーの紙袋に吐いてますって写真を撮って、ネットにあげたわけね？」

わたしは待っていた。ジャックが困惑して顔を曇らせるのを。なんの話だよ、と訊いてくるのを。首の後ろをポリポリ掻くとか、前に進んでいいのか下がっていいのかわからないみたいにもぞもぞ動くとか、そういういつもの癖がまた見られるのを、待っていた。

ところがだ、ジャックはぎゅっと目を閉じただけ。「説明するから」

声が震える。「なら聞くけど」

「まず言っておく。投稿したのはイーサンだ」

「ばかにしないでよ。あの写真の角度からして――あなたじゃないと撮れないから。なのになんでイーサンが使えるの？」

「いつものやり方だよ」とジャック。「フェイスＩＤでぼくのスマホのロックを外した。でもってきっと写真を見つけて、自分でツイートしたんだ」

「だったらなんであなたが削除しなかったの？」

「だって――だって、ぼくらはもうツイッターはやめたと思ってたからさ。二人でそう決めたと思ってた。それに、先にグランマのことがあったから」遮って言い返してやろうとしたが、見るとジャックのまぶたは赤く腫れ、顔は、ツイッター上での小突き合いなどとは比べものにならないほどの苦痛に歪んでいた。「今は病院にいるから、だから……」

これから何を言おうとしていたっけか。全部吹き飛んでしまった。

「うん、そう、ぼくはイーサンのつまらないツイートを削除しなかった。頭にきてたからね。わかった？　それに――それどころじゃなかったし」

廊下がこんなにがらんとして見えたことはそれまでなかった。なんとなくジャックはわたしを見ているし、同時にわたしを見てもいない。申し訳なさと反発と、あとは今やっとわかったのだが、おそらく極限に近い疲労の間を、行ったり来たりしているのだ。

「大丈夫なの？」

ジャックは頷いた。「うん、今日――今日帰って来られるって」

詳しく話してくれるのかどうなのか待っていたが、そうでもなさそうだ。それにこうなってしまったらもう、わたしが根掘り葉掘り訊けるはずもない。

「これだけはわかっといてほしいんだけど、あのツイートを投稿したのはわたしじゃないから。マムだから」

ジャックは目をこすると、ふうっと息を吐いたが、それはもしかしたら、これから笑いに変わりそうなものではあった。「そっか。えげつないな」

謝ってくれたわけではないが、あっという間に顔いちめんに後悔の念が広がったから、それだけでもう十分だった。

「うん」返すべき言葉がこれしか浮かばなかった。なぜなら、わたしが抱えていたほかの疑問は全部――ジャックのこと、ウィーツェル・アプリのこと、昨夜実は起きかけたのか、起きなかったのかさっぱりわからないあの事件のこと――いっぺんに溶けてなくなってしまったからだ。もっと巨大でもっと大切なものの大海原に飲みこまれ、消えてしまったからだった。

ジャックの手の中のスマホがバイブし、ぱっと光った。「あ、来た……たぶん母さんだ。帰らなきゃ」

頷くしかない。「わたしにできることがあったら言ってね」

ジャックも頷いてくれたが、なんとなくどこか上の空な感じがした。とはいえ、もうこれで終わり、という感じもした。なんだか二人で一緒に橋を、反対側まで行くつもりで渡っていて、真ん中まで来たところでしばらく立ち止まり、眼下の深みを眺めていたけれど、結局は回れ右して、慣れ親しんだいつもの場所に戻っていく、そんな気がした。

廊下を曲がって焼き菓子セールに戻ろうとしたら、目に熱いものがこみ上げてきた。戻った先のいつもの場所がどんなだったかさえ、もうよくわからなくなっていたのだ。そこではかつてジャックとわたしは、ただのクラスメイトだった。あの頃は、ジャックの半笑いには数えきれないほどの段階があり、その段階ごとに全然違う感情が乗っかっているのだということも知らなかったし、ジャックが動きだそうというとき、どの辺からモゾモゾしだすのかも知らなかった。あの頃はジャックにペパローニ呼ばわりされたところで、わたしの胸は静かなまま、何かが大きく広がるような感覚もなかった。

おかしな話だ。どれほど遠くまで来てしまっているか全然気づいていなかったのに、いきなり帰り道がわからなくなって、初めて思い知るなんて。


その夜はとうとう、ジャックからはなんの連絡もないままだったが、ほかの人たちからは冗談抜きにじゃんじゃん連絡が来た。プージャが生存確認のために電話してきたし、ナッシュビルの中学時代の友だちからも、何本もかかってきた。わたしとジャックについての記事を書いたハブ・シードの記者は、コメントをくださいと言ってきた。あとは、ダド。

それからついに、ペイジが登場した。

「つまり、やりすぎたのよね」とペイジは、わたしから事の顛末を聞き終わらないうちに言った。

「マムがどうかしちゃったのよ」

「それはそうなんだけど」いつもやり尽くしているがやはり今夜も、落ち着きはらった口調を心掛ける。「確かに、最低の最悪。だけど、マムもこうなることまでは予測できなかったんじゃないかって思うのよ」

「なに眠たいこと言ってんの。何かしら起きるでしょうよ、わからなかったってほうがどうかしてる」

ペイジの言う通りだとわたしも思うけれど、それがまた問題なのだ。ここら辺はまるごと全部マムのせいだ。でも事態を悪化させるだけだとわかっていてペイジに話しているあたりは、決定的にわたしが悪い。そして今、またしてもわたしは尻込みしている。どうにかダメージを修復できないかと思っている。

遅きに失した。

「なんでいつもいつもマムのことかばうわけ？」単刀直入に痛い所をついてくる。ついに来た。今、怒りの矛先はマムだけでなく、わたしのほうにも向いている気がする。「全部マムが悪いんでしょうよ。ツイッターの事件も、ストーン・ホールの悪ガキどもの件も。そもそもマムがあなたを連れて引っ越したりしなければ――」

「ペイジ、わたしは自分で、ここに来ることを選んだの」

ペイジの鼻息が荒くなる。「まだ十四歳だったもんね。ほかにどうしようもなかっただけでしょ」

わたしはギュッと目を閉じた。言われた言葉が、意外な向きから突き刺さってきたのだ。たぶん本当のことだから、かもしれないが、たぶん本当のことではないからかもしれない――だって十四歳のときでも、わたしは心のどこかで、自分はここにいるべきなのだと悟っていた。チリチリの髪やニキビや、とんでもない居心地の悪さなどの奥底に、その気持ちはあったのだ。ニューヨークは、わたしの目指す目標などには絶対になり得ないが、わたしの周りでともに成長すべきもの、ともに成長し、それまではなかった空間を、ともに作り上げていくべきものではあったのだ。将来なんてどっちにしても膨大な未知数でしかなかった。けれどもわたしは分かれ道に立ったそのとき、マムと一緒がいいと思ったのだ。

でも今この瞬間には、わたしの考えなどどうでもよかった。十四歳当時の考えも、今現在の考えも、どっちもいらない――なにせ突然、猛烈な怒りがふつふつと湧きあがってきて、どうしてもこう言わずにはいられなかったからだ。

「その点ペイジは違ったんだもんね」声が震える。これだけは言いたくなかった。でも、それまでずっと崖っぷちで押して押して押しまくられ、ついにもう耐えきれなくなり、落ちるしかなくなった、みたいな感じだった。「どうしようもあったんだよね、ちゃんとわかってたからね。で、とにかくこっちに来て、そしたらマムとぶつかって何もかも台無しにしたのよね。こっちに来たりせずに知らん顔してればそれで済んだのにね」

ペイジはたじろぎもしない。ゆるぎない自信があるのだろう、静かに、きっぱりと言ってのけた。

嘘なわけがない、とわたしにわからせるには十分だった。「わたしがニューヨークに行ったのは、あなたのためだった」

怒りをぶちまけようと吸いこんだ息が、喉のあたりで止まった。急すぎて痛かった。恐ろしいほど静かに、その空気はそのまま喉にとどまっていて、わたしは大慌てで何かしらの意味をわかろうとした。するといっぺんに、たくさんの意味が押し寄せてきた。

ペイジが続きを話しだすと、さっきのきっぱりとした口調はいくらか和らいだ。声が、ほんの少し前より遠ざかったような気がする。わたしたち二人を隔てる実際の距離よりさらにもっと、遠くから聞こえる気さえした。「あなたが食い物にされちゃうんじゃないかって思ったから、わたしは行ったの。それにきっと――きっとマムはわたしたち二人が惨めになってく姿を見て、考え直してくれると思った」

目をつぶる。後悔という名の波が押し寄せてくるとわかっていたからだし、案の定押し寄せてきた――が、波ではなかった。熱波だった。体じゅうの血が煮えたぎるようだった。

「だけど、あなたはそうならなかった。ほんの数週間で馴染んでしまった。でもわたしは……」

ペイジは惨めなままだった。今でも覚えている。思いきりドアを閉める音。散歩に出たきりなかなか帰ってこない日々――前の学校では一、二を争うほど人気者だったペイジが、あんなにも怒りっぽくて覇気のないペイジに、みるみる変わってしまった。マンションの中と言わず外と言わず、始終幽霊のように歩きまわっていた。

「知らなかった」目の奥がツンと痛む。顔が燃えるように熱い。なんて言えばいいのだろう。ただ繰り返すことしかできない。「知らなかった」

一瞬、間が空いた。「うん、そうだよね」湿った声。ペイジも泣いているのか。わたしが何か言うのを待たず、こう言った。「ごめん、もう行かなきゃ」

ここで電話は切れた。かけ直そうとは思わない。それくらいの分別はある。それにたった今、わたしたち姉妹の間で壊れた何かが、いつか元通りに直ってしまうなんてことは絶対にないのだ、そんな風に思い込むほどばかでもない。とはいえ今はまだ、痛みに変わりはない。その痛みはわたしのどこか核になるところ、たぶんうかつには振り払えないほど深いところで起きているのだ。

今までずっと、ペイジとマムのせいにしてきた。二人が喧嘩したせいで、家族がバラバラになってしまったのだと思ってきた。まさかそのすべての原因がわたしかもしれないなんて、一度たりとも考えたことがなかった。

翌朝目覚めたわたしは、なんだかMTAバス《NY市バス》にはねられたみたいな気分だった。五時間ほどはなんとか寝られた。が、当たり前だがインターネットは寝てなどいなかった。しっかり目が開かないうちから、とにかくペイジからはメールも電話も来ていないことは確かめた——けれど、すぐにペイジのことなどほぼ吹っ飛んでしまった。ツイッターのモーメントはじめ、ハブ・シードの記事とか、ジャスミン・ヤングの動画とか、ほかにもわたしの情報をかき集めた口コミサイトが幾つもできていたのだ。ビッグ・リーグ・バーガーの紙袋の画像が様々に加工されてネットに上がっていた。最初のうちはロゴだけ変えたものが多かった。最近劇場公開されたがコケてしまったスーパーヒーローものの映画のロゴとか。そのうちに今度は、『ツイッター上のホットテイク《よく確かめずに急いで書いた記事》』といったようなラベルを張りつけだす。やがて一周まわって元に戻ったか、こういうのもあった。『この画像、うちのダッシュボードに一分間で十五回も出てきたんだけど』『Know Your Meme《ミーム大全》』には、この画像がもともと何だったのかを解説する記事まで出ていた。そこではハッキリ、「吐いている女子」と説明されている。

独創的でいいかも、とも思った。

わたしの名前を敢えてググって、今どうなっているか知ろうとまでは思わない。ベッドカバーを頭の上までひっぱり上げると、小さい頃にペイジもわたしもよくやっていたなと思い出した。このままシーツとシーツの狭間に消えてしまいたい。それが無理なら、目覚めたら何もかも夢だった。焼き菓子セールで砂糖漬けになって寝たせいだった、ということになっていてほしい。

ついにマムにドアをノックされた。ところがマムも、かつてないほど疲れ果てているみたいなのだ。仕事着を着ているし、髪もメイクもしっかりできているのに、身のこなしがついていけていない。誰かほかの人がマムの服を着ているような。怒ってはいなさそうだったから余計に、言われた言葉がまさかのまさかだった。「教頭先生からたった今電話があったわ。あなたは二日間の停学だって」

「えっ、わたしが？」

マムはドアのところから動かない。「あの男子が白状したんだって。なんだか知らないけど学校がメールで注意喚起してたアプリか何か、作ったのは自分だって。ラッカー先生が言うには、あなたはあの子をかばうために、アプリについての情報をわざと隠蔽《いんぺい》したって」

思わず歯を食いしばる。マムの視線に負けちゃ駄目だ。パジャマなんか着ていないし、ベッドになんか寝てもいないつもりにならなくちゃ。同等の立場でものを言おう。「あっそ、てことはわたし、今日は学校に行かないってわけね」

マムはやたら瞬きをしていたが、すぐに気を取り直した。「自分のために言うことってそれだけ？」

こうして話しているけれど、果たしてマムはまだ、インターネット上に溢れたペッパーらしきものを寄せ集めて焼き尽くしてきてはいないんだろうか。

「マムはどうなの？」

「わたし？」まだ動きださないのは、マムが実はヴァンパイアかなにかで、わたしの許可がないと敷居をまたいで入って来られないからなのか。「こうなるずっとずっと前から、わたしにはわかってた。だから止めようとしたのに。なのに今、こうしてあなたは、あのおバカな男子のせいで将来をまるごと棒に振ったかもしれない」

立ち上がろうかと思った。怒りが、電流みたいに皮膚の下を駆けめぐり、立たないといけない気にもなった。だが、それすら歩み寄り過ぎではないかと思った。「わたしの将来を心配せずにはいられない人みたいに言わないでよ。わたしがネット上で正真正銘の笑いものになって、それがマムのせいだからって、マムは全然平気なんじゃない」

言い終わる前からマムはかぶりを振っていた。「何をばかなことを――」

「ジャックとわたしは、ツイッター戦争を終わらせてた。最初からめちゃくちゃな話だったし、そのうちに個人対個人になってきちゃったし、だからおしまいにしたの。なのにマムがまた、安っぽくてバカ丸出しの画像なんかを載せたから、こうなったんでしょ？」

「個人対個人にならなきゃいけないわけじゃなかったのよ。だからわたしはずっと言ってたの、やめときなさいって――」

「だけど結局個人的なことなのよ、マム。わたしにしても、マムにしても明らかにそう。だって、ガール・チージングとこうなったのって、偶然なんかじゃなかったんでしょ？」

マムは胸の前で腕を、ものすごくきつく組んでいるものだから、体が今にも折れてしまいそうだった。口はへの字になり、視線は床をさまよっている。これはどう考えても、すぐに返事はこないな、とわかった瞬間、わたしは話を前に進めた。マムに口を挟む暇など与えてたまるか。

「なんでもいいわ、もうこれ以上ないくらい個人的になっちゃってるんだから。ジャックの兄弟が、マムのツイートへの返信にわたしの画像を使ったの。そしたらそれが今、インターネットじゅうに拡散されちゃってる。最悪の事態なんだから、ほんとはわたし、停学になってありがたい**くらい**よ」

これにはさすがに、マムも関心を示した。「なんの話？」

ベッドの奥でほったらかしになっていたノートパソコンを引きずってきて開けると、二ダース近くのタブが開いた状態になっていた。ミームのまとめとか、タンブラーの投稿とか、それに、わたしの人生になぜかぐいぐい入り込んでくる、ものすごく不気味で気持ちの悪いウェブサイトとかも。

そこにはペイジのフェイスブックアカウントから勝手にとってきた昔の写真なども上がっているのだ。マムがわたしのベッドの端っこに座ったので、わたしはマムがそれぞれに目を通していくのを、じっと見ていた。ショックのあまり、マムの怒った表情がだんだん消えていく。それを見ていて満足感を覚えるわたしは、なんて残酷なんだろう。

マムはパソコンを閉じたが、手はしばしその上に置いたままだった。「一つ訊かなきゃいけないんだけど。あの画像のあなたって、酔ってるの？」

「まさか、酔ってるわけないでしょ、マムったら。食べ物に当たったのよ」

マムは頷くと、わかった、ごめんと言わんばかりに片手を上げ、あっという間にその件はなかったことになった。最悪ここまでは信じてくれているのだ。そして、マムはずっと黙っている。すべてを受け入れようとしているのかもしれない。見慣れたマムの顔つきをじっと見ていた。ふと眉をひそめる。これは、今問題が生じていて、それに対する解決方法をマムが探している、ということなのだ。だがそんな顔も長くは続かなかった。二人ともわかっていた。わたしたちにはどうすることもできないのだ。

「きっとそのうち通りすぎてしまうから――」

「わたしのスマホに、大手出版社とかからコメントを求めるボイスメールが何通も届いてるのよ、マム。どこへも通りすぎていったりしないから」

しばし間が空く。何が起きてもおかしくないみたいな、頼りなげな間だった。わたしとマムはいまだに、喧嘩自体に慣れていなくて、たどるべき台本もなければ、次にどんな動きがくるか予測もつかない。ただ、まさかマムがいきなり立ち上がって部屋から出て行くなんて、わたしは予想だにしていなかった。

「どこに行くつもり？」

ドアのところで立ち止まると、わたしに背中を向けたまま、顔だけ僅かに振り返ったので、わたしからはマムの顎のラインが辛うじて見えただけだった。「校長先生と話して、停学を訂正してもらってくる。あなたの履歴として一生ついて回るようなことになったら困るから」

「でも、マム――」

「そのあと帰ってきて、一体全体何がどうなってるのかちゃんと整理したら……話し合わなきゃね」

すると、くるりと完全に向きなおった。ペイジと対峙するときにいつも見せていた、あの独特の、険しい顔。口で何を言われるより、深く心に突き刺さった。

「うん、話そうね、ロニー」

その瞬間にわたしが投げかけるには、とにかく最悪かつ最高に効果的な一撃ではあった。マムという人は、タクシーに接触しかけても飛びのいたりしない、パニックとは無縁の人なのだが、それでもそのあだ名は、マムが鎧で守ろうとも思っていなかった場所に、ピンポイントで刺さったようだった。

マムはすっと出て行った。マムのほうにどれくらい衝撃が続いたのかわたしには知るすべもなく、ただぽつねんとそこにいるしかなかった。ベッドヘッドと、パソコンと、様々なポップカルチャーの絵柄の中に嘔吐するわたしの画像が、無限に出てくる虚しさとともに。

たっぷり十分くらいは、呆然として動けなかった。むず痒さや痛み、それに怒りを忘れさせてくれるものなどどこにもない――ペイジに電話もできない。学校に行くことすらできない。気を紛らわせようにも行くところがないし、どこにも行けない。

すると俄然、どうしてもどこかに行かないと気が済まなくなった。

ベッドカバーを蹴飛ばしたはいいが、目は痛いし顔は火照るし。着古したジーンズと、前にペイジから奪った、アニメ風ドーナツのキャラクターつきのTシャツ、それに履き古したスニーカーを選んだ。そして髪はポニーテールにまとめる。こっそりかつての自分に戻ろう。ほんの束の間、昔の服や靴や、昔の気持ちに戻れば、どうでもいいと思える。終わらない宿題とか、大学入学とか、ツイッターの通知とか、ばかみたいな画像とかも。

どうでもよくないのは何かというと、たった今、マムに伝えようとしたあのことだ。わたしの世界がバラバラになりつつあると伝えたかったのに、マムは行ってしまった。

そうだ、マムが行ってしまって許されるなら、わたしだって許されるはず。財布と鍵と、あとはメトロカードをひっつかんだ。この間ジャックが買い方をじっくり説明してくれて、やっと買えたのだ。行きたい場所はただ一つ。だがそこは、ほかのどこよりも行ってはならない場所でもあった。

ジャック

ぼくはまさに、ナンバーワンを獲得しまくっていた。『地球上で最悪の偽ペンパル』から始まったかと思ったら急に方向転換し、『銀河系いち最悪の親友』となり、そして今度はさらにその上、『既知の宇宙と、今後も続く無限の現実世界のすべてにおいて最悪の息子あるいは男孫』の称号まで手に入れた。

謝らないといけない相手が多すぎる。どこから始めればいいのかすらわからない。ぼくの頭の中が部屋だとしたら、四隅で火の手が上がっているのに、ぼくは消そうともせずただ固まって、火が部屋じゅうに燃え広がるのをただじっと見ている、そんな感じだ。

ペッパーとの一件は、それはそれでもうとんでもなく辛い。ぼくにできたかもしれないこと、できるはずだったこと、やるべきだったこと、それこそいくらでもある――イーサンがあのろくでもない画像をツイートしたのに気づいた時点で、さっさと削除するとか――でも、隣の部屋でグランマ・ベリーが倒れ、その音を聞いた瞬間、それまでのことが全部、あっという間に、跡形もなく頭から吹っ飛んだのだ。頭にあったのは、まさにパニックと、たぶん一生忘れられない、父さんのあの青ざめた顔だけ。そのほかのものが入り込む余地などあるはずもなかった。

グランマは椅子から立ち上がろうとして足を滑らせ、頭を打ち、その結果脳震盪を起こしたほか、数針縫うけがもした。昨夜には退院してきて今は家にいるから、もう大丈夫だろう。とはいえ、部屋に入るとグランマが床に倒れていて、カーペットが血の海になっていた。あの一分間はおそらく、ぼくの人生における最悪の一分だった。すぐさま父さんが大声でぼくに、スマホを取ってこい、と叫び、その声でグランマは目を覚ましたのだったが。

しかも、これはこれでとんでもなく最悪の事態だというのに、実はまだ続きがあった。いつ果てるとも知れない大炎上のまさに始まりであり、ぼくの人生はこれをきっかけに、大きく変わることになったのだ。

「おまえをどうしてやればいいのかも、もうわからないよ、お手上げだ」と父さん。朝の早い時間。いつもなら父さんは調理器具をチェックしたり、ストックを見てきて肉やチーズの仕入れ先に注文を入れたりしている時間だ。だが今朝は、反省部屋でぼくと顔を突き合わせている。つまり世界じゅうが、ぼくの屈辱を見届けているというわけ。

父さんが今、ぼくに何かできるかどうかが本気でわからない、というのではない。たぶんぼくを、今以上に後悔させるにはどうしたらいいのかが、わからないのだと思う。

この二十四時間の間に、ぼくはペッパーを『今週いちバズった画像』にしてしまっただけでなく、ポールの人生までも根本的にぶち壊してしまっていた。グランマ・ベリーが退院するから手伝ってと母から言われ、ぼくが学校を出たあと、ポールはどうやらぼくの言い分など一切聞くものかと腹をくくり、その『ゴールドフィッシュ』なる人物と屋上で会おうと約束してしまったらしい。昨夜のことだ。屋上で三十分も待っていたら暗くなってきて、それでポールは気づいたという。鍵がかかって屋上に閉め出されてまったこと。いやそればかりか、ゴールドフィッシュが屋上から降りられないポールの写真を投稿し、こう書いたのにも気づいてしまった。**この子、本気で自分のこと『イケてる』って言ってたんだけど信じられる？　ウィーツェル・アプリさん慰謝料ちょうだい。**

ポールはぼくに電話すらしてこなかったし、ぼくも病院に行っていて忙しかったから、いつもは日中に断続的にやっているホールウェイ・チャットの監視作業もできないままだった。ぼくがホールウェイ・チャットを見たときにはもう、コメントのスレッドが果てしなく伸びていたし、ポールを加工した辛辣な画像も山ほど投稿されていて、それぞれに悪口めいた見出しがくっついていた。しかもその見出しで、それとなくダイビング部の部員だとわかるようになっていたのだ。例えば、**ゴミ箱にでも飛び込んどく？**　とか、**なんだか（ホビットみたいに）両足で飛び込む《よく考えずに始める》人っぽいね**とか。

　真っ先にぼくがやったこと、それは自分で決めたルールを破り、ゴールドフィッシュの正体をつきとめることだった。そしてヘレンという名の女子生徒だとわかったが、四年生の中ではいじめの主導者で有名らしかった。その次にやったのは、ラッカー先生にメールを送ることだった。ヘレンを呼び出してください――ぼくもすぐに行きますから。

　事態を悪化させるだけだとそのとき気づくべきだった。ぼくの知る限り、ヘレンは無罪放免、ポールは恥ずかし過ぎてまだ立ち直れていないらしく、ぼくに連絡もよこさない。そしてぼくが一週間の停学を食らったのもそうだが、それだけじゃなく――まさかの展開だった――ペッパーまでが二日間の停学となってしまったのだ。ぼくを密告するチャンスがありながら、密告しなかったから、だという。

　長すぎると読まない人のための要約：ポールはぼくを嫌いになる。ペッパーもぼくを嫌いになる。それに、ウィーツェル・アプリを作ったのはぼくだという話が広まるのも時間の問題だし、そうなったらまさに学校じゅうから嫌われるに決まっている。ぼくの場合、人生最大のピンチが訪れたとなると決まってそれは、自分でそう仕向けた結果でしかないのだ。そしてここに来て、ぼくはどん底を通り越してしまった。要は地球の中核の溶解炉まで到達してしまっているというわけ。

ここから先は人類史上最も無意味な、父と息子の断罪劇になる。父さんはもしかしたら本当に火を噴くのかもしれないし、ならばぼくはただ姿勢を低くし、その熱風に立ち向かうしかない。

「ごめん、父さん」

だって悪いと思っているから。本気で思っている。ただ、とりわけ父さんに、というわけではない。父さんと母さんがこの一連の騒動で被害を被らなかったとは言わないが、実は微々たるものではなかったか。甚大なる影響が及んだ人たちはほかにいる。ぼくは本来、今のこの時間を使ってその人たちと連絡を取り合うべきなのだ。朝からエッグチーズサンド・ベーグルを求めて詰めかけた客の列を尻目に、一方的にお説教されている場合ではない。

「どういうつもりだったんだ？」

口を開いて父さんに、ただこれだけは言おうと思った。ウィーツェル・アプリとは実はどういうものか——いや、どういうものだったか。そう、昨夜まるごと無効にしてしまったんだった。でも、ぼくには話しだすチャンスさえ与えられなかった。父さんはテーブルにさらに覆いかぶさったので、肘がちょうど、イーサンが小さい頃スーパーマンのロゴを彫り込んだところに乗っかった。そして、いかにも親父風のため息をつく。

「ダイビング部の練習が終わり次第シフトにつけ、あと毎週末も。来月いっぱいずっとだからな」ぼくのほうを見もしないで言い放った。

笑ってしまった。ぼくとしては、ふさわしいリアクションの一候補じゃないかと思ったのだが、あまりにもかけ離れていたらしく、父さんはしばし意味もわからず、ぼくの顔を眺めていた。呆然としすぎて怒っていたのも忘れたみたいだった。

「ジャック」

笑いはもう既に頼りなげな鼻息に変わっていて、気づいたらぼくはこう言っていた。「正直に言うけどさ、父さん、それが罰だってことは、ぼくを一生家から出さない、ってことなんだよね？」

父さんは眉を上げて見せる。諌めていながら、どういうことか知りたがってもいるらしい。何も言わない、ということは、ぼくに続きを話せということだ。十年もの間奥底にため込んでいた不安が、今になって熱を帯び、水面にふつふつと湧きあがってきたのが父さんにもわかったのだろう。が、ぼくにしゃべらせるべきではなかった。

反省部屋そのものを指でぐりぐり指しながら、ぼくは言葉を継いだ。「ここにいろってことだろ？そんなこと言われなくてももう、ぼくは毎日来てるよ。放課後も、週末も。生活のすべてがここなんだよ、父さんがそうさせたんじゃないか」

父さんは一瞬目を閉じた。あんまり疲れきって見えたので、ぼくの話の半分も聞こえていないんじゃないかと心配になった。今する話ではないし、言い方もふさわしくないし、それに何より確かなのは、ここでする話ではない、ということ。しかしなぜか今言わなかったら、言えるチャンスはもう二度とめぐってこない気がしたのだ。

「ジャック――」

「そうだよね、ずっと不思議に思ってたんだ。なんで父さんはイーサンじゃなくてぼくを、この店の後継者に推すんだろうって。ずっとそういうことになってたからさ。でも初めのうちは、納得できなかった」

父さんは愕然としすぎて何も言い返せない。なのでぼくは止まらず続けるしかなかった。脱線した地下鉄車両が走り続けるみたいなもんだ。

「けどそのうちわかった。イーサンは双子のうちの金のほう、つまりいいほう。巣立って行って、世界を征服したりとかできるほう。だってラッキーだよね、スペアがあるから。双子のおバカなほうが、この店をやっていけばいいんだからさ」

「劣ってるからこの店で働くんだとか、なんだってそんな風に考えるようになった？　信じられん、学校のせいか、学校がおまえの頭におかしな考えを植え付けたのか、ここで働くってことが――」

「たった今自分で言ったじゃないか、罰だって！　考えてみたらありえないよね。だってもしそうなら、父さんはもう何年もずっと、ぼくに罰を与えてるわけだから！」

気づいたらぼくは声を張り上げていて、エッグチーズサンド・ベーグル待ちの人々の注目の的になっていた。これではまるで、待ち時間の余興じゃないか。ニューヨーカーがイヤフォンをいきおい外してしまうほどしっかり足止めしていたとしたら、ぼくら親子は冗談抜きに、なかなかの見世物になっていたというわけだ。

ようやく父さんを見たところが、その目はそれまで見たことがないほど激しい怒りに燃えていた。

「上に行ってろ」

するといきなり、たった今、ぼくを部屋から出られなくするというすごいおせっかいを焼いてくれたあの怒りが、どこかへ行ってしまった。あっという間にバラバラに砕け散ってしまったみたいで、ぼくは代わりにしがみつくものが見つからなくて焦った。なんだか六歳児に戻ってしまったみたいだった。六歳児は無神経でおバカだから、話を続けようにも逃げ出そうにも、なんの作戦も立てられない。言っておかなくてはいけないことがなくなってしまったらもう、こう言うしかなかった。

「父さんは気づきもしなかったよね――ぼくがすごいことをやってたなんてさ。ぼくが作ったものが、現にみんなの役に立ってたんだ、でももう……」ぼくはもがいていた。顔が燃えているみたいに熱いし、声もあぶない。泣き声にだんだん、限りなく近づいていく。「父さん、ぼくの特技なんだよ。アプリ作りが。一生かけてやりたいと思えるくらい、得意なんだ」

父さんはもうぼくを見ようともしない。「上に行け」

もはやぼくは、めちゃくちゃに深い墓穴を掘って潜ってしまった。自分で自分をどうしてやればいいのか皆目わからないから、指図されていっそ嬉しくもあった。

反省部屋から出ると、順番待ちの人たちがじろじろ見てくる。その視線を避け、コソコソと店の外へ。冷たい空気を肌に感じながらアパートへ向かった。

母さんはグランマ・ベリーの部屋にいる。二人してテレビか何かを見ているのだが、ボリュームを抑えているから、ぼくが帰ってきた音は絶対に聞こえているはずだ。でも誰も何も言わない。ぼくは追いつかれたくなくて、部屋まで脇目もふらずに直行した。そして後ろ手でドアを、バン、と閉めた瞬間にぼくは気づいた。ぼくはこれを待っていたのだ。これが聞こえたらもう泣いていいんだという合図。ばかみたいだが腹が立って仕方がないという、まるで小さい子みたいな泣き方だし、長いことそんな風に泣いたことがなかったから、ぼくはしばし気後れし、素直に泣きだすことすらできなかった。

それでも一瞬冷静になり、ドアに鍵はかけた。ベッドにも行かずに床に座りこんだが、そんなちゃんとした理由があったわけではない。本当だ。ただ、ベッドを見たらすごく居心地よさそうで、この苦境を、居心地のいいものに乗っかって乗り越えていいわけがない、ぼくにそんな資格はない、と思ったのかもしれない。ついには床に落ちていて最初に目についたものをひっつかみ、顔を突っ伏したのだが、それで鼻をかみ、嗚咽が少し収まったところでやっと気づいた。デリで使っているぼくのエプロンだった。数年前に父さんが用意してくれたやつで、ガール・チージングのロゴとぼくの名前の刺繍入りだ。

クシャクシャに丸めて部屋の奥にぶん投げた。

たぶん父さんはもう、ぼくのことが嫌いになっただろう。ぼくのこれまでの人生は、デリで休みなく働くだけのものだった。そうしていればきっと父さんに嫌われなくて済むから。なのに今ぼくはついに、何もかもを粉々に打ち砕いてしまった。あっという間だったし効果はてきめんだったし。ぶっちゃけオリンピック種目に何かをぶち壊す選手権みたいなのがあれば、優勝できると思う。瞬きしたら二十四時間前に戻れるというなら、ほかに何もいらない。いや、一カ月前に戻るほうがいいか、いっそ一年前にするか――ウィーツェル・アプリなんか作るのはやめるし、デリのツイッターアカウントから投稿するのもなしだ。あとは、正真正銘の大惨事を引き起こすことになることすべてを、やめておく。そうすればぼくがイースト・ヴィレッジの住人の半数が見ている前で、よくある悩み多きティーンエイジャー火山が、ここでも噴火しました、みたいな格好で、父さんに怒りをぶちまけることもなくて済む。

でも待てよ、もし何も起こらなかったら、ぼくの人生にペッパーは君臨しなかった。

そうだ、ぼくがペッパーと関わっていなかったら、今ぼくらはどうなっているだろう？

瞬きしたら、あっという間に涙が止まった。ペッパーのことを考えただけで我に返れたし、思い直すこともできてしまった。よりにもよってこの場所で今の今、ぼくがデリのことで大げさに嘆き悲しんでいても、おそらくいいことなど一つもない。今、下に降りていっても腹が立つだけだろうけど、実際問題としてどうだ、誰かが店の仕事を捌いていかないといけないし、誰かがここで、グランマ・ベリーに付き添っていないといけない。ということは、人手が足りないわけだ。

目をゴシゴシこすってから、鏡でちらっと確認する。目が真っ赤で、ドラッグでハイになってこっそり家に帰ってきたときのイーサンそっくりだ。水で顔をバシャバシャ洗い、髪を手で梳かして、どうにか普通っぽく見せようと努力した。そしてなんとか、まるまる一時間床の上で泣いていた人間には見えないところまでこぎつけると、また階段を下りて行った。

デリの入り口の前で立ち止まり、さっきのぼくの醜態を目撃した客が長居していたりしないか確かめてから、父さんと顔を合わせても大丈夫なように心の準備をした。ところがレジにいたのは父さんではなかったし、母さんでさえなかった――ペッパーだった。

見るなり絶対これは夢だと思ったから、たっぷり五秒間は、腑抜けたみたいにつっ立っていた。誰も来なかったのは、ドアを塞いでいて誰も出入りできなかったからだ。ペッパーはガール・チージングの紫のハットとエプロンを着せてもらっていて、誰かのオーダーと、レジスターの下にテープで留めた値段の早見表を目を細めて見比べながら、常連客の一人と話をしている。髪は低いところでお団子にまとまっていて、例の明るい、訓練のたまものである顧客サービス用のスマイルを、きちんと実践していた。存分に本領を発揮しているようだが、ぼくが想像できるペッパー像とはずいぶんかけ離れてもいる。さっきから五秒たった今でもそうだし、いつも追い越しぎわにぼくの肩を小突いていく人物とも、やはりずいぶんかけ離れていて、ぼくの頭の中では想像上のペッパーそのものが意味をなさなくなってしまった。

ぼくが入ってきてからややあってやっと、ペッパーはぼくに気づいた。あっという間にほっぺたが真っ赤になったが、商いは滞りなくやり終えた。レジに近づいてはみたものの、反対側に立つなんて慣れていなさ過ぎて、またさらにぎこちなくなってしまう。

「なんでまた……」

これぐらいしか言えない。

「思ったのよ、その、今日なら手伝いに来られるなって」とペッパー。「来てもいいなら、なんだけど」

顔の真ん中から下が壊れるんじゃないかと思ったし、同時に喉がまた詰まりそうになってきた。さんざん泣いて、すっかり泣き終わったはずなのに。「いいよ」

ペッパーが一瞬目をそらしたので、やっと気づいた。ぼくの喉に起きた何かしらの異変は、顔にもやはり及んでいたに違いない。ぼくが取り乱しておかしなことを言いそうになったそのとき、母さんが奥からつかつかやってきてぼくをチラ見すると、こう言ったのだ。「ねえ、ジャック。ここは全部うまく回ってるから。ちょっとの間グランマのところに行っててあげてくれない？」

ぼくは黙って母さんを見据えていた。ぼくが部屋にいた間に、母さんはこっそり下りてきていたのだ。ぼくにはドアの音すら聞こえなかった。

「うん、わかった、そうする」とペッパーのほうを向く。ペッパーに話さないといけないことが、たぶん半ダースくらいはあるのに。でも出てきたのは、くぐもった声の「ありがと」だった。

ペッパーの返事を待たずに背を向けたのは、ぼくの顔に冷静さがほんの少しでも残っていたとして、それを保っていられるかどうか、自信がなかったからだった。また階段を上がり、アパートへ戻るのだが、耳は火照るし、目は瞬きが止まらないし。まだペッパーを見ているつもりなのだろうか。すっかり気もそぞろで、玄関のドアを開けるまで思い至らなかった。母さんが下にいるということは、父さんが上にいるということでしかないのだと。

文字通り飛び上がった。父さんがリビングのカウチに座っているのだ。目下店で起きていることより、なぜか衝撃的な気がしてしまう。それはたぶん――日中は両親ともに下のデリにいる、というのが当たり前になりすぎて、今この時間に父さんがここにいること自体が、違和感の塊なのだ。昼ひなか、普段は店の奥の事務室にいる時間だし、ぼくはというと、学校で授業を受けているはずの時間。なんだかぼくらはそれぞれ他所の土地にいて、別々のレンズ越しにお互いの姿を見ているみたいなのだ。ここだけが、二人ともが我が家と呼ぶ場所だというのになんでだろう。

父さんが顔を上げたので、目と目が合った。すぐにまた、ぼくは身構えた。いっそ怒鳴りつけてほしかった。そしたら終わりが近づいていると思えるから。でも、父さんはもう怒ってはいないようだ。ただ、なんだかどう舵取りしていいかわからない乗り物みたいだ。なんとなく目つきは優しいけど、口元は険しい。ぼくは間違えて入ってきてしまった子どもみたいに、戸口でまごつくしかなかった。

「グランマ・ベリーは大丈夫?」やっと訊けた。

父さんはグランマの部屋に向かって頷いた。「ちょっと寝るってさ」

ぼくも頷いて返す。気まずいことこの上ない沈黙が続き、ぼくがもう、部屋にひっこんで父さんの目の前でドアを閉めるべくカウントダウンを始めていたら、父さんがこう言ったのだ。「まあ、座ったらどうだ?」

カウチの、自分の隣を指している。歩いて行って座った。ただ、真ん中のクッションはぼくではなくイーサンの席ではある。しばし自分の膝を睨みつけながらムカッ腹を立てていた。こんなときでさえ、ぼくは自分のことを、イーサンのことを抜きにしては考えられないのか。

「小さい頃、おまえはこのアパートが大嫌いだったな。反省部屋のテーブルの下に住まわせてくれって、よく言ってきたもんだ」

「ほんとに？」

父さんの唇がよじれる。

「まあいいかってことになりかけたんだが、おまえがあそこの床にくっついているガムのカスを、必死になって剥がそうとしてるとこを見ちゃったからな、なしになった」

これで一気に緊張の糸がほぐれ、ぼくはびくびくするのをやめることができた。「へえ、そういうことか」

父さんはふうっと息を吐くと、体をほんの少しぼくのほうに寄せてきた。「何が言いたいかっていうとな――おまえはデリが大好きだったんだよ。物心ついたばっかの頃からな。店にいるのが好きだったし、レジのボタンを押させてやったら、えらく喜んでた。あとは、キッチンの連中の後ろをワンコみたいにくっついてまわってたな」

ここまで言うとしばらく黙り込んだ。ぼくが口を挟んでもいいようにしてくれているらしい。でもぼくとしては俄然、父さんのこの言葉の裏にどんな意味があるのか、どうしても知りたくなり、自分が話すどころではなくなっていた。

「父さんに無理強いされたとか、思わないでほしいんだよ。おまえのことを見下してなんかいないんだからな」父さんの声が低くなる。「それどころか真逆だ。無理強いみたいになってたとしたらそれは――そうだな、おまえの兄弟とおまえの母さんな、いろんなとこがそっくりなんだ。で、父さんはずっと――自分勝手と言われたらそれまでだがね、おまえの中に自分自身がしょっちゅう見えてたんだ」

言われたとたんムッとした。「けど今はもう、そんなに似てないよね？」

「そうだな。でも、おまえはうちの家族のために頑張ってくれたよ――ただあのばかげたツイッターとかは別だぞ」ぼくの目を見ないで言った。「ともかく毎日のことだ。おまえは店にいる。顔を出しにくる。頼まれてもいないのに」髪を手で梳かしながら、グランマ・ベリーの部屋のドアを見ている。「おまえはな、父さんなんかの倍以上、店を繁盛させるのに貢献してるんだ。それはグランマがよく知ってくれてる。おまえはいつだって、期待した以上のことをやってくれた。子どもにそこまでしてもらえるなんて考えられないほどだったよ。だが、もしそれでおまえに、劣等感を植え付けていたんだとしたら、申し訳ない」

父さんの言葉が、ぼくと父さんの間にストンとはまった。ぶっきらぼうだが真剣に語ってくれた父さんと、あまりのことに半ば感覚が麻痺しかけたぼくと。にわかに、宙に浮いている言葉をかき集めたい衝動に駆られる。かき集めて、自分の頭の中のどこかに永遠にしまっておきたくなったのだ。そうすればその言葉たちがぼくを、ほかの何物にも代えがたい力で、しっかり支えてくれるんじゃないかと思った。この気持ちは忘れたくない――今までにない嬉しい気持ちが大量に、胸の中に溢れていた。誇らしさも安堵も。そしてその中に紛れ込んだ罪悪感も。

「それとな、こんなことを言ってどうなるものでもないかもしれんが――今朝もっと早くに母さんが、イーサンと、気味が悪いほどそっくりな話をしたんだそうだ」

　まさかだった。まさか過ぎて笑いそうになった。

「ほんとに？」

「イーサンもとんでもなくイライラしてたらしい。どうやらおまえのほうがその――なんて言うんだっけか？――ゴールデン・ツイン《期待の星》だと思ってるんだと。親があいつよりおまえのほうを信頼してるとさ。店のことは全部そうだし、ツイッターも、あとなんでもかんでも、おまえのほうがあてにされてるって言うんだ」皮肉めいて聞こえるが、嬉しくも悲しい、そんな口調だった。「これでもしかしたら……ものの見え方もガラッと変わるんじゃないかと思ってな。二人とも、たぶんまだわかってないんだろう。おまえたちはそれぞれ得意分野が違うんだ。だから、自分にできないことがあるからって、自分で自分を責めるのはよせ」

　ぼくはげんなりした。ぼくのために言っているのか、はたまたイーサンのためなのかよくわからないのだ。いつもこうだ――とんでもなく恥ずかしい事態になったとしても、結局どこらあたりからがぼくのせいで、どこらあたりまでがイーサンのせいなのか、ちゃんとわかったためしがない。とはわかっていながらも、まさかここまで話が大きくなるなんて想定外だ。

にしても、たぶんそういうことなのだろう。ぼくがそうであってほしいと思っていなくても、このさい関係ない。イーサンはツイッターに関してやたら神経質だ。ペッパーにアカウントを乗っ取られて、コミュニティセンター前でみょうちきりんな喧嘩をしたけれど、そういえばあれも解決していない。ぼくは自分がイーサンのことをどう思っているか、それぱかり気にしすぎていて、イーサン自身がぼくのことをどう思っているかなんて、考えたことがついぞなかった。

いつかちゃんと話し合おう。きっといつか。今のところは、どうなるかわかっている。父さんは母さんに、この話をするだろう。いつもなんでも話をし合う二人だから。そして母さんはイーサンに話すから、ぼくら二人は暗黙の裡に、お互いが何を知っているか知ることになるし、お互いがどう感じているのかも、感じ合うことになるけれど、二人の間の確執がいつかなくなるのか、なくならないのかは別問題だ。だが今こうして、父さんと時間をかけてえんえん話し合った結果、生まれて初めてぼくは確信していた。きっといつか、なくなるはずだと。

「あんなツイートを送って悪かったと言ってるそうだ。だから今朝からペッパーに電話して話そうとしたらしい。グランマのこととタイミングが重なって、余計ムシャクシャしたと言ってる。だから……たぶんイーサンも、役に立とうとしたんだよ。おまえみたいにな」

今度ばかりは、本当に笑ってしまった。父さんは肩でぼくの肩を小突く。

「本当のことを言うとな、おまえたちはどちらも、よくできた息子だよ」ここでしばし黙り込んだ。

すると、顔がだんだん曇ってきた。「ちょうどその話も出たことだし……ツイッターのことだが」

うわ、きた。

「おまえとペッパーがどうなってるか、どうもなってないのか、それは皆目わからない。だがことが起きたからには、いや、起きていないかもしれないが、おまえには少し説明しないといけない気はするんだ。この状況だとどうも、ペッパーのマムからペッパーへの説明も必要なんだろうな」

ぼくは頷く。「二人は知り合いなんだよね」

「ああ、まあそうだ。それに、その……付き合ってたんだ、ほんの少しの間だが」

ぼくの目が大きくまん丸くなった。どれくらいかというと、MTAメトロの販売機がしょっちゅう、使えない一ドル硬貨をペッと吐き出してくるけど、その一ドル硬貨とほぼ同じくらいの直径になったと思ってくれていい。

「え」

父さんは自分を守ろうと両手を上げた。「むかしむかしの話だよ。ほんとにもう、大昔だな」

その「むかしむかし」の父さんとペッパーのマムの姿を思い浮かべようとはしてみたが、二人を若返らせることについては想像力のほうから拒否された。うちの父さんはうちの父さんでしかないから、今のままでしかありえないし、ペッパーのマムも——いや、怖い怖い。だいたい知らないことばかりだから、なんであれ想像すること自体難しいのだった。

「昔ってどれくらい昔？」

ちょっと考えないと出てこないようだ。二人とも同時に手を上げて首の後ろを掻こうとしたので、ぼくは一人で笑いをこらえ、すんでのところで手を下ろした。

「あれは――うん、あれは母さんと出会う直前だった」

ぼくの眉が上がる。「ぼくらの母さんに目移りして、ペッパーのマムを捨てた？」

父さんはコーヒーテーブルを睨みつけている。

「そんなことは――たまたまにしろ――その通りってわけじゃない」

つまり、あまりうまく隠せていない浮かない表情からして、まさにその通りのことが起きたのだ。

「父さん」

「夏の間少しだけこっちに来ていて、そのあとナッシュビルに帰っていった。真剣な付き合いとか、そういうわけじゃ全然なかった。だから――いや、なんでもない。父さんからおまえに話せるのはこれだけだ」父さんはそう言ってぼくを指さした。「笑ってるんじゃない」

両親の、ジャックとイーサンがまだいない時代の話が聞けるなんてめったにあることじゃないから、言わないわけにはいかなかった。「クズだったんだね」

父さんはぶんぶん首を振った。「母さんに出会って一分後には恋に落ちてた。世界じゅうの何をもってしても止められなかった」

するといきなり、父さんは涙目になった。母さんの話をしだすとときどきこうなる。でも今回限りは、いつも押し寄せてくるあの、またかよ、というばつの悪さは感じない。たぶんこれが本当の、礎《いしずえ》というものなのだ。いつも必ずそこにあるもの——両親が、おそらく、ではなく絶対的なほどに、とても深く愛し合っているのを、このぼくが知っているという事実だ

「けど、怒った——ロニーは。だよね？」

父さんは苛立たし気に唇を噛んだ。「ああ。何回か怒って電話してきたよ。彼女は、うん——その年の夏、デリで働いてたんだ。自分の店を開きたいからって、仕事のコツを習いに来ていた。それで出会ったんだ。きちんと契約解除もしないまま、彼女はナッシュビルの学校に戻っていった。だから、その辺の都合で……ちょっとややこしいことになった」

言いながら、父さんはぼくとしっかり目を合わせようとしない。ということは、この話にはまだ続きがあるはず——だがどういう話にしろ、言うつもりはないらしい。

「だから自分で解決しようとするよりは、子どもが大きくなって、ツイッターで代わりにやり合ってくれるようになるまで待つほうがいいや、ってことにしたわけ？」と訊いてみた。

「そういうことでもない」と父さん。「むしろだからこそ、おまえたちにはツイッターなんかやってほしくなかった。ビッグ・リーグ・バーガーがグランマズ・スペシャルを大々的に売り出したときには、どこからどう見てもロニーの仕業だとすぐわかったさ。だがうちが、父さんのやり方しか

知らなかったら、ただ無視するしかなかっただろうな」

良心が痛んだ。「そっか」

父さんがぼくの肩に軽く肩をぶつけてくる。「それがどうだ、ニューヨーク市民の半数がうちのサンドウィッチを買いに来るようになったじゃないか。嘘は言いたくないからな——数カ月前は危機的状況だった。ツイッターでのばか騒ぎのおかげだ……うちの最終収益が、ガラッと変わった」

一瞬びっくりしたふりをしかけたが、父さんもぼくもとっくにわかっていた。デリとその経営にここまで深く関わっているぼくが、店が赤字だと知らなかったはずはないのだ。ぼくが黙って頷くと、父さんは膝に目を落とした。まさかこうもすんなり返されるとは思っていなかったようだ。父さんのプライドがほんの少し傷ついた。それが手にとるようにわかったせいで、ぼく自身のプライドも傷ついたように感じた。

「じゃあなにもかも全部、昔に振った元カノ大学生のおかげ、ってことだね？」沈黙で重苦しくなった空気を、少しでも軽くしたくてこう訊いた。

「いいや。なにもかも、うちの、ものすごく頭のいい息子のおかげだ。息子が家族のことを大事に思ってくれたからこそだよ。いつかきっと、すごいソーシャルメディア・マネージャーになると思う。本人が望んでいればの話だがね」

ぼくは口を開いたが、たちまちカラカラに渇いてしまった。子どもの頃母さんがランチによくサンドウィッチにしてくれた、古いライ麦パンにかぶりついたとき。あのときよりもっと渇いたと言っていい。でも今は気後れしている場合ではない。ぼくにとって絶好のチャンスだ。今を逃したら次は絶対ないというほどでもないが、今を逃したらきっと、あまり絶好とはいえないタイミングしかなくなるに決まっている。父さんがここまで集中してくれるなんてまずない。

「あのウィーツェル・アプリについては、いきなり終わらせなきゃいけなくなったし、そうせざるを得なかった。だけど——あれがぼくのやりたいことだと思うんだ。アプリ開発、ってことなんだけど」

父さんはちょっと考えた。「おまえがそういうことに興味を持ってるなんて、ほんとに意外だったよ」前かがみになり、膝の上に両肘をついた。

ぼくはジーンズの縫い目のほつれたところをつまんでみる。何年も何年も——プログラミングを一人で学んできた。いくつものオンライン指導書にもあたったし、自分の頭で想像してきたおかしな物たちが画面の中で命を吹き込まれ動き出すのを目の当たりにもしてきた——そして今この瞬間、その全部がやましいことではなかったと証明できるのだ。ぼくにとってどれだけ意味のあるものだったか、わかってもらえる。なのにその証明の仕方がまったく全然わからない。

「ぼくは——なんて言うか、たぶん……向いてるかもしれなくて」

正解ではなかった。とは思うが、わかってもらえたはずではある。父さんはふっとため息をついた。それはしょうがないな、というため息だったが、どこか誇らしげでもあった。

「向いてると思うよ。教頭さんがスクショを山ほど送りつけてきたけど、あれを見たら、俄然将来が楽しみになった」言い方にちょっと角があったのは、だからっておまえは危機を脱してなんかいないんだからな、と、やんわり釘を刺すためだったのだろう。が、ホッとしているぼくの気持ちを台無しにするほどでもなかった。「ただ、言っておいてほしかったけどな」

なぜかそれは、ぼくの人生においていちばん話しやすいことでもあり、いちばん話しにくいことでもあった。だからなのか、よく考えもしないうちにこう言ってしまった。「がっかりさせたくなかったからさ」

父さんはぼくの膝に手を置いた。「そりゃあがっかりするさ、おまえがこの店に執着しないって言うんだから。でも、それっていうのも、この店を経営していく人間をこれから探すにしても、きっとおまえの半分もできない奴しか見つからないだろうなと思うからだ」と父さん。「それより、おまえが父さんを喜ばせたいばっかりに、自分の好きなことをやり遂げるため世界に羽ばたくのもなしにした、なんてことになるほうがもっとがっかりだ」

ぼくは手を握ったり開いたりしながら言った。「ぼくは別に——出て行きたいわけじゃないし、ていうか、ここにいたいし」言ってみて初めて、自分がどれだけ本気でそう考えていたかを思い知った。デリの事務室を出たら、そこにはいろいろな人生が待っていると、ぼくは思い描いてきた。

だがそのどれをとっても、家からそんなに遠く離れてはいないのだ――ぼくを育ててくれたこの街から、ぼく自身よりぼくのことをよくわかってくれているこの界隈からも、すぐ近くにある気がする。「ただ……自分のやり方でやってみたいんだ」

父さんは頷いたが、いつもの頷き方ではなかった。そこには父から息子への敬意にとどまらない、もう一次元上の敬意が込められている気がした。初めて父さんが、ぼくを息子以上の存在として見てくれた、そんな気がしたのだ。子どもというより、仲間に近い存在ということか。

「それって、ツイッター戦争はもうおしまい、ってこと？」

父さんもぼくも、ぱっと顔を上げる。すると、グランマ・ベリーがいるではないか。

グランマの寝室のドアは思いきり開いていて、グランマはそこにもたれかかってぼくら二人を、眼鏡の分厚いレンズ越しにじーっと見つめている。ぼくと父さんは同時に口を開いた――ぼくは、あんなに必死に隠してきたのに、なんでまたツイッター戦争のことを知っていたりするのか訊こうとしていた。そして父さんのほうはもっと単純に、寝てなきゃいけないのになんで起きてきたんだ、と訊こうとしたに違いない――だがグランマは片手を上げてぼくら二人を黙らせた。

「わたしは平気」父さんのほうに言った。そしてぼくのほうを向く。「それで、あなたのほうはね――わたしは年寄りだけど、死んでませんから。こんな大長編のドラマ、最初からずっと見てるに決まってるじゃない。あなたとあのパトリシアって女の子、もうくっついたの？　どうなの？」

なんでか知らないが酸素で息が詰まった。むせながら父さんにもたれかかって、グランマに黙ってとかなんとか言ってくれないかと期待した。だが父さんはぼくよりもっと赤くなっていて、いきなりもう立ち上がっていた。

「さあ、もう、ベッドに戻ろう、な、母さん」

「あの子はほんとにすごく面白い子よね。あなたたちのおかげで、お気に入りのメロドラマの最新回をまるまる二カ月待ってたみたいな気分よ」と、グランマ・ベリーはウィンクする。「あの子に言っといて、あなたのあの生意気なお母さんがレシピをコピーしたいって言うんなら、いつでもさせてあげるからいらっしゃい、って」

グランマがくるりと向きを変え、部屋にちゃんと戻れたのを確認してから、ぼくはこみあげる笑いを両手で覆い、なんとか隠そうと試みた。

「で」

「で」とぼくは繰り返す。

ぼくらは通りを歩いていた。ぼくとペッパーの二人だけ。二人とも無敵なのは武装しているからだ。アルミホイルで包んだグリルド・チーズに、レモネードがなみなみ入ったプラスチックカップ、それに、二人で半分こするための、巨大なキッチン・シンク・マカロンもある。母さんが、ペッパーにも昼休みをとってもらわなきゃとランチを用意している間なら、ほんの二分ほどだから、ペッパーのそばにいるのも別に平気だった。でもいざ二人きりになってみると、かつてたくさん持っていたはずの気の利いたセリフとかが、何一つ出てこなくなってしまった。

「ごめん」二人で同時に口走った。びっくりして一瞬固まったが、すぐに大笑い――ペッパーの笑い声はかすれ気味だったが、ぼくはなぜか甲高くしかも大音量で笑ってしまい、通りがかりの人たちが思わず一歩飛びのいていた。

「なんできみが謝るのさ」ぼくは訊く。「なんにも悪くないのに」

「さあ――実はよくわからないの。なんとなく、悪いことしたみたいな気がしてて。だから――まず最初に、あなたをランドンだと思ってて、ごめんなさい」と言うと、なかなか長いこと、レモネードを飲んでいた。口の中に残った勘違いの味を洗い流そうとしているのか、力が入って皺ができている。「それに、ごめんなさい――えっと――あなたをものすごく悪く思ってた。何倍増しにもして。よく知りもしないで」

両手が食べ物で塞がっていなかったら、ジャケットのポケットに突っこみたかった。

「じゃあ、ぼくのごめんなさいは本物だ。ウィーツェルのことできみに嘘をついてた、これがいちばんでかい」下唇を噛む。「つまりさ――ほんとはあの夜、きみに言うつもりだったんだ。あの写真を撮ったのは、上手く立ち回ろうと思ってたから。あの写真を、アプリ内でウルフとしてきみに送る、そしたらきみは筋道立てて考えてくれて、ぼくなんだってわかってくれる」

含意もあるが、もちろんそれは話さない――ペッパーのためでもあった。考えてわかった上で、もし嫌なら、ぼくだとわからないふりもできるというわけ。ペッパーの目つきがたちまち優しくなったところを見ると、ばかにしたようにはとられなかったらしい。

「なんでもいいや」何か言われないうちにしゃべりだす。「きみが、えっと、戻しちゃって、それでなんだか裏目に出ちゃったんだよね」

ペッパーはふふん、と笑った。「うん。これだけは間違いない、わたしは今後百年間はホットドッグを食べない」

「それから――きみがここにきたときにも、言おうとしてた。キスしたときだけど。なのに言えなかった上に、うっかり中途半端に口を滑らせて、全部ぶち壊しにしちゃったんだ」

ワシントン・スクエア・パークに入ると、二人で座る場所をペッパーが決めた。ちょうどドッグランの入り口が見えるベンチだ。まずペッパーが座ると、隣にぼくが座るのをじっと見てくる。ぼくはぼくで、もう何週間も回線越しに話しているというのに、やはりまだ全然慣れない雰囲気におろおろしていた。

「ぶち壊されたなんて思ってないけど」

「うん。だけどきみはすっかりミームになっちゃったし。それに、停学になったし」

なんで改めて全部言ってしまったのか。言わなくてもいいのに――出し抜けに、なにもかもを出してきて並べてみなければならない気になった。ぼくらが言ったりやったりしたおバカなこと全部、やらかした間違いも全部。ペッパーはまだここにいて、まだぼくを見つめ返してくれている。なのにぼくはまだ、それが信じ切れていない。

「そうなのよね」ペッパーが唇を固く結ぶ。束の間、ぼくとは目が合わなくなった。今までなんとか落ちずに踏みとどまってきたパニックに、ついに落ちていくかと思ったそのとき、ペッパーがぼくに向きなおって言ったのだ。「でもおかしいよね、ずっとずっと生きてきて、今日がいちばんいい日みたい」

照れくさくて笑ってしまった。ただそれは、ペッパーが本気でそう言っているのがわかるからだった。そこに含まれている何かは、それはたぶんぼくとの話に何度となく出てきた不安感とかそういうものよりも、そしてグダグダになってしまったぼくらのキスでさえかなわないほど、ずっと私的なものなのだろう。ほんの数時間のことかもしれないが、ペッパーはぼくがいる世界の内側の景色を知ってしまったのだ。

だからといって起きてしまったことが全部チャラになるはずはないが、それでも一歩前進ではある。

「それで、きみのマムは……」

ペッパーはふっと息をついた。「さあ、どうなってることか。でもまあ、帰ったらちゃんと話し合うから」

「うちの父親が――きみのマムとは知り合いだったって」

ペッパーは、ぼくほど動揺していないみたいだった。「うん……そうじゃないかと思ってた」ぼくから目をそらすと、肩をすくめて言った。「今朝は出がけに、あまり上品じゃないことを言っちゃったかもしれない」

えっ、まさか。「うちもまるっきり一緒だ」

「ただ、どういうことであれ――あの人たちの問題であって、わたしたちは関係ない」

ペッパーがこう言ってくれるとホッとする。というのも、親たちの間に何があったか、ぼくの口から話すのは忍びないから。これはペッパーがマムに直接訊くべきことだという気がしていたのだ。にしても、それでこんがらがった事情が多少なりともましになるわけでもない。最初から最後まで、超巨大なモンスター・ケーキと格闘してきたみたいなものだ――確かにおいしい。けれどぼくら二人ともが予想だにしなかったほど、ごちゃ混ぜが過ぎていた。

「もしできるならぼくら――もう一回やり直せない？」ぼくは訊いてみた。「ツイッターとか、ウィーツェルとか、親とか……そういうのが間に入るのは、もうなしにしてさ」

ペッパーは微笑んだ。あのふんわりした、おおらかな笑顔。ペッパーがこんな風に笑うなんて、数カ月前のぼくには絶対に想像できなかった。どこか地に足のついたような、安心できるその微笑みは、ペッパーだけが作っているのではなく、ぼくとペッパーの間に生まれたものがあってこそのものなのだ。それはゆるぎなく静かな、ある意味共感のようなもので、たぶんずっと前からそこにあったものなのだ。ツイートするときも小突き合いするときも、たまに廊下で会ったときに睨み合うときでさえ、心の奥底に埋まっていたのだろう。

「今までのことを引きずらないっていうのには賛成。だけどやり直したくはないかな」ペッパーは静かな声で言った。

するとと背もたれに体を預け、そして顔がぼくの真正面にきたところでぴたりと止まった。ぼくはというと、続きはどうなるんだろうと考えるのに必死で、一瞬、ペッパーが待ってくれているのにも気づかなかった。何を待っているかというと、あまりにも自然で、あまりにも避けがたいものだ。そうなる一瞬前にはもう、そうならないなんて考えられなかったほどに。

ぼくが二人の距離を埋めるしかなかった。そして、ぼくらはまたキスをした――今度はすごくゆっくりで、ちっぽけで、あっさりしていたが、それでも生まれて初めて、全身がポカポカ温まるような感覚を覚えた。

ぼくらは体を離すと、ばかみたいに微笑み合っていたが、それから数秒間はただお互いに見つめ合うだけで過ぎていった。すると隣のベンチにいたイケイケのロッカーが、余計なお世話の焼き方がわからなかったのだろう、聞こえよがしに咳払いをした。

「たぶんなんだけどさ。冷めないうちに食べたほうがいいよね」なんとかつっかえないで言えてよかった。

「そうね」ペッパーは包みを開けだしたが、顔はまだ赤いし、指がどうもうまく動かないみたいだ。口に持っていきかけて、ふと止まった。「じゃあこれが、グランマズ・スペシャル？」

ぼくの顔いちめんに笑みが広がったのはいいが、風が冷たくてちょっと痛かった。「うわっ。母さんは本気できみのことが大好きになったんだ」

ペッパーはサンドウィッチを口の前まで持ってきて、片方の眉をクイッと上げて見せる。「わたしのこと、信じてる？」

「全然信じてない。食べればいいじゃん」

ペッパーはかぶりついたが、そこへぼくが頭を抱えてもたれかかっていったものだから、口をいっぱいにしたまま笑いをこらえる羽目になった。

「どう？」訊いてみる。「ついに認める気になった？　うちのグリルド・チーズのほうが圧倒的においしいって」

嫌々頷くかに見えたが、すぐさま目を大きく見開いたではないか。「秘密の材料って」と、グリルド・チーズを剥がしてじっと見ていたが、やがて顔を上げてぼくを見た。なんでそんな疑い深い顔をするんだ。「**スイート・ベル・ペッパー**《パプリカ》ね？」

もしペッパーが気づいたらどんな反応をするだろう、そう思うのはこれが初めてではなかった。悪夢のような出来事から今この瞬間まで、ぼくはさんざん思い浮かべてきたが、そのどこかの時点で、ペッパーの満面の笑みの伝染力はすさまじく、ぼくはそっくり同じ笑い方をするようになってしまっていた。

「シーッ」と、ぼくはペッパーのグリルド・チーズの残り半分を摑んでかぶりついた。

「秘密なんだから」

「うん、わかった」身を寄せてきて、ほっぺたにキスしてくれた。恥ずかしいくらいあっという間だった。「きっちり半分こできたみたいね」

ペッパー

今朝からマムには、午後三時までには帰るつもりとメールしておいた。だから二時五十五分までには必ず、昇りのエレベータに乗っていなくてはならなかった。エレベータに乗っている間に、気を落ち着けようとした。Tシャツについている粉を払い落としたり、油断するとすぐにこっそり戻ってきてしまう笑顔を、なんとか抑え込もうとしたりもしながら。

どうせ喧嘩になるんだろう、じゃなくても、受動攻撃型のやりとりは最低限あるんだろうな、と思っていた。マムからは、アパートから出るなとは言われていない。にしても、しらばっくれるにも限度がある――実際に叱られたことがほとんどないわたしでもわかるのだ。『十代の娘に、停学中にやってほしくないこと』のリストがあったとして、ダウンタウンへ飛んでいってしまうというのは、かなり上位にくるんだろうなということぐらいは。なんでもありのリストであれば、どうでもいいでしょ、がけっこう上位にくるところだろう。

ところがドアを開けたら、マムは怒っていなかった。イライラもしていない。カウチに座り、何かしらが入ったマグを握り締めていて、しかもナッシュビルにいた頃にしか見なかった、古い安物のガウンを着ているのだ。わたしのほうを、すっぴんの腫れぼったいまぶたで見つめている。その姿がすごく若く見えたせいで、わたしには一瞬ペイジに見えてしまい、慌てて瞬きして錯覚を追い払うことになったのだった。マムはなんとか厳しい顔をしようとしている、これから、叱られて当然のわたしを叱らないといけないから準備しているのだ。ところがいきなり、マムの目から涙が溢れてきて、何か言おうとするのに一切言葉にならなくなった。

「どうしたの？」

　マムはかぶりを振るが、涙はいくらでも溢れて流れ落ちるし、わたしの胸の中ではただパニックだけが、きつくきつくとぐろを巻いていく。

「わたしはただ——あなたは出て行って、だからわたしは……」

「メールしたでしょ」隣に座るが、どうしていいかまったくわからない。マムが泣くのなんて、本当に初めて見た。というかこんな風に泣いているのは、確かに見たことがない——そばにいて何かしてあげられるとしたらわたしだけ、という状況も初めてだ。「すぐ帰ってきたじゃな——」

「わかってる、わかってるわ」切羽詰まったような涙声。涙を拭きながら言う。「ただね——あのときも始まりはこんなだった、ペイジのときよ、そのあとペイジは出て行ったの。そのあと、出て行っちゃったのよ」

　わたしもやはり、瀬戸際に立っている気がしてきた。マムとの絆をとるか、ペイジとの絆をとるかの分水嶺だ。ペイジといえば、喧嘩してからまだ電話もメールもきていない。大して時間は経っていないけど、それでもわたしたち姉妹の間では史上最長の音信不通期間だ。

「ペイジは大学に行ったんでしょ」そっと言ってみる。

マムは顎を引き、泣きはらした目でわたしを見る。これ以上何を言えばいいのか。

「じゃあ、あなたはどこに行ってたの？」

マムに嘘をついてもしょうがない。「ガール・チージングに行ってたの。ジャックのおばあさまが入院したって聞いたから、わたしはただ――手助けになればと思って、それだけなの」

マムはしばし黙り込んだ。「おばあさまは大丈夫なの？」

「うん、きっともう大丈夫」コーヒーテーブルに足を、マムに合わせて載せた――わたしの足は靴下ばき、マムの足はスリッパばき。マグの中身がなんなのか、匂いでわかった。ホットチョコレートだ。前にうちでよくやっていたみたいに、シナモンとメイプルシロップが入っている。

一口どうぞ、とばかりに差し出された。白旗を上げているつもりだろうか。受け取ってみると、あまりにもホッとする懐かしい味のせいで、目の前にいるはずのマムが恋しくてたまらなくなった。

「一日じゅうあなたのダドと話してたの。それでね――それで、あなたの言う通りだったなって。わたしはずっと……」マムは微笑んだが、それはちょっと不気味な微笑みだった。「無理強いしちゃいけなかった。わたしの仕事はあなたの仕事じゃないものね。それに――あなたをこんなになるまで引きずり込んでたのかと思うとぞっとする。ペップ、ほんとなの、ここまでエスカレートさせるつもりはなかったの」

「うん、そのことなんだけど」ここからはたぶん、運試しだ。わかっているけど知らないままではいられない。「マムをそんなに怒らせるなんて、ジャックのお父さんはいったい何をしたの？」

びっくりした。マムはいきなり大笑いしだしたのだ。「彼から聞くことになるって、なんで考えなかったのかしらね。彼じゃなくても、双子のうちのどちらかだってありうるのにね」

首を横に振る。「誰からも聞いてないわ。聞いたんじゃなくて――わたしが勝手に考えたの。ジャックの家であんなことがあってから」

マムはカウチに身を沈め、しばらく考えていた。もしかしたら言ってくれないかも。「わたしのことを電話で振ってくれたっていうのは置いとくとしても」とマム。「彼がこの真似っこ事件に関して、清廉潔白ってことはないわ」

「じゃあやっぱり、マムはあの店のグリルド・チーズをほんとに真似したんだ」

そう言われても、マムは一ミリたりとも悪いと思わないみたいだ。それどころか、顔はうっすら笑っているような。「あそこのキッチン・シンク・マカロンはどうだった？」

わたしは眉間にしわを寄せる。

「あれは、いちから全部わたしが作ったの。あの『ザ・ロン』っていうサンドウィッチもそう。あれもなかなかよく売れたみたいね。それに、ほかにもいくつか、謎にメニューから消えてったデザートがあったのよ。わたしがこっちに戻ってきたって勘づいて、サムが下げたんでしょうね」

「マムは知らなかったの？」

「やだ知ってたわよ」マムの視線が一瞬横にそれた。マムの半分はここにいるけど、もう半分はどこか他所にいるみたいだった。「わたしが大学を卒業しなかったのは知ってるでしょ。けど、ちゃんと理由があったことまでは知らないわよね。自分の店を開こうと決めたの。カフェをね」

マムの言う通り、初めて聞く話だった。なんとなくずっと、ペイジとわたしが生まれる前の両親の生活なんてなかったも同然な気がしていて、訊いてみようという気さえ起きたことがなかった。

「わたしは子どもの頃からずっと、カフェやレストランで働いてきた。けど、二回生が終わった夏、講習もあったからニューヨークで過ごしたの。そしたらこの街に恋しちゃって、心に決めたの。この街でどうしても、わたしだけの店を始めたい、って」

一人笑みを浮かべるマムの中に、二十歳の頃はこうだったんだろうな、という少女の面影が垣間見えた――頑固で前向きで、今のマムをもっと濃くしたバージョンの女性だ。

「だから、夏の間だけガール・チージングでバイトすることにした。大都市での小企業経営に慣れておこうと思ったの。で、ナッシュビルにまだ帰らないうちから、将来の店のブランド戦略を練り始めた――メニューとか、ロゴとか、配色とかね。新学期が始まって戻っても、関わった人たちとは常に連絡が取れるようにしてたわ。投資してくれる人が何人か見つかったとなったらすぐに、わたしは大学をやめてニューヨークに向かった。借りられる店舗物件を探すためよ」

なんだかぞくっとした。話の行き着く先がどこなのか、わかるような気がしてならない。とはいえそれが頭にくっきり描けているかというと、まだなのだ。ほかの何よりも先に、痛みだけを感じてしまっているようだ。

「そのときはもう、サムとは別れてたのよ。折り目正しく行こうと決めてた。ふっと立ち寄って挨拶だけしとこうかな、って。それがよ、わかる？　わたしがどんだけ驚いたか——デリはもうサムがお母さんから引き継いでいて、わたしのキッチン・シンク・マカロンを売りまくってるじゃない。わたしのサンドウィッチもメニューに入れてるし。それどころか、ガール・チージングのブランドカラーを、わたしが自分の店に使いたかったのとまったく同じ紫に変えちゃってたんだから」

「そんなわけないじゃない」

声に出して笑われた。「それが、そんなわけあったの」笑い声はだんだん小さくなり、マムは低い声でこうも言った。「マカロンはバカ売れしてて、ニューヨークじゅうがその話でもちきりだった。そのときはね。だいたいからして——とんでもない話よね。でも、わたしの作った料理でガール・チージングが瞬く間に有名になったってことはどういうことか、いちばん大口の投資家が察してしまったの。わたしがやりたかったことを、もうやっている店がある。というわけで手を引かれてしまった。そしたら残りの二人も、抜けていった」

この物語の結末はハッピーエンドだとわかってはいる。だってわたしがその物語なのだから――でもだからといって、腹の虫が収まるわけでもなかったたし、話の続きがどうなるか嫌な予感しかしないのも変わらなかった。「それでもう一回投資してくれる人を探そうとか思わなかったの？　ナッシュビルでお店を開くとかもできたんじゃないの？」

マムはかぶりを振る。「ニューヨークでっていう考えが大もとにあって、何から何までその上に積み上げてたから。お金ももう残ってなかったし。また給仕の仕事を始めたわ。大学に戻ろうか、またいちからやってみようか、いろいろ考えながら……人生がね、思っていたよりほんの少し早く進みだしたのよ」

なんだかおかしい。わたしたち母娘をここまで連れてきた道の様相が、猛スピードで変わりだした。マムの目でそれがわかった。今までずっと、わたしたちがニューヨークに来たのは、マムが新たなスタート地点を探していたからだとわたしは思っていた。今になってやっとわかりかけてきた。マムは何かを見つけるためにこの街に来たわけではない――取り戻すために来たのだ。それはわたしなんかがまだ影も形もない頃に、マムが抱いていた夢にほかならない。

わたしの中でも今、ある夢が形になろうとしている。でもまさかそれが、マムと共有できるものだったとは。

「ばかみたいよね。でもこの街に戻ってきたら……あのろくでもないマカロンは売られてるし、サムは……」

たちまち恐怖に胸が震えた。「やめて――マムとジャックのお父さんはもう――」

「そんなわけないでしょ」そんな考えは毛頭なかったみたいだ。「彼の暮らしにどうこうする気はないし、わたしの暮らしだって大事だし」

よかった、と、喉まで出かかった。でもまだすっかりわかってはいない。今、マムはジャックについてどういう立場でいるつもりなのか。

ホットチョコレートを一口飲むと、マグの中をじっと覗き込んでいる。

「あなたのお姉さんは、離婚は全部わたしのせいだと思ってるのよね。けど知っててほしいの――長い時間を経てこうなったのよ。だからあなたのダドとわたしは、普通よりはほんの少しスムーズに違う関係性になれた。わたしたちはずっと夫婦になろうとしてきたけど、いつだって夫婦というより親友だった」

断言できる。マムがわたしにこんな話をするのは、ニューヨークまで飛んできたのは昔の恋人がいたからだ、などと思われたくないからだ。聞けたこと自体はいいことだ。辛くはある――たぶんそういうものなのだろう、程度の差こそあれ――でも救いにもなった。両親が恋に落ちていなかったとしても、わたしたちがチームだというのは決して、わたしのでっち上げではなかったのだ。

「それから、カフェの話ね――二十歳の頃はわからなかったけど、結局そのおかげで助かったの。

わたしが思い描いてた通りにやろうとしても、ビッグ・リーグのようにうまくいくはずがなかった。わたしたちはあの店を一緒に立ち上げた。あなたと、わたしと、あなたのダドと、ペイジと。わたし一人で作るものよりずっといいものが作れた」満ち足りた顔でため息をつくと、わたしが知らず知らずのうちにも、いちばん聞きたかったことを話してくれた。「ナッシュビルの、いちばん初めのちっちゃなレストラン。あのまま、全然大きくならなかったとしても、あの店はあの店のまま、ありのままで、完璧だった」

マムのホットチョコレートを横取りしてもう一口。遠く離れたかつての家を思い出していた——わたしたちが発明したミルクシェイク類も、まだメニューに載っている。ペイジとわたしが描いた絵も、額に入って店の壁にかかっている。あの店が持っていたときめきは、以来次々オープンしてきたビッグ・リーグ・バーガー全店舗に引き継がれ、いまだに息づいているのだ。

わたしたちも考えたことがないほど、大きくなってしまったかもしれない。それでもできれば、せめてお客さんが店に入った瞬間、いちばん最初のレストランで客のみんなが感じていたのと同じ気分になっていてくれればと思う。何かしら愛で出来ているものの中に入ってきたんだな、と感じてくれるとか。

「ところがこっちに来てからよ。デリの前を通りかかったら、わたしが昔作ったものをまだ売ってるじゃない。さも自分で作りましたって顔で——どういう神経だか」ここまで言うと、一瞬言葉を選ぶ。言葉の奥にどんな気持ちが隠れているか、マムにもまだはっきり摑めていないのかもしれない。「あのときの気持ちが蘇ってきたの。あのときの怒りが」

わたしは二人分の膝が並んでいるのを見つめながら、マムの肩に肩をもたせかけた。マムはため息。「誰かに自分の物を取られた、みたいな気分になったことある？」

あると言いたかった。しょっちゅう思っていた。ここに来て四年、ずっと取られてばかりで、わたしというのは実は全身、与えるものの集合体なんじゃないかと思った——自分自身の原形が、もうわからなくなった気がしていた。

でも、マムのことはわかりかけてきた気がする。マムという人の、いや、マムらしき人の輪郭のようなもの。そして、わたしがずっと身を潜めてきたこの狭いブロックを抜けたどこかに、わたしにはまだ見極められていない自分の輪郭がよりくっきりする街があり、今は日々少しずつ目が開いて見えてきた、そんな街があるのだ。

マムの手をとると、ぎゅっと握り返してきた。

「だから——グリルド・チーズで仕返し？」

「仕返しじゃないわね、本当は。ただ——彼はかつてわたしをどん底まで叩き落したから。きっとわたしも、彼をギャフンと言わせたかったのね。彼にあんなことをされたにもかかわらず、うちのほうがうまくいってるってとこ、見せつけてやりたかった。そんなときちょうどわが社で、新しくグリルド・チーズをメニューに加えようという話になった……それでね、彼を懲らしめるならそれがいちばんの近道だって、気づいたの」

「それにグランマ・ベリーもでしょ」釘を刺してみた。

びっくりだった。マムは言い返しもしないし、辛そうな顔さえまったくしない。それどころか、にっこり笑ったのだ。「あのね、わたしはグランマ・ベリーとも仲良しだったの。ただし当時はまだグランマじゃなかったから、ただ普通にベラだったけど」一瞬で思い浮かんだ——マムが数時間前のわたしみたいに、すっかりガール・チージングの中に溶けこんでいるところ。レジのまったく同じ場所に立ち、同じ魔法の中に取り込まれた気分になっているのだ。「しかも実はね、ベラはグランマズ・スペシャルに使うサワードウ・ブレッドを、ダウンタウンの仕入れ業者から買ってたの。デリでいちから作るべきだって説得したのがわたし」

ベーカリー関連の話になった。どこか他人事っぽく聞こえるのは、わたしにはまだ消化しきれない分野だからだろう。

興味津々のわたしから目をそらすと、マムはこう言った。「ベラがサムのやってることに気づいたのは、サムが店を引き継いでから数カ月後だった。すぐに電話で謝ってきてくれたわ。サムには雷を落としとくって言ってくれたし、いつでもまた来てね、大歓迎だから、とも言ってくれた」

「それで仕返しが延期になったんだ」

「だいたい十年くらいね」皮肉っぽい言い方。「ベラは、わたしの料理を売るのはやめなさいってサムに言うからって言ったんだけど、たぶんね、何年もかけてこっそり少しずつメニューに戻していったんだと思う。わたしはもう戻ってこないとタカをくくってたのね」と、ここでかぶりを振る。「とにかく、わたしが懲らしめたかったのはサムだから、どこからどう見ても、それはやり遂げられたと思う。ただ、息子たちも打席に立つようになるとまでは思ってなかったのよね」

「じゃあ自分の娘は？」それなりの皮肉を込めなかったわけでもない。

鋭く切り込んだところが、マムの態度はかえって優しくなった気がする。「まさかこんなふうになるなんて思ってもなかったのよ。これについては、本気で申し訳ないと思ってる」

いろいろあったはずなのに、笑みがこぼれそうで、ホットチョコレートのマグを覗き込むしかなかった。「うん、だけど。ひどい目にしか遭ってない、ってわけでもないよ」

「そうそう、あなたが本気で自分の店を開きたいと思ってるなら、前に言ってたわよね――わたしとしては、誰にも邪魔してほしくない」

ジャックのことが、そしてジャックがいつもわたしのデザートを褒めたたえるときの、あのあからさまな様子が、思い浮かんだ。ジャックが作ったカップケーキのアプリも思い浮かんだし、あとは些細なことの積み重ねだが、ジャックは彼のお父さんがジャックと同じ年だった頃の人物像とは、明らかに違う、とわかったのだ。この先は長いから、不安なこともきっとたくさんあるだろうけど、少なくともジャックのことは不安材料ではない。

「ストレスになることばかりだったのに、全部一人で、それも見事にやり遂げてきたのね」

唇を嚙む。しゃべりだす前から、声が震えるのがわかった。「いつもじゃないよ」

マムはわたしに腕を回し、引き寄せた。するとわたしたちは座ったまま、二人で抱き合って丸くなった。マムがわたしの髪を撫で、わたしは目を閉じた。今、自分たちはホームの家に、ナッシュビルの家に居るのだと思い込んでみたくなったのだ。ところがこんなのは初めてだ、わたしは自分でもわからないうちに、ニューヨークに根付いていると感じた。自分がもう既に、いるべき場所にいるということか。

「あなたも大学に飛んで行って、わたしからの電話に出なくなるつもり？」

「まさか」マムのぬくもりにさらに体をくっつける。「だけど、マム？」

「うん？」

「二人でバスに乗って、フィラデルフィアに行かなきゃいけない気がする」

マムは黙りこくってしばしわたしを見ていた。わたしは息をつめてマムの答えを待っていた。全世界の運命がそこにかかっているような気がした。

「タクシーはそんなに遠くまで行ってくれないから？」

たちまちホッとした。ホッとしすぎて骨まで溶けてしまいそうだった。マムが微笑みかけてくれる。その目はまだ濡れていたが、頷いてくれた。言葉にしない約束を交わしたのだ——修復できる。わたしたち家族四人は、しくじりはしたけれど、まだすっかり壊れてしまったわけではないのだ。

その夜はそれから、お菓子を焼いて過ごした。わたしが使った残りの材料で、また『ほんとにほんとにごめんなさいのブロンディ』を大量にこしらえた——今回のはピーナッツバターを追加した改良版だ。ペイジが大好きだから。古いテイラー・スウィフトのアルバムをかけ、生地を生で食べたりしながら、お互いの近況について報告し合った。マムとダドがそもそもどうして、ビッグ・リーグ・バーガーという名前を思いついたのか、不気味なごちゃ混ぜデザートをこの街で試すとしたらどんなのがいいか、なども話し合った。そして映画の『ウェイトレス』を見ながら、指がまだチョコレートやトフィでベタベタなまま、寝てしまった。

そして朝、フィラデルフィア行きのバスに乗る。マムの膝の上に乗っかっている缶には、『ほんとにほんとにごめんなさいのブロンディ』がぎっしりだ。

エピローグ

EPILOGUE

——一年後

ペイジがプージャの手をぴしゃりと叩いた。プージャはペイジがこしらえた巨大なワッフルタワーから、一つ取ろうと手を伸ばしたのだ。プージャが唸る。

「インスタに載せるのが先よ。食べるのはそのあと」とペイジ——実はペイジは今や休暇のたび、ときどきは週末も、家に帰ってくるようになり、その声もますます頻繁に聞けるようになっている。ワッフルの山にレンズを向けているのは、『あの人は今？　ワッフル』を、今や公開ブログとなったわたしたちのベーキング・ブログ向けに撮影しているからだ。

「ちょっともー」とプージャ。「妹に輪をかけて偉そうじゃない？」

「聞き捨てならないんだけど」カウチからわたしが茶々を入れる。手足のかなりの部分がジャックの手足と絡み合っている状態だ。ジャックは今日から感謝祭の長期休暇で、擦り切れたジーンズに、色あせたフランネルシャツを着ている。シャツがあまりにも柔らかくて気持ちいいものだから、仮にわたしがジャックの顔や顔のいろいろな部品が、あまり好きではなかったとしても、ジャックをとっ捕まえないでいるなんて科学的に不可能なのだった。

「びっくりするじゃない、なんでも聞こえてるのね。そっちのほうでキスしてるだけかと思ったら」プージャが歌うみたいに言う。

眉をひそめてプージャに言った。「鍋とやかんのことわざ《鍋がやかんを黒いと言う――自分のことを棚に上げて人にあれこれ言う、の意》って知ってるわよね……」

「知ってるわよ、その鍋はね、パーティーとかインスタ映えしそうな場所とかでしか、ボーイフレンドとキスしないの」とプージャ――口から出まかせもいいところだ。なるほどわたしはスタンフォードにはいないし、人魚姫だったプージャをすくい上げてくれたという水泳部のキャプテンのこともよく知らないけど、それでもプージャのスナップチャットを見る限り、プージャの顔はたいがい彼氏の顔とくっついている。とりあえず二人とも驚異的な肺活量を有効活用できているようではある。「その点あなたたちはね、もういっそ見せびらかしの境地よね」

　ジャックがほんの一センチほどだろうか、体を離したので、その顔に恥ずかしそうな笑みが一瞬浮かんだのもちゃんと見えた。「放っておいてくれないかな、およそ七時間ぶりの再会なんだからさ」

　ペイジが天を仰いでいるなとは思ったが、ここからだとよくは見えない。「あなたたち二人って、インターネット史上稀にみるお騒がせカップルよね」

「そういやさ、ちょっと急がない？」別のカウチからイーサンの声が飛んだ。隣にはステファンがいる。イーサンがプージャと同じスタンフォードに進む一方、ステファンはランドンとともに起業を目指してニューヨークに残ったのだが、それ以来、この二人はくっついたり別れたりを繰り返してきた——でもついに、きちんと付き合うことにしたらしい。積極的すぎる密着ぶりからうかがい知るしかないのだが。「ハブ・シードの記事はもう三十分前から公開されてるよ」

プージャはワッフルメーカーのところまで行くと、隅のほうに溢れてそのまま焼けた生地のかけらを食べだした。「ポールが来るのを待ってるのよ」

噂をすれば影というやつ。玄関ドアを、けたたましくノックしまくる音がした。こんなことをするのは一人しかいない。

「ごめん、遅れちゃって」とポール。いつも通り息が上がっている。「明日の感謝祭用のパイを取りに行かなきゃいけなかったのに、忘れててさ」

「おいおい」とイーサン。「ペッパーに頼めば持ってきてもらえたかもしれないのに。一日じゅう、デリのシフトに入ってたんだぜ」

ポールは玄関で立ち尽くしている。「ぼくってバカだなあ」

「おバカさんにも、ちゃんと席はとっといたから」ペイジが手でカウチのほうを指す。「ピーナッツバターか、レモンカードか、ワッフルの上にどっちを載せる?」

ポールはトマトみたいに真っ赤になった。ペイジに話しかけられると決まってこの色になる。ペイジとポールは結果的にペンシルベニア大学で一緒になり、寛大なペイジはポールの面倒を見るようになったのだ。キャンパスじゅうのW・iF・iポイントを教え、どの教師を敬遠すべきかも、ペンシルベニアンという名前のカクテルの作り方まで、教えてあげていた。ポールはつい最近になってやっと進化し、ペイジの前でもつっかえずにちゃんとした文章をしゃべれるまでになったのだ。わたしたちみんなが、実は誇らしく思っている。

「うーん――ペイジが決めてくれないと。デザートの達人なんだから」

「デザートの達人はペッパーよ」ペイジはヌテラ《チョコクリーム》まみれのナイフでわたしのほうを指す。「あなた、またあのアップルパイに何か入れたよね。あれっていったい何？」

実はこれ、ちょっとどころではないくらい自慢なのだが、わたしは自分が考えたレシピを思い浮かべるだけで、おいしくて感動できてしまう。「マスカルポーネとアーモンド」

ジャックは頷き、信号みたいに顔を輝かせた。「休みの日には完売したよね。母さんとペッパーで、ぶっ続けで焼きまくっててさ」

「ああ、だからペッパーはバス&ボディ・ワークス《アメリカのドラッグストアチェーン》のキャンドルみたいな匂いをまとって帰ってくるわけね」とペイジ。

ペイジがわたしたちの目の前のコーヒーテーブルに、ワッフルを載せた巨大な大皿をどんと置いた。すると全員が手を伸ばし、めいめいの紙皿にワッフルを取った。わたしとペイジで、全員分カスタマイズしてあった。夏の間、みんなが大学に散っていく前にということで、わたしたちはうちで頻繁に集まるようになり、だからそれぞれの好みもしっかり頭に入ってしまったのだ。一人ひとりの味蕾にGPSをつけたようなものだ。何カ月かを経て、またここにみんなで集まれてなんだかホッとした――相変わらずプージャはなんにでもシロップを添えないと気が済まないし、ステファンはとにかくジャムならなんでも大好きだし、それにポールの、数えきれないほどの食物アレルギーさえ懐かしい。みんなかつての生活リズムにすっぽり身をゆだねているのだった。

「みんなに行き渡ってる？」とイーサン。

「行き渡ってます、キャプテン」とプージャは返し、イーサンの隣にドスンと座ると、一気呵成にお尻を揺する。カウチのスペースをもっとよこせと言っているのだ。そしてジャックのほうを振り返った。「投稿メッセージを読み込んで、名人《マエストロ》」

ジャックはそれに応え、マムの大画面テレビにあらかじめ同期させておいたパソコンの画面を開いた。ダドが感謝祭でこっちに来ていて、マムとディナーに出かけている。一度離れた距離をまた詰めるために――けどそれだけではないのでは、とわたしは思っている。マンションを警備する何らかの策を、わたしたちのために施そうとしてくれているのでは？　わたしたちについての新しい記事がハブ・シードに掲載されても、あたふたせずに眺められるように。

わたしの『あの人は今？　ワッフル』を一口かじったとたん、メッセージ――おあつらえ向きのサブタイトル「～あの人は今？～」つきだ――が画面に読み込まれた。

見出しはこうだ。『さて、われわれは昨年のあのビッグ・リーグ・バーガー・ツイッター戦争に関する、**かわいすぎる**最新情報を入手した』

「嘘みたい、**かわいすぎる**最新情報だって」プージャが真顔で言う。

ジャックがピーナッツを投げつけると、プージャは意外にも、器用に口でキャッチした。

「すごっ」とポール。

「スクロールして！」ペイジが要求する。

記事の最初の画像が、わたしの創作デザートの数々だったので、見た瞬間嬉しくなった。どれもこれもガール・チージングのショウケースに並んでいる写真だ。わたしはコロンビア大学に在籍していて、来年はビジネス・マネジメント・コンセントレーションに進みたいと思っている。が、ずっと講義に出たり勉強したりしているわけではない。ガール・チージングで、小企業を経営していくコツを学ぶため、働いている。結果から言うと、ジャックのお母さんはわたしに、メニューに加えるデザートについては好きにやっていい、というお墨付きをくれている。

まあ、なんていうか、ちょっとだけ調子に乗っているのかも。

やあ、みんな！　覚えてるかな？　去年みんなは少しばかり異常なほどに（でも**よかれと思ってだよね！！**）ティーン二人をくっつけようと、応援したよね。二人はここインターネット上で戦闘状態にあったビッグ・リーグ・バーガーとガール・チージングのツイッターアカウントの、それぞれ背後にいた。

でもって今日は、嬉しいことに少しだけ異常じゃないニュースを伝えられるというわけ――二人は今、リアルで付き合っているんだよ！　しかも二人とも、ゆくゆくやりたい仕事へのアプローチがそれぞれ、超絶うまく行きつつあるときている！　だがそんなことよりもっと大切なのは、二人がリアルで付き合っている、ということなんだ！！！

「うわ、しまった」とジャック。「CapsLockキーで固まった」

「わたしのデザートたちの破壊力のせいじゃなくて？」

ジャックとその半笑いが近づいてきて、ほっぺたにキスした。ペイジがわざとらしく吐きそうな真似をする。するとプージャが、カウンターの椅子から身を乗り出してジャックのノートパソコンを受け取ると、スクロールを続けてくれた。

そう、二人はとてもとても愛し合っていて、それに――これぞ究極のどんでん返しだ――彼らなりの『ファミリー・ゲーム　双子の天使』を実践したんだ。つまり、ジャックはニューヨーク大学でモバイルアプリ開発を学びながら、インターンとしてとあるアプリチームで働いてもいる……それがニューヨークのビッグ・リーグ・バーガー本社のアプリチームというわけ。

（ハブ・シードではＢＬＢに接触し、その新しいアプリがどういうものなのか、スタートはいつ頃なのかについてのコメントを求めたところ、ウィンクしている絵文字が三つだけの返信を受け取った。そう、そういうこと。絵文字の意味はみんなそれぞれ考えてね）

一方パトリシアは、今期コロンビア大学での学生生活をスタートさせたが、同時に——ダダダダダ……ここでドラムロールだよ——ほかでもないガール・チージングで働き始めたんだ。そして見逃した人のために再掲、この子は天才デザート職人以外の何ものでもない。

リニューアルされたガール・チージングのインスタグラムを覗けば、ぼくらのまぶたの裏に焼きついていたあのペッパー特製デザートを、たくさん見ることができる（これだけは言っておこう：この人間界にいて、もしきみがまだモンスター・ケーキを食べたことがないなら、きみはかなり損をしているということになるね）。

「あらら、モンスター・ケーキファンはまだまだ増えるわけね！」ペイジがあおる。

ステファンが眉をひそめた。「ウィンクしてる絵文字が三つ？　なんだそれ」

肩をすくめるしかない。人生においてこんなに心安らかなことがほかにあるだろうか。わたしはもはや、ビッグ・リーグ・バーガーのどのソーシャルメディアアカウントにも、一切関わっていない――ツイッターとも、メールアカウントともまったく無関係だし、ひいてはタフィが新しく始めたインスタグラムにさえ、口出ししていない。タフィと愛犬は、最近ヨーロッパやアジアに大きく広がったビッグ・リーグ・インターナショナル・ロケーションズをめぐる旅を続けており、旅先で出会った風景などを写真でかわいらしく切り取っては投稿し続けているのだ（タフィにはＢＬＢのツイッターなどよりずっとずっと向いている仕事だし、そのツイッターのほうは今や社外の、インターネット・ミームだけで生きているような、しかも皮肉の冴えわたる人材を雇って運営しているのだ。めでたしめでたし）。

ジャックも肩をすくめる。「いや、別にそんな極秘情報でもなんでもないよ。だいたいモバイル・オーダーとデリバリーのためのアプリでさ。おまけで双方向のチャットとか、ゲームとかもできるって感じかな」

膝をぐっと引き寄せ、ジャックを足で突っついた。「チャットとゲームの開発はジャック一人に任されてるの。そもそもこの二つを提案したのはジャックなんだから」

ジャックは顔をほころばせながら膝に目を落とす。「面白いと思うよ」いつまで経っても自己評価の低さは変わらない。

「おめでとう、だなとりあえず」とステファン。「でさ、このクライアントをちょっと見てみてくれよ、今ここ宛てに、チャットプラットフォームを提案しようとしてるんだ。ウィーツェルみたいな感じのやつ――きみってフリーランス？　だとしたら、何かいいアイデアがあったら言ってもらおうかなと――」

「ちょ・っ・と、あと五分でいいから、そういうオタク話はやめといてくれないかな」とプージャ。よくわかっているのだ。ジャックとステファンの二人を放っておいたら、それぞれが開発中のアプリについて延々、それこそお互いヘトヘトになるまでしゃべり続けるだろうということが。プージャはまたスクロールした。

ジャクトリシア――でなければペッパージャック。この二人は、パトリシアのニックネームが明らかになったとたん、すっかり有名になったのだが、（真面目な話、この二人って**めちゃくちゃにかわい**くない？）――ツイッター戦争が収まってからというもの、すっかり落ち着いてしまっていた。いまだに二人とも個人のツイッターアカウントを持っていないし、インスタもやっていない。もしやっていたとしても、非公開なのだろう。

でも二人はハブ宛てに、近々の写真を提供してくれた。手に持ってポーズをとっているのは、ガール・チージングのレギュラーメニューになったデザート。ペッパージャック・グリルド・チーズ。さあみんなで一緒に、「ひゅーひゅー」。

ポールとプージャは同時に、「ひゅーひゅー」と本当に声を出した。プージャはからかい気味だったけれど、ポールはなんら恥じらうこともなく、本気のひと声を上げていた。その写真というのは、イーサンが撮ったわたしとジャックのツーショットだ。大学の一学期が始まる直前、ワシントン・スクエア・パークにみんなでピクニックに出かけたときのものだった――ガール・チージングからサンドウィッチを、ビッグ・リーグ・バーガーからは特大サイズのシェイクとフライドポテトを持って行った。ジャックもわたしもカメラに向かって大げさなポーズをとっている。二人ともグリルド・チーズを相手の口に突っこもうとしている、みたいな。それでも、悔しいが認めざるを得ない。二人ともどうしようもなくかわいく写っている。

というわけだ、みんな。いまだかつてないほどベタでおかしな《チーズな》ロマンスにふさわしい結末だったし、みんなが満腹の信頼をおけるのは愛しかない、ということだね。

ペイジは、ホットアップルジュースがたっぷり入った紙コップを高く持ち上げ、みんなに同じことをしろと促した。

「わたしの妹と、その不気味なまでのデザート脳に」

イーサンが口を挟む。「ぼくの弟と――」

「十一分差だけどな」

「――その密やかでろくでもない趣味に」

みんなで乾杯すると、プージャがもはや何も載っていないお皿から目を上げ、こう言った。「はいはい、一晩でこれだけのカワイイを摂取したらもう十分よ。『ミーン・ガールズ』を見よう。このままじゃみんな糖尿病になっちゃう」

ペイジが恭しくＤＶＤをテレビにセットして、わたしはふと部屋を見渡した。和気あいあいとしてはいるが、ちぐはぐなわたしたち――プージャはスタンフォード大学水泳部のスウェットを着ているし、ポールはボウタイをつけている。ステファンはワッフルを口いっぱいに頬張っていて、イーサンがそれを見て笑っている。ペイジはそんなみんなを見て、怒っているふりをしてその実楽しんでいる――そしてジャックはというと、わたしがジャックのほうを振り返ったときにはもう、既にわたしをじっと見つめていた。いつもこんな風に見つめられている気もする。いつものあの半笑い。わたしも思わず笑い返す。わたしのこの「不気味なまでのデザート脳」はこれまでさんざん、誰も思いつかないようなレシピを思いついてきたけれど、果たして将来、今のこの部屋の居心地ほど完璧なものが作り出せるだろうか。

始まりは戦争だったかもしれない。じゃあ今はなんだろう。なんであれ終わりは見えない――わたしたちが二人ともまだ勝ち続けている限り、終わらないのだ。

エマ・ロード
Emma Lord

ニューヨーク在住のデジタルメディア編集者兼ライター。本書で小説家としてデビューを果たすと、軽快でキュートな内容から一躍話題に。続く『You Have a Match』でもニューヨーク・タイムズのベストセラーリストに入り、その評価の高さから三作目の『When You Get the Chance』は初版10万部を記録した。現在特に注目されるYA小説家の一人。

谷 泰子
Yasuko Tani

英米文学翻訳家。和歌山県生まれ。1987年大阪大学文学部卒業。主な訳書に『寄宿学校の天才探偵』シリーズ（東京創元社）がある。

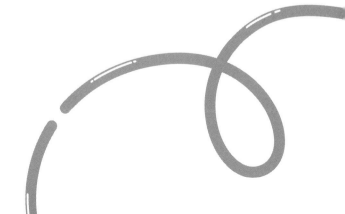

Tweet Wars

ツイート・ウォーズ

～キュートでチーズな二人の関係～

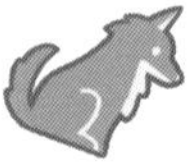

2023年3月16日　初版第1刷発行

著者　エマ・ロード
訳者　谷 泰子
発行者　神宮字 真
発行所　株式会社小学館集英社プロダクション
東京都千代田区神田神保町2-30 昭和ビル
編集　03-3515-6823
販売　03-3515-6901
https://books.shopro.co.jp
印刷・製本　中央精版印刷株式会社
装画　美好よしみ
デザイン　荒川正光(BALCOLONY.)
組版　朝日メディアインターナショナル株式会社
校正　株式会社 聚珍社
編集　比嘉 啓明

Printed in Japan
ISBN 978-4-7968-8044-2

Thank you for coming.

vs. GIRL CHEESING

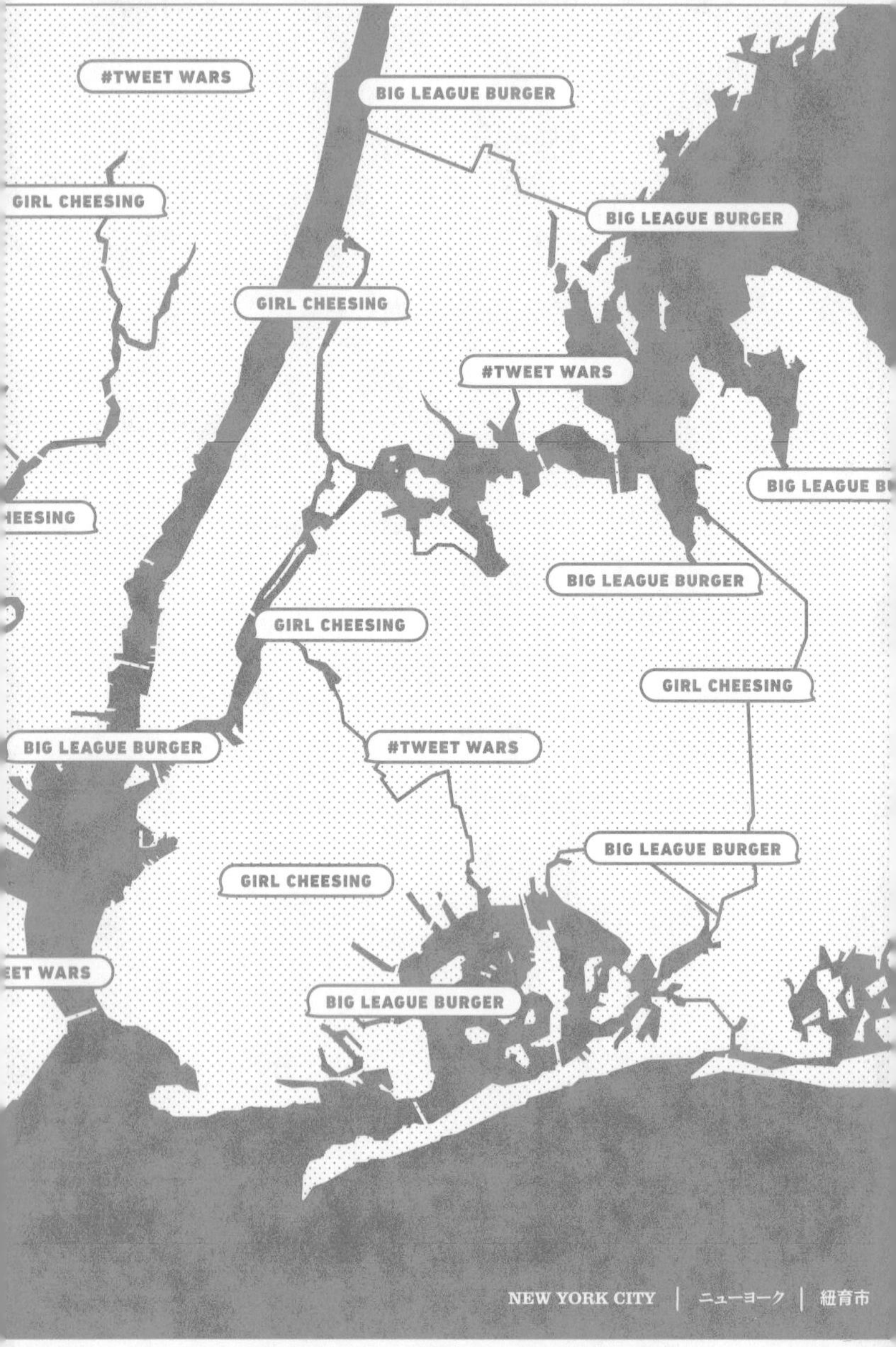

vs. GIRL CHEESING